ハヤカワ文庫NV
〈NV1374〉

アラスカ戦線
〔新版〕

ハンス＝オットー・マイスナー
松谷健二訳

早川書房
7711

ALATNA
DUELL IN DER WILDNIS
by
Hans-Otto Meissner

Translated by
Kenji Matsutani
Published 2016 in Japan by
HAYAKAWA PUBLISHING, INC.
This book is published in Japan by
arrangement with
VERLAGSGRUPPE RANDOM HOUSE GMBH
through MEIKE MARX.

アラスカ戦線〔新版〕

登場人物

日高遠三《ひだかえんぞう》大尉……………………………気象観測隊の指揮官

刀自本義《とじもとよし》少尉
倉上《くらかみ》曹長
綱島曹長
須田曹長
論知《ろんち》軍曹
渡辺軍曹
稲木《いなき》伍長
井上伍長
信夫《しのぶ》
ノボル
（以上）……………………………同隊員

アラン・マックルイア……………………偵察隊のリーダー

ハリー・チーフスン
バート・ハッチンスン
ディック・ハムストン
ピート・ランダル
ハンク・フォーティア
ジム・オハラ
スリム・ウォートレー
チャーリー・スチュワート
ウィル・ブランスン
テッド・ミラー
マイク・ヘララ
ジェフ・ペンブローク
（以上）…………偵察隊員

フランク・ウィリアム大尉……………偵察隊の戦闘指揮官

ハーバート・ハミルトン准将…………アラスカ方面軍最高司令官

ボリス・ニジンスキー……………………アザラシの監視員

アラトナ……………………………………ヌナミウト族の娘

1

一九四二年六月十八日。まだ夏期休暇にもならない木曜日なのに、アッツ島の小学校は休みだった。生徒はみんなアリューシャン先住民で、こわごわ家にこもったまま。家を出てしまった生徒も、ふしぎなその物音を聞くとあわてて引き返すのだった。だれも聞いたことのないような音。年配者にも説明がつかない。恐怖はひろがった。まだ悪霊たちが大空を支配していた異教時代のように。悪霊がいちばん元気なのは今日のような霧の濃い日なのだ。ヘクター・マッギルロイは教師、気象観測員、通信士を兼ね、妻といっしょに村のすぐ裏の丘の上に暮らしていた。好天時には眺めがいい。小石を敷きつめた浜と湾全体が一望のもとである。二人の住居のある校舎の横に鉄と針金でかわいらしい無線マストが立ち、通信機は隣室にしまってある。

空中の奇妙なざわめきを最初に聞いたのはベティ・マッギルロイ。朝食前ニワトリに餌をやりに出たときだ。巨鳥の羽ばたきのようだったが、霧で何も見えない。着がえて出てきた夫は、発動機の故障で島上空を飛びすぎる飛行機だろうと考えた。

「この天気じゃ助からんな。着陸は無理だ……じきに墜落するんじゃないか」

二人は息をのんだ。が、墜落の気配もない。物音は遠ざかったが、教師の不安は去らなかった。今日は何かおかしいと感じていた。

妻がコーヒーを沸かしにもどっても、彼は降りだした小雨に濡れて立っていた。こんな天気には慣れている。アッツの雨は毎日だ。風がやむこともない。ナイフのように細い草が風のまにまに緑の海の波のようになびいていた。アッツはアリューシャン列島のはずれ、樹もない地球ばなれした土地である。住民の記憶でここに重大事件が生じたことはなかった。考えうる限り単調な生活である。だがこの日の朝は例外になりそうだった。霧の中のふしぎなざわめきから、それはうかがえた。

マッギルロイは運動場のはずれのポールに行き、白い箱から旗をとりだして紐《ひも》に通した。毎朝国旗を掲げ、暗くなると降ろすのは彼のつとめのひとつ。自分の職場をさして評価してもいないのだが、そのときだけは誇りを覚える。湿りっぱなしの島で教師を勤め不潔な連中とつきあうことをうらやむものはいない。だが星条旗の掲揚はともあれ合衆国の最端で行なわれる。太平洋でこれほど遠い島はない。これほどの荒海に囲まれた島もない。マッギルロイの旗が前哨地点にたなびくということは確かだ。今度の日本相手の戦争ではなおさらのこと。

旗が風雨をついてマストを打つと、この教師は前線で歩哨に立っている兵士のように張り切った。で、必要以上にマストのかたわらにとどまり、熱いコーヒー、パンケーキ、シロップをテーブルに並べた妻の声を聞きのがした。声がきつくなってから、やっとマッギルロイは旗竿に背を向けて家へはいろうとした。

そのとき、ふたたびあの音が起こった。海から。ぐんぐん強くなる。得体の知れぬ騒音がいっぱいにひろがって岸をめざす。源はやはり不明。数百の馬の蹄《ひづめ》の音、重い鎖のひびき、巨大な空洞体が何かにぶつかる鈍い音。霧中に幾千《いくせん》の排気孔が鳴るようであり、鍛冶屋の突貫作業をも思わせた。波が船腹をたたき、ふしぎな騒音が海を圧した。

ベティ・マッギルロイには何も聞こえなかった。人気番組『私の一日』をのがすまいとラジオの音量をいっぱいにしていたのだ。大統領夫人が一日の経過をマイクに話すのである。だが夫がいっこうにあらわれないので、彼女はショールをはおり、ふるえながら外に出た。刺激のないさびしい環境に生きる人びとによくあることだが、いきなり不幸が迫っていると感じ、いつもより足ばやに運動場を横切った。

夫は手すりをつかみ海岸を凝視していた。妻がそばに来て腕をつかんだことにも気がつかなかった。

夫の視線を追ったミセス・マッギルロイは悲鳴をあげた。海面まで退いた霧の壁を破って怪物の大群がおしよせてくるではないか。邪気を発散しながら陸地をめざす。抵抗を許さぬ勢いで磯波を砕き、岸の小石を噛《か》む。

派手な軍艦旗が見てとれた。

「日本軍……」マッギルロイはうめいた。「日本軍だ！」

その瞬間、奇妙な船の前面がひらき、カーキ色の制服の小男を続々と吐き出した。ショールをなびかせる妻につづいてマッギルロイは家に走りもどった。残された最後の任務を果たしに。椅子につまずいて転んだがすぐ起きあがり、台所のドアから送信室にとびこんだ。波長はいつもダッチハーバーの気象台に合わせてある。教育委員会などに用事があるときも、気象台の友人に連絡をたのんでいた。彼らはなんでもすぐ望みの場所につないでくれる。これは辺境に住む者同士の友情だった。だがこれまでマッギルロイは重大報告をもたらしたことなどなかった。

通信デスクにすわると、彼は落ち着こうと努めた。面倒な技術を完全にマスターしてはいない。ふだんの通信でも間違ったところをいじくってしまわないかと心配したものだ。背中がぶるぶるしたが、いつもの慎重さでボタンを押す。すぐつながった。

「日本軍がアッツに上陸しました」マイクにどなった。「大勢です……非常に……」民間人で軍事的なことはわからないので、それ以上は伝えられない。同じ内容を二度、三度繰り返すだけだった。受信確認は得られなかった。すさまじい衝撃がガラス窓を残らず砕いてしまったのだ。椅子からはねとばされ、ガラスの破片に埋まった。外で妻の悲鳴。急いで壊れたドアから這《は》い出すと、送信マストの折れるのが見えた。ぐらりと傾き、力なく倒れていく。

鉄兜《てつかぶと》に網をかぶせ短い小銃をかかえた一群の兵士が丘を駆けのぼってくる。命令の声とキャタピラの轟音。

異国兵ははじめ夫婦に目もくれず家に突入し、ドアというドアをたたきあけ、呼びかわし、家具をひっくり返した。すぐに無線機を発見する。数名が教師とその妻に走り寄り、マッギルロイ夫妻はあまたの銃口が自分を狙うのを見た。生まれてはじめてさらされる死の脅威だった。兵士の細い目に燃えさかる敵意が宿っていた。

興奮に息をつまらせた将校が兵の円陣を肩で押し分けてきた。張り出した頬骨の上に赤褐色の皮膚がぴんと張っている。ぎくしゃくした英語だった。

「いまアッツに……アメリカ人は？」

マッギルロイは唾《つば》をのみ、落ち着こうと努めた。

「子供を含め百六十五名です」

「現地民のこと……ではない」将校はかみつくように言った。「本当のアメリカ人だ！」

長い間アリューシャンの小学生に、みんなアメリカ市民だと教えてきたマッギルロイである。質問の意味がすぐにはわかりかねた。

「はい、みんなアメリカ人です。外国人はおりませんが」

進み寄った将校は教師の胸ぐらをつかんだ。

「白人は？」とどなりつける。「ほかの欧米人は？」

「私と妻だけです。私は教師で……」

「無線を扱っているのはだれか？」

マッギルロイは、自分が気象観測員と通信士を兼ねているむねを伝えた。

日本人はぐいと近寄り、まつげの少ない刺すような目がマッギルロイの顔とすれすれになった。

「お前、知らせたな……われわれが来たことを」

うなずいた教師はいきなりつきとばされた。兵士が支えなかったら仰向《あおむ》けに倒れていただろう。

二人の捕虜が連れていかれた浜は、興奮した兵士でごったがえしていた。みんな四方へ走り去り、上陸用舟艇は次々とあらわれ、勢いあまって浜の奥まで乗りあげるのだった。

太陽が昇ってしまうとよくあることだが、霧はどんどんはれていき、日本艦隊の姿を浮かびあがらせた。堂々たる艨艟《もうどう》の威容。マッギルロイは艦隊など見たこともなく、輸送船、巡洋艦、駆逐艦の区別もつかず、空母が一隻まじっていることを知っただけだった。スズメバチのように航空機が離着している。こんな島ひとつに大げさな、と教師は考えた。だがこれはほんのはじまりで、敵はもっとたくらんでいるにちがいない……。

事実、この作戦はアメリカの裏門をつく最初の一撃であった。日本軍はここからしかるべき時期に敵本土を脅《おびや》かすつもりだった。

マッギルロイ夫妻は船で日本に運ばれ、二度ともどらなかった。先住民たちも捕虜収容所にはいったが、たいていは頑健な体のおかげで生きのびたものの、解放後は別の島に移されてしまった。いまアッツは無人の島。マッギルロイ校舎を風が吹きぬけている。

2

日本の意図が予断を許さないとわかってはいても、アリューシャン進出だけは予想外だった。半年前宣戦布告なしに行なわれた真珠湾奇襲後、日本軍はすぐハワイに上陸するのではないかと恐れられていたが、そんなことはなく、東に向かって驚くべき早業《はやわざ》でシンガポール、蘭領インド、フィリピンを占領したのである。しばらく前から中国奥地にまで進出し、ここ数カ月でビルマに侵入、すでにインド国境を脅《おびや》かしていた。ここからすると日本はまず東南アジアに勢力をのばすことを志しているように見えた。合衆国は第一次世界大戦の時と同様、海外で戦う体制をととのえていた。ペンタゴンで最も慎重な戦略家でさえ、米本土に脅威が迫るなどは考慮の外においていた。はじめアッツの教師の報告は、辺境の島の住人がしばしばやられる〝霧躁病〟のあらわれと推定された。自宅の裏庭に火星人が着陸するのを見た人間だっているのである。

二日後、アッツ西方四百キロのキスカ島の無線も沈黙し、持続する悪天候をついて米空軍はアリューシャンをめざす日本の大船団を確認した。日本がアメリカ領土の片隅を占領したことに疑問はなかった。

同列島がアメリカ合衆国の最寄りの大都市から四千五百キロ離れているとはいえ、アメリカの自信はゆらいだ。ここ一世紀、敵が合衆国領土に足跡を印したことはなかったのである。いまその事態を迎え、対策を立てられる将軍はいなかった。駐アラスカ兵力は少なすぎ、艦隊もない。これまでアラスカに関心を寄せたアメリカ人はほとんどなかった。地図を見つめるべき理由が充分にできたいま、アラスカへの鉄道はおろか街道もないことを知って愕然《がくぜん》としたのである。アメリカ本土と極地の領土をへだてるのは幅二千キロにわたる荒野だ。これまでのところほとんどの交通は水路により、人間や軽貨物が飛行機に頼っていた程度である。これ重資材と軍隊をアラスカに派遣し補給するのは容易ではなかった。思いがけない敵の進出路にあたるこの地域はまったくの裸だったのである。

こうした考え方に全国的プロパガンダが起こったが、むなしかった。曰《いわ》く、これは日本の勝利でもなければアメリカの敗北でもない。死闘があったわけではなく、どうということもない島が敵軍に占領されただけで、いつの戦争にもよくあること。国民の利害が真に脅《おびや》かされることがあれば、事情は異なる。それまでには充分な兵力が準備されていよう……。

「準備などありはせん」アラスカ方面軍司令官ハミルトン准将は参謀将校たちにこう言った。「彼らをアッツ、キスカから追うことも、大量上陸を阻止することもできない」

アラスカ方面軍は僅々《きんきん》三千の兵力しか持たなかった。年配者と新兵の寄せあつめで兵たちは実戦より訓練のためのものだった。近代兵器も足の長い航空機も欠け、海岸に防衛施設もいっさいなかった。

参謀将校たちにはそれまで予備軍の教育係としての自覚しかなく、任地を世界の果ての練兵場と心得てここに戦雲がたちこめようとは夢にも考えていなかった。いま会議室の緑の椅子に将軍を前にしてすわり、思いもよらなかった情況把握に腐心しているのである。左の壁にはアラスカ地区、それに向かいあってアリューシャン列島の地図があった。

「彼らが本当に本土をめざしているとは思えませんが」と参謀長ヘンリー大佐は平手でテーブルをたたいた。「彼らは南下できないし、ここには獲物もない……もちろんわれわれを除いてですが」

ハミルトン将軍はシェリング少佐に目を移した。少佐を偏見ぬきで考えられる知性人と目していたのだ。

「きみも同意見かね？」

「地図から明白であります、サー。アラスカと合衆国はカナダの大荒野にさえぎられている。山、沼地、密林に加えて悪天候が道を阻んでおります。十月から五月まですべては深雪に埋まる。大部隊の移動はまったく不可能でして。春はもっと悪い。激流は何者にも越せず、沼地は足をとる……」

シェリングは口をつぐんだ。こんなことは周知の事実と気づいたからだ。

「けっこう、つづけたまえ」将軍は言った。

「アメリカの小学生と同様、敵もこのことは知っております。では敵にとって、アラスカはなんの役に立つのか？　なぜ彼らは大陸部に足場を得んとするのか？　ここには破壊すべき産業も、重要な資源もない。アラスカ全土の人口はニューヨークの中程度の郊外都市ほどしかない。ではここに上陸したのはなにを意味するのか？　ここに来るべき理由はジャップにとって存在しないのですが」

ハミルトンは目をとじ、黙ったまま耳をかたむけていた。シェリング少佐には失望させられた。この若い連中は陸軍大学の修了証書をポケットにしたばかりで、まったく疑いを抱いていないのだ。考え方はすっかり型にはまっている。

将軍の経験は、大規模の戦略しか在来の戦法法則にそぐわないことを教えていた。だが機動性に富む部隊の長は軍事的論理に矛盾する戦術で相手を驚かせたがるものなのだ。第一次世界大戦でハミルトンは、ドイツ軍がある川を最も幅の広いところで渡るのを見てきた。まさかそこはという相手の判断の裏をかいたわけである。

彼はハガティ中佐に向いた。

「空軍はどうか？」

ハガティはいつもの愚痴《ぐち》を繰り返した。

「空軍としては何も申せません。翼はもがれている。ご存じのとおり優秀な人材は持ち去られ、やがてそれにつづく者もあとを追いました。実質上ここには戦力はないのであります。偵察と輸送を若干ずつ、それに旧式練習機で新兵に飛行術の初歩を教えられるだけであります」

将軍はうんざりしたらしかった。

「その愚痴は聞きあきたよ。私の質問の答えにはなっとらん。アラスカ沿岸が敵に占領された場合、日本空軍が何をもくろむかを知りたかったのだ。ジャップにとって上陸が何を意味するか、そこにかかっている」

ハガティは椅子にもたれ、腕を組んだ。

「考えてみましたが、結果は否定的であります……ジャップにとってですが。彼らの最優秀長距離機は新型四発の〈敦賀〉で、その性能はかなりよくわかっております。好天を前提として、〈敦賀〉はここから本土北縁の大都市まで往復できるでありましょう。直線距離でシアトルまたはポートランドまで二千キロと少し。発見を避けるため迂路《うろ》をとるとしても五千キロの飛行距離で、この程度ならやれるでありましょう……」

「なるほど」と情報担当のウェザビー少佐が言った。「彼らがここに来る理由はあるわけですな」

ハガティは早急なこの結論を待ちかまえていたようだった。

「そうは問屋がおろしませんでな。それは〈敦賀〉が補助タンクを積んだ場合です。尾翼と主翼の先までね。そうすると、よろしいですか、爆弾が積めなくなる。それに武装もはずさねばならんでしょう。そうなればただの偵察機ですわ……この無人の荒野で何を偵察するものやら」

「つまり、なんにもならんというのだな？」

中佐はからめ手からまわったわけである。

「まずジャップはアラスカに爆撃機を運ばなくてはならない。ご存じのとおりあのでかぶつ、空母からは飛び立てません。〈敦賀〉にはどうしてもコンクリートの滑走路が三キロ必要です。それでいちばん近いのは羽田空港、日本本土ですな……近いとはいえない。そこからだと六千キロ飛ばねばならん！　そんな高性能の日本機はない……」

「しかしアッツからなら？」ウィリアム大尉が口をはさんだ。

「よろしいかな」ウェストポイント（アメリカ陸軍士官学校）の優等生にもともとひけ目を感じているハガティが答えた。「島の略図を見ても、あそこでフットボールもできんことは明らか。山と谷だけだ。峡谷と山嶺《さんれい》がつづき、おまけに天候の悪さでは世界一。ヘリコプターでぶじ離陸できたら大成功でしょうな」

大尉はほっとうなずいた。

「いえ、ただ、ジャップも考えられる頭を持つという意見でして……アッツに上陸したからには何事かをたくらんでいるにちがいない。何かはっきりした意図があるのです」

将軍はかすかにほほえんだ。やっと核心にはいってきたのだ。将軍は中年の将校に丁重にうなずきかけた。これは少佐にすぎないが民間人としてはオレゴン大学の有名な史学者。日本発展史をも専攻し、京都と札幌の大学に数年留学して、ハミルトンの司令部では日本問題の専門家とされていた。

「彼らの特質はよくご存じですな」ハミルトンは話しかけた。「だがわれわれには日本人の思考を測ることはむずかしい。教授、彼らはいかなる理由でアッツとキスカを取ったとお考えです？」

ウェブスターは即答した。

「私の見解によると軍事的考慮はこの際無関係ですな。日本軍は威信のために作戦を立てたのです……彼らにとって名誉はすべてに先行しますから。限界を失くしたこのナショナリズム、ふつうの悟性では把握できかねます。ことの意義、実際上の理由を探してみたのですが……みあたりませんでした。信じるか否かは別問題として、日本軍のアッツ、キスカ占領はことそのもののためになされたのです……アメリカ領土に立つという高価な勝利をたのしむために。日本の自信にとっては大成果です……自家用の大宣伝です。士気はあがり大衆は歓呼する。サー、目的はこれだけで……それ以上は発表しますまい。大衆に二、三日のお祝いをというのが、意図のすべてですな」

ハミルトン将軍はウェブスターにうなずき、手を振って謝意を表した。

座は静まった。将軍がまだ意見を徴《ちょう》するものと思っていたのである。まだ何もたずねられていない将校が大勢いる。が、将軍が閉会を宣したとき、ヘンリー大佐が将軍自身の見解を質問した。

「何もないのだ」ハミルトンは立ちあがりながら言った。「だが、何が起こっても驚かないが」

3

占領後二年たって、アッツ島はやっと大作戦の基地に定められた。大本営が同島占領当時からこの計画を持っていたのか後から考えついたのかは、今度の戦争でまだ解けない謎に属する。ともあれ敵の背後で日本軍が立てた大胆きわまる作戦のひとつがそこにからんできたのだ。適任の指揮官選抜を作戦指導部は非常に重視し、人事部長永井藩人大佐みずからが選にあたった。

世界じゅうで日本軍ほど現役将校の精細な書類をつくっているところはない。だがあまり厖大《ぼうだい》すぎて概観はむずかしく、今度のようにこれまで知られていない将校が一身にそなえているべききわめて特殊な能力を探そうとなると、大人数が何日もかかって予備作業をすすめることになる。それから先の作業は永井大佐自身があたることになっていた。その時々の人事書類から適材をさっと選び出す能力は自分にしかないと考えていたのだから、やむをえない。その後で大佐の有名な人物識別眼がその人柄について最終判断を下せるわけである。

だが人事部長は気軽に選択をひきうけたわけではない。昔ながらの日本人として永井大佐は常に国家に対する責任を意識していた。要請が非常に過大で選択が困難なこの場合なおさらである。彼は電話を切り、客や会議はすべて断わるよう秘書に命じた。

几帳面《きちょうめん》な大佐は多数の運命がかかっている自分のデスクをも組織化することができた。予選を通った将校のリストを左手に積みあげ、そこから一枚ずつとり、慣れた目つきで重要な点をさっと追っていく。より詳しい検討の必要があると思えば右手におき、気に入らぬものはサイドデスクに移す。左手の山がなくなると永井は右手のものを詳しく見はじめた。選択の対象が少なくなるにつれ、大佐の目も厳しくなった。終わりごろには、作戦指導部の要求しているような人物は日本陸軍にいないのではないかと恐れすらした。

若すぎても、年をとりすぎていてもいけない。二十六歳から三十三歳ぐらいまで。ゲリラ戦を経験し、慎重な行動と決断ができて、大胆でなければならないが蛮勇はいけない。要求される将校はその人柄で将来責任ある地位につくことが定められ、彼のためなら部下が水火をも辞さぬような、純粋な愛国者。任務に生命を捧げる用意のある現代のサムライである。

これだけなら日本軍将校には大勢いる。人事部長をわずらわすまでもない。だが要求はそれだけではなく項目を追うにつれてむずかしくなった。まず英語を完全にマスターし、パラシュート降下の訓練を受け、肉体的に最高の機敏さとスタミナをそなえていなくてはいけないのだ。数カ月にわたって敵の背後で補給なしに作戦する能力が要《い》る。友軍から何も期待できない北方の荒野に投入されるのだ。自分と部下を現地で養うというのだから、問題になるのはこの能力をすでに証明し、敵捜索隊からのがれる計略に通じている者ということだ。

大佐は頭をかかえた。大半の人間が都市に集中している日本では、この種の人間は多くない。荒野の孤独な生活のチャンスがないのだ。おまけに気象、無線、ある程度の医学知識をそなえ、スキーと登山でも一流、かつ厳寒に耐えることが条件で、かてて加えて性格的にもいろいろな要望が出されていた。

ついに大佐の机上には三通の書類が残った。すべてを満たす者はない。みな何かが欠けている。だがそれは数週かければ補えるものばかりだった。池田中尉は無線技術を持たず、日高大尉はパラシュートの経験がなく、乃木大尉は衛生学コースをとっていなかった。だが、いまも言ったようにそれは間に合わせられる。

この三人から一人を選ばなくてはならない。大佐はもう一度丹念に三人の履歴を読み、指先の感覚で決めようとするかのようにかわるがわるつまんでもみた。三人とも天皇に忠実な家の出で、池田と日高の先祖は古代日本の武家貴族であった。日露戦争の国民的英雄、乃木将軍の甥《おい》の息子にあたる乃木大尉は幼年学校の銀時計。十歳から軍人であった。彼の場合、軍人家族の出ということは最も重要だった。そういう人びとは望んだ方向に直線的に考えることができるのである。幼児のころから、ひたすら日本の大義に生き、天皇を太陽の子とあがめるように教育されている。かつての武士の場合と同じドグマが通用しているのだ。

池田中尉の父は第一次世界大戦の際、青島《チンタオ》でいまは同盟国のドイツと戦って戦死した。彼も小学校を終えてすぐ軍人になる決意を固めている。

日高大尉はちがった。はじめから軍人志望ではなかった。二年間の兵役を終えると地理と数学を学び、朝鮮か満州で測地院に就職したいと希望していた。豊原憲兵隊の報告だと少年時代から荒野の生活を好み、軍隊を退いた父が副総督をつとめていた樺太の自然を大いに利用していた。

日高遠三《えんぞう》は樺太庁所在地豊原のスポーツ大会で優勝し、早くから地方的名声を得ていたが、東京の決勝戦でもすばらしい成果を収めるとオリンピック派遣チームに選ばれ、十種競技で銀メダルをさらったのである。

大佐の注目をいちばん惹《ひ》いたのは、日高がそれ以上オリンピックの栄誉をあきらめた事実であった。次の大会にそなえて練習すれば十種競技の金メダルは確実なのに、彼は士官学校にはいり、優秀な成績で卒業すると満州の関東軍に配属されたのである。それも特別任務のために。

それが決定的要因となった。みずから選んで世界的名声を無名の軍隊勤務ととりかえたという事実は驚くべきでもあり賞賛にも値した。オリンピックの勝者を半ば神のごとくあがめるスポーツ界に背を向け、軍人生活に一身を捧げたことは日高の理想主義のみならず、個人の名誉を完全に断念したことを示すもので、永井大佐が国家に害ありと目す個人主義の誘惑など心配するにあたらない。日高は海外旅行で退廃的西欧の影響を受けなかったどころか、憲兵隊の報告では激しくそれに反発していた。日本の大学で新しいリベラルな思想をもてあそぶ長髪の口先ばかりの学生とはなんたる違いか！　この連中の口を封じて厳しい監視下においたのは比較的最近のことで、青年将校のうちにもこの害毒は流れこんでいる。彼らは責任ある仕事に使えない。だが日高遠三ならば絶対に安心できる。

大佐は池田と乃木の書類をわきにおき、副官を呼ぶと不要になった紙の山を運び去らせた。そして、日高大尉の書類をかかえると参謀総長のところへ出かけた。

4

ここ数年世界列強が行なう殺人競技もどこ吹く風と、一人の男がヌナルト湖畔の小屋の前に立って、ホワイト・マウンテンズのかげに湧く雲をながめていた。

男はアラン・マックルイアといった。三十歳あまりで柔軟な長身。ただ森林生活者の例にもれず地面を見ながら歩く癖があるのでそう大きいといった印象ではない。彼らにとって地面とはひらかれた本のようなもの、それぞれのやり方でいくらでも読みとれる。いまも男は周囲に目を配り、黒松の根方でホシガラスが用心深く、ハリー・チーフスンの捨てた押し麦の残りに近寄るのを見た。餌をくわえて走りすぎるリスも、葦《あし》の中のカモの声も逃がさなかった。湖上はるかから伝わるカヌーの櫂《パドル》の音は仲間が帰途にあるし。東の微風は今朝《けさ》よりわずか湿っぽく、翌日は雨と思われた。

彼は自然保護局の役人で、当時は一定数のビーバーを捕えるのが仕事だった。アフォニャク島に移すのである。条件がいいにもかかわらず、島にこの有用動物はまだいなかった。そこなら嵐から守られ、ハンノキをまじえたニワトコの森林はビーバーにとっておあつらえ向き。雨も多く、それが無数の小川となって岸に注ぐが、雪どけ時や長雨だと急流は大きな岩もさらって岸の土手を崩してしまう。そのため岸には根を洗われた倒木があいつぎ、自然保護局はビーバーの力を借りて自然のやり方で自然を保護することにしたのだ。働き者のビーバーはじきに増えて、ダムで急流をせきとめ分断してしまうことだろう。

問題はビーバー植民隊に有能な建設家をそえてやることだけ。この種の名人ビーバーはどの群れにもいるわけではなく、急流を征服する必要のある場所にのみ生まれるのである。

ヌナルト湖のビーバーはアフォニャクに移してもしようがない。連中はいつも同じ水の状態に慣れて怠《なま》け者になっている。アラン・マックルイアは西岸で湖に注ぐ小さな川にずっとましな一族を発見した。数キロ遡《さかのぼ》ったあたりにダム構築の技術にすぐれた群れが住んでいたのだ。毎年彼らは雪どけ後、工事を繰り返さなくてはならない。理想的条件である。彼らの流れは完全に規制され、溢水《いっすい》したことはない。アフォニャク島をまかせられそうだった。

双眼鏡なしでも相棒が湖上でパドルをあげ錨《いかり》を投げこむのが見えた。もどるのは夕方になるだろう。ハリーはいつも我慢強い釣り人だ。インディアン特有の静観的な忍耐である。

アランはブロック小屋に寄せかけたベンチに腰をおろし、仕事をつづけた。箱罠に落とし戸の紐《ひも》がからまってしまい、ビーバーがはいったとき戸が落ちなかったのだ。また逃げられた。それもアランが狙っていたあの大柄の黒いやつである。川ぞいで最高の建設家と目星をつけておいたやつ。各種ダム工事の立案者だ。本能か知性かはわからぬが、このビーバーは現場技術者以上だった。統計計算ができるらしく、水位があがる前に来《きた》るべき水圧を察知し、そいつが仕事をはじめると仲間もすぐまねをする。工事完成とともに親方を先立て、次の現場に急行するのだ。

アランはまずそいつを捕えたかった。どうしてもアフォニャックに連れていかなくては。この名人がいなくては植民団も完成しない。ほかの連中はすでに檻《おり》の中だった。雌雄の若者たちのほか五匹からなる家族もいる。親方が足りないだけ。それが来ればまとめて新しい故郷に空輸してやれる。

惜しかった、きのう罠が失敗した。アランは滑車の溝を深くし、麻紐に脂肪をすりこみ、紐の走る両角にブリキを張って摩擦を減らした。いまのところそれ以上はできない。ビーバーがかかるかどうかは罠の据えつけしだいとなった。これまでよりも慎重におかなくては。相手は警戒しているはずだ。

立ちあがって罠を納屋に運んだ。もうつかまったビーバーの檻がおいてある。足音を聞くとビーバーたちは檻の隅に後退した。彼は静かな声でなだめてやった。言葉はどうでもいい、問題は調子なのだ。彼らはそれを聞きとり、危険のないことを悟る。それどころかこの声にはいい意味があるのだ。餌だ。

アラン・マックルイアはハリーが今朝《けさ》切っておいたハコヤナギの枝を腕いっぱいとり、ゆっくりと隙間《すきま》からさしこんでやった。ビーバーはすぐ枝を引き寄せ、かじりだす。大きな黄色い歯は驚くばかりのスピードで動き、枝は前足の間で回転した。機械仕掛けのようだった。

ここまでは満足できる成果である。九匹の健康なビーバーたちを放してやれば次の秋には倍になっていよう。数年のうちに百匹を超え、四方に散ってアフォニャックの谷に植民するであろう。

この季節は日が長い。空気は重くあたたかかった。湖は広大なビロードのように光って、黒い森がそれをぐるりと取りまき、斜面を這《は》いのぼって数カ所で岩壁に届いていた。壁のひだにはなお雪が残り、ずっと上で氷河が輝いている。巨人の指のように万年雪におおわれた五峰の頂《いただき》が天をさし、夕日を浴びてまずまぶしい白色に、ついで金色、最後には地獄の火のような赤に変わった。そこに登った者はまだない。ふもとに立った者もいないだろう。ここは無人境、どこへ行っても同じだ。湖を訪れた人間はしばらくない。これからも変わるまい。

前世紀、遊牧インディアンが魚と獣《けもの》を追って歩きまわっていたときはこうではなかった。ヌナルトの客はずっと多かった。ここは冬の食糧を仕込むのに絶好の場所だった。秋になると白鳥、野ガモの類いが何千羽となく湖に降り、冬にはトナカイの大群がヌナルトの氷を渡って南へ移動する。湖そのものも鮭、鯉、鱒《ます》の多いので有名だった。その岸へはトナカイの道が無数に通じ、山には大きな純白の山羊《やぎ》がいた。ここのクマは冬眠にはいる前、見事に脂肪がつく。

昔はアタバスクに属するクチン族の天幕がヌナルトの畔《ほとり》に立ちならんで、軽いカヌーが葦のいたるところに浮かび、動物の腱《けん》で編み、石の重しをつけた網を浅い水にたらした。それを見張る役の子供たちには、犬と落葉の中をころげまわるほうがおもしろい。男たちの第一の仕事は肥えたトナカイ狩り。主要な肉の供給源で、一頭倒せば冬の半分は一家を養える。

いま湖畔に暮らすのはアラン・マックルイアとそのインディアンの助手の二人だけ。いちばん近い村は三日の行程がかかるラッフルズで、納屋つきのブロック小屋六、七軒から成っている。そこへ行くのはヌナルトに発しユーコンに注ぐラッフルズ川によるのがいちばんの近道。氷が張れば道路になる。ラッフルズは本来、大河ユーコンぞいの基地で、かつては外輪船が燃料の薪《まき》を積みこんだものだが、いまはそんなこともめったにない。そのかわり無線局があり、たまに飛行機も飛んでくる。周辺の少数の罠猟師《トラッパー》がラッフルズに毛皮を運び、ピート・オハラの店で生活必需品を買っていく。オハラは仮設郵便局長でもあるが、郵袋《ゆうたい》がいつ来ていつ出るかはまったく不定だ。

アランはラッフルズ行きに気がのらなかった。おしゃべりの郵便局長のいるこの村は彼にとって外界のはじまり。悪い知らせはラッフルズ経由でヌナルトに届くほかない。アランが最も恐れるのは、アンカレッジとかフェアバンクスとかの都会に転勤させられるきっかけにそこで出会うことだった。

上役のウィルフリド・フレーザーはアラスカ自然生活《ワイルドライフ》サービス課の課長で如才ない人物だけれども、アランが数年間中央部で、つまりデスクと電話のそばで勤務するならもっと昇進するのだがと、いくども示唆してきた。とにかくアランはカレッジを出ていて、ふつうの自然保護員の平均をはるかに上まわっている。いつの日か長たる職につくのに欠けているのは本庁での業務経験だけだというのだ。

だが彼にはこの野心がなかった。正確にはそもそも野心というものがないのだ。広大な森での生活は彼を真の自由人に仕立てあげ、服従と命令の気持ちを失わせてしまい、役所の決まりに合わせるなど耐えられないものになっていた。右左に注意し毎日の義務にしばられる都会生活も拘束衣のようなものだった。

ハリーがラッフルズからもどるたびに、アランは自由を奪う知らせが届くのではないかと心配した。そうしたら全力をあげて抵抗する決心だった。それくらいなら辞表を出し、フリーの罠猟師として生きていくほうがましだった。

だから今度もボートがつくとこわごわインディアンを迎えに出た。

「ビーバーの件、急げって」カヌーの接岸を待たずにハリーはどなった。「フレーザーから電話がはいってた。ビーバーをとりにいつ飛行艇を出したらいいかって。チカゴフへも白岩《シロイワ》山羊《ヤギ》を運ばなくちゃいけないからとさ」

アランはほっとした。

「そのほかは……手紙なんかは？」

「なかった。でも急げって」

だがインディアンのハリーは何か不満そうだった。いつもボスに向けるおおらかな笑いがなかった。

「どうした、ハリー？」アランはたずねた。「給料をみんな飲んじまったのか？　ピートと喧嘩《けんか》でもしたのか？」

インディアンはかぶりを振った。

「ね、ボス、時間ありませんぜ。最後のビーバーをできるだけ早くつかまえなくちゃ」

「それだけなら」とアランは肩をすくめた。「おやすい御用さ」

ハリー・チーフスンは、ふつう考えられているロマンティックなインディアンとはまったく異なっていた。背が低く横幅があり、丸い頭は頸《くび》なしでいきなり胴から生えているようだった。が、そのずんぐりした肉体に秘められた力は抜群で、外見からしても束ねたダイナマイトのようで、樹など引きぬいてしまうだろうと思わせた。歩き方と肩の筋肉はいつも重い荷を負っているしるしだ。剛毛の長髪はずっと前に切ってしまい、いまは額とうなじにかかるだけ。クチン族の大戦士、大首長だった祖先は長髪に鷲の羽根を飾っていた。そのほうがずっと見栄えがしたにちがいない。

アランが手伝って食糧を小屋へ運んだ。

「途中で鱒をつかまえたけど、十ポンドのやつがまざってましたぜ」

「大きいのをとるなよ」アランが注意した。「小さいほうが美味《うま》いんだ」

「おれはかまわない……魚は魚。ボスは赤ん坊でもどうぞ。で、親方ビーバーは移住する気がないのかな」

アランは罠でしくじったことを話した。

「直しておいた。いまは好調に動く。あいつ場所を変えてなけりゃいいが。今度見つけるときまで……」

「ボス、今週中にはどうしても……」

アランは相棒のせっつきようをうるさく感じはじめた。

「もちろんさ、しかしな、天気が変わったらフレーザーの望みどおりに、ならないぜ。ま、帽子でもかじっていてもらうんだな」

コーヒーが沸き二人はテーブルについた。仲間がもどってくるというのは、いいものである。ハリーとならいつもしゃべっていなくてもいい。黙っていても心が通う。何をすべきかお互いにちゃんと知っていた。人里離れた小屋の生活については、もうやり方がちゃんと決まっていた。

三杯めをからにしたとき、ハリーがいきなり顔をあげ、ふくれ面をアランに向けた。

「あのビーバー……親方ビーバーが今週中に要《い》るってのは、フレーザーのためじゃない。ほんとは……おれのためなんだ」

「なんだって……？」

「おれ、自分でやりたいんだ」

アランは笑いだした。

「あたりまえじゃないかよ！」

「ちがうんだ、ボス、それ以上たつと、おれ、いなくなるんだよ。来週はここを出るんだ」

アランにはわからなかった。

「どうしたんだ……」

「ボス、ほんとに行かなくちゃいけないんだ」

「なぜだ……ここがいやになったのか？」

斜視ぎみのインディアンの目に絶望の光があることにアランはやっと気がついた。いやなことがあったにちがいない。

「ハリー、言え、どうしたんだ？」

ハリーは二、三度唾《つば》をのみこんだ。

「ラッフルズでピートの店に行ったら、なんだか変でよ、四、五人立ったまま、がやがややってる。戦争がどうかしたというんだ。日本軍が来るのがこわいんだってオハラが言った……おれ宛ての手紙が届いてたよ。兵隊になれって……」

わきのベンチにおいたアノラックから召集令状を探し出し、テーブルごしに渡した。

「月曜に飛行機がラッフルズに来る。それで行けって……行かなくちゃいかんって」

5

アッツは一変した。島に残った先住民はなく、みんな大きな船で敵国に送られた。島は日本人でいっぱいだった。背の低い兵士は地面と岩の下にもぐりこんだ。ネズミのように群がり、どの隙間《すきま》にもはいっていった。機銃座をつくり、岩を爆砕して砲を入れる穴を掘った。時とともに全島は地下壕、半地下壕網でおおわれ、いざとなれば数秒で人間の姿は見えなくなる。アッツは要塞と化したのだ。

大本営付きの大佐、斉藤侯爵はアッツの主人となり、敵の反撃を待ちかまえていた。占領軍は一木一草にいたるまで守りぬくべしと命令されている。武器弾薬、各種資材、糧食は地表から姿を消し、四千の兵は岩の中にもぐり、小屋を壊して坑道の支柱とした。

小学校の校舎だけが、本部として残された。だがマッギルロイ夫人の台所の床を掘りぬいて丘の底へ通じるようにした。日本軍工兵の第一線に立つ北海道の鉱山労働者がそこに居室と通路から成る迷路をつくりあげた。大型爆弾と艦砲にも安全とされた。

教師の旗竿には異民族の軍旗が掲げられ、風に日の丸がひるがえった。斉藤大佐は旭日旗に、日本が全世界の海陸にひろがるしるしを見た。神々の寵児《ちょうじ》に不可能事はない。そして日本の最高神は太陽そのものの天照大神《あまてらすおおみかみ》なのだ。日本民族は大神直属の民、天の御子《みこ》に治められ率いられているのである。侯爵はそのことを確信し、旗下の一兵卒にいたるまで天皇の神命を信じているものと疑わなかった。そう教えられてきたのである。その長い歴史で日本は敗北の苦汁を味わったことがない。どの戦いでも結局は勝ったが、犠牲を払わなくてはならなかった。天照大神はその子たちに何ものをも贈りはしない。彼らが勇士であり人間の弱点を克服した場合にのみ、女神の恵みは授けられるのである。

アッツ島占領は偉業ではなかった。大佐にはよくわかっていた。が、日本軍作戦の妙にはちがいない。死力を尽くしてここを守ることこそ肝心なのだ。斉藤とその本部は狂信的な感動をこめて敵を待ちうけた。いつかは来るにちがいない。アメリカ統合参謀本部がいつまでも領土内に日本軍をおいておくはずがない。アメリカに一抹の誇りがあれば、アッツと彼らの自信の回復に全力をかたむけるであろう。

それ以上の考えは斉藤の守備範囲を越えていた。無防備の小島に対する攻撃を大戦略の枠内で見る能力は彼になかった。あまりにも昔流の日本人である大佐は、まったく異種の民族の立場で考えることができなかったのである。そこで、敵の立場からすると、ほかの重要な戦線の兵力を世界の果ての小島奪取に割《さ》くことが無意味だということを理解しかねたのだ。それに日本軍の強固な陣地を強襲すれば甚大な損害が出るにきまっている。アッツ島守備隊指揮官の目には国家的威信というものは絶対でいかなる犠牲をも正当化するように見えた。とにかく最後の一兵卒にいたるまで島を守りぬく。それでも島が陥《お》ちるときには、生き残る日本兵は一人もいないであろう……

それに従って守備隊は万全の準備をしていたが、反撃はなかった。アメリカは旭日旗が自国領土の一隅にひるがえるにまかせていたのである。日本軍の理解を絶する事実であった。

「彼らの威信は地に堕ちた。本土への道をわが軍にひらいたのだ」侯爵は将校たちの前で熱弁をふるった。「はるか昔、勇敢なアジア民族がこの列島づたいにアメリカへ渡った。その勇気でこの水域独特の嵐を征服し、小舟で新大陸へ押し渡ったのだ。そこを発見し、北から植民していったのはわれわれの種属だったのだ。どのエスキモー、インディアンの顔にも先祖の表情が見てとれる。われわれは新たな民族移動の幕をあける。先祖の道を進むのだ。彼らが通った扉をふたたび押しあけることこそわれわれの使命である。やがて前進ははじまるであろう」

大佐のヴィジョンは空想的だったが、聴衆は感激した。反撃のないことで彼らは思案していた。敵戦力は早くも低下したのか。不敗の信念で教育されてきた軍人たちは、白人大国の道徳的崩壊をまじめに信じた。とにかく太陽の女神が日本の味方なのではないか。

さらに一艦隊がアッツに向かっているという無電報告で彼らの自信はいやました。いよいよ敵本土上陸作戦だ。この島がその前進基地になるのだ。

だが霧をついてあらわれたのは一隻の高速艇にすぎなかった。だれしも驚いたことにそこには山田高堂《たかどう》提督が乗っていた。ビルマの電撃的占領で日本全土に武名をとどろかした人物である。斉藤大佐がしかるべき歓迎手続きをとる前に、提督はさっさと上陸し、ちょっと礼をかわしただけだった。このセンセーションはすぐさま地下壕の隅々《すみずみ》まで伝わった。マッギルロイの校舎。お茶を運んできた当番兵が提督の合図であわてて姿を消すと、山田は教卓の横に席をとった。その物腰を見ても重大極秘命令を携えてきていることがわかった。臨席を許された参謀たちは整然と沈黙を守りながら待ちかまえている。

山田はずんぐりした小男。高貴の祖先を誇る長身の侯爵と対照的で、動作もスマートではない。九州の漁師の家に生まれ、漁船からはじめて戦艦まで進んだ男である。庶民の出ということは一見してわかった。それに勲章もつけず金モールの階級章も色あせ、その貫禄はひたすら地位と名声に発するものであった。いや、そのほか鉄のごとく強い精力があった。だれもその影響からのがれられない。

彼は前おきなしで切りだした。声は低いが非常に洗練された話し方で、軍事専門語を避けることもままあった。

「諸君、船団が運んできたのは諸君への援助ではない。人員も弾薬もない。敵はほかで忙しく当分当水域で作戦行動をしないのだからその必要はないわけだ。であるから、今回の船団は駆逐艦二隻だけで護衛にあたった。その他の点でも敵反攻が間近いという諸君の期待を裏切らざるをえない。ここは兵站《へいたん》基地になる……」

ここで斉藤大佐にちらと微笑を見せ、

「侯爵、遺憾《いかん》ながらアッツはさしあたり土木工事の場になるのです。大量の重機材を運んできましたよ。まずトラクターやローラーなど土木機械です。それに船二隻でセメントと三千トンの爆薬を。有能な技師もいます。しかし労働力はここの守備隊でまかなっていただく」

参謀たちは敵と戦うかわりに肉体労働者になれと申し渡され、度を失った。提督はしばらく間をおき今度は声を高めた。「全力を投入し、本島に短期間で飛行場を建設する。長距離爆撃機の発着が可能なものを。滑走路は最低三千メートル必要。機そのもの、および付属施設のいっさいは山の横穴におさめる。われわれの戦争遂行にとり重大かつ緊急の作業だ。敵のじゃまがはいる前に完成させなくてはならん。それには関係者全員の滅私的努力が要《い》る」

山田は質問せよと言わなかったが、マッギルロイの椅子から立たなかったところを見ると、それを待っていたらしい。

しばし沈黙がつづいて大佐が予定日数をたずねた。

「はっきりと決まってはいないが」と提督は答えた。「貴官の当初予測より早く完成するでしょうな」

「石英と花崗岩《かこうがん》の山をとりのけねばなりませんが」工兵隊長が口をはさんだ。「ひと雨あると川は激流になります」

山田は眉を寄せた。

「島の地学的情況はわかっている。おそらく敵よりもよく。戦前に専門家の一団がここに来て詳しく調査した……もちろん北海道大学の昆虫学者と偽って。虫集めならどこに登っても疑惑は招かない。成果は上乗だった。われわれはアッツを内と外から知りつくしている。計画は微細な点にいたるまで練られてあるのだ」

個人的に落胆はしたものの、斉藤大佐は日本軍指導部の深慮を誇りに思った。

「閣下、身命を賭して任務を遂行いたします」

提督は席を立った。

「諸君、本官が責任者となる。陣頭指揮をとるであろう」

6

アラスカは盛夏だった。凪《な》いでいるのですごく暑い。森は乾燥して気になる音を立て、草は火口《ほくち》のように水気をなくしていた。フォート・ユーコンからは気温四十度と報じてきた。

危険な季節だった。ちょっとした火花から大山火事が起こる。山火事はアラスカの厄だった。ヨーロッパの数州分の面積が一度に焼かれてしまう。飛べず足ののろい動物は火あぶりだ。小屋、家、村も灰となり、警報が遅れれば人命の犠牲も出る。乾ききった森や草原で火勢をくいとめられるものはない。黒煙が天に沖《ちゅう》し、昼は夜に変わり、空気は吸えなくなる。下生えは浪のように動く。小動物が死にものぐるいで逃げるのだが、火のほうが速い。オオシカやトナカイなど大柄の速い動物たちは恐怖に駆り立てられて藪《やぶ》をくぐり、オオカミ、ヤマネコ、クマも必死で駆けつづける。その背後で稲妻が走り、燃える葉や枝が火のローラーより先行し、本番の用意をする。川などあっても関係ない。高熱から生じた熱風が先へ先へと吹きまくり、百年もたった大樹が松明《たいまつ》のように燃えあがる。火の翼の進撃はすさまじい。大河、沼地、湖、裸岩《はだか》の山並み、海岸でくいとめられない限り、そのうち嵐で消えるまで燃えつづけるのだ。嵐の発生は必然的なのだ。大火そのものが雲を呼ぶのである。

落雷や乾いた樹の摩擦が大火の原因になることはめったにない。たいてい責任者は軽率な人間である。よく消さなかったたき火、ぽいと投げすてたタバコなどがどういう結果を招くかまだ知らない人間たちだ。アラスカの住人にその心配はない。夏の乾期のおそろしさを彼らはよく知っている。新しい住人もまずそのことを教えこまれる。

ハミルトン将軍が責任ある訓練を発揮できるのはこの点だった。山火事の危険については当局から言われるまでもない。アラスカ方面軍最高司令官は、たいていの新兵が荒野の危険にいかに無知であるかよく知っていた。大都会から来たものにはアラスカはまったく未知の世界。ただちに根本的に順応しなければ、新米のためとんでもないことになりかねない。

彼らは続々とやってきた。サンフランシスコ、ロサンゼルス、ポートランド、シアトル、サンディエゴから。みんな船便が便利なので西海岸の大都会からだ。ペンタゴンはアラスカに気をつかいはじめ、北方にひきつづき増強を送りこむ。冬になるころにはさらに訓練を積んだ大部隊が来て、少なくともアンカレッジ周辺を固く守るはずだ。

だがまずハミルトンの使命は、アラスカを味方から守ることであった。山火事を警告するビラを印刷、いたるところに貼らせた。講習をひらき、規定を守らないものには罰を科した。何よりも将軍はガラスの破片を気にした。それがどれほど物騒なものか新参者は知らないのである。不幸にして日光がある角度で割れたガラス瓶にあたると、それがレンズの作用をし、大災害の因となるのだ。フォート・リチャードスン地区に発した山火事がいかにすみやかにすべてをなめつくすか、しろうとには想像さえできない。たえまなく弾薬と燃料は港から基地に送りこまれ、それらを規定どおりに収容すべき地下壕とタンクはまだ完成していない。本国から運んできたばかりの半ば完成した木造家屋はいたるところに山をなし、種々の箱もうずたかく積みあげられている。山火事には絶好の餌である。ハミルトンは火の危険のあるところでガラスを捨てる者を憲兵に逮捕させた。

この騒々しい大物資集積所のまわりは、膝まで届くスゲ、ヒメカンバ、ニワトコの茂った練兵場で、いつもは緑なのだが、いまは乾ききって灰色と黄色になっていた。小さな火でもあっという間に一面が焔《ほのお》に包まれてしまう。そのため司令官は〈ガラス片作戦〉を発動した。千人あまりが動員された。ぴっしり一列に並び、草をかきわけて探していく。どんな小さな破片も見のがしてはならない。破片はいっぱいあった。基地内でアルコールの飲用は許されていなかったのだが、兵が勤務後、野外でこっそり喉《のど》をうるおすのは普通であった。のんべえの兵がいるところには目先のきく商人がはいりこんで、需要のある品を供給するものである。缶ビールは戦争でつくらなくなり、瓶づめにもどった。それが瓶のままか割れてどこにもころがっている。

破片探しというのは、暑くてほこりっぽくて退屈な仕事だ。古いビール瓶の危険など信じている新兵はほとんどいない。将軍は退屈した顔を見てだいたいのところを察した。将校全員もこの危険を信じているとは限らない。そこで将軍自身が作戦の指揮をとらなくてはならなくなった。ほかの者にまかせては監督に身が入らず、すぐだれてしまうだろう。そこで彼はジープ上に立ち、兵の列を飽きずに巡回した。

「古いビール瓶は新しい地雷より有効なの

だ」と呼びかけて。

「しかし、中味のある瓶のほうがさらに有効であります」とやりかえす新兵がいた。将軍は笑っただけだった。二週間前には民間人だった兵だ。そうすみやかに金星肩章を敬《うやま》えるようにはならない。

左翼にもどり、まだほとんどからの袋をひきずっている二、三名に注意し、もう一度探しなおせと追い返した。「今日が暑いことはわかっとる。だが基地が燃えると、もっと暑いぞ」

だが列のはずれの小男は彼の気に入った。けんめいに探し、袋ははちきれんばかりだ。将軍はそこへ車を進め、それがインディアンであることを知った。

「お前にはこの意義がよくわかっているな」

ハリー・チーフスンは顔をあげると、慣れないやり方で不動の姿勢をとろうとした。

「もちろんであります。もっと前にするべきでした！」

「サー……だ」ハミルトンは注意した。

「は？」

「兵隊は上官にサーをつける」将軍はおだやかに説明してやった。

「はあ……失礼しました」

「サー……」

「はい……じきに覚えますです……サー」

「ま、よろしい。いつ入隊したか？」

「三日前で……サー」

「アラスカ生まれのようだな、どこか？」

ハリーはちょっと考えた。どこの人間ということはないのである。

「最後はヌナルトで……サー。ラッフルズから舟で三日です」

「そこにはまだインディアンは多いのか？」

「いえ、おれだけでした……サー」

「罠猟師《トラッパー》か？」

「そんなもんです……サー。ほんとはちがうけど。ボスを手伝ってビーバーをつかまえてました」

「やはり猟師ではないか」

「いえ、皮をはいだりはしないんであります。生かしておきます、サー」

「なんでだ？」

「ビーバーをほかに移すのであります。サー……トランスプラントと呼んでいます」

「だれのためにだ？」

自然保護局と答えればいいのだが、インディアンにとって役所にはいわば顔がない。フレーザーもそうだ。高いところにいすぎる。

「アラン・マックルイアといっしょにやっております」

アラスカで彼のボスのことを知らない人間がいようとは、ハリーには考えられなかった。

「だれだ、それは？」ハミルトンにはビーバーをつかまえてまた放してやるというのがどうも納得できなかった。

「いい男です、サー、はっきりいうと、私のボスはアラスカでいちばんいい男であります」

彼の顔は輝き、張り出した頬骨の上で赤銅色の皮膚がひきしまって、猛獣のような歯並みをむきだしにした。

「チーフに心酔しておるな……」ハミルトンは自分の部下と心中くらべてみた。

「会われたら閣下もそうなります」インディアンの新兵は強調した。

「その……マックルイア、どこの出身か？　職業は？」

「野獣監視員ですが、その気になればもっと偉くなれます。でもその気がないんです……それでいいんであります、サー、本当であります。いまのままがずっといいので……」

「ふむ……話したまえ」

そしてハリー・チーフスンはアランのことを話した。ベタ金の将軍の前でもおじけずに賛嘆をこめて。将軍の驚きは徐々に高まった。彼も熱心な狩猟家で若いころはそんな生活を夢見ていたのである。もちろん軍人の旧家の出で職業ははじめから決まっていたようなものだったが、獣と荒野への情熱は昔のままだった。ことに興味をそそられたのがアランのオオカミ狩りであった。テナナで子供がオオカミに殺されたという。どこかでハミルトンはそのことを聞いたか読んだかした覚えがあったが、オオカミが人間を襲うとは信じられない気がした。かなり時がたってから呼ばれたアランは、それでもオオカミを追跡して仕留めたのである。

「きみのヒーローだが、それが本当のオオカミだとどうしてわかったのかね」将軍はいぶかった。

「足跡がありますサー……」

「あのあたりには山犬が多いが」

ハミルトンは首を振った。

「数日たった跡をマイルも追えるものか！」

「アランにはできるのであります」

「ふむ、わからん……どのオオカミの足跡も同じに見えるはずだが」

「私のボスには違うんであります、サー。本当です。ボスをごらんになれば、わかるであります。それから灰色グマの話で……」

「ちょっと待て」将軍はインディアンをさえぎった。「連絡が来たようだ」

本部旗をひるがえしたジープが野面をとばしてきた。ひどくはねあがり、規定以上のスピードを出しているとわかる。

「車をだめにしちまうじゃないか」将軍は眉をひそめた。

ブレーキを軋《きし》らせてハミルトンの前に停まったジープから降り立ったのは、ヘンリー大佐だった。

「サー、三十分も捜しました」

将軍も自分のジープから降りた。

「何が爆発したのかね？」

「爆薬数千トン分、と思います」

ハリー・チーフスンは軍規どおりすでにそこを離れ、ガラス探しにもどっていた。

「昨日アッツ偵察に成功しまして、サー、大量の空中写真を撮り、セドゲウィクが研究しました……それによると、ほとんど確実に……」

ヘンリーは息を切らし、まず深呼吸した。

「落ち着きたまえ、逃げはしない」

「は……ジャップ、大飛行場を建設中であります。昼夜兼行で……岩に大穴をあけ、あの辺は大海戦のような騒ぎだそうで！」

「けっこうな知らせだな」

「ジャップは大量の資材を投入したにちがいありません……トラクターとトラックがうようよし、滑走路はすでに完成……谷を土砂で埋めたのであります。高射砲もごっそりあって精度も高く、わが軍は一機を失いました、サー」

「まずいな、ヘンリー、飛行機が足りないというのに。だが、飛行場のほうがもっとまずい……何か手を打たねば。それもすぐにだ。私はワシントンに飛ぶ……電話ではうまくない。すぐ出かけられるよう手配してくれ。資料も準備して。途中で調べよう」

急報にもかかわらず将軍はジープを出す前に、もう一度インディアンに声をかけた。

「話してもらって、ありがとう」

「どういたしまして」ハリーはしばらくして言いそえた。「サー」

7

日高遠三大尉はそのころまだ満州の関東軍にいて、オロチョン族と接触をとるよう師団長に命令されていた。興安嶺《こうあんれい》のかなたで遊牧と狩猟の生活を送っている自由な民である。彼らが蔣介石の前哨と関係があるか、それともソ連軍の斥候《せっこう》がアムール川を越えてそこまで進出しているか、それを確かめるのが任務だった。

同行者は満州人通訳と馬卒。二人とも軍服はつけない。贈り物を積んだ馬三頭をひいていった。アルミ鍋、日本製のナイフ、中国製の煉瓦《れんが》茶などである。こうしたところは毛皮交易のほかなんの意図もない調度班である。住民たちに日本兵が来《きた》るべき冬にそなえて毛皮を必要としていると思わせるのだ。うわさがひろまってから機を見て肝心の問題を解明する。

十一日めにやっと接触があった。一ダースほどピカピカの鍋を住民の通り道にぶらさげておいて、いきなりあらわれた商人たちに敵意のないことを示した。まず森の奥から数名の老女が派遣され、男たちがそれにつづき、やがて大尉はタイガ（北アジアの密林）の住民の集落に珍客として招かれた。

その位置から大尉は、彼らが奇襲の危険についてはまず森を信頼していることを知った。

オロチョン族のほか、森の道を知る者はない。緑の迷路を歩ける者はない。番兵を立てなくとも、獣《けもの》の走り方、カモの飛び方で敵が接近中とわかる。ひらけた場所よりも密林からのほうが侵入した敵をたたくのは楽なのだ。

大尉は急がなかった。信頼を得るにはこれがいちばんいい。贈り物も相手を選んで配った。だれにやるのが効果的か見きわめる必要がある。日高の通訳は交易の際に習い覚えたオロチョン語をいくつか知っているだけなので、大尉は自分で彼らの言語を習得しなくてはならなかった。

贈り物の値打ちを高めるため返礼を求めた。外面的には双方ともすぐ交易条件がまとまった。やがて願っていたとおり、彼らの間で威信を増すチャンスが日高に訪れた。

それは一頭のトラのおかげだった。オロチョン族が獲物を仕留め、宿営地に曳いて帰るその跡を追う習性のトラだった。煙と騒ぎと大勢の人間がこわかったので、トラは宿営地の手前で猟師を襲った。不意を打たれて逃げることも防ぐこともできず、二人が重傷を負い、一人が死んだ。

周知のごとくトラのなかで満州のがいちばん強い。相手が人間一人なら逃げはしない。縄《なわ》張り荒らしとみなし、機会をみて殺す。食べるためではない。人間は好かないのだ。老衰か何かの障害のあるトラだけが、いちばん狩りやすい二本足でたまに飢えをしのぐだけ。

だが今度の例はちがった。狩人は単独では遠くまで出ないようになり、早くも移転の話がささやかれはじめた。

そこへまた事件が起きた。いちばんの罠猟師が頭をへし折られたのである。トラを追おうという者はいなかった。これほどの強敵が相手では彼らの武器は貧弱すぎる。大損害は避けられない。これは彼らの宿命だった。だから日高が救いの神となってあらわれると、彼らには大歓迎だった。日高にとってトラを巧みに仕掛けた餌で誘うというのは、さしてむずかしくもなかったろうが、新式銃ではなく猟人としての計略と術でやっつけてみせるほうが、長もちする感銘をあたえられると彼は考えた。

そこでスプリングガンを作ることにした。彼の軍用小銃を信頼した三人の青年もついてくることになった。足跡を追う技術では最初差はなかったが、そのうちに日高もオロチョン族のほうがすぐれていると認めないわけにいかなくなった。ことにノボルという若者の目はすばらしかった。足跡が湿地にはいって日高が追跡を放棄しようとしても、ノボルは平気で先を急ぐ。やわらかい地面では、トラの足で踏まれて倒れた草の茎がとっくに起きなおっているので、大尉には何も見わけられない。それでもこの森の若者に跡がわかるというのは、第六感を持っているからにちがいない。

正午ごろトラの通う道に出た。おそかれ早かれ姿をあらわすものと考えられる。日高はここに罠を張ることにした。トラがみずからを撃ち殺すという罠だ。それもオロチョン族ノボルの古色蒼然たる銃で。そんなことができるものかどうか、オロチョン族にはわからない。

だがスプリングガンそのものは簡単な仕掛けである。腕ほどの太さの枝を地面に打ちこみ、木と石で頑丈な屋根をかぶせる。罠の前面はひらき、後ろに行くにつれすぼまっていく。イノシシの腿肉《もも》をそこにおく。あらかじめにおい跡をつけるためあたりをひきずって歩いてある。細い丈夫な糸でそれを旧式銃の引き金に結びつける。銃は罠の奥の外にしっかりとりつけるのだ。銃口は小さな穴ごしに餌の上十センチのあたりを狙っている。肉にありつくにはトラは頭を罠の奥に突っこまなくてはならない。餌を食いちぎると鉛弾丸がその頭骨を砕くというわけだ。空間が狭いので頭はどうしても射線にあたる。

三人のオロチョン族はこうした準備をあっけにとられてながめ、銃から離れていながらこんな猛獣を倒せるとは信じていなかった。

だが日本将校の計略は見事に成功した。三日めの夜になると、早くもオロチョン宿営地で銃声のこだまが聞こえた。翌朝全員が現場に急行すると、猛虎は罠の中で冷たくなっていたのである。

これは日高にとってオロチョン族の心をつかんだことを意味し、使命達成は確実になった。彼に向けられた尊敬はシャーマンさえうらやむほどで、とりわけ若者たちが、すばらしい術の数々を習おうと彼につきまとうのだった。彼らはこの日本人を超自然的能力の持ち主と考えたが、彼の狩猟術は自然の深い認識にもとづいたものだ。彼自身が観察したわけではない。ほかの自然民族が太古から利用してきた計略と発明なのだ。樺太の山野を跋渉《ばっしょう》するうち、彼はアイヌ、ギリヤーク、ツングース人から多くのことを習った。これらはすぐれた罠猟師で、いつしか個々の民族に独特の方法が発展していった。だが日高のいちばんの師は、今日ではほとんど忘れ去られた専門文献であった。前世紀の学者、探検家が、当時まだ自然に即した方法で生きていかなくてはならなかった諸民族の狩猟術について書きしるしたものである。その後これらの民族のほとんどは異国文明と接触を持ち、次の世代になると父祖の技術は忘れられてしまって、探検家の報告に残るばかりである。しかし彼らの記述が非常に詳しく、たいていスケッチもそえてあるので、日高のような人間にはそれらの復活応用はさしてむずかしいことでもなかった。いろいろな特殊軍事任務でそれを試す機会は多かった。国境を越えての偵察行で幾週も自活を強いられることはよくあり、オロチョン族の人びとを感嘆させた腕もその産物なのである。

と同時に、彼らからも学んだ。彼らも日高に初耳の術を知っていたのである。ことにノボルは動物の声をまねる名手で、若いウサギの声でキツネをおびきよせることができた。腕をさしのべて喉《のど》をごろごろさせると、山バトがそこに飛んでくる。日高もさして苦労なくそれを習得した。興安嶺北の生活はいろいろな点で成功だった。

長老の会議もこれほどの貴重な友人を拒むことはできず、やがて大尉はタイガに見知らぬ人間があらわれたら最寄りの日本軍哨所に報告するという約束をとりつけた。もちろん報酬つきで。いちばんいいのはそういう人間をその場で殺してしまうことだと、日高は言いふくめた。なにしろみんな悪人で、獣に毒を盛り、オロチョン族を森から追い出そうとたくらんでいるのだから……その巧妙な話しぶりを彼らは一も二もなく信用した。とにかく今は親切な日本軍が守ってくれて、新兵器も分けてくれる。一発ごとに装塡《そうてん》せずとも七回連続で撃てる銃だ。異人の首ひとつと引きかえにそれを一挺やると日高は約束し、オロチョン族側は悪人がなるべく早くそれも大勢こないものかと首を長くしていた。首などおやすい御用、これまでこんなうまい商売はなかった。

大尉は満足した。興安嶺北の密林で敵斥候はさしたる成果を得られまい。政治工作員など住民の顔を見ないうちにおだぶつだ。その首に懸賞をつけることを日高は異常とも非人道的とも思わなかった。満州の中国人憲兵も、その能力の証拠として処刑した盗賊の首級《しゅきゅう》を知事に送っていたものである。日本の利益になることならなんでもよろしい。

四週間すぎてから日高は帰路についた。ノボルは頼みこんでついてきた。この足跡を読みとる名人は方々の森でのこれからの任務にもっと役に立つ。

緑の密林は四日めにようやくひらけ、大タイガは終わった。ここから草原、速く進める。夕方には草原じゅうの古い小邑《こむら》、日本軍の最前線ネンシアンに着けよう。

六騎は草の海を一列に進んだ。目の届く限り十倍の軍用双眼鏡をもってしても、草原は無限につづくようであった。

正午ごろ大尉は突然振りむくとノボルを手招いた。遠くに煙を認め、オロチョン族の意見を求めたのだ。煙ではなく砂塵《さじん》だという返事だった。馬のない車だ……。

日高は丘に登って双眼鏡をのぞいた。西から来てネンシアンをめざす車両六、七台。前後を装甲車が守っている。また匪賊《ひぞく》が出たのだろう。自動車の列は障害物を避けて蛇行し、やがて陽炎の中に消えた。

日高は馬を急がせ、疲れた仲間も黙って後についた。

ネンシアンの灯が見えたときは暗くなっていた。めぐらされた粘土煉瓦の城壁は匪賊から日本軍守備隊を守るのに役立っていた。パルチザンは蔣のものか共産軍の毛のものかわからない。どちらも略奪をすることがある。鉄条網、土嚢《どのう》、機銃二挺が町のひとつしかない門をかためていた。

日高は歩哨の前で下馬すると、明るい場所に出た。ほこりにまみれていたが、その制服を見た歩哨は敬礼した。だが門をあけない。

「松浪《まつなみ》閣下がいましがた到着され、外来者についてはまず閣下に報告することになりました」

師団長が来たというのはありがたかった。日高を派遣したのは彼で、直接に報告できる。大尉は将校を呼ばせ、ノボルを引き合わせた。

「この若者がわれわれから最良の印象を受けるように配慮してくれ」

そして報告の前に身なりをととのえるつもりだったが、城門を通るとすぐ一人の少尉が迎えにきた。

「大尉殿、閣下がすぐお目にかかります」

日高はその後をついて、くさい狭い道を歩んだ。何度か曲がって小さな広場に通じている。赤塗り屋根と琺瑯《ほうろう》瓦の儒教の廟《びょう》が司令部となり、二人の哨兵が日高を捧げ銃で迎えた。

中庭に出されたテーブルのまわりに数人の将校が集まり、ランプの灯で地図を調べていた。その中から将軍が歩み出た。

「大尉、心配したぞ、幾週も待っていた」

日高は軍帽に手をあげて身をかがめた。

「失礼いたしました……」

「諸君、つづけていてくれたまえ」松浪は将校たちに言った。「私は日高に用がある」

将軍は日高を裏手の殺風景な部屋に案内し、ひとつしかない椅子をすすめると、自分は野戦ベッドに腰をおろした。

「閣下、任務の結果をお話ししてよろしいですか？」

「あとでよろしい、いまはもっと重要なことがある……きみには別な任務が授けられた。すぐ東京へ飛ぶのだ」

「東京へ……？」日高はあっけにとられた。

松浪は上衣のポケットからしわくちゃの朝日の箱をとりだし、日高は一本もらいマッチをさぐったが、見つからなかった。火も将軍がさしだした。

「まずきみは落下傘の訓練を受ける……まだその経験はないな。必要になるのだ」

「閣下、何に必要か、お教えいただけますか？」

松浪は机の上にあった米粒を払い落とした。

「もちろんだ。日高、私から伝えよといわれておる。きみは敵地に潜入する。きみが選んだ十ないし十二名の部下とともに。作戦本部はきみに重要任務を課した。きみが最適任だとされたのだ……思うにきみがだれより長く敵地で補給なしに頑張れるからだな。いったん敵地に降下すれば支援は困難だ。きみがしじゅう位置を変えるばかりでなく、無線を探知されるからだ。作戦の目的は正確な気象情況を報告すること……アッツへ」

「アッツへ……?」日高は前よりも驚いた。作戦地は満州だとばかり思っていたのに。

「アッツはアメリカから奪った島、アラスカ方面ですが」

松浪はタバコをもみ消し、にっこりした。

「そうだ、そこから出発するのだ。きみが帰還できるかどうか、作戦の性格からして非常に疑問である。はっきり言う。その前に短期間休暇を出すから、身辺の整理をしたまえ」

日高はうなずいただけで何も言わなかった。日本軍では必要とあらば特殊任務遂行に命を捧げるのがあたりまえであった。

「休暇はなくてもかまいません。私は独身で父ももちろん……」

「ウム、きみの父上のことは聞いておる。誇りに思われることだろう……だが、任務の話にもどろう。大事なのはできるだけ長期にわたって活動することだ。アラスカのただ中で。ここと似ておるが、山はさらに高く、冬はもっと長い。北部はまったく無人境のはず。敵もありきたりの情報しか持っていない。きみはどうしても無線で位置を暴露してしまうことになる。敵は全力をあげてきみを発見し殲滅《せんめつ》しようと図るだろう。それをできうる限り阻止するのだ。まず位置を常に変えて。交戦はいかん。敵をまくのだ。最良の武器はいつも計略だな。この点きみはこれまで優秀な成果をあげてきた。私は完全に満足しておる。アラスカでもやってのけられるだろう」

日高はふたたびうなずいた。

「閣下……自分で部下を選べとおっしゃいましたが」

「そうだ。自由にやってよろしい。だがいくつか条件はある。通信兵二名と気象専門家二名は必要だ。そのほかは最高の体力、耐久力が要求される。日高、それはひたすらきみという手本にかかっておる。指揮官としてのきみの能力に。きみに必要なのは、完全にきみの影響下にある人間だ……心酔しているといってもかまわん。知ってのとおり、それには単純な人間のほうがよろしい。彼らは確信しやすく、その確信は長つづきする。だが、きみが倒れたときの代理が要るのはもちろんだ。思考力を持つのはその代理だけでよろしい。すぐれていなければ困るがな。そのほか知識人はいらん。彼らは生命の価値を重んじすぎ、できるだけそれを救おうとする。事態如何《いかん》では各人がすすんで任務の犠牲となるのだ。作戦の寿命はきみの部下の耐久力と献身にかかっている。きみの責任は適切な部下を選ぶことだ」

松浪は相手を見すえた。

「全力を尽くします、閣下」

「当局も協力する。永井大佐はきみの望む人事書類をすべて提供するだろう……憲兵隊のも」

この言葉で大尉はあらためて任務の重要性を知らされた。軍事警察の隠れた力ほど神秘的で恐れられるものは、日本にもほかにない。それは国家中の国家、国家の裏に遍在する全能の機関である。あらゆることを知り、監視し、それに見込まれれば迅速に出世し、憎まれればあっという間に消される。この機関を操っているのが何者か、その人物自身はどう評価されるのか、だれにもわからない。日高大尉にそこの秘密文書をのぞかせるというのは、めったにないことだが、彼を信頼しているしるしだ。だが彼はうれしくなかった。憲兵隊の陰惨な活動など知りたくなかった。

だからすすんで話にのらず、オロチョン族の青年を同行してよろしいかとたずねた。

「言うまでもない。ただし医学検査に通り、降下訓練に良い成績をおさめたらだが。きみが彼を完全に掌握《しょうあく》しているということは大事だからな」

「閣下、彼らにとり日本人は天国の民であります。彼は地上で非常に役立つでしょう」

「けっこうだ。残りは実戦経験に富んだ兵にしたまえ。いつかは交戦にもいたるだろう。それに技術者……運動に鍛えられた技術者……そんな者がいればだが」

「見つかります、閣下」

松浪はうなずいた。日高に満足だった。さすがは人事部長、これが唯一の適材だろう。この師団に狙いをつけたのももっともだ。これまで日本軍が占領した最も悪条件の土地に駐屯しているのだから。

彼はそのときになって日高がタイガから帰還したばかりだと思いつき、報告を求めた。耳をかたむける間、ゆっくり相手を観察した。めったにないことだった。それまでこの将校は彼にとって、軍というチェスに並べられる多数の有能な将校の一人にすぎなかった。軍人とは使えなくなるまでその義務を果たす。みんな大小の差はあれ巨大な戦争機関の歯車というだけ。それが集まって国家の発展という共同目的に動いている。個々人は重要でない。重要なのは、アジアの半分にひろがった巨大機構の効率なのだ。だがこの大尉はいまそこから躍り出した。この機構の外部で活動するために……まだ日本軍が足を踏みいれていない大陸への尖兵《せんぺい》として。まったく新しい方角への選ばれたパイオニアなのだ。

日高遠三は大男ではないが、腕と肩の筋肉は軍服の上からもよくわかる。なのに動きは軽く、歩き敬礼するさまは優雅とさえいえる。威儀を正してもこわばらない。生まれながらの将校であった。

顔は一般の日本人とちがい、円く平べったくない。ちょっとみては高い知性の持ち主とも思えず、その点、学識高い先祖たちと似ていない。これはもともと農民の処世知ともいうべき自然の資質である。考えをまとめて話すとき、彼の目は生気に満ち、聞き手を魅了せずにはおかない。だが自分が聞き手にまわるか黙っているときには、目は半ば閉ざされ無関心な表情に変わる。昼食時の農民のようだ。

将軍は詳細な報告を謝したが、賞讃はあたえなかった。それは人事書類に記入する。将校にとって任務の遂行はただの義務である。明朝まで文書にまとめるよう将軍は命じた。日高に休養が必要なことはもちろん知ってはいたのである。日高は命令とあらば三夜も書きつづけるだろう。

「気の毒だが眠るひまはなかろうな、明朝八時に連絡機でハルピン経由で東京へ行くのだ」習慣に反して将軍は言いそえた。

「幸運を祈るぞ」

日高は敬礼した。

8

白夜だった。太陽は数時間しか沈まない。空気はよどみ、葉を揺する風もない。葦《あし》さえそよぎをやめたようだった。数週前から空は雲を見ず、動物たちはかげにひっこんで灼熱の何時間かを眠っていた。

アランの足下で落葉が鳴った。その顔は汗で光っていた。箱罠が肩にくいこむ。ビーバーは落ち着かずに暴れ、箱の裏張りのブリキを嚙《か》み破ろうとしていた。罠を両手で支えていなくてはならなかった。手数をかけさせられたので、このビーバーがかえって気の毒だった。何週も捕えようとむだな努力をかさねてきた。このダム工事の親方はますます用心深くなり、自分が狙われていると悟ったらしい。根城を出て、新居を見つけるにはいいかげん時間がかかった。ハリーがいたうちは交替で見張った。インディアンが池の上に枝を張り出した樹に登っていたとき、水中をくぐる影が見え、方角がわかった。ビーバーの隠れ家はすでに葦におおわれた昔のすみかだった。アランはそこを注意深く掘ってからまたもとどおりに直し、ビーバーより鋭い目でもいじったあとがわからないようにしておいた。こうしていま獲物を持ち帰っているわけである。

足をとめ、箱を反対側の肩に移した。ビーバーに話しかける。安心させてやろうというのだ。これまでの経験から、野獣といえどもある種の人声になだめられるとわかっている。アランはビーバーたちへの好意を語った。じきにみんな自由になり、お前には責任ある仕事が待っているのだ。どのビーバーの家族だって新部族の祖になれるわけじゃない。ましてや人間どものうらやむ国をつくるなんて。アフォニャク島でいつまでも平和に暮らしてくれ、それをかき乱す罠猟師はいない……。

ブリキが破れないとわかったのか、それともアランの声に安心したのか、ビーバーはおとなしくなった。箱は肩で安定し歩度を速められた。じき湖畔につく。箱をそっとカヌーにのせ、艇尾のはずれにすわるとパドルをとった。湖面は絹のようで、ずっと深くまでのぞきこめる。いたるところでその昔沈んだ流木がかさなりあい、水草がその枝にからんで、魚が鱗《うろこ》を光らすのが見えた。ウナギや大ナマズがいる。まだ人間の目が触れない動物も棲《す》んでいるだろう。

べつに急いではいない。小屋で待つ人もない。ハリー・チーフスンが去って一週間を超える。自分では認めたがらなかったが、アランは仲間のいないのがさびしかった。幾月も一人で暮らすのに慣れてはいる。エンディコット山脈でひと冬を単身すごしたこともあったが、いまほどさびしくはなかった。気が滅入って今日の成功もさしてうれしくないのは、孤独のせいばかりではなかった。ビーバーのことはいわば二人の仕事だった。二人で計画を立て、ついこのあいだまで進めてきたのだ。片方がしばらく欠けることはあっても、それは同じ仕事に関係したものだった。すぐに会って体験を交換した。先に小屋へもどったほうが火をおこし湯を沸かしたものだった。

いまはアランだけで狩猟を完成させねばならなかった。例のビーバーを捕えたことでハリーがいたらどんなにうれしかっただろう。しばらく前から外部が二人をそっとしておいてはくれないだろうとの予感はあった。そのとおりに二人は引き裂かれてしまったのである。未知の権力が彼らから自由な生活の権利を奪いとったのだ。それに対して何もできないというのがアランにはこたえた。国家同士の遠い戦場がヌナルト湖の二人にとってなんだというのか？　青い山並みと道もない森を越えて砲声も聞こえない。だれに脅かされているわけでもない。

それが間違いだった。権力からのがれられる場所はないのだ。ここにも大戦の雷鳴はひびいてきた。これまで感じたこともなかった国家の力が、アランの領域にまで伸びてきた。自由の王国に絶対服従を要求する命令が下ったのだ。

連中はハリーをどうする気だろう。狙撃手として彼の右に出る兵はいるまい。だがそのほかではだめだ。ハリーが歩調をそろえて行進するなどとても考えられない。命令に応じて多数の人間の一員になるというのは、猟師には不向きなのだ。ことにインディアンには。軍部もそのことに気づいて、ハリーを送り返してくれないものか。

カヌーは岬を曲がった。三十分で着く。アランは漕ぐ手を休め、舟を水流にまかせた。子供を連れた雌のオオシカが浅瀬に立っている。パドルの音でこの美しい一幅の絵を壊したくなかった。オオシカは前足をひろげて重い首を水に突っこみ、やがて水をしたたらせてあらわれた口には葦の葉がくわえられていた。子供がよちよち近寄り、母といっしょに食べはじめる。

二匹が岸にもどってハンノキの藪《やぶ》に姿を消すまで、カヌーの男は辛抱強く待っていた。ふたたびパドルをとって大きな入江を横切りおえたころ、なんでハリーが召集されたのか、いきなりわかった。アラスカ・スカウトのせいだ。かつてハリーは熱心に彼らに協力したことがあった。マッキンレー山で消息を絶った登山家を捜したときとバレン・グラウンドに不時着したパイロット救出のときに。スカウトはすばらしい連中でアランも賞讃を惜しまなかった。功績は多い。行方不明者が出たとなると自由意志で出動する。ハリーの勘はすこぶる重宝で、スカウトたちから一種の名誉会員とされていた。これで彼の名はリストに載り、スカウトが召集されたついでに持っていかれてしまったのだ。

アランは運よく兵役をまぬがれていた。適齢になったとき、長期にわたって住所不定だったので簡単に忘れられていたのである。その後はだれも思い出していない。あのいまいましいリストが人目に触れないようにしなくては。登録してあるのは自然保護局だけだが、そこなら心配ない。フレーザーが守ってくれる。人手が足りなくて困っているのだから部下を兵隊には出さないだろう。

アランはパドルをひきあげカヌーを惰力で走らせた。ブリキを張った舟底が小石に軋《きし》むとビーバーはひどく興奮し暴れまわったので、箱は横倒しになった。アランはそれを持ちあげ地面にとびおりると、前に捕えたビーバーの檻《おり》がおいてある納屋に運んだ。そこで彼の足は釘づけになった……。

何者かが金網を破り、ビーバーの姿はなかった。

納屋の中は暗くてよくわからない。アランは壊された檻を外へ出した。木ばかりかブリキも嚙《か》み裂かれ血にまみれている。

クズリ（イタチ科の肉食獣）の仕《し》業《わざ》とわかった。ブリキを破れるのはこの大食らいだけ。殺せるものがいる限り殺すのもこいつだ。これほど人間に恐れられ憎まれている野獣はない。

アラン・マックルイアは長いこと壊れた檻をのぞきこんでいた。この猛獣のことを考えなかったのは、彼の責任だ……。

ハリーといっしょにヌナルトに来てから、クズリの足跡にはぶつからなかった。それでもやつらは方々《ほうぼう》を歩きまわっている。クマ、オオカミ、ヤマネコは多い。キツネやテンもいる。だがこのうちでいやな人間のにおいのする小屋に近寄るやつはいない。それでもクズリのことを考えるべきだった。いまになってアランは悟った。立ちすくむうち、恥ずかしさと後悔が心の奥にくいこんできた。

呆然自失の状態を破ったのは親方ビーバーだった。仲間の血と同時に殺し屋のにおいもかぎつけ、死にものぐるいで逃げだそうと暴れている。

アランは罠の箱をしっかりと抱き、ボートに走りもどった。

ビーバー池までいつもは四時間近くかかるのだが、今度は重荷をかかえながら半分の時間で走った。息を切らせて狭い箱をあけ、ビーバーを放してやった。ビーバーは鉄砲玉のようにとび出し、池におどりこむと、もぐった。

振りかえって見るとビーバーは水面に顔を出し、輪を描いて泳いでいた。それが自分への挨拶《あいさつ》だとアランは信じて疑わなかった。

小屋にもどったアランはベッドに寝ころび、復讐計画を練りはじめた。

9

だれもがその瞬間の重大さを身にしみて感じていた。本当にしばらくぶりでアッツ島は活動を停止したのである。エアハンマーは沈黙し、ローラーは静止し、しじまを破る発破もなかった。四百人の日本兵はスコップにもたれ、あるいは手をだらりとたらし、痛む背を曲げたまま、いまや双発機〈本土〉が翼を張る滑走路をながめていた。

まだ工事が完成したわけではない。まず土砂にかこまれた狭いこの滑走路ができただけだ。だが〈本土〉にはこれで充分。この輸送機は離陸に七百メートルしか必要としない。野戦飛行場用に設計され、すぐ離陸して航続距離も長いが、武装はしていなかった。

滑走路をつくるのは大変だった。谷をひとつ埋めねばならず、そこの川の水路を変えた。兵は三交替で昼夜提督のおそろしい目を感じながら働いた。全員が彼の不屈の精力をおそれていた。山田ほどわずかの睡眠ですませる者はなく、人間の力をしぼり出す点で彼にまさる者もなかった。兵の呼吸も思考も戦争に奉仕するだけ。人間的関心事はいっさい断たれ、個人は問題でなく、それが全体の任務に果たす役割だけに価値が認められた。弱者も否応なしに駆り立てられ、怠《なま》ければ厳しく罰せられた。疲労のあまり寝込めば軍法会議にかけられ、それを繰り返せば銃殺だった。いたるところに憲兵の目が光っており、殺人的なテンポに不平を鳴らすものは、やがて姿が見えなくなった。地下の立坑ではそういう兵から成る懲罰《ちょうばつ》中隊が十六時間働かされた。日の目も見ず外部との連絡も断たれて。

アッツ守備隊公式指揮官斉藤大佐でも提督の仕事ぶりに口をはさむことはできなかった。山田は無制限の全権を持っていた。日本の独裁首相東条大将の直属なのである。斉藤は山田の命令を遂行するだけで、議論は許されなかった。斉藤侯爵にとって、こうしたやり方は新しいものだった。ふつう高級将校はしかるべく丁重に扱われる。軍隊が厳しい規律を要求するのはあたりまえだが、それも有意義な場合だけだ。どんなに単純な男も、日本人で陛下の軍人なら、尊敬されるべき理由を持つものだが、そのことを山田は忘れてしまったらしかった。軍隊の要求は多大といっても、緊張のあとにはいつも弛緩《しかん》がつづく。祖国のための献身は大事だが、山田のような長期にわたる強制はいかん。どれほどすぐれたモーターも回転しつづけではだめになる、とかつては士官学校で教えられたものだ。侯爵は先祖の大名のことを思いだした。近隣の大名と戦争をつづけるうちにも互いに取り決めをかわしてときどき休戦をし、武士たちを休ませたことを。だがそれをほのめかされた山田は、封建時代の旧習だと一蹴した。いまは東京から別の風が吹いている。問題は大名の戦争ごっこではなく、民族全体の存亡なのだ。それに、今日、日高大尉の気象観測隊が敵地に出発できれば、工兵大隊の予測より十日も早く山田の意図が成ったことになる。貴重な時をかせげたのだ。

将校の居並ぶ前に提督は乗りつけ、特有の短い歩幅で車からまっすぐ大佐に向かった。

「過負担の発動機は長持ちしない、そう言われましたな、斉藤大佐」

大佐はうなずいただけ。

「それは確かです」山田はほほえんだ。「だが日本軍人はどの発動機よりもすぐれていた。滑走路は完成ですよ、ごらんのとおり」

提督は将校たちに背を向け、驚くほど庶民的な身振りで疲れはてた兵たちに挨拶《あいさつ》を送った。きちんと軍隊的に整列しているのは本部だけで、兵士はぼろぼろの作業服をまとい、点々と立ったままだった。更衣と整列には多大の時間を要したであろう。

滑走路の端に新しい国旗掲揚塔が立てられ、日章旗がひるがえっていた。風は西から。天皇の統治する彼らの故国から吹いてくる。扉を広くあけた機の前には、日高遠三大尉と十人の部下が立っていた。右端は刀自本義《とじもとよし》少尉。みな重い装備を負いパラシュートまでつけていたが、不動の姿勢で、いま送別の辞を述べんとする提督に注目していた。

本部の将校は感動ぶりを表情にはあらわさなかった。左手で軍刀の柄《つか》を握り、目を前方に据え、踵《かかと》をそろえていまや飛び立たんとする戦友たちを伝統に従って見送っていた。

送られる彼らにとって、これが最後の礼になることだろう。だが日高はみんなからうらやまれていた。すばらしい任務なのだ。任務に倒れても、名は日本の歴史に残る。ほかの戦死者は数が多すぎてやがて忘れ去られるだろうが。

提督は手を振ってざわめきを黙らせた。

「お前たち」よくとおる声だった。「日没前には敵地に降下していよう。お前たちの一人一人はこの大胆不敵なる作戦に選びぬかれたのだ。お前たちの働きは、大日本帝国にとって、すこぶる重要である。仇敵のふところをたたけるかどうかは、ひとえにそこにかかっている。アメリカの都市が燃えるとき、われわれはお前たちに感謝するであろう。おごれる敵の国にこれほど深く突入した日本軍人はなかった。お前たちが最初である。お前たちの指揮官は最後の一兵にいたるまで耐えぬくよう命令されている。外からの援助はない。さ、行け、陛下の御心とともに。アラスカからの報告を待っているぞ」

山田提督は日本軍独特の硬い動作で上体を傾けた。将校の列もそれに倣《なら》い、日高たちも同じ礼で答えた。

その状態がたっぷり一分つづき、一同は機械じかけのように身を起こした。

島には軍楽隊をおく余裕がなかったので、斉藤大佐はスピーカーを据えつけて校舎の蓄音器に接続しておいた。

国歌がはじまると将兵は西を向いた。太陽の御子、日本国民の生ける象徴たる天子のいませる方を。上体をほとんど水平に曲げ、目を地面にそそいだまま、アッツ守備隊は国歌の荘厳なひびきのやむまで動かなかった。日本人にとり、これは太古よりの伝統で、支配者とその祖先たちと一体になったと感ずるのである。

国歌が終わると四千人は身を起こし提督を見守った。

「日高大尉、指揮をとれ」

日高は回れ右をし、搭乗命令を出した。あらかじめあたためられていた発動機は轟々と吼《ほ》えはじめた。

最後になった日高はドアのところで立ちどまり、もう一度敬礼をする。

山田は帽子をとると大声で叫んだ。

「天皇陛下、万歳……万歳……万歳……！」

四千の声がそれに和し、帽子が空にとんだ。

「万歳……万歳……万歳……！」

機上の十二名も唱和したが、エンジン音で外には聞こえなかった。

〈本土〉は滑走をはじめ、ドアは内部から閉ざされる。参謀たちの顔にプロペラの後流が吹きつけた。

即製の滑走路ぎりぎりいっぱいで離陸した機を一同の目が追った。

〈本土〉は身軽に上昇してアッツの灰色の山は遠くなり、やがて島そのものも後方に小さくなった。白い波頭を点じた濃紺のベーリング海が視界を占め、機はまっすぐ北東に向かった。

内部では話もできなかった。発動機の音がすごすぎる。輸送機には防音装置がない。人間にかまう余裕はないのだ。どこを見ても電線とパイプばかり。壁はうすい金属板で、人間用のものとしては帆布の折りたたみ椅子だけ。操縦席にはラッタルが通じ、床の鉄環にロープを通して積荷を固定する。広い荷用開扉は飛行中もちろん閉ざされているが、やがてそこから飛び出すのだ。その訓練は本国で受けてきた。

貨物室の中央に積んであるのは、不定時期にわたる小部隊用の完全な装備。山、川、森、深雪をこれを背負って歩かなくてはならないのだから、かさばってはいない。そこで浮いた空間には補助燃料タンクを積みこめた。それまで数えきれないほど考えをめぐらし、どんな小さな点にも気を配り、絶対に必要かどうか研究した。重要に決まっているものでもかなり残さざるをえなかった。最後の最後にしぼられた品物は頑丈なケースに収められ、落下傘で目的地に投下されることになっている。

目的地は東京大学の気象学者たちが大本営の作戦指導部と詳細な打合わせをして決めた。ブルックス山脈の一尾根、アラスカ海岸から六百キロ。地名はない。アメリカ測地院もまだ手をつけていないあたりである。東京にもある彼らの地図は航空写真によったもので、川、湖、山の模様、森のだいたいのひろがりはわかるが、高低の区別はほとんどつかない。先を見ることで有名な日本人は戦前にアラスカ奥地を縦横に飛びまわってはいたものの、アメリカから自由に買えた地図以上のことはわからなかった。つまり日高には漠とした知識しかなかったのである。

だが水と森がいたるところにあるのは確実。野獣も充分いるはず。自給できるのだ。冬も体をあたためられ、密林に隠れられる。背後をブルックス山脈の峻嶮《しゅんけん》な岩壁で守られている尾根を選んだのは賢明だった。南側では北の寒風がかなりやわらげられる。また南西方向の山にさえぎられずに送信できる高所もすぐ見つかるだろう。アッツの無線局がはっきり受信できることが肝心なのだ。

携行する無線機は重量の制限があって出力が弱い。どんなところでも人間の肩で担《かつ》いでいかなくてはならない。もちろんこれが最重要の装備である。これが失くなったら作戦は終わり。それを扱う人間が生きつづける限り機械は作動しなくてはならない。動力は手まわしクランク。その効率は低いが、しかたない。燃料をくう発電機を担ぎまわるわけにいかないのだ。クランクなら動力源の心配もない。

万一の場合にもう一台無線機を持っていこうという提案には日高自身が反対した。できるだけ身軽でありたかったのだ。そのかわり交換部品を大量に用意した。それ全部でも無線機一台の重量の数分の一しかない。陸軍きっての名通信士、倉上《くらかみ》曹長なら、これでどんな故障もすぐ直せるだろう。倉上がやられたら論知《ろんち》軍曹が引き継ぐ。通信士の選択に日高はいちばん苦労した。

前線経験を持ち肉体的にいかなる苦労にも耐えられなくてはならないのだから。日高は蠟《ろう》人形のように並んでいる部下をながめた。みな安全ベルトを締め、落下傘を尻の下に敷いている。異星人のように人間ばなれして見えた。軍帽の上に降下用のごついヘルメット。これは今夜のうちに捨てられる。十一名のポケットはふくれあがり、胸からは食糧嚢《のう》と炊飯《すいはん》具が下がり、ベルトには斧《おの》もしくは短いスコップ、幅広のナイフ、双眼鏡、救急袋。詰めものをしたヤッケの内側には半ダースの手榴弾。きっちりすわっているので、ろくに身動きもできない。

頭上に揺れる紐《ひも》には、ふつう小さな荷をゆわえておく。いまはそれが絞首索を思わせた。ほとんどが死ぬだろう、と日高は考えた。だが犬死にはせん。われわれの霊は靖国神社で天にのぼる。現人神《あらひとがみ》たる天皇みずからそこへ赴き、われわれを不死の戦士の列に加えたまえと天照大神に祈るであろう。この名誉はただわれわれの働きにかかっているのだ。

部下の思いも同じであると大尉は信じていた。彼の正面にすわる刀自本義は、私的な感情で彼と結びつけられている唯一の人物。二人は小学校以来の友で、遠い親戚でもあった。豊原近在に広い土地を持っていた日高の父は、幼時から植物学に異常な関心を示した義《よし》を大学に学ばせてやった。刀自本が軍人になってから日高は彼を樺太に呼んだ。軍補給部が耐寒性野生果実栽培のため有能な植物学者を探していたのである。義は幾度か日高と奥地の測量に同行し、いたるところで食用植物を発見した。普通人なら食べられるかどうかわからないものので、いざというとき、これはすこぶる重要だった。こうした知識があれば、偵察隊は長期の行動ができる。もちろん特殊部隊編成のとき、日高はすぐ刀自本のことを考えた。胆力とスタミナにも不足はなく、いかなる情況下でも信頼できる。

彼の隣りは通信担当の倉上曹長。朝鮮のパルチザンを相手に苦しい山岳戦を戦いぬいてきた。真冬に単身、幾週も金剛山ですごし、匪賊《ひぞく》の基地を偵察したことがある。毎夜一定時に彼の無電が咸興《ハムン》にはいったものだ。

つぎは綱島曹長。気象担当。日高はオリンピックのトレーニングで彼を知った。綱島もおなじ十種競技チームに属していたが、事故で参加はできなかった。専門知識のほか綱島の肉体的能力が決めてとなった。その助手は渡辺軍曹で、この前のヒマラヤ遠征隊に通信士と登山家を兼ねて参加した。渡辺よりも強靭《きょうじん》な人間は想像できないと遠征隊長は日高に保証した。

須田曹長も登山家として有名で、長いこと山岳兵の訓練にあたってきた。支那事変では敵地深く偵察行を敢行し、とっくに戦死したと思われるころ、重要な報告を携えて帰還したこともあった。まさかの場合には彼が刀自本少尉を代行する。つまり日高の代行ということでもある。彼には指揮官の能力がそなわっていた。

稲木《いなき》と井上は伍長だが、その所属部隊は日本最高のものであった。天皇を直接に守る近衛の中隊であった。そこに採用されるには、いくつものテストに合格しなくてはならない。彼らが与えられた部署を死にいたるまで、必要とあらば素手で守るであろうと日高にはわかっていた。

北海道のきこり信夫《しのぶ》が選にはいったのは、まずその物に動じない性質のためである。彼のすみかは森であった。大雪山で発見した洞穴に数カ月をすごすこともあった。信夫は兵卒だった。いくつも密猟の前科があって昇進できないのである。だが日高の関心を呼んだのはこの事実だった。信夫のすばやい腕はこれまでに斧で六頭のヒグマを倒している。それに残念ながら家畜泥棒のうわさもあった。逮捕されるや脱走し、ひと冬ずっと険しい谷に身を隠していたが、戦争がはじまると出てきた。なんとしても戦さに加わりたかったのだ。こうした男は異国の荒野ですこぶる有用にちがいない。日高部隊の一員たる名誉は信夫にとって、ほとんど信じられないものであった。いついかなるときも大尉のため火中にとびこむ用意があった。彼を囚人から未来の英雄にひきたてたのは大尉なのだから。

信夫の足りないところはオロチョン族の青年が補った。ノボルは小川の河床でも足跡を追え、いつごろ草の茎が踏み折られ、どこで獣が隠れ家を出たかがわかった。木をこすって火をおこし、手で魚を捕えることもでき、上等の双眼鏡よりもすぐれた目を持っていた。疲れることも知らない。その唯一の欠点というのは、日高だけを上司と心得ていることである。とにかく長期にわたってノボルをだれかの部下とするわけにはいかなかった。それには目をつぶらなくてはならない。ノボルはかけがえのない存在だ。

日高大尉はもう一度部下を一人ずつながめた。だれにも弱点を発見できない。全員が適任と思える。人員の半ばが残れば任務を遂行できるはずだ。

離陸直後は寒かったが、いまはひどく暑くなった。〈本土〉は二基の発動機の熱を流す数本のパイプであたためられている。みんな顔から汗をたらしていた。厚い服で蒸し風呂にはいったようだが、何も言わなかった。

大尉は安全ベルトをはずすと荷物をまたいで操縦席へ移動し、暖房を弱くさせ、その後も二人の操縦士の後ろにとどまった。早くも灰色の水平線からアラスカの岸が浮かびあがってきたのである。

ノームとユナラクリートに接近しすぎたため、〈本土〉は少し南にまわりこんだ。ノートン湾の真上であることがわかった。この沿岸にはエスキモーの小集落しかなく、彼らは日本機とアメリカ機の区別もつかないだろう。〈本土〉の日の丸は高度三千メートルではわかるまい。

湾は機の後方に去り、北アメリカ上空にはいった。眼下の土地は平らしい。無数の川と沼に区切られるツンドラ地帯だ。盛夏のいまは緑と灰色だが、それ以外では氷と雪におおわれている。

しだいに土地は高まり、流れは狭く、山は裸になった。地図にはまだ名のついてない山脈である。

やがて山脈は去り、常緑樹林のある平野があらわれた。タイガである。遠い満州、興安嶺のかなた、オロチョン族の故里《ふるさと》のと同じ大密林。そのまんなかを大河がうねっていた。島が多い。

これがアメリカ北西部最大の河ユーコンであると日高は知っていた。百年ほど前、当時アラスカを領していたロシア人がこの河を利用して、奥地まで毛皮をとりに出かけた。六十年後、二十世紀はじめごろ、アメリカの金鉱探したちが何千、何万人とこの河をクロンダイク、テナナまで遡《さかのぼ》ったものだ。彼らのうち今日まで残っているのはひと握りの老人だけ。ユーコンは派手ではあったが、短い役割をとうにつとめおえていた。その波を切る外輪もなく、河は昔の姿にもどったのである。北西に一時間ほど飛んだあたりでインディアン集落がはじまる。機はそれも避けた。機長は大河から離れ、まっすぐ北へ向かった。

「あと三十分……」機長がどなる。

大尉はうなずいた。計算はすんでいた。

樅《もみ》林はまばらになり、また地面が迫ってきた。方々で湖がきらりと光る。地図にはセルビー、クリフトン、アヴァテラットの名しかない。

前方の地平線に長大な山脈が見えはじめた。エンジンをとどろかせ〈本土〉はそれをめざす。白い歯並びのように遠くで山頂が輝いていた。どこも氷におおわれ、山峡は氷河だろう。これこそブルックス山脈。ヨーロッパ・アルプスより長く、月の山のようにさびしい未踏の連峰だ。八百キロにわたり真東から西へ、アラスカ最奥部をつきぬける神秘の山地である。それによって北の無限のツンドラと南の無限の密林とが分けられている。このあたりを横断した金鉱探しはほんのわずか。罠猟師《トラッパー》も二、三名にすぎない。太古にインディアンの狩人がこの山まで来たかどうか、わからない。氷海の岸辺からここまではいったエスキモーはいない。日高大尉は石器時代の生活を送る孤立したトナカイ狩りの一グループについて、はっきりしないうわさを聞いたにすぎない。このふしぎな部族は野獣のようにおどおどと、外界から完全に遮断され、忘れられた土地を永遠に漂泊しているという。

「あと約十五分……」機長がどなった。

機は高度を下げ、北から来る流れに沿って飛んだ。密林の高原をかすめる。羊群の背のつらなりのように見えた。

日高はそこの位置と方角を記憶にきざみこもうと努力した。あとで必要になるかもしれない。丘のつらなりはしだいに高くなり、やがて山と変わって裸の尾根を見せた。その間の深い切れめに激流が走っている。日高の地図にはここのあたりを斜《なな》めにシュワトカ山脈と記してあった。

ここでわれわれの運命は決するだろう……日高大尉は考えた。この名もない世界にいま降下するのだ。

二人のパイロットが振りむいた。機長が手まねで、まず適当な場所を探すむねを告げる。それがどれほど大事かは、あらかじめよくわかっていた。

貨物室にもどった日高は環《わ》に手をかけ、部下たちの視線が集まるのを感じた。

決定的瞬間が目前に迫りつつあった。動作の各部分まで何百回も訓練してある。いま全神経、全筋肉が待ちかまえている命令が出れば、大冒険がはじまるのだ。

日高は貨物室の反対側で赤ランプがともるのを見た。一度……二度……三度。思わず体が硬くなる。

そして鋭い物音。十人は指揮官の口もとを凝視した。

ゆっくりその手があがる。

床の貨物扉がぎいーと開きはじめ、冷たい風が吹きこんだ。

「安全帯はずせ……」

扉はひらきつづける。全員の顔を烈風が打つ。

ベルがひびきわたった。

「降下用意!」

10

豪雨が視界をさえぎり、強風が飛行場わきの梢《こずえ》という梢をしなわせていた。エルメンドルフの滑走路はさながら巨大な池であった。

「将軍用の天気じゃない」飛行場長はヘンドリック・ヘンリーにうなずいた。「おやじさんがくたくたになっても、べつに驚きませんな」

ハミルトン将軍がワシントンからもどるところだった。天候急変を早期に無線で連絡し、安全な空港へ着陸をすすめたのだが、頑固な将軍はまっすぐ飛びつづけることにした。三十分前から無線の連絡は途絶えている。アラスカにはよくある空中障害のためだろうが、もっと悪い想像もできた。

ヘンリー大佐は飛行場長と並んでガラス張りの管制塔に立ち、さかんに双眼鏡をのぞいていた。

「こんな天気に飛びつづけるなんて」少佐はぶつぶつ言った。「これで墜落でもされたら、ジャップはよろこびますよ。おやじさんのあの覇気《はき》がなくちゃ困ります」

「ばか言うな」大佐はいらだった。「まだそこまでいってない！　下でお茶を飲んでくるぞ」

カフェテリアでも職員が窓に鼻を押しつけていた。全エルメンドルフが将軍のダコタ機が行方不明になったことを聞いていた。危機にあるハーバート・ハミルトンの評判はすこぶるよくなった。もっと悪い将軍だっていたさ、よく考えてみりゃそれほどひどくなかったものな……。

飛行場長はライトを全部つけさせた。パイロットの役に立つかもしれない。霧がいくらか晴れてきた。風でとばされたのだ。

と、森すれすれにダコタが飛んできた。すでに出した脚がいまにも梢に触れそうだったが、うまくやった。車輪が接地して甲高《かんだか》い音を発し、コンクリート滑走路に水煙をひく。パイロットはだましだましブレーキをかけ、ピストの端に来て停止すると、森の方へ斜《なな》めに向きを変えた。

タラップが着くまで将軍は待っていなかった。チャンスのあるたびに若いところを誇示してきたのだ。今度もひらりととびおりる。

「ひどい天気でした、サー」ヘンリーが挨拶《あいさつ》した。

「たっぷりたのしんだぞ」

いつもより顔の青い将軍は手足をふるわせると、軍帽をぐいと目深《まぶか》にひき下げた。

「えらく揺れたようですな」大佐は同情をこめた。

「うんざりしたわい、ヘンドリック、大地ほど気の休まるものはないぞ」

「サー、私の車にどうぞ……早くうかがいたいものですな」

将軍は反対しなかった。パイロットに見事な着陸の礼を述べ、黙ってヘンリーのジープに乗りこむ。鉄板の扉をたたきつける音が滑走路にひびきわたった。

「ははあ、わかりました」ハンドルの前にすわったヘンリーは言った。「ペンタゴンみやげはだめでしたね」

「車を出せ。訊くのが早すぎる！」

ジープは水をはね散らして疾走する。あわててひらかれた門のわきでずぶ濡れの番兵がだらしのない敬礼をした。先はアスファルト道路。大佐はもう将軍を急《せ》かせなかった。じきに教えてくれるだろう……。

「いや、ヘンドリック、お偉方は何もするつもりがないのだ」

「え……」

「なにひとつだよ、きみ。いや、けちな駆逐艦二隻をアリューシャン水域に派遣するとは言う。言うもばかげたことながら、それでアッツ飛行場建設阻止に充分だとお考えだ」

ヘンリーはうんざりした。

「つまり、ヘンドリック、それだけなのだ」

大佐は前方をにらんだままである。

「しからば、サー、黄色ネズミどもが翼を得てこのあたりに爆弾をまきちらすのを待てとでも？」

将軍は風邪をひきこんで大きなくしゃみをした。

「そんなところだな。それ以外はない……という話だった。飛行機と艦船はみんな別の場所で要るそうだ」

大佐は笑って悪態をごまかした。

「へえ、南太平洋で激戦中とは知ってますが、自宅の裏門を放っておくとは……」

「それが高等戦略というやつさ」ハミルトンの口調は苦々しかった。「勝利が多すぎれば勝者は疲れるということを知らねばならんとな。補給線が延びすぎてな。われわれはジャップを本国からおびきだした。そいつを南海のどこかでたたきつぶそうというわけだ」

雨が激しくガラスをたたき、ワイパーの動きが間に合わず、速度を緩《ゆる》めねばならなかった。

「で、いつです、それは?」

「教えてくれなかった。機密らしい。もっともベタ金のお偉方がいちばん知らないようだったが。彼らが強くなって決戦を指揮するまで待つことだ。ペンタゴンの大物にとっちゃアッツなどアンクル・サムの広大なる皮膚の一点にすぎんということ。それもぱっとしない場所にあるやつでな」

「名誉なことですな。つまりわれわれはアメリカ合衆国の尻の穴を守ってるわけで……」

「それだって体のうちだ。それなしでは生きられん。だがいいか、日の丸の連中を放っておけというのだ、アッツでだぞ。連中がそこで忙しくなればなるほど全局面には好都合だといってな。日本の軍神にとっていちばんきなくさいところが手薄になるわけだよ。私からアッツに何が運ばれたか話したら、みんなは大喜びだった。ほかの作戦用にそれだけ減ると考えてな。巡洋艦、駆逐艦の護衛する大船団……それもわれわれのために！　連中あとになって、しまったと思うだろう、われわれの上層部はジャップ工業力にもはやガタがきたものと信じきっている。天皇の原料が尽き、生産がからまわりしているとな。しかしここでは、いまはじまったばかりだ。計算はこれからという見方もできる」

雨に雪がまじり、機銃弾のように車をたたいた。路面がほとんど見えなくなり、ギアをサードにする。

「で、アッツはどうなります？　ジャップがこっちの期待より早く飛行場を完成させたら……ペンタゴンの神々にはこの可能性も考えていただけましたかな？」

「そんなことは」とまたくしゃみをして、「ありえないとの仰せだった。それまでに戦争は終わってるとな」

「それならけっこうですが、サー、しかし」

ハミルトンは外套の襟《えり》を立てた。

「ダコタの暖房が切れてな。ズボンのすそから寒風が抜けっぱなしだった。本格的なさむけがするわい」

帰られたら熱い風呂にはいり、アルコールを飲んでおやすみください、とヘンリーはすすめた。

「しかし、サー、日本がやっつけられないうちにアッツから爆撃機が飛来した場合ですが、われわれ、いかなる援助を得られますか？」

「ヘンドリックよ、味方がいると言われてきたよ。その場合、われわれ自身は手をこまねいていても、最良の味方がちゃんと爆撃機などを撃墜してくれるだろう……まずくいっても引き返させるとな」

将軍は参謀長の顔を見てたのしんだ。

「サー、それはいったい何者か……」

ハミルトンはげらげら笑いだした。

「いいか……天候さ、アラスカの悪天候だ」

それを裏書きするかのように、道のわきの斜面がどっと崩れてきた。根を豪雨で洗われた黒松も転げ落ちてくる。

四輪駆動をフルに使って大佐はそれをよけ、苔《こけ》むした石と藪《やぶ》を踏んで車を道にもどした。

「なるほど」アラスカ方面軍司令官は認めた。「そいつはすでにたっぷり味わっている。空模様があてにならないのも今日は身にしみた。離陸のときは日がさんさんと照り、視界絶好。中途で霧と小雨、おしまいは吹雪《ふぶき》で無線もだめときた。いたるところに数百万ドルかけて測候所をおいているのに……」

「いたるところではありませんな、ほとんどは沿海地方、いくらかでも住みよいあたりです。この奥地にはまだ気象官もはいっていませんが」

「役に立たんからさ、パイロットはよけて通る……前方に嵐の壁がふさがったらだが。なぜいまも奥地に飛ばなきゃならんのか、わからんな。海岸にはアメリカ文明に通じる最短道路があるというのに」

雨は弱まったが、道路上の石はやたらと増えてきた。渓流があふれてきたのである。いくどもヘンリーは四輪駆動に頼らなくてはならなかったが、その思いはアッツにあった。

「あそこで目の細い蟻どもが昼夜大滑走路建設にあたっている、これは事実です。問題はやつらの目的ですな。戦前にもこのアラスカをさぐりまわっていた……図々しくもこちらの目の前で。ここの天気の変わり方も見のがしたはずはありません。それでもいま大規模な滑走路をつくっている……サー、道楽でやっているのじゃありませんな」

ハミルトンも前々から同じ疑問に悩まされていた。掘りかえされたアッツの空中写真を見せられてからというもの、この大工事の実際的目的は何かと考えつづけたが、どうしてもわからない。そのときも肩をすくめただけだった。

「ヘンドリック、聞いたことがあるだろう。グリーンのデスクから発せられた命令が数百万人を呑みこんで結局なんにもならなかったということを。軍ほど大がかりな浪費家はない。戦時にはなおさらだ。だれも事後責任をとらんでいいのだからな。最高の頭脳に発する光がやがてみじめに消えてしまう。第一次大戦で体験したことだがね、前線のわれわれがドイツ軍戦線をとうに突破したというのに、わが軍の後方では大陣地を築いておった。だれでも戦争ではこんなばかげたまねをする。どこかの大戦略家がたまたま思いついたというだけで。ジャップは近代戦に慣れていない。同じことをやっているのではないかね。東京の獅子がアッツは滑走路を持つべきだと吼《ほ》えたてるや、勤勉な部下たちが無意味な仕事にとびつく……」

しばらくヘンリーは黙っていた。また車軸まで水にひたったのだ。

「それも解釈のひとつですな」とやがて言った。「閣下をも私をも納得させませんが」

将軍の苦い顔は暗い空に向けられたままで、アンカレッジの家並みが見えだしたころ、やっと口をひらいた。

「なんだかウサギみたいな気がするよ。蛇を見てすくんじまって、食いつかれるまで待っているというやつだ……はじめにどこをどんなふうに食いつくか」

広い道路に人影はなく、家の前に自動車がとめてあるだけだった。悪天候下のアンカレッジの印象はやりきれない。今日はことにそうだった。たいていの家はペンキがはげ、男性の少ないことがしだいに目についてきた。全体に荒れた感じで、前庭はごみだらけ。戸をしめっぱなしの店も多かった。

「ヘンドリック、女房には言わんといてくれ。帰りの飛行がちょいと……ま、冒険的だったとはな」

大佐にも妻がいるので将軍の気持ちはよくわかった。

「われわれの最も恐れるものが何か」とハミルトンは笑った。「部下が知ったらどうでしょうな」

将軍の美邸はフォート・リチャードスン地区ではなく、長く延びた丘陵地帯にあった。景色がいいのでアンカレッジの上流人士がよく住んでいる。多くはない。十か十二家族あまり。このあたりが悪気ではなく〝スノッブ・ヒル〟と呼ばれているのはまんざらでもないようだ。本当は将軍の住む場所ではない。軍用地にアラスカ方面軍司令官の堂々たる官邸があるのだが、豪家の出で上品な生活様式を絶対視するハミルトン夫人向きではない。陣営中でこういう生活をすることは彼女の趣味にそぐわなかったし、物議をかもしたであろう。それに世界を股にかけた狩猟の記念品をかける壁が官邸には少なすぎたので、将軍は妻の希望を容れたのであった。

しかし今日のハミルトンは、緑のタイルの大型浴槽で熱い湯につかりたかったが、それはかなえられない運命にあった。〝スノッブ・ヒル〟への曲がり道のところに、泥まみれの軍服の男がオートバイをとめていて、ヘンリーの車が接近するとストップ信号をあげたのである。

将軍は窓ガラスをあけて首を出した。

「私がめあてかね?」

片手でオートバイを、片手で信号機を持ったまま、男はなんとか姿勢を正した。

「はっ、サー、すぐリチャードスンへ来ていただくようポロック大佐より伝言であります」

「何かあったのか?」

「存じません、サー。しかし急用のようで」

「わかった、ごくろう」将軍はあきらめて窓をしめた。「いまいましいのう、ヘンドリック、熱が五十度を超しておるというのに。私の葬儀は最高の礼をもってするよう、頼んだぞ」

大佐はにやりとした。

わざとハンカチを鼻にあてて大きな咳を連発しながらアラスカ方面軍司令官が部屋に駆けこむと、幕僚たちはすでに全員集まっていた。

「恐縮であります、サー」ハガティ中佐が口火を切った。「難飛行のあととは承知しておりましたが……」

将軍はそれを制した。

「それだけの理由はあったのだろう。それで……？」

「ポロックがとらえたのであります、サー、一定周波数の無電を……」

情報はすべて無線探知を含めポロック大佐の担当である。

「見せたまえ」ポロックが証拠物件のように細い指でつまんでいる紙片に、将軍は手をのばした。そこには意味のわからない文字が十五あるだけ。

「解読はきみの仕事だ、ポロック、私の給料にははいっておらん」

「しかし、われわれの暗号ではないのでして、サー。解読係がすべて試みましたが」

ハミルトンは肩をすくめた。

「大気はよその暗号でいっぱいだ。地球に住むのはわれわれだけでないからな。これが特別の話なのか？」

「これで三日めなのです、サー。毎日きっかり十八時十五分に……いつも文字の数は同じ。

それもすごいスピードで発信されます」

それでも将軍は落ち着いたものだった。

「太平洋の船だろう。船長は毎日、現在位置をどこかに連絡するものだ」

「それはわかっております。サー。しかし、これが船だとすると、アラスカの山中を航行中ということになりますが」

やっと将軍は目をむいた。「どうしてわかった？」

大佐は紙の左上のメモを指さした。

「発信地点をさぐりあてまして……正確にではありませんが、だいたいのところ、北緯六六・八、東経一五六のあたりであります」

一同の目は、ハミルトンのデスクの背後で壁全面を占めている地図に向けられた。

「この辺でしょう。サー。ロックウッド・ヒルズとシュワトカ山脈の間、コブイウク川の源流地点です。人跡未踏といってもよろしく、どの川にもまだ名がついておりません、とにかく地図上では、サー。この地図では小川と見えますが、実際はかなりの大河であります。地図は航空写真によるものだけでして。このあたりでは現地測量は行なわれておりません。それで発信源探知もうまくいきませず……」

「いったい打っているのは何者だ？」

ポロックは眉をあげ、ハガティとウィリアム大尉は肩をすくめた。

「ふむ、見当もつかんというのだな」ハミルトンはデスクに紙片を投げた。

「そうなのです」通信部長が認めた。「それでお呼びしたのです、サー。どこかおかしいのでして。調査の結果はいずれも失敗でした、完全な」

将軍は外套を脱ぎ、椅子に身を沈めると、手を振って一同も席につかせた。

「さて諸君、順にあたってみよう。警察というのはどうかね？　奥地に駐在所がないのか？でなかったらアラスカ・スカウトか？」

ポロックの副官シェリング少佐はもう調べてあった。「サー、ユーコンの北部に警察の無線は存在しません。ご存じのとおり海岸部だけでして。それではありません。スカウトについても、いまのところ同地にはいっている班はなく、それに平文で打つはずです」

アラスカ方面軍司令官は固い指でデスクの表面をたたいた。「では学術探検隊か……地質、動物、石油、鉱物などの……その点も考えたか？」

ポロック大佐はそれも否定した。

「すべて一年来ストップされています、サー、一隊もはいっておりません。一般旅行者も問題外で、戦争中の旅行禁止令を出されたのは閣下ご自身であります、サー」

将軍は思いだした。

「つぎはアマチュアだ。ただの趣味で電波をばらまいておる。人気のホビーになったと聞いているが」

通信部長は反論しようと体を乗りだした。

「わかっている、ポロック」と将軍は制し、「戦時中はアマチュア無線は禁止だ。しかし、禁令など気にもとめん連中がいるとのことだぞ……ことにアラスカではだれもが勝手な行動に走る」

「できれば、であります、サー、しかしアマチュア無線家には無理です。平時から全員が登録されていますから。それに無線機を担《かつ》いでそんな奥地に……」

ハミルトンの顔がひきしまった。

「ひとり歩きの罠猟師《トラッパー》、どこかの金鉱探し、これもありえないと考えるのか？」

「は、サー。その種の人間なら暗号を使いません。照会したところからは一様に、同地区には人間がいないといってきました。先住民を含めてです。久しい前からそこへはいった者はいないのです。まさに空白地帯。アラスカ中心部の広大な未踏境というわけでして」

将軍としてもそれを認めないわけにいかなかった。

「すると二本足はいないということだな？」

「まちがいありません、サー」ポロックが繰り返した。

しばらくは沈黙が部屋にこめ、ハミルトンは部下の頭ごしに上方を見ていた。ルーズヴェルト大統領の写真の上にかかった星条旗に目をこらしているようであった。

「諸君、幽霊の存在を信じるかね」いきなりの質問だった。

参謀長だけが、こういう状況では信じたくもなりますと答えた。

「いや、信じられん」考えぬいてこの結論に達したかのごとく、将軍はまじめに言った。

「私には判断できんが、もし幽霊がいるものなら、情報の伝達にはテレパシーを使うだろう。

るモールス信号を打つのは人間の指だけだ。したがって私の考えでは、現場に生身の人間がいると思う……われわれはこれまでそのことを知らなかったし、いまも諸君の努力にかかわらず何もわかっていない。それはだ、その人間たちがわれわれに知られることを極度に警戒しておるからだ。そうなると、はっきり意識して禁を破っている人間にちがいない。われわれはいま二大国と交戦状態にあり、ここから最も近くに進出しておるのは日本であるから、これも日本人ではないかと予想できる。彼らが諜報活動をどれほど重視し、それに長じているか、子供でも知っておるからな」

ウィリアム大尉がすぐ口をはさんだ。

「それは考えました、サー、最初にであります。しかしすぐに考え直しました。日本人があそこで何をするのか？　重要軍事拠点から何百マイルも離れた無人境です。諜報活動の対象になるものはまったくありません。なぜ敵が毎日定刻に暗号通信を送るのか、理由が考えられないのであります」

司令官は手のひらでデスクをたたいた。

「しかし、とにかく発信しておる。それならば理由もあるのだ」

回転椅子を半分まわすと部下を一人ずつじっとながめた。

「アメリカ人のスパイかもしれません」ポロック大佐が思いついた。「裏切り者が敵と連絡している。あそこでなら悠々と仕事ができる……」

ウィリアム大尉がつけ加えた。

「あの土地自体はどうということもありませんが、サー、南から……つまりほかからの電波を中継して！」

「リレー……」ポロックがそうだとばかり声を高めた。「中継所です」

「フム」将軍がたずねた。「似たような電波をキャッチできたのか？　南からの？」

通信部長はしまったという顔をした。

「は、サー、それは……」

だがハガティが助けにはいった。

「報告を飛行機で運び、そこから発信するということも……本国からの空路はコントロールされておりません。小型機でも途中給油すれば飛べます……小型機はいくらでもある。商人でもスポーツマンでも好きなところに飛べる。昨今、北部の交通はほとんどが空路によっていますから。サー、女たちもパイパー・カブやジプシー・モスなどの機種で美容院通いです。北極海かベーリング海に潜水艦をおけば、敵の連絡はできあがります」

将軍は椅子を立ち地図に向かった。

「諸君」としばらくして言った。「それぞれ聞くべきところはあるが、まだ諸君の意見に同意はできない。だがそれはそれでよろしい。あそこに敵の無線があることは確かなのだ。何かをたくらんでいるか……その準備を進めている者が」

ヘンリー大佐は将軍が何か感づいたなと直観したが、証拠もなかったので口に出さなかった。

「ポロック、この紙をワシントンの暗号解読部へ送ってやれ」ハミルトンは命じた。「あそこの知ったかぶり連中、うまくやるかもしれん」

通信部長はうなずいた。

「期待はかけられませんが、やってみます、サー」

将軍はヘンリーのほうを向いた。

「最近インディアンに会った——ガラス片作戦で。そう、きみもいたな。現地召集の新兵だ。自然保護局で働いていたらしい。マックルイアとかいう野獣監視員のもとで。新兵の名は知らん……だが探してくれ」

大佐はメモをとった。

「インディアンは多くありません、サー、すぐ見つけます。それで……」

「ここに来させるのだ。それもすぐに！」

11

一群の白岩山羊《シロイワヤギ》が南東の風に逆らって進んでいた。こうすれば前方のにおいはことごとくわかる。二、三マイル先から敵をかぎつけられる。微風が鼻をなぶる限り、不意打ちを受けることはない。彼らの道は風の道。方角が逆なだけだ。危険は彼らのにおいが風で伝わる後方から来る。が、殿《しんがり》をつとめる老いた山羊はよく義務をわきまえていた。

彼らは身を隠す場所のない斜面を登っていく。花ざかりのヒース、濃緑の苔《こけ》、そして岩かげにひょろりと立つハンノキだけ。毛皮が白いので彼らは遠くから目につく。保護色は冬にしか役立たない。夏は物騒なのだ。なによりもヤマネコとクズリ。これは鼻も目も鋭い。だから死にたくなかったら用心に用心をかさねて進まなくてはならない。

老いた山羊が先頭に出た。それにすぐつづく若い副首領の任務は、首領の経験を自分のすぐれた聴覚、視覚、嗅覚で補うことだ。首領の目はおとろえかけているが、危険にさらされつづけた長い生活から知恵を得ている。歩いて数週以内の縄張りでどんな道も草場も知っている。

彼は向こう側の谷に群れを連れていくつもりだった。いまごろ大好物の草が生えている場所があるのだ。彼らの体に不可欠の塩分を含んだすばらしくうまい草が。首領は山並みの鞍《あん》部《ぶ》を知っている。そこが深く切れこんでいて山越えはずっと楽だ。

ただ残念なことに、その際しばらく風を離れることになる。ために首領はそこを走ってぬけることにした。彼自身には横風でも危険をかぎつけられる能力がなくなっている。それは副首領の役目。この物騒な場所で最短のコースを定めなくてはならない。だから鞍部の真下に来るまで向かい風を受けていた。しばし足をとめ、群れの各員にこれから全力をあげよと信号してからぐいと直角に曲がり、鞍部へ駆け登った。

何百もの蹄《ひづめ》の音が地をふるわせ、小石がとび、ヒースがざわめいた。

あと百歩ほどで稜線というとき、副首領はいきなり立ちどまった。同じ瞬間、群れもそれに倣《なら》う。老いた首領だけがそのまま突き進む。危険なにおいにも副首領の驚きにも気づかなかったのだ。背後の出来事である。群れがいっぺんに向きを変え斜面を駆けおりはじめたとき、彼はやっと事態を悟り、引き返そうとしたが、わずかに遅かった。彼は肩に激しい衝撃を覚え、そのまま崩れ倒れた。

日高大尉は岩をすべりおりると獲物に走った。最低必要以上の弾薬を使いたくなかった。ナイフでとどめをさすつもりだった。だが獲物がもはや動かないのを見ると、上の仲間に合図した。人影がふたつ岩かげからあらわれる。大尉は命じた。

「運びおろせ、そこではらわたを抜く。猛禽《もうきん》を集めるものをここに残してはいかん！」

彼自身は鞍部にもどった。そこに通信機を隠してある。四方を岩でかこんだうえに偽装網でおって、アンテナだけが突き出ていた。倉上、綱島両曹長がかたわらにしゃがんでいる。絶好の場所だった。南側はひらけ、電波をさえぎる山もない。

「年とったやつでな、残念ながら肉は固いぞ」日高は二人の部下に声をかけ、すぐ勤務口調にもどった。「報告は集めたか？」

綱島が紙片を示した。

風力　6－7
風向　西南西
雲高　一五〇〇－二〇〇〇
気温　一一・五
湿度　八六・三

送信はすでに軌道にのっていた。一週間で充分だった。送信時刻三十分前に気象係が観測する。天気がよければ簡単である。結果を紙片に記し、倉上がそれを海軍暗号に直す。すでに装置は組み立てられている。いつもアッツの周波数にセットしてあるのですぐにできる。日本で何百回も訓練してきたのだ。

「まだ時間はある」日高は急《せ》く部下に声をかけた。「六時六分だ」

アッツとは六時十五分に送信するむね打ち合わせがしてあった。アラスカ奥地に孤立する部隊にとり、少なくとも日に一度、遠い島の戦友が彼らのために準備していると考えると、心強かった。両方をへだてる距離にもかかわらず、固く結び合わされているという感じである。これまですべて順調だった。コンタクトは良く、山田はまず満足であった。第一日から日高大尉は通信手と気象係に交替制を定めた。専門家二人が同時に無線機を扱ってはならない。まさかという場合、片方が生き残る必要がある。ふつう装置を背負うのは信夫で、井上がそれと交替した。大きなはずみ車つきの軽金属製クランクは無線機とは別に運び、井上の保管する帆布ケースに入れた。長途の行軍では須田曹長が代わる。常時五名より成る通信班の指揮は日高自身か刀自本少尉がとった。

報告の形式としては五項目の順が決まっている。どの数字が何か指摘する必要はない。アッツではわかっているのだ。風力の次が風向、雲高というように。三つの語を暗号に組むだけでいい。雲高の最後の零はアッツで推定する。

暗号化に経験を積んだ倉上は仕事が早かった。暗号表を防水ケースに納め、胸のポケットにしまう。担《かつ》ぎ役二人が今日は獲物を持っておりたので、日高がクランクをまわした。軽くほとんど無音でまわり、すぐ赤ランプがともる。送信に要るエネルギーが生じたのだ。すでに倉上はヘッドフォンをつけ、目を半ばとじ、指が方々のボタンをひねる。大尉は時計を見て秒よみをはじめた。

「十八時十四……あと五十秒……四十……三十……二十……十……五……三……よし！」

男たちは息をのんだ。

倉上は前にかがみ、目をとじた。アッツが出たのだ。

通信手はボタンから手をキイに移し、目にもとまらぬ速度で動かした。ちょっと確認を待ち、うなずくとスイッチを切る。

「うまい」隊長がほめた。「六・五秒。だがもっと努力してみろ。重大なことだ」

倉上にはよくわかっていた。送信時間が短ければ短いほど、敵にさぐりあてられる機会も減るのだ。たとえ気がつかれても、それだけで発信地点がわかることはない。それにはかなりの時間が要り、ふたつもしくは三つの方位探知機が同時に作動しなくてはならない。五、六秒間ではほとんど無理なのだ。

すぐ無線機をしまう。まずゴムスポンジの内貼りをしたアルミの箱に入れ、それをゴムの袋にしまい、そのまま防水リュックにおさめる。その二重外被の間に空気を入れてふくらませれば、水に落ちても沈まない。風袋《ふうたい》こみで六十ポンド。今日は倉上が背負い、気象係がクランクを持ち、日高が偽装網をまとめた。

ひらけた斜面を走りおりる前、日高は周囲に目を配った。ずっと人の気配はないのだが、日高はいまのうちから部下に最大の用心を課すことを原則としていた。みずからにも。いずれ敵の捜索がはじまる。だから二人の曹長もじっと耳をすますのを見て、大尉は満足した。あらかじめ飛行機の爆音に注意せずに掩体《えんたい》を離れることを彼は厳しく禁じておいた。敵はまず空から探しはじめるだろう。

「よし、森へ……急げ！」

二人は一列になり森のへりに突進した。石の多い斜面を利用し、できるだけ足跡を残すまいとする。ヒースやツルコケモモの間にはいると、どうしても跡はつく。だがすぐ小川に着き、流れの中をくだっていった。

日本部隊のキャンプは、そこにはいってはじめてそれとわかる。岩と樅《もみ》林にはさまれた窪《くぼ》地《ち》にあり、下生えに枝をさしこんで補強してある。上からも枝がかぶさって飛行機からは見えない。日高の配慮だ。兵たちがそれを納得しようとしまいと、彼にはかまわなかった。慣らさなければならないのだ。

すでに穴が掘られ、信夫が薪《まき》を拾い集めてあった。白岩山羊《シロイワヤギ》の腸もぬいてあり皮もはいである。刀自本の仕事である。

「ごちそうではないが」日高は言った。「何もないよりはましだ。皮はよく張っておけ。明日持って出発する。あとで袋をつくる」

「承知しました」部下はすぐに従った。

「異状はないか？」

信夫はにやりとして背に隠していた雷鳥をとりだした。

「石でやりました、大尉殿……この獣《けもの》はすぐそばへ行っても逃げません」

「お前の目だな」大尉はからかった。「そいつを見ると、かわいそうに雷鳥はすくんでしまう。羽毛が長くても」

遠慮しながらも一同はどっと笑った。

「オロチョン族にはこういう温かいのはだめでありますな、大尉殿」須田である。「ノボルは冷血でして、魚のほうが好きであります」

「ほう、ノボルも何か捕えたのか？」

オロチョン青年は誇らしげに鱒《ます》三匹を大尉の足もとにおいた。ノボルが素手で捕えたとはわかっていたが、須田と渡辺からそのことを聞くと、日高は驚いてみせた。

「覚えておけよ、腹をくすぐられるとよろこぶ動物が多い」日高は部下にサービスをつづけた。

「灰色グマもそうかもしれん。刀自本少尉がやってみるそうだ」

「はア」少尉はたちどころに応じた。「いつも大尉殿を模範とすることにしております」

十一人は腹をかかえた。笑いの波が静まると、日高は、他民族をいじめぬいてきたアメリカ人を人間とみなせるかと質問した。インディアンを虐待したことだけでも彼らは野獣となりはてたのだ……

「そうであります、貪欲な猛獣であります」

一同は口をそろえて答えた。

「よろしい、ではこちらも戦術を変えるとするか。次に会ったら腹をくすぐってやろう」

「そのあとで串に刺してこんがりと……」

日高は度のすぎた冗談に困っている友の視線を感じた。

「信夫、火をおこせ」ときこりに命じる。「わかってるな……焔《ほのお》を出さずにだぞ！」

全然焔を出さないわけにはいかぬが、信夫は命令の意味を知っていた。彼自身も長い間火を隠さなくてはならなかったものだ。それには古い松の固いやつがいちばんいい。あらかじめ樹皮と腐ったところをとっておく。斧の跡を残してはならないので、薪《たきぎ》は拾うだけ。原生林ではいくらでもあるが、完全に乾いたものしか使いものにならない。湿った地面にあった苔《こけ》がついていてはだめだ。だから信夫は倒木の枝だけをとる。それは小さな青っぽい焔を出して燃え、すぐ高温を生む。風向きにあわせて掘った穴は通風に充分だ。

外から火は見えない。穴は深さ五十センチですぐそばに来なくてはわからないのだ。光は下生えに吸収される。少ないとはいえ、どうにもならないのが煙。もっとも梢《こずえ》を越えて夜空に立ちのぼる細い煙はまったく見えないが、におうのだ。毎日各種のにおいで鼻の麻痺《まひ》している都会人にはわからない。だが自然の生活に慣れている者は、数キロ先から野営のにおいをかぎつける。向かい風ならたやすいことだ。湿度が高く生木が燃えていれば、煙は地面を這《は》い数日すぎてもそれとわかる。

「いつまでぜいたくなあたたかい食事がとれるか、わからんぞ」日高は警告した。「煙で野獣が逃げだすだけで充分だ。専門家はすぐ察する、人間の鼻でかぎつけられずともな。逃げる獣が充分に語るのだ」

少尉はそれほど気にしていなかった。

「遠三さん、大げさみたいですよ。このあたりは無人境だ。樺太奥地だってくらべものになりません」

日高は相手の腕をつかみ、耳に口を寄せた。

「義《よし》、二度と言うなよ、絶対にだぞ！　わかっている。部下の大半はお前と同じ考えだ。だがそれは間違っている……軽率さは罪だ！」

声は低かったが、厳しかった。

「義、われわれはな、幽霊になるのだ。目に見えない幽霊に。大地にも感じられず、鳥にも見えぬような。この生き方を隊員にたたきこまねばならん。足音を立てず、足跡を残さない、義、われわれには眠りと食事よりもそれが必要になるぞ。いいか。たのむ、このことを忘れんでくれ！」

少尉は日高の徹底性に打たれ、すべてを約した。なぜ指揮官が作戦当初から厳しく進めているのか、彼も理解しはじめたのである。いま命令によって強制し、それをしだいに各人の習慣としようと考えているのだ。さっきの軽率な発言のつぐないとして、刀自本はすでに各種の食用植物を発見したと告げた。

「ことに冬期は役に立ちます。あとは料理法がわかればいい。黒っぽいウムビリカリアという地衣がありますが、これを充分に採って乾燥させ、時間をかけて煮る。かなり苦いですが滋養はあります。それからサリックス、どこにでもある柳の類いで、そいつの新芽は生でも食えます。ミカンの七倍のビタミンを含んでいる。固く凍った地中で冬を越します。それにコケモモを集めるべきですな。乾かして干しブドウのように食べられる。長距離を歩く場合には有利です。軽くて栄養が多い。この土地は豊かです。それに応じて考えなくては」

日高は満足し、友をほめた。刀自本にはそのことを期待していたのだ。極北の植物相にこれほど通じている日本人はいない。頼りになる専門家は刀自本だけである。部隊全員の生存が彼にかかることになるかもしれない。獣肉と魚肉だけではいつまでも生きられない。植物も必要なのだ。

「いつかはな」と日高は予言した。「弾薬を節約しなければならなくなる……それは敵のためにとっておくのだ。罠をつくるには数日たっぷりかかる。そんな日は多くなかろう。義よ、そのときはたのむぞ」

アラスカには少なくとも七十二種の食用植物があり、そのいくつかはすぐに見つかると刀自本は保証した。

だが日高はいつまでもそれにこだわってはいなかった。

「義、覚悟せねばならんが、敵にはいつか発見される、われわれの使命が発覚したら大騒動だぞ。そうなったらじっと身をひそめるのだ。彼らとしても重大問題だ。自分の都市に爆弾が降るのだからな。ヤンキーにとってはぞっとするはずだ。彼らは他民族の国を爆撃するのに慣れている。アラスカの将軍がわれわれを早期に抹殺できなければ、甘やかされたアメリカ全体の怨嗟《えんさ》の的になるだろう。やつら、大規模な作戦はとるまい。地勢と距離からして無理だ。小部隊だな。それも空輪だ。いずれお手合わせすることになろう。こちらで先に見つけるのだぞ。義、絶対に！」

刀自本にももちろんわかっていた。結局はどうなるかについて疑惑はなかった。

「長い追いかけっこになりますね、遠三さん……しまいにはだれも残らない。ここを出るものはない。われわれは神風です……みずから栄光の死を選んだのだ！　無線機が使えなくなり、最後の弾薬がなくなったら、われわれの使命は終わる。世を去るのですね」

こういう言葉を聞けば荘重な思いに沈むものだが、日高はにっこりと笑った。

「いや、義、無線機がだめになったら自決する……それは間違いだな。そのあとでも任務がある。きみがまだ知らぬだけだ」

少尉は驚いた。

「は……」

日高はまず薪の並べ方を直した。山羊《やぎ》の腿《もも》から脂《あぶら》がしたたり落ち、火にあたってくすぶる。大尉は串をめぐらし、下側が焦《こ》げないようにした。

刀自本がふたたび向きなおると、彼は声を落とした。

「提督が出発前に命じられたのだが、ここできみに話せということだった。指揮官とその後継者しか知ってはならんのだ。おれが倒れたら――須田に伝える。須田も後継者を決めておくのだ。いいか？」

少尉はうなずいただけだった。

日高は地図ケースから幾重にもたたんだ地図をひき出した。地面にひろげると、たき火のあかりでアラスカ北西部が浮かびあがった。大尉はある大河の曲がりくねった流れを指で押さえた。

「ノアタクだ。ほとんど知られておらん。ヤンキーも通ったことはない。ブルックス山脈の沢を集め、ツンドラ地帯をゆっくりと北極海へ向かう。見るとおりコッツェブー海峡にそそぐ。筏《いかだ》で楽に下れるのだ。もちろん夏だけだが。六月はじめから九月いっぱいだな。義、いつの日か送信できなくなったとき、われわれの任務はこれだ」

少尉はノアタク川の河口を凝視したが、そこで何をするのかわからない。

「日本どころか、アッツへさえ……」

「まずイギルチクへ行く」

日高は、河口の少し先にある小さな島を指さした。地図では点である。

「水流で筏はそこへ流れつくと聞いた。樹もなく極北の烈風にさらされた島だが、ヤンキーには大事なのだな。数十万頭のアザラシがいる。毛皮をとるのだ。全世界の有閑女性のために」

刀自本を見、その驚くさまをたのしむ。

「遠三さん、女どもから毛皮をとりあげるのですか？　それも指導部の計画のうち……」

「ではない。アザラシはわれわれに間接的意義を持つだけだ。昔は密猟者がはいってアザラシは絶滅しそうになった。それでアメリカ当局が監視所を設けたのだな。島には三人が住んでいる。エスキモー二人と白人の主任だ。繁殖を見張るのだ。ヤンキーは毎年その一部を毛皮用に殺すわけだ。立派な商売人だな……」

大尉は口をつぐんだ。信夫が山羊の腿《もも》肉を分け、二人の分を持ってきたのだ。うまく均等に焼けたと日高はほめ、みんなたっぷり食べろとすすめた。

日本兵は肉を歯で食いちぎらない。白人猟師のこんな野蛮な習慣とは無縁なのだ。ナイフで小さく切り、それを箸《はし》で口に運ぶ。このかわいらしい道具を本国から持ってきたのは将校二人だけで、部下たちは現地の柳の枝で手製した。

「しかし、ヤンキーの商売をじゃましようというのではないぞ」日高は本題にもどった。「問題はそこの白人なのだ。義、この男が重要なのだ。もとロシア人でな、革命で両親ともどもシベリアを逃げだし、まず日本で数年暮らしてからアメリカに渡った。職業は動物学者、アメリカ市民になっている。われわれにはニジンスキーという名なのだ。ボリス・ニジンスキー」

「われわれには？」

「日本の間諜なのだ。何年も前から。彼の妻子は函館にいる。信用できるよ。当局はこの種の人物には金を惜しまない。ボリスは居ながらにして日本から高給を得ている。われわれが彼を必要とする場合の準備さえしていればいいのだ。義、彼はいまわれわれを待っている……われわれの生き残りを。もしいたならばだが」

刀自本はまず考えなくてはならなかった。生き残りにこれほど気をつかうというのは、日本軍のこれまでのやり方に合わない。

「わかりませんな。われわれのだれかがそのボリスのところまでたどりついたとして、指導部にどんな利があるのか」

「未知の国アラスカの詳細な情報が得られる。大本営はすべてを知りたいと思っている。何でも必要なのだ。すぐれた情報がなければこの戦争は戦えない。われわれの一人でも生きて帰れば、生きた情報庫だ。どうすればここで暮らせるか、次回はどうすればいいか、報告できる。すでに島に間諜がいるのだから、それを役立てようじゃないか。考えることはない、命令なのだ。なんらかの理由で通信機がだめになれば、われわれの……生き残りの義務は、イギルチク島まで逃げることだ。いいか、わかったか、忘れるなよ。

ボリスのところへさえ行ければ、アッツへもどる機会がある。ボリスはヤンキーの強力な無線機を持っている。海が静かならアッツから飛行艇を呼べる。山田閣下は全力をあげてくださるだろう……本作戦の当事者を迎えるのに……一人でも二人でも」

「すると情況はすっかり変わりますね」刀自本はじっと考えてから言った。「任務はもっと困難になった。力が尽きても死んではいかんわけですね」

日高はこの言葉を無視した。

「ニジンスキーに対する合言葉は簡単だ。島にアザラシが何頭いるか訊けばいい。むこうは三一九一五六頭と答える。すぐ覚えられるぞ。おれの誕生日なのだ……ヨーロッパ風に逆に読んでな。一九一三年五月六日。どうやら島にたどりつくころ、こちらの頭がぼやけているだろうということらしいな」

「うまくいけばですが……その男はいつまで待つのです？」

「戦争のすむまで、いや、もっとあとまで。指導部の読みの深さは驚くべしだ。すべてを考えてある」

刀自本も同じ意見だった。

「われわれが生き残る場合までをね」

12

一方アラン・マックルイアの対クズリ作戦も大幅に進行していた。一般の予想に反してといわなくてはならない。うわさにしてもクズリのことを聞いたことのある者は、なかなか接近できないと知っている。だが他面マックルイアを知る者は、そのスタミナに限りがないとわかっている。ことに狩りについてはだ。この場合はそれにただの狩りではない。復讐なのだ。悪逆の殺害行為に対し、死刑を執行するのだ。捕えられたまま抵抗できない動物が九匹、無残にも殺されたのだから。

どの野獣も自然の法則に従い必要な食物を入手する権利がある。それはアランも認めている。アランの確信では人間も猛獣。ナイフ、罠、弾丸で動物を倒す。もし充分な理由があれば。ただ乱獲はいけない。

しかしクズリは荒野の法則を破った。飢えをしのぐためだけではなく、殺しの衝動で行動している。必要以上の生命を奪っている。飢えてもいないのに、飢えはほかでずっと容易にしのげるはずなのに、捕まったビーバーに忍び寄り、檻《おり》の中であわてふためくところを一頭ずつ殺した。

これは自然に反する。森のならず者、あらゆる動物たちの災厄だ。少なくともこの一頭を消すことはいいことなのだ。アランはそれを自分の急務とみなした。数えきれない動物がそれで救われるだろう。

まず老いた雌のオオシカを倒して新鮮な肉を入手する。その内臓、ことに半分からになった胃を、いくつも穴をあけた大きな袋に詰める。ほかの部分は細かく刻んでリュックサックへ入れ、方々《ほうぼう》歩きまわった。くさい袋を紐《ひも》でひきずりながら。森のいたるところにいつまでも残るにおいの跡をつけるのだ。クズリが近所にいたら、きっと跡をつけてくるにちがいない。においが途絶えるか本体にぶつかるまでやめないだろう。本体とはいまのところリュックサックに詰まっている肉片だ。アランはそれを適当な場所におき、相手が餌に誘われるまで待つことにした。

だがそれには時間がかかる。極度に敏感なクズリに出くわすには、まさに手段をつくさなくてはならない。まずこっちの足跡を消すことだ。人間とちがってたいがいの動物は目ではなく鼻で道を決めるので、アランとしても足跡を見えなくするよりは、そのにおいを変えるほうが重要なのだ。この場合、慣れないにおいがほんの少ししても、とたんに警戒反応を示す相手である。人間のにおいではなく、クズリにはあたりまえと思えるにおいをつけなくてはならない。アランはオオシカの毛皮をいくつか切りとって新しいオオシカの糞に一晩じゅうねかせ、それを動物の腱《けん》でいちばん古い長靴の底にゆわえつけた。

数日で彼は百マイル以上歩いた。計画的ににおいの跡の線を、各々《おのおの》が半円を描き、それぞれ別の線に接するようにつける。

この目的は欲ばりの相手をしだいに餌におびきよせることだけである。そのためアランは小川の岸にいくつか場所を選んでおいた。あとになって見まわりにくるとき、浅い水を徒渉《としょう》できるように。二、三日ごとにまわる必要がある。いつどのようにクズリが餌に食いつくか常に監視するのだ。ここに相手の用心がことさらにあらわれる。餌に忍び寄る前、敵は地面を細心にかぐのだ。相手の警戒をはずすには水中を歩くしかない。

はじめからアランには罠でやるつもりはなかった。自分の経験からしても、保護局での話からしてもわかっているが、どれほどうまく偽装した罠でも、クズリはすぐ逃げ去ってしまう。何か神秘的なやり方で、かんづくのだ。木の葉と土に埋めた金属のにおいをかぎつけるのか、そのあたりが微妙に変わっていることに気づくのか。アランには射殺するほかないのだ。

十一日してはじめて餌がひとつ失くなり、やがて同じ場所にあらわれたクズリは、もちろん別の肉片を見つけた。三日後アランはそれもなくなっていることを知り、新しいのをおいておいた。翌々日にはまた全部が消えていた。

ここからミスを犯してはならない。アランは永年の経験で知っていた。彼のやり方はますます巧みになった。徒渉も上流に向かってだけ。落葉が彼のそばを流れ過ぎ、彼のにおいをわずか帯びても、水の中ならすぐ餌場から遠く離れてしまう。見回りも正午すぎに限った。いちばん暑いこの時刻にはクズリは外に出ない。

やがて相手はほとんど毎日餌場を訪れるようになり、アランは待ち伏せの場所をこしらえはじめた。百歩ほど下流の水中に大きな岩があり、そこから餌場まで射界がひらけている。そこを長期滞在用にしつらえるのだ。疑いを招かないよう時間をかけて少しずつ枝を集め、寝ぐらをこしらえた。外からは見えないが、内部には苔《こけ》を敷きつめ、ゆったり寝られる。餌場に面して細い窓があいているだけ。ここにひそんでいればクズリといえども彼の呼吸、服の動きはわからない。周囲には水が渦まいているのだ。

相手のあらわれるのは早朝。そいつが踏みしだく草の茎で確かめておいた。正午になっても折れたところは黄色くならず、ふつうの緑よりわずか変色しているだけだ。これ以上うまくはいくまいという予感がアランにはあった。その夜のうちに待ち伏せにはいり、夜明けとともにクズリに死が訪れるだろう。

あいつが朝早く同じ場所にあらわれれば、アランの銃の絶好の獲物というわけだ。

野獣監視員が上機嫌で小屋に向かったとき、そのはるか上空を一台の小型水上機がヌナルト湖に舵をとっていた。乗客はウィリアム大尉だけであった。アラスカ方面軍司令官の命を受けてアラン・マックルイアに会いにきたのである。だがアランには沢の水音で空中の爆音が聞こえなかった。

沢を離れ最後の丘を湖へ降りるときに小さな飛行機を認めた。トンボのように水上にとまっている。ふたつのフロートを支柱で支え、かすかに揺れながら。はじめアランは仲間がもどってきたのではないかと思った。もしかするとウィルフリド・フレーザーが、とうにアフォニャクについているはずのビーバーのことを訊きにきたのかもしれない。彼にはすっかり説明するのは楽ではあるまい。これで半年がフイになってしまったのだから。だがその犯人をじきに仕留められると言えばフレーザーもよろこぶだろう……。

急いでおりていくと、驚いたことに軍服の男が見えた。ブロック小屋の前のベンチから立ちあがってこっちへやってくる。

小屋にはいっていなかったということが大尉の第一の失敗だった。小屋を自由に使わせてもらうというのは、荒野のエチケットなのである。主人が留守でも客はくつろいでかまわない。たまたま主人がいないというだけで中にはいらない客は、主人の好意を疑うことになる。客が腹をすかせたり凍えたりして戸の前に立っていれば、ちゃんとした人間にはつらいことだ。

そこからアランは、これがアラスカの生活様式を知らない人間にちがいないと判断した。きちんと軍服をつけ、小さな略綬を二列に並べてはいるが、将校の印象は悪くなかった。その左目が義眼であることもすぐアランは見ぬいた。髪の生えぎわからあごにかけ、ぎざぎざの傷跡がある。戦傷だろう。生き生きとした目は精力と胆力を示し、別世界から来たにしろ、鋭いナイフのようだ。それが気に入って、狩人はにっこりと笑顔を見せた。

「ミスタ・マックルイア、ですね？」十歩手前から大尉は呼びかけた。この土地では「ハロー……アラン！」とやってから自分のクリスチャン・ネームだけを名乗るのに。大尉は階級、所属部隊、それに完全な名前を言った。アランはぞっとした。てんでなじめない。

「どうも、大尉さん。熱いお茶、一杯どうです」

小屋の扉をあけると客を通した。

「パイロットは？」ついでに訊く。「それともお一人で？」

「いや、ミスタ・マックルイア、パイロットは鱒《ます》を釣りたいそうでして。あなたのボートをお借りしました。……あ、これもお詫《わ》びしなければ」

まことにエチケット違反である。釣りがしたければ勝手に要《い》るものをもっていけばいい。とやかく言うことはない。ここで客はすぐ用件にはいらなくてはいけないのだが……。

「突然で驚かれたでしょう、ミスタ・マックルイア、しかし……」

「コーヒーの前に酒はいかがで？」アランはさえぎった。「それとも、あとにしますか？」

「いや、おかまいなく」

主人は壜《びん》とグラスをテーブルに並べた。マッチ一本でストーブに火がつく。

「今日は飛行日和《びより》でしたな」アランはお世辞を言った。「おとといはひどかった。ホワイト・マウンテンズでは雪が降った」

いつもこうだ。客との話はお天気からはじまる！

将校はそのことを思いだし、チュガシュ山脈上で遭った厚い雲のことを話し、操縦士がラッフルズ・リヴァーに沿ってヌナルト湖を発見したと言いそえた。

「ステーキはどうです？　大尉さん。若いオオシカの」

こんなにもてなされると気がひける。彼は腹がへってないと答えた。

「こっちはぺこぺこでしてな」狩人は言った。「私一人にぱくつかせるのは罪ですよ」

「お相伴《しょうばん》します。よろこんで、ミスタ・マックルイア。今日もずいぶん歩かれたようですな？」

アランは大きなフライパンを掛け釘からとり、一ポンドほどのベーコンを投げ込むとストーブにかけた。

「いや、たいしたことはない。戦略演習みたいなものです」

大尉はにこりとした。

「で、敵は？」

「良く焼きますか、それとも？」アランは言い返す。「ステーキですよ」

ウィリアムは笑いだした。

「あ、あまり焼かないで……そのほうが健康によろしいという……」

アランは食糧室から肉片を持ってきた。クマの足ほど大きく、指二本分の厚さがあった。それをフライパンにのせ、切ったタマネギをふりかけた。

「敵はですな」と話にもどる。「選りぬきのやつでして」

焼く間にアランは、クズリのこと、明日やっつけるつもりのことを語った。のびのびした話しぶりだった。相手によって変わることはない。クズリの悪行はアラスカのどこでも最高の話題である。やっつけられる見込みのある場合はなおさらそうだった。大尉はそれを感じたので、合い間に質問をはさみ関心のほどを示そうと努めた。彼は良い聞き手で、しだいに空気はなごんできた。ストーブもあたたまり、小屋は家庭の雰囲気をたたえ、ステーキもいい香りを放ちはじめる。


「もっとタマネギを？」

「さよう、できるだけ多く」

アランは満足してうなずいた。客はうちとけてくる。

「お見受けしたところ、ミスタ・マックルイア、クズリの生態をずいぶん研究なさったようですな」

こうミスタさえ連発しないでくれればな、とアランは考えた。ここでは冗談か喧嘩《けんか》でもなければこうは言わない。

「こいつの本質はろくにわかってませんでね、大尉さん。ちゃんと研究するには一生かかるでしょう。私もあてずっぽうな理論を立ててみただけで、それが効果をあげたのにびっくりしているぐらいです。さ、できました、ステーキが」

音を立てているフライパンをテーブルに運んだ。

「私を巨人ゴリアテとお思いのようですな」自分の分をもらった客は驚いた。大きなステーキが皿の両側からはみ出している。

「へえ、軍隊の食事はそんなに少量ですか」

「ではないが、すべて飯盒《はんごう》です」

「歯医者もうけなきゃね」アランはにやりとした。「われわれにはなんでもない……肉の皿に隙間《すきま》があるというのはどうもね」

食事の間あまり言葉はかわされなかったが、デザートのツルコケモモをたいらげると、ウィリアム大尉は思いきったように皿をおしのけ、用件を切りだした。

「ミスタ・マックルイア、ハミルトン将軍からよろしくとことづかっております」

おいでなすった、とアランは考えた。しかるべきもてなしを受けてからいよいよ、というわけだ。

「存じあげませんが」と上機嫌に笑う。「うわさにはうかがっています。いや、そういうお言葉はうれしいものですよ。こちらからもどうぞよろしく」

大尉はあわてた色を隠した。すぐ本題にはいればよかったのだ。

「ミスタ・マックルイア、将軍はあなたにアラスカ・スカウトと協力していただきたいと仰せです。シュワトカ山脈のふしぎな無線機をつきとめに。名誉ある……責任の重いチーフスカウトの職をひきうけていただければありがたいのですが。あなたには打ってつけです。あなた以上の適任者は見いだせませんでした」

なんのことだかわからないとアランは白状した。

「実はわれわれもそうなのです。うろついているのがいったい何者なのか。だが、ただごとでないとは言えます」

ウィリアムはもっと詳しく、毎日十八時十五分になると奇妙な暗号で報告を送る無線機のことを話し、はじめは日本のスパイかと推測したとも言いそえた。

「ジャップがそんなところ何をスパイするっていうんです」アランの質問に大尉は満足した。

「それですよ、ミスタ・マックルイア、無意味なんです。しかし送信していることは確かで、それも敵とみなされるべき人間によるものです。米国人の裏切者かもしれない。ともあれ除く必要がある」

アランは完全に理解したが、いくつかの推測を加えた。

「ソ連人とは考えられませんか？　心からの同盟者とはいえないでしょう。こそこそ何かやっているかもしれませんよ」

大尉は驚いた。本部でもこれに考えついた者はいなかったのだ。時として緊張状態が生じることは知っていたのに。

「ミスタ・マックルイア、考えられんことではないが、日本にとっても同じことがいえるのです。ソ連がシュワトカ山脈で何をするんです？」

「原料を探すか……」

「かもしれない。しかし戦時のいまはちょっとね。いまのところロシア人は忙しい。敵に国土深く侵入されている。それに謎の送信をだれがやっているか頭をひねっても無理ですよ。ここからでは解けないのだ。現場に行かなくては。いまのところわかっているのは、敵がここにいてけしからんまねをしているということだけです。それをすぐやめさせる。よろしいですか？」

アランはうなずいたが、一応異論をはさんだ。

「わかりました、大尉さん。しかし、私は必要ないでしょう。スカウトがやりますよ、ちゃんと。毎日活動する無電局を発見することは、行方不明の登山家捜しほどむずかしくない」

「いや、それがちがう。相手は始終場所を変えていますからね。それに発見されぬためにすべてを賭ける連中です。ミスタ・マックルイア、相手の場所については漠としたことしかわからんのです。とにかく通信は数秒間ですから。われわれの方位探知機が動きだす前に、むこうは沈黙してしまう。直径五十マイルほどの地区を探さずばなりますまい」

これでは藁《わら》の中の針を探すほうが楽だとアランは言った。

「将軍もそう言っておられました。そのためにあなたにお願いしているわけです」

「どうしてわかりました、私のことが？」

「あなたのインディアンですよ、ミスタ・マックルイア、ハリー・チーフスンはあなたに夢中でしてね。彼の話ではあなたは驚異的感覚をお持ちで……足跡を探すことにかけては天才的だと……」

仲間のことが話に出てアランははたとうなずけた。

「ハリーか！　どうしてそんなばかげたことをしゃべったんだろう」

ウィリアム大尉は満足の笑いをうかべた。

「たいした男ですよ、将軍と友だちみたいに話してましたっけ」

「ハリーが？」

「信じられませんか？　いや、われわれの司令官は狩猟マニアでしてね。たまたまあなたのインディアンに会い、意気投合したというわけです。すぐあなたのことが話題になった。これ以上の宣伝マンはいませんな」

「頸をへし折ってやる！」野獣監視員はどなった。

「なぜです、ミスタ・マックルイア？　彼はあなたのためを思ってやった……あなた、まさか隠者生活にそうこだわるわけでもないでしょう？　彼は本部全員にあなたの伝説を話してくれましたよ、宵のうちずっと。で、将軍はすぐあなたの上役のウィルフリド・フレーザーとかいう人物に連絡をとり、確認を得たわけです。ハミルトンはただちにあなたの値打ちを見ぬいた。……金塊を発見したぞ、と言われましてな。もちろんフレーザーはとりあえずここでのあなたの任を解くことに同意してくれました」

野獣監視員は黙っていた。食卓をかたづけ、食器を湯桶につける。大尉は手伝おうとしたが勝手がわからなかった。

「援助してください」大尉はつづけた。「ミスタ・マックルイア、あなたの任務は各種情況からしかるべき結論を出すことです。ハリーによると、あなたは第六感をお持ちだそうです。あなたほど些細《ささい》なものをつなぎ合わせられる人物はいない。スカウトもだめです。みんなすぐれた山男ですが、総合能力が欠けている。既知のものから情況を判断し、善後策を講じる能力が。われわれにあなたがどうしても必要だということは、ハリーにもわかりました。あなたの頭がなくてはだめだと言うんですよ。あなたの思考は千の目より見えると……。それがこの作戦に要るのです。チーフスカウトになっていただきたい。私もあなたに従います、ミスタ・マックルイア」

この最後の言葉が決定的なものであることを、アランはすぐに悟った。

「するとその隊はあなたの指揮下にはいる？　軍事作戦ですか？」

大尉は相手の抵抗を感じて顔をこわばらせた。

「それはそうです、ミスタ・マックルイア。とにかく戦争ですからね。相手はきっと正規兵でしょう。こちらも市民を投入はできません。国際法に違反します。作戦中スカウトは形式上軍籍にはいります。軍人と戦うのは軍人だけです」

「しかし、私は軍人ではない」

大尉はがっかりした。

「それはなんとかなります、ミスタ・マックルイア、志願してくだされば即日制服と書類をつくります」

「悪く思わないでいただきたいが、私としては首を突っこみたくないのです」

大尉は息をのんだ。答えるまでしばらくかかった。

「……本気ですか？　あなたはアメリカ市民のはずだが」

「最悪のアメリカ人でも最良のでもありませんがね」声は落ち着いていた。「だが軍務についたことはないのでして、そちらの軍事行動の邪魔になるばかりですよ。相手が動物なら別ですが、人間ではだめです。クズリ相手の私的な戦争をさせておいてくれませんか」

二人は互いの目を見つめた。野獣監視員は平然として、大尉は怒りをこめて。

「ミスタ・マックルイア、正式に拒絶なさるのですな？」

アランは微笑しようと努めた。

「そうなんです、大尉さん。そんなににらみつけてもだめですよ」

大尉に向かい、こんないいかげんな理由で義務をのがれようとした者は、アランがはじめてだった。大尉の蒼白の顔に傷跡だけが赤く走っていた。そのガラスの目さえ猛々《たけだけ》しい光を発するようアランには思えた。

「すみません、大尉さん、将軍閣下にも。しかしだめなんです。もっとほかにだれか見つかりますよ」

だが大尉はすでに決心をつけ、軍服の内がくしに手を突っこんだ。

「ミスタ・マックルイア」硬い声だった。「こんなこともあろうかと思い……フレーザーとの話であなたの志願拒否をも予測して、召集令状を用意してきたのです」

印をおした書類をアランの前のテーブルにおいた。

「あなた宛てのものです、マックルイア。いまよりあなたは戦時法の適用を受け、軍人とみなされるわけですぞ」

野獣監視員は何も言わなかった。この打撃を予想もしていなかったし、可能とも思っていなかったのだ。ただ呆然としていた。

「マックルイア、荷物をまとめて小屋をしめたまえ。三十分以内にリチャードスンへ飛ぶ。

その後の命令は将軍から受けてもらいます」

その瞬間アランは、クズリのやつ、命びろいしたなとしか考えられなかった。奇妙なことにそれは一種のなぐさめであった。

13

山田提督には心配の種があった。その指揮下にある人びとはもっとそうだった。彼らは一日に十三時間働いた。休日も息ぬきもなしに。だが山田はそれで満足とせず、工事場から工事場へと走りまわっては将校たちを叱咤《しった》激励するのであった。能力の限界をとうに超していることは全員にわかっていたが、彼だけはそれを認めようとしなかった。人間蟻《あり》からそれ以上はひき出せそうになかった。

「兵たちの疲労をこれ以上見ていられん」斉藤侯爵は牛島少佐にささやいた。「じきにエジプト人のピラミッドのように飛行場をつくることになるぞ。すべて人力でな……二十世紀だというのに」

「ファラオたちには時間の制約がなかったというだけのちがいですな」牛島が答えた。

提督の心配は爆薬が底をつきはじめたことだった。各種部品もなくなり食糧も三週分しかたくわえがなかった。最近ベーリング海に姿をあらわした敵駆逐艦のためである。この前の船団では二隻が沈められ、もう二隻が大損害を受け、浸水のため荷の大半がだめになってしまった。船団は急に発生した霧のおかげで全滅をまぬがれたのである。これまで同水域に敵艦は見あたらなかったので護衛なしでもかまわなかったのだが、これからはそうはいかない。アメリカはアッツ補給路を持続的に妨害しはじめたのである。

日本軍の立場はつらくなっていた。海軍には過重な任務が課せられ、その主力は南海の決戦にそなえなくてはならなかった。占領地への補給路は長すぎ、部隊は厖大《ぼうだい》な物資を必要とした。南太平洋の守備隊をも養なわなくてはならない。日本はポリネシアの大半を征服し、ニューギニアでは激戦が行なわれていた。ここで退いたらどうなるか。どこの司令官も増強を要求していた。

山田はよく情況に通じ、次の船団に充分な護衛のつかないことを知っていた。それでもアッツ飛行場建設促進をめざし、食糧の割りあてを減らし燃料を節約した。それまでは機械がやっていたことも人間が代わった。パワーショベルのかわりにつるはしとスコップ。人間の肩が竪穴《たてあな》から岩を運び出した。栄養は悪く労働時間は長くなった。

だが滑走路は完成せず、山腹にうがたれた格納庫も充分に深くはなかった。人間の手が爆薬の代行をすることはできない。圧搾《あっさく》空気削岩機には電流が要《い》る。ロードローラーとセメントミキサーも少しは使わなくてはならぬ。燃料消費をゼロにするわけにはいかない。どうしてもすぐ次の船団の来る必要がある。長距離爆撃機の大部隊は日本で待機している。これでアッツの準備が成ればすぐ飛んでくるのだ。日高作戦も成功で報告は毎日はいっている。これでアラスカの天気もこわくない。日本航空部隊にとって嵐はもはや予測できないものではなく、日高があらかじめ知らせてくれる。ここが完成すればあとは好天を待って、アメリカの大都会に襲いかかるのだ。

それだけに提督は工事の遅れを呪った。はじめはあと十日ないし十四日と計算していたのだが、補給がなければ四から五週間となろう。それも兵たちがもちこたえた場合だ。一日といえども貴重である。長びけば日高隊に邪魔がはいるかもしれない。敵がかぎつけて発見に全力をあげるだろう。そのうち日高隊は始終場所を変えるべく強いられ、追跡され、通信も毎日は無理になるだろう。隊が全滅したら、もはや交替はきかない。その件をたずねられた人事局の永井大佐は、現在日本軍は広範囲にひろがっているので日高たちの後継者を探すとは考えられないと返答してきた。

「いかがでしょう、ここの用意が成るまで彼に送信停止を命じたら」斉藤大佐が提督に進言したことがあった。「そのほうが安全です。電波を出さなければ発見されない」

「それはいかん」と山田は声を高めた。「持続的報告が必要なのです。そこから結論をだせるのですぞ。いつの日か送信が途絶えれば、それまでに得た報告によらざるをえまい。そのためにそなえるのです」

斉藤大佐は納得しなかったが、提督に反対することはできなかった。

遠い山中の大尉を表彰するため、山田は東京に特電を打ち、勲二等旭日重光章の授与を請求していた。返事はまだだったが、許可になることはわかっていた。形式的には天皇から下《か》賜《し》されることになってはいたものの、しばらく前から陸海軍省の扱いになっていたのである。天皇は署名だけ。それでも天子の手に発するとされる勲章は日本将校にとって最大の名誉なのであった。

提督は部下に理解されようがされまいがかまわなかった。この島でだれの援助もあてにできないがゆえに、だれとも相談しなかった。彼に必要なのは、まだ函館を出港していない六隻の輸送船の荷であった。海軍の護衛がないので出港できない、いくども魚雷艇か駆逐艦をつけるといってきたのだが、そのたびに別の作戦にもっていかれてしまう。さればとて護衛なしで送りだすのは危険にすぎた。

もはやがまんできなくなった山田は、危険は承知の上で海軍当局にある提案をしようと決意をかためた。呉軍港に旧式の潜水艦が数隻ある。訓練用のものだ。それを思いきって現役にもどそうというのだ。航続距離が短くて船団のジグザグコースについていけないので、直線航路でアリューシャン水域に送るよう山田はすすめた。アメリカ水上兵力はそこで待ち伏せているにちがいなく、その一隻でも雷撃に成功すれば、敵が思いがけぬ奇襲に驚くうち船団の一部でもアッツにつけるだろう……。

この情況下で提督はほかの道を見いだせなかった。断行あるのみ、しからずんば重大な威信が失われ、すべての準備が水の泡となる。アッツそのものも補給なしではもちこたえられない。

山田の名声と強い態度がとおった。早くも翌々日、東京は二隻の旧式潜水艦が出動したと知らせてきた。同時に船団も函館を出た。

ほっと息をついた提督は、これが不幸をまきおこし、結局は帝国海軍の敗北を招くことになろうとは予測もしていなかった。

七月十六日早朝、一米空母の偵察機が北部太平洋で旧式の敵潜水艦を発見した。波のまにまに揺られている。高度を下げても対空砲火はない。旋回したパイロットはハッチがとざされスクリューも静止しているのを認めた。偵察機はこの奇妙な発見を報告し、数時間後には米駆逐艦が漂うUボートに横づけとなった。

司令塔ハッチをあけてみると謎がとけた。有毒炭酸ガスの雲が立ちのぼったのである。なんの理由かガスが艦内に発生し、全員はあっという間に死んでしまったのだ。死者たちは唇を紫色に、顔をはらせたまま部署についていた。艦長が潜望鏡の前で倒れていたところをみると、事故当時艦は潜望鏡深度にあったにちがいない。

押収した書類の中に日本海軍の最新暗号表があった。駆逐艦にはたまたまハワイ出身の日系二世がいて日本語が読めたので、その正体はすぐわかり、翌日には貴重な獲物としてワシントンに届けられた。

つづく数カ月間、アメリカ参謀本部は日本海軍の無線連絡を解読することができた。敵がいかに恐ろしい武器を手にしたか東京はまるで知らなかった。日本海軍の多数部隊は敵の罠にかかり、極秘の作戦が惨事に終わった。海軍当局が定期の暗号変更をやってから、やっとこの発見も利用できなくなったのだった。だがそのときにはすでに大勢は決していた。

米海軍の勝利の原因が何であったか、戦後に明らかとなったのだが、山田がそれを知ったらかならずや自決したであろう。だが彼の自決はそれより早く、アッツ陥落のときであった。

14

もと野獣監視員がフォート・リチャードスンに来てから三日になる。Ⅵブロック E棟三六号室。あたりには軍服が渦巻き、たえず南から物資が運ばれて、基地は蟻《あり》の巣と化したままふくれあがっていった。組立住宅が海路で運ばれ数時間で建てられた。ガソリン、革、グリスのにおいがたちこめ、トラックとジープが悪路をとばし、ほこりが窓からはいってきた。何から何までほこりだらけだった。キャタピラとエンジン音が耳を圧し、いたるところでどなり声がする。新兵はみなあっけにとられていた。

アメリカは数千の兵をアラスカへ送りつつあった。新兵を強力な戦闘部隊に変える調度一式をそえて。ここはなんとしても守らねばならぬ。合衆国市民は敵を自由におめおめとおいておくわけにはいかない。アッツをとられただけで充分だ。黄色いネズミをこれ以上進ませるな!

アンカレッジはアラスカの要衝である。最大の都会、最良の港。唯一の鉄道と道路の始点でここから内陸に通じる。アンカレッジを制するものはテキサスより広い土地を制することになるのだ。すべてはここに集まり、ここに発する。敵が上陸するならここだろう。ほかに上陸しても神経をいためない針傷のようなものだ。まず考えられることだが、敵爆撃隊がアッツを飛び立てば、このアンカレッジで荷を軽くするだろう。ほかでは軍事的意義がない。

高射砲も届き、待避壕も掘られた。セワード、ヴァルギス、コルドヴァのフィヨルド入口に砲が据えられ、夜昼となく快速艇がクック・インレットを走りまわった。海軍の大部隊はいなかった。ワシントンが前にアラスカ方面司令官に伝えたように、海軍と空軍は来《きた》るべき南海の決戦に必要だったが、地上部隊とその装備についてはけちらなかった。だが大半がまったくの新兵か初年兵なので、将軍とその幕僚ははじめから忙しかった。必要な教官は少なく、戦争経験のある者はほとんどいない。あらゆる場所でまず規律をたたきこまなければならない。ハミルトン将軍は一日じゅうてんてこまいで、すぐアラン・マックルイアのために時間を割《さ》けなかった。

新兵アランは野戦ベッドにすわり、半ばとじた目をあらぬほうに向けていた。内と外の絶えざる騒音は神経にこたえた。ウィリアム大尉にいわば拉致《らち》されたあの夕方と同じ麻痺《まひ》状態がつづいていた。ここの人間の大群のせわしなさに圧倒され、苦しんでいた。特定の声も顔も区別できない。彼にとってはすべてが同じだった。

アランはまだ平服のままだった。ウィリアムからほかの手に渡され、この部屋に入れられてからというもの、何も沙汰はない。食事や入浴に行くときは他人につつかれる。便所への道はにおいでわかった。自分がどの部隊なのかアランは知りもせず、訊きもしなかった。同室の仲間だけが、彼がまだどこにも配属されていないことを知っていた。彼自身にとってはどうでもよかったのだ。

「おい、かたづけなよ」だれかがどなった。「集合ってことになると、ひと騒ぎあるぜ。平服のやつがいりゃな」

アランは頭をあげ、肩をすくめた。いや、軍服はもらってないんだ。希望しなかった……。

「目をさまして事務所へ行けよ」別の男がすすめた。「そうすりゃ教えてくれるぜ」

親切そうな口調だったのでアランはほほえもうと努めた。

「でも知りたくないんだ……」

部屋じゅうが笑った。おもしろいやつだ……。

「意味ないぜ、ごろごろしてたって。外は戦場みたいだ」

一人の若者がアランを立たせ、ドアから押し出し、列に並ばせた。順番がまわってきたとき、名を申告する必要はなかった。広いテーブルの向こうにすわった軍曹と伍長二名は、彼がだれかすでに知っていた。

「マックルイア、部屋にもどりたまえ、いずれ呼び出す」

ほかの男だったらこの言葉が不親切でないことに気がついただろう。曹長の態度には一種の丁重ささえあった。マックルイアが特別扱いを受けていることを察していたのだ。何かのエキスパートだと言われていたのである。

それでアランは三六号室にもどり、ベッドに寝ころがると山と積まれたどぎつい雑誌を一冊とった。表紙にはブロンドの女。下品な笑いをうかべた日本軍人がそのブラウスをはぎとろうとしている。あわれな彼女は椅子にしばりつけられ、背後には別の日本兵が銃剣を擬していた。だが筋が進行するにつれ、彼女はあわやというときに勇敢な若者に救われる。ずいぶん安手の宣伝だなとアランは考え、次のに手をのばした。

「ミスタ・マックルイア……ハミルトン将軍のお呼びです」

非の打ちどころない軍服の少尉がドアから声をかけた。その内容をアランが理解するまで、少尉はもう一度繰り返さなくてはならなかった。

ハミルトンの名に気押《けお》された同室の仲間は、アランが服を着るのを手伝ってくれた。

「おい、がんばれよ」だれかがささやきかけた。「チーフは手づまりなんだ。手を貸してやんな！」

アランはシャツのボタンをはめ、上衣を着て、少尉に従った。少尉は部屋の外で待っていた。

「おわかりでしょうが、将軍はこのごろ多忙でして」と話しかける。「増強が続々と来て収容する場所もなく……」

「どこに行くんです？」アランはたずねた。

「本部衛兵所へ。そこから車で将軍の自宅へ。将軍はそこでお待ちです」

ばかでかい車が来た。軍用車両共通のオリーブドラブに塗ってあったが、自家用車の優雅な感じが残っていた。大頭の黒人曹長が姿勢を正してハンドルを握っている。

アランがアラスカ方面軍司令官からじきじきに命令を受ける瞬間が来たのだ。召集に抗することはできない。それはわかっている。上司のフレーザーは彼を軍にさしだしたのだ。それでも一般兵士以上の義務を彼に要求することはできない。それを彼は果たすつもりだった。そうするしかないのだ。他人を統率することは拒否できる。どういう立場で責任を果たしてもいいはずだ。だが、誤ちを犯したり人命を失ったりすれば罪の意識にさいなまれる。

やわらかにブレーキをかけ、車は大きな白い屋敷のポーチの前にとまった。その柱と破風は南部の古い邸宅を思い起こさせた。アメリカ人が誇りにしているものである。銀ボタンの青い上衣の黒人執事もぴったりだった。ただ全体としてアラスカにはそぐわない。

執事はすぐホールへ案内した。

「将軍はしばらくお待ちくださいとのことで、サー……まず着がえをなさります」

アランはホールのまんなかで立ちすくんだ。世界じゅうの狩猟旅行の大コレクションである。これはと思う動物のいる場所に、ここの主人はすべて出かけていったらしい。

ハミルトンが狩りマニアだとは聞いていた。テキサスの石油王の娘と結婚したため、気ままな旅ができたのだということも。

象牙、シカ、オオシカなどの角《つの》が壁を飾り、ライオン、トラが牙をむいている。ヨーロッパのカモシカ、ヒマラヤのヤク、アフリカのオオシカ、水牛も欠けていない。白岩山羊《シロイワヤギ》、ビッグホーン、マルコポーロ羊。珍品の羚羊《レイヨウ》とシタツンガもあった。野獣監視員はそういったすべてを知っており、その角の強さもわかっていた。もちろん野外で見たことはないが、書物で詳しく研究していた。

褐色、黒、白のクマの毛皮が床を敷きつめ、左手のドアの横にはサイの一メートルにおよぶ角《つの》が突き出て、右手にはセイウチの牙が輝いており、奥にはゴリラの剥製《はくせい》がのっそりと立つ。

くまなくながめるため踵《かかと》を中心にゆっくり回転するうち、階段をおりてくる将軍その人と視線が合った。平服を着たところは成功した実業家であった。

「一日じゅう軍服を着とると」と将軍は弁明した。「夕方には人間にもどりたくなるもので」

心のこもった握手をし、待たせた詫《わ》びを言った。

「退屈はしなかったでしょう？　ミスタ・マックルイア？」

その時々の相手の人柄に合わせられる才能は将軍の大きな強みであった。

「退屈するひまはありませんでした、サー」全然別の挨拶《あいさつ》を予期していたアランはほっとして答えた。「こういうトロフィは何時間ながめていても」

「さよう」将軍は気持ちよさそうに笑った。「ある意味でわれわれは同僚だ。そちらは本職、こちらは偽者というだけで。何を召し上がるかな？　スコッチ、コニャック、それともビール？」

執事が三つとも銀の盆に捧げていた。ハミルトンが錫《すず》のコップの黒ビールをとったので、アランもそれに倣《なら》った。

「やっとお会いできた」ひと口飲んでハミルトンが言った。声がちょっと必要より高かった。

「ただあのばかげた召集で驚かせてしまって。悪いことをした。最高の愚挙というべし。私は知らなかった。残念なことに今日それを知ったのでな。この混乱では無理もないが……」

彼は手を振って、この問題はもうすんだということを示した。

「ミスタ・マックルイア、ここにおすわりになるのがよろしい。私の第一の獲物がよく見える」

コップを手にしたままアランは釘づけになっていた。

「サー、もう一度、おっしゃっていただけませんか、さっきの……」

ハミルトンは、なんだったっけという顔をした。

「あ、そう、あなたの召集のことでしたな……さきほど述べたようにやるべきではなかったのだ。ふだんは非常に有能な部下なのだが、熱心なあまりの失敗でしてな。もちろんあなたのような人物を得たかった。しかし自由意志によって。いわば無限の感激をもってというところ。あんたが望まない気持ちはわかる。本当の個人主義者はチームワークに向かない。心理的に自明のことですな」

アランはもごもごと礼を述べた。

「いまかかえているような仕事では」将軍は気さくにつづけた。「神経を鍛えなくてはならん。でないと何もできない。しかしね、ミスタ・マックルイア、こういうことになったのを私は悲しんでいない。あなたに会える機会ができたのですからな。あのインディアンの話を聞いてからずっとそれを望んでいた」

にっこりと見つめられて、アランは何と返事したらいいかわからなかった。

「さ、立っていることはない」ハミルトンは椅子をすすめた。「夜は長い」

アランが深々と腰をおろした椅子の肘かけは、ゼブラの尾で飾られていた。

「アラン・マックルイア、ひと晩つきあっていただきたいものだ。自分で狩りに出るわけにはいかんが、話はしたい。ウィリアムからあなたが追いつめたクズリのことを聞いたが、こいつが餌に食いつくとは初耳でね、話してくださらんか」

アランはビーバーをやられたことから、敵を仕留める見込みが立った日のことまでを語り、将軍は関心の度を示す質問を何度かはさんで、森と野獣に通じているところを見せた。空気はうちとけた。早くもハミルトンはかなりの戦果をあげたのである。

「で、デナリのティンバー・オオカミのことは？　子供を食い殺したと本当にお思いかな？　私には考えられんが……オオカミはずいぶん濡れ衣を着せられとる」

この場合はそうなのです、とアランは語った。動物にも変わり者がよくいる。それでこの話をも将軍に詳しくしなければならなかった。

「すごい、アラン、実にすごい」将軍は熱中した。

黒人執事がサンドウィッチとコールドビーフを運んできた。

「こういうトロフィはいかがかな？」

ハミルトンは見事な壁に手を振ってみせた。「アラスカはクマ、オオシカ、白岩山羊《シロイワヤギ》で天下一品だが」

アランは適当な表現を探した。

「サー、あなたのような狩人にとって狩猟はスポーツです。上品な。しかし人里離れてここに住む者には生活の手段でして」

「しかし、アラン、フレーザーがニューヨークの博物館に送ったあなたのオオシカの角、あれは世界記録だと思うが」

「あの当時は、です。どうしても手に入れたくなる珍品でした」

将軍は自分で注ぎ、うまそうに飲みほした。

「するとあなたの気をそそるのは珍品、というわけかな？」

「ま、そうです、サー。ですからほかの狩人が大トロフィに夢中になるのはわかります。同じようなものですよ」

将軍はうなずいた。同意見であった。

「たとえば氷河グマだな。あれならあなた同様、私も……」

「なぜご自分で出かけないのですか、サー？　可能でしょう？」

「あなたが案内してくれれば、よろこんで」

アランはすすんでやりたかった。将軍には恩を感じていた。彼の理解のおかげで自由の身にもどれたのだから。

だが将軍は職務を思いだした。

「この戦争が終わればな。遠出はしばらく延ばさねばなるまい」

「休暇はないんですか……？」

「あることはあるが、ほかに緊急につきとめるべきことがありながら、クマを狩ってもねえ」

地位が高ければやむをえない、とアランは思った。責任が重ければ重いほど四方から観察され批判される。やはり自分の職がいちばんだ。

「あの通信のことが頭にこびりついていてな」将軍はことさら白状した。「どうしてもだめなのだ」

客にはよくわかった。

「私でもそうでしょう、サー。以前ヌニヴァクにジャコウウシを放し、それがちっとも増えないときでしたが、ほかのことは考えられませんでした」

「で、結局？」

「島に密猟者がいたんです、まさかと思いましたけど」

たちまちハミルトンは通信のことを忘れたらしかった。

「で、捕えたか？」

アランはすっかり話した。なにしろあれはすごかった。

「ふむ、考えてもみなかった。白人があんなところで暮らせるとは。ヌニヴァクといえばひどい場所だが」

「それがちがうのです。極北はふつう考えられるような場所ではない。専門家にとっては悪い土地ではありません。暮らしやすいともいえますよ。雪ウサギ、雷鳥はどこにでもいる。鮭、鱒《ます》は川という川にうようよ。鴨が何万羽と降りることもあります。小屋を建て、暖をとるにも流木はたっぷりあるし、しっかりした男ならちゃんとやっていけます」

「するとシュワトカ山脈ならもっと楽ということかな？」

「そのとおり。極北の森林は楽園でして。外部の人間、数週間しか鼻を突っこまない人間がそれを知らないだけです。連中はそこで要るもの、要ると思っているものをいっさい持ちこみますからね。これでは荒野の親切さはわかりません。そこでは絶対に必要なものがすべて得られる。それがわかっているものには、ほかの世界は不要。何年でももちこたえられるのです」

「アラン、あなたならできよう。だがほかにいるかね？」

「大勢いますよ、サー。たいていの罠猟師《トラッパー》。スカウトならもっとうまい。彼らの訓練のひとつですからね」

将軍の顔に疑いの色がうかんだ。

「それは聞いている。しかしいざという時はどうかな。相手側もよく心得ているようだ」

だれのことかとアランは一瞬考えた。

「シュワトカ山脈の敵通信隊のことですか？」

「もちろん。鍛えぬいた連中らしい。干草の山から針を発見するほうが楽だ」

それほど悲観的になることはないと客は答えた。

「そうならざるをえんよ。アラン……連中は毎日場所を変えておる。たとえ発見しても射殺されるだろう。数と装備ではこちらが不利だ」

これでわざとアランの反論をひき出したのである。

「相手にはこちらで捜していると気取《けど》らせないこと」と客は誘いにのってきた。「跡をつきとめたらなおさらです。あとは慎重な奇襲あるのみで……」

ハミルトンは信じようとしなかった。

「野獣ならそれでだませるだろう、アラン、だが考える人間ではな」

「どっちがよく考えるかによります！」

「じゃ、やってみないか」将軍は皮肉に言った。「ただ考えるだけで干草の山から針を見つけられるかどうか」

「その比較はあたりませんな、サー。相手は針じゃない。いまおっしゃったように人間です。彼らは食い、眠り、暖をとり、風雨を防がなくてはならない。それに毎日同じ時刻に通信をしている。彼らがどこでどのように行動するか、だいたいのところはわかりますからね、特定の場所を捜せばいいのです」

将軍は驚いてみせた。

「わからんな。説明してほしい」

しろうとにどう説明したらいいか、アランは考えた。

「ブルックス山脈はアラスカ北部を斜《なな》めに横断する魚の背骨です。中心は高峰の列。左右に分かれる小骨が尾根。西部のシュワトカ山脈もそのひとつです……そこでしたっけね？」

ハミルトンはうなずいた。その点は確かだ。

「私の知る限りでは、サー。発信点と受信点の間に高い山があってはならんと思いますが」

「そうだ。でないと受信が困難だ」

「すると捜しやすくなる……連中のキャンプは森のへり、山の中腹あたりです」

「なぜかね？　毎日登らねばならんが」

「そのとおりです。そして毎日沢まで下らなければならない」

「沢はどこに？」

「アラスカのどの谷にも水は流れております、サー。大型の獣が朝晩沢にあらわれて水を飲むことはご存じでしょう。そこの草も水分が多い。自活する者はまずそこに獲物を求める。撃ちまわらずにそっとやろうとすればなおさらです。罠をおくか落とし穴を掘る。朝早くか夕方に。沢だけです。高地ではしない」

「わかった」ハミルトンは満足だった。

アランもこっそりうなずいた。ここまではよしと……。

「よろしいですか、サー。連中はそんなことをちゃんと知っている。それでなくては生きられません。そして二重の制限を受けている。毎日、山へ登り、山をおりること。手分けしてやっているのでしょう。無線機と食糧探しと。中間のキャンプで会って、安全に休息をとるのです」

「それで、アラン、人数は？」

「無線機の目方、一人で扱えるかどうかを知らなくては」

「操作は一人で充分だ。が、険しい山を担《かつ》ぎあげるには交替が要るな。電池、発電機は問題にならない。電流は自分でおこしているのだろう。踏み車かクランクで。たいした重さではないが、ちょっとしたものだ。つまり、三人は必要ということかな」

「なるほど、それに二人が沢で食糧を調達する。キャンプの見張りが一、二名。全体の指揮官……それから予備。しめて十人から十二人ですな」

「あなたがこちら側にいてくれたらなあ」ハミルトンは思い入れよろしくもらした。「いかが、上等のスコッチでも」

ベルを押したが、だれもあらわれない。

「連中が場所を変えるには」アランはつづけた。「森のへりを歩きます。自分の身は隠せるし、周囲を見張らせる。ですからこっちも山ぞいのそういう場所を捜せばいい。山ですが、その南にもっと高いのがないようなやつです」

「うん、わかった……」ハミルトンはもう一度ベルを押した。

黒人のかわりに若い娘があらわれた。

「サムは眠ってると思います。パパ、私でよろしい？」

客は驚いて椅子を立った。お嬢さんがいるとは聞いていなかったのだ。すらりとして妖精のような娘だった。

「グウェン。アラン・マックルイアさんだ。アラスカ一利口《りこう》な狩人」ハミルトンが紹介した。

「はじめまして、ミスタ・マックルイア」

ちょっとかすめた微笑はどこかからかい気味だったが、心のこもった握手であった。

「はじめまして、ミス・ハミルトン」いつもよりずっとていねいだった。

言葉の完全な意味における若い令嬢に会ったのははじめてである。アラスカにそんなものはいない。いる場所がないのだ。

「スコッチがほしいんだ、グウェン、ひとつたのむか。氷を」

グウェンは台所へとりに行った。

「最近南から来たばかりでな。明日からリチャードスンで電話交換手になる。ありがたいよ、司令官の娘として良い模範を示そうとしてくれて」

アランも同感だった。

「うん、彼らは森の端を移動する」ハミルトンは本題に返った。「それで捜すめあてははっきりした。しかし問題地区にはそういうところがわんさとある。とにかく数百キロにわたるはずだ……」

娘がもどってきて氷のポットをテーブルにおいた。

「パパ、ウィスキーは？」

「書棚だよ、チョーサーとミルトンの後ろ。あそこならサムが見つけないから、いちばん長持ちする」

娘は吹きだした。ますます好感がもてた。

「パパ、蔵書をアルコールで（“精神で”という意味にもとれる洒落）強化なさろうとしたわけね」

ハミルトンは得意だった。

「こういうものは本の後ろにしまうのがいちばんだ。古典ものなら最良。まずだれも見ないからね」

グウェンはボトルを見つけてテーブルに運んだ。

「あなたもこれ名案とお思いになりまして？」彼女はアランにたずねた。「あなたの勘はすばらしいと父が申しておりますけど」

「正直にいって……私ならまずここを捜しましたね」

「なぜですの？」

「お父上が隠したからです。書物の裏にそんな場所があることは男性しか知らない。女性なら洗濯物の棚に隠します。縄張りですからね」

グウェンは額のみだれ毛をかきあげた。

「ほんとに……おっしゃるとおりですわ。私でもふつうじゃないところを考えます」

彼女は錫《すず》のコップをかたづけ、ウィスキー・グラスをかわりにおいた。

「探しものには使える男だ」将軍は笑った。「敵にまわしては物騒だが」

「では私がいっしょだとだいなしですわね」

彼女はおおらかだった。自信のある口ぶりであった。性格か教育のおかげでどんな席にも合わせられる。アランも遠慮がとれた。

「ミス・ハミルトン、何かおなくしになったら、捜してさしあげますよ」

「まずこちらを頼んでいるところだ」将軍が口をはさんだ。「彼の忠告を消化している最中でね」

グウェンは興味を示した。

「北のどこかに隠れているという謎の人間のこと？」

「そう。すぐにも逮捕したい」

彼女はあと二本、ソーダを持ってきた。

「すごくおもしろそうなお話。ミスタ・マックルイア、聞いていてよろしいですか？」

「どうぞ……ミス・ハミルトン」

「まずいな」父が口を出した。「機密事項なのだ。お前はまだ宣誓をやっていない」

「でも、パパ……」

返事はなく、彼女はすぐにあきらめた。ハミルトン家ではどこで父が終わり将軍がはじまるか心得ているらしい。

「軍隊とはこういうものですわね、ミスタ・マックルイア」彼女はがっかりした。「では失礼いたします。でも、お目にかかれて嬉《うれ》しゅうございました」

アランはいささかぎごちなく頭を下げ、自分に注がれた好意の視線に気がつかなかった。

「筋を通さねばな」二人だけになると将軍が言った。「部下が公務でおしゃべりしているのをどなりつけ、家で同じことをやらせておくわけにいかん」

客もそれに異論はなかった。

将軍はまた注ぎ、氷がグラスに当たって鳴り、ソーダの泡がのぼった。

「さてと」家の主人はグラスを掲げた。「すべての狩りの成功を祈って。で、いかなる計略で連中を捕えるか」

「計略ではありません、サー。敵の立場に身をおいて、敵がわれわれから何を予期するかを考えるのです」

「われわれがなんらかの手を打つ、そう予期していることは確かだ」

「そうです。まず空中偵察を考えますな……しかし、こっちではそれをしないのです。次には大部隊による山狩りでしょう。こちらの人数は多く空輸が可能ですからね。しかし、それもやらずに相手を混乱させるのです」

「混乱させる、か……」

「そうです、これだけは彼らの予想ははずれます。彼らは謎に直面し、何がなんだかわからない。そしていらいらし、誤ちを犯す……」

「たとえば？」

「こちらを組みしやすしと見て、さしあたり安全と考えて場所を変えないかもしれない。おそかれはやかれ、われわれは彼らの跡にぶつかります」

「それは相手についても言えるが」ハミルトンは口をはさんだ。

「そうでもないのです、サー。われわれの利点は、敵戦線の位置を漠然とでもと知っていることですから」

ハミルトンはうなずくとグラスにもどった。

「正規兵では無理ですね」アランはこの点を強調した。「ヤマネコの目を持ち、音もなく歩ける人間でなくては。自分は発見されずに相手を見つける必要がある。子供のころから臆病な動物を追うのに慣れた連中だけです。アラスカ・スカウトの選《え》りすぐりだけでしょうな……ウィリアム大尉も言っておられましたが、さきにスカウトのことを考えられたそうですね？」

「うん、考えた……それでも、発見されぬため全力をつくす人間が見つかるものか……」

アランとしては将軍をまた勇気づけるほかなかった。

「サー、人間がしっぽを出すやり方はいくらでもあります。われわれの鼻はさして利《き》きませんが、野獣は何マイルも先からかぎつけ、さっさと逃げだします。そこから結論をひき出せるかもしれない。

だれかが狩りをすれば、かならず跡が残る。キツネがそれを掘り出して巣に運びます。その足跡をつきとめれば狩人の足跡もわかるのです。動物が殺されていれば猛禽《もうきん》がその上空を旋回する……傷ついた獣はほかの獣に追われる。人間がいることはどうにかしてわかってしまう……完全に跡を消すことはできないものです」

「なるほど、ではスカウトでよしと」将軍は決めた。「だが有能な軍人を二、三名つけなくては」

「いえ、サー、それではかえってことをむずかしくします。スカウトはちゃんと心得ている。お互いに気心も知れている。人間捜しが本職ですからね。これまで遭難者を何百人助けたことか。軍人なしでスカウトだけにおまかせなさい」

将軍は二人にもう一杯つくりながら、これから先どうやろうかと考えていた。しばらくおいてから、

「ただの捜査ならそれでいいが、いざ戦闘となった場合、実戦経験のある人間が要る。それが猟師の中に見つかるだろうか？」

野獣監視員は言葉につまった。

「ひとつお話ししたいことがある。もちろん第一次大戦のことだ。家から直接前線に出たときだが。私の指揮したのは史上最高の中隊だった。あとからは嬉々《きき》として集中砲火をかいくぐったものだ。だがアラン、最初のときはね、いきなり敵が撃ちだし手榴弾が炸裂《さくれつ》すると、そう、わが勇士はウサギみたいに逃げだした。私がいちばん速かったよ」

アランはまじまじと相手を見つめた。高級将校がこういう打ち明け話をしようとは思わなかった。

「その反応はわかります。サー、私もそうしたでしょう」

「かもしれん。前もってはわからないのだ。恥辱にはちがいなかったが、あとから百倍にしてつぐなった。しかし、あのショックは……絶対に忘れられない」

「だれでもそうでしょう。敵側でも」

それをハミルトンは待っていたのだ。

「そう、はじめて銃火の洗礼を受ける連中はみなそうだと思わなくては。スカウトはちがうとは言えまい——どうかね？」

もちろんだ。将軍はアランを計画的に追いこんでいった。

「そういうとき、すべては指揮官にかかっている。指揮官は鉄の神経を持たねばならん。なによりそういう場合の経験をな。銃声がしたら、油のきいた機械のように反応する。さっと伏せて反攻に転ずる。そんな男がスカウトにいるか？」

答えるまでもなかった。質問を繰り返したのは一種の弁論術だった。

「アラン、スカウトにそういう人物はいない……だから軍人が要る」

「わかりました。サー、もう決まっていますね……ウィリアム大尉……」

「さよう。アラスカに彼以上の適任者はいない。あなたにはご迷惑をかけた……しかしそれは別の次元のことで、もうすんだわけだ」

じつはそうではなかったのだ。マックルイアの召集を決めたのは将軍だったのだ。どうしてもいまのような会話をかわさなくてはならなかったのだから。

「アラスカに彼以上の将校はいない。ウィリアムには悟性と勇気がある。兵のかがみだ。いくどもその実を示し、表彰を受けている」

ウィリアム大尉は敵戦線背後での驚異的な働きで有名だった。ジャングルでの奇襲、強行偵察、敵弾薬庫の爆破……一週間熱帯の密林を日本軍に追われ、重傷を負い片目を失いながらも大半の部下とともに帰投。

「野獣監視員君、こうした男はスカウトの理想的指導者と思わんかね？」

「そうですね、撃ちあいになれば」アランも認めないわけにいかなかった。「しかし、スカウトに合わせてもらわなくては」

「それはお互いのことだな」将軍の声はいくらか厳しかった。「大人同士のことだし問題は重大なのだ」

アランには完全にわかった。スカウトもわかってくれればいいが。

「これが最善の策、と思われませんか？」ハミルトンは攻めたてた。「だがスカウトには、軍の指揮のことを意識してもらいたくない。彼らにはチーフスカウトという独自の上司がいる。それが作戦の主任だ。ウィリアム大尉はその指示に従う。撃ちあいの場合だけ――どちらが先に撃つか問題外――彼が指揮をとる。どうかね？」

アランは自分の靴先から将軍の顔に目を移した。

「おおせのとおりです」

ここで彼がそのチーフスカウトになるかどうかという問題が出るにちがいない。彼の論拠はすべて次々と落城した。少なくともハミルトンはそう考えたかった。

だがアランの考えはちがっていた。彼は将軍の計画に同意しただけである。ただ理論的に。彼自身は関係ない。彼は共同作戦に向く男ではない。それをうまく将軍に説明できないのだが。

「どうかな、アラン・マックルイア、あなたにとってこうしたことは実際的な意味を持たん。いつかことの成り行きはあなたの耳にはいるだろう。しかし、こうしてお話しできて非常に有益だった。ごらんのとおり、私は頑固ではない。一般の将軍イメージとはちがう」

話がこうなったことにアランは驚いたばかりか、恥じた。率直なハミルトンは、客の態度をまわり道で揺るがすことを拒んだのだ。

「何かほかにお役に立つことがありましたら……」

将軍はていねいにそれを断わり、いくつか薪《まき》を暖炉に投げこんだ。火花が飛び剥製《はくせい》のトラのガラスの目がそれを反射した。

「生きかえったみたいですね」

「生きかえると大変だ。人食いトラだった。生きてるときは一州を無人にした」

猟のほら話はうんざりするほど聞いてきたアランだったが、これは特大だった。

「すごい食欲ですね！」

「アラン、信用していないな、しかし事実なのだ。一州の住民が全部食われたとはいっておらん。だがこのトラに追い出されたのだ。その牙を恐れて住民は逃げだしたのだな」

「大きな州ですか？」

「正直言って小さかった。人口も少ない。タイの北端シャン高原にある。未開地でね。トラは週に人間一人で充分。三十人ほど食われたかな。アラスカのオオカミにそんなものはいまい」

「いません。その点ここの住人は恵まれている」

ハミルトンはかぶりを振った。

「通常人ならそうだろうが、狩人にはちがう。こういう人食いは狩猟の華。くらべるものはない。危険が魅力なのだな、アラン。大きければますます良い……と言いたい」

アランがひどく気をそそられているのがわかった。

「サー、本ではよく読みましたが、実際には……」

「お望みなら、お話ししようか。さきほどはずいぶん聞かせていただいたから。この自慢話は十八番でな。だが、まず水筒を詰めるとしよう。トラのジャングルでは喉《のど》がかわく」

ハミルトンはなみなみとグラスに注いだ。氷はほとんど溶けてしまっている。

「当時私はバンコックの大使館付き武官だった……狩猟にはもってこいのポストでな。それにチェンマイ州の知事とも親しかった。いちばんトラの多い地方だ。それでなかったら人食いトラにはぶつからなかったろう。その友人が、ニュースを知らせてくれてな。人食いはご存じのとおりめったにいない。五十頭か百頭に一頭がそこまで堕落する。しかしいったん慣れてしまうと……たいていはけがをしてふつうの狩りができなくなった結果だが、なおってからも人肉を食いつづける。人肉以外は望まなくなる。だからふつうの狩り方ではだめで、水牛、ブタなどではおびきだせない。餌は人間なのだ……生きた人間」

「で、その餌、見つけたのですか？」

「そう、私自身だがね……すすんでなってくれるものなどいるはずがない」

将軍はこの大冒険を上出来の映画のように繰りひろげてみせた。細部の描写、風景とその時々の天気まで、完全に事実に即すか異常な想像力に恵まれたものにしかできないような話しぶりであった。アランは魅了され、しだいにひきこまれていった。暑さ、疲れ、恐怖、耐えられそうにない緊張を自分のことのように感じるのであった。こういう体験をしたものこそ、まことの狩りをしたといえる。策に対するに策をもってし、飛道具という利点は人を追うのに慣れたトラの経験によって相殺《そうさい》された。追跡はお互いさま、殺害の意志も平等だった。

暖炉の薪《まき》は燃えつき、互いの顔も見えなくなってしまった。

「アラン、私はまいった。もうだめだというところまできた。眠ってしまえばそれまで。樹によじ登って体をしばりつけようとしても、その力がなくなってしまった。トラはそれを知っていたらしい……いつも近くにひそんでいる。が、決して射程内に来ない。どこにいっても安全ではなかった。人食いは私のまぶたが落ちるのをうかがっていたのだな」

「なぜ眠ったふりをなさらなかったのです？」アランの声はうわずっていた。「それでおびきよせたら……」

ハミルトンはもっともだとうなずいた。

「やってはみた。しかし簡単ではない。うっかりすると本当に寝こんでしまう。このトラは前々からキャンプの火に慣れていたからね、そこから生贄《いけにえ》をさらってきたのだ。村のまんなかから。だから最後に私は近くの無人の村に火をたき、靴を脱いだ足をそのすぐそばにおいた。苦しかったが、そうしないと眠りこんで、やられてしまう。これが最後のチャンスだったのだよ。アラン、そのほかには何も思いつかなかった。あなたならよかったかもしれんが。とにかく、それでやったのだ。十歩のところまでひきつけて……緑の両眼の間に、撃ちこんだ……」

アランは剝製のガラスの目を見あげた。燠《おき》あかりで緑色に光っていた。

「それでも、サー……私もやってみたかったです」

「その言葉、ほかの男なら信用せんが、アラン、あなたなら……」

客を罠にはめたことをハミルトンは確信した。

「シャン高原のあの日以来、完成した狩りを味わうには身の危険がなければだめだと知った。しかし残念ながら、その機会を与えてくれるのは全世界で人食いトラだけだ。そいつだけが追う者を逆に計画的に追うことができる。だましあいに応ずる力を持っている」

そのとおりだとアランにはよくわかっていた。ライオンも野牛も象も、じっくり狩人を追えるものではない。抵抗し、ちょっと反撃するが、よく考えての結果ではないのだ。

「それからというもの、人食いを追うことが念願になってな。さっき言った知事はいまタイの警視総監で、全国の人食いトラの情報が集まる。またあらわれたらすぐ電報をくれることに約束してあったが、戦争になってしまった……これではだめだ」

いつか戦争も終わりますよ、とアランはなぐさめた。

獲物を驚かすまいと慎重にハミルトンは罠を閉めた。

「それはいつかは終わる……だが人間は若くならない。私も五十をすぎた、一人では無理だ……だが、あなたといっしょなら」

客は息をのんだ。答えるべき言葉がなかった。将軍もそれをきくつもりではなかった。餌はおかれ、獲物はそこに忍び寄りつつある。

「私の人食いトラはもう壁飾りになっている」新しい考えが浮かんだようだった。「次の機会にはその場にいるだけで満足だ。緊張を専門家としてたのしむだけでね。いいか、アラン、取引をしようじゃないか。氷河グマのとき手伝ってくれれば、あなたのためタイで人食いトラを世話しよう……どうかね？」

「答えるまでも……」

「わかった。アラン、決まったな。このいまいましい戦争がすんだら、タイへ飛ぼう」

アランは心から謝した。

「しかし、サー、氷河グマはそう待つことはありません。秋の終わりがいちばんの季節ですが」

だが将軍は戦争終了まで狩りに出るつもりはなかった。

「忘れなさんな、アラン、トラ相手の大冒険にはいつも生命の危険があることを！」

罠には抵抗できない力があった。アランは予期どおり叫んだのである。

「それだけのことはあります！　身を守るすべを知る猛獣……最高の狩猟ですよ！」

「戦争のおかげでもったいない何年間かが消えるな。だが、そのうちにやろう、アラン。わが生涯最良の狩りになるだろう。これほどすばらしい獲物は考えられん……ふむ、それとも?」

将軍はグラスに気をとられるふりをした。相手に緊張を見られてはならない。

「それ以上のものはありませんよ」

ハミルトンは心もち首をかしげた。

「いや、あるかもしれん」ゆっくりと言う。「人食いトラ以上の獲物が。チャンスは半々。双方とも同じ力と知性で狩りあう。やるつもりがおありかな?」

将軍の目は鋭かった。

「もちろんです、サー、で、それは?」

もはや運命をのがれるすべはない。

「内容によるのかね?」ハミルトンはうれしさを隠しきれないようだった。「世界一危険な獲物を相手にする……それだけなのだ。だが注意がいるぞ。命がけなのだから」

「ますますけっこう」アランは夢中だった。「大歓迎ですとも!」

罠は閉じた。

「なるほど……ではアラン・マックルイア、人間狩りをお願いする。このアラスカに危険な獲物がうろついている。戦争の終わりを待つことはない。それどころか!」

ハミルトンはもう一杯注いだが、ひと口飲んだだけだった。

「いや、愚かでした」アランはゆっくり言った。「うまくはめましたね」

「いや、そうではない……納得してもらいたかったのだ」

「納得とは言えませんよ……眼鏡《めがね》をとりかえられただけです。いまの眼鏡は偽かもしれない」

「いつからすぐれた狩人がそんな……？」

将軍はアランのところに歩み寄った。

「アラン、あなたの性格に反して決定してもらいたくない。しかし、この任務こそあなたにぴったりだと確信しとる、私は」

アランも立った。椅子は狭すぎた。

「おっしゃるとおりかもしれません……自分でもそう思いはじめました」

将軍は乾杯した。

「お目にかかれてうれしいよ、チーフスカウト・マックルイア！」

新任者は困って笑った。

「たいした猟師でいらっしゃる、サー。野獣監視員を罠にかけるとは。今夜どういうことになるかわかっていれば……」

将軍はわざと驚いた顔を見せた。

「だから言ったのだが、チーフスカウト・マックルイア……はじめから狩りの魅力のことをおしゃべりするつもりだった。ほかのテーマには触れなかったと思うが」

15

一年でいちばん美しい季節になっていた。鮮かな色と色が織りなす初秋。自然の完全な調和になるその華麗さに日高大尉とその部隊は深い感銘を覚えた。日本人の神道信仰は自然の霊化にもとづいている。彼らも自然の変化に敏感でそれを神意の直接の表現とみていた。くにでは春のはじめを桜祭りで祝い、かえでの紅葉を秋のしるしと愛《め》でる。しかし、アラスカ山地ほどの豊かな色彩ははじめてだった。色のニュアンスに限りはないとみえた。ポプラの淡い緑から黒松の濃緑。湿地のワタスゲは雪を思わせ、万年雪には明るい黄の花がひらく、まだ野ばらが咲き誇り、山の斜面はコケモモでおおわれていた。森のはずれをいろどるのは忘れな草、銀灰色の地衣が岩を飾っている。一息一息が美味だった。秋と湿った大地のかおりがした。森の動物たちは食物集めにいそしむ。ウソ、コバシコマドリ、ヨタカ、ミソサザイ。ミヤマカケスは日本兵の露営地まで近寄り、頭上の枝にはイスカがとまっていた。

六度日本兵はキャンプを変え、六度別の場所から送信した。送信の内容はだいたい同じものので、いつも好天であった。だがアッツの準備はまだ。すべては一週間前に出港した船団の到着にかかっていた。その荷の一部でも着けば、山田には数日で飛行場を完成できる自信があった。日高大尉にもそのことは連絡ずみだった。

「それまで天気がもてばいいですが」気象係の綱島曹長である。「しかし、大尉殿、じきに彼岸嵐が吹きます。気圧計は刻々と下がりますよ。そうすると日に二度通信せねば」

二人は山上で偽装網のかげにすわり、送信時刻を待っていた。

「ここしばらく静かだな」大尉は答えた。「アラスカの天気の話が信じられんくらいだ。あのころの東京はひどかったな」

綱島も子供のとき大震災を経験していた。十五万人が圧死もしくは焼死したときである。曲がりくねった小路とロマンティックな木の家から成っていた東京は廃墟と化し、再建後の中心部はアメリカの都市と変わりなかった。

「ヤンキーがな」と日高は考え考え言った。「アラスカに対するアッツあたりまで日本に接近したら、わが国は関東大震災の東京よりもひどい目に遭うぞ」

今日の通信手、渡辺はぎくりとした。

「しかし、わが軍は全戦線で前進中であります、大尉殿！」

「そうだ……そうでなかったら大変だ。忘れてはならんぞ、ヤンキーの正体を。やつらは女子供を好んで攻撃する。いちばんたやすいからだ。空母を飛び立ち、平和な村を爆撃する。だがその返礼はしよう！　やつらの町が燃え、子供の死体が街路にころがったら、やつらもわかるだろう。われわれとの戦争に非道な手段を使うのをやめるかもしれん」

綱島の黒い目がギラリと輝いた。

「やりましょう、大尉殿！」

「おれたちも手を貸してるわけですね」信夫は胸を張った。

大尉は満足だった。部下たちは任務の重要性をはっきり意識している。

「わが国ほど勇士に富む国はない」日高は励ましつづけた。「よくおれは考えるのだ。敵の心臓部へ爆撃機を駆る戦友のことを。彼らの生命は消えるだろうが、その魂は神々の座へのぼるのだぞ」

四人の日本人は黙りこんだ。オロチョン族の若者だけがわからずにいる。

「飛び返らない、ですか？」

「そうだ、ノボル。道は遠すぎる。彼らはヤンキーの都市に爆弾を投じてから、ビルの海に自爆するのだ」

ノボルには信じられなかった。

「でも、死んでしまいますよ、日高さん」

「そのとおりだ、ノボル。日本人はよろこんで死ぬ。だがヤンキーに大損害をあたえ、全世界が日本をたたえてからな。ノボル、日本人はな、国の幸のためにすすんで死ぬのだよ」

はるかなタイガに生まれた青年にはやはりわからない。

「でも、その人たち、日本、幸福、いっしょにできない……」

単純な信夫が説明してやった。勇士たちは太陽の国に移り住み女神と戦勝の宴《うたげ》をひらく、そのほうがずっとたのしいのだ、と。

「オロチョン、死ねば……死んだだけ」ノボルは悲しげだった。

「お前はちがう」大尉が保証した。「お前はわれわれの仲間だ。お前が死ねば、われわれの天国に迎えてやるぞ」

自分でそれを信じているのかどうか、日高にはわからなかったが、オロチョンの信念を確かめるのに最良の方法であることは確かだった。青年の顔を歓喜が走り、すばやく身をかがめると、主人の手に口づけした。

「明日はつらいぞ」大尉が告げる。「山越えだ。ここからはすでに三回発信したからな。これ以上は危険だ」

「承知しました」習慣になった返事だった。

「あそこは岩が多い。肉眼でも見える……暗いうちに登れば足跡は残らん」

「どうしてでしょう」綱島がいぶかった。「ヤンキーはなぜ手を打たないのか」

「それが長ければ長いほど、むこうの準備がととのうのだぞ」隊長がいましめた。「しかし、空中偵察をしないのはおかしいな。そこからはじめるはずだが……」

「やってもむだと考えたのではありませんか」渡辺である。

「われわれを油断させるつもりかもしれん……だがそれがこっちにとっては警告なのだ。われわれのことに気づいていないと思わせる……その手にはのらんぞ。慎重にもさらに慎重を期するのだ」

すまなそうな目つきできこりは、すでに充分用心しているがと言った。

「これまではそれでよかった、信夫。しかし、いつまでも同じ土地にいるわけにはいかん。ここ二、三日で移動せねばならんだろう。少なくとも直線距離で五十キロは」

部下たちは異論をはさまなかった。隊長は彼らの頭脳である。その決定にあやまりはない。それでも日高が部下に話したのは、納得できる理由によって彼らの努力を励ますためなのだ。

ふたたび時計に目をやる。彼の目くばせで各人はさっと位置についた。

「信夫、まわせ！」

クランクが動きはじめ、数回転でランプがともった。

日高がストップウォッチを追う。渡辺の前には綱島のまとめた報告があった。ノボルが偽装網からアンテナを突き立てた。

隊長がかぞえはじめる。

「五……四……三……二……一！」

送信はこれまでにない速度で、六秒たらずで終わった。渡辺が確認を待つ。

確認信号のかわりにアッツはかなり長い通信を送ってきた。暗号は紙二枚分になる。人びとの緊張はそれとともに高まった。

やっと終わると渡辺は受信確認を送り、解読にかかった。

「読みあげろ、渡辺、お前の字は読みづらい」

「海軍大将閣下からであります。大尉殿」

通信手は威儀を正して読みあげた。

センダンブジニツク　ツルガ七キ六、七ニチゴニリリク

日高は帽子をかたわらに投げた。

「やったぞ……ついに！」

部下たちの顔も輝いた。

「大尉殿、ヤンキーどもの吠え面を見たいものです！」

渡辺がまだ解読をつづけるのにだれも気がつかなかった。通信はまだある。

日高がやっとそれを目にとめた。

「ほかにあるのか？」

「は……すぐすみます」

暗号表をとじた通信手の顔に感動があふれていた。立ちあがり、さっと直立不動の姿勢をとる。指をカーキ色の戦闘帽のひさしにあて、隊長に注目した。

テンノウヘイカハヒダカタイイニクンニトウキョクジツジュウコウショウヲタマワル……

……オメデトウ　ヤマダ……

綱島、信夫、つづいてノボルも起立した。

「おめでとうございます、大尉殿」

当時の日本軍将校にとってこの種の叙勲がいかなる意味を持つのか、われわれの理解を絶するものがある。これは現人神《あらひとがみ》なる天皇に発したもので、日高をいっぺんに国民のエリートへと高めたのである。

「おそれ多くも……」と日高はこういうときのきまり文句を発し、天皇のおわします西方を向くと右手を額にあて、左手をふつうなら軍刀の柄《つか》のあるべき場所にあてがい、さっと上体を水平にした。

部下もそれに倣《なら》い、たっぷり三分間その姿勢のままでいた。ノボルでさえ、この突然の体操の意義がわからぬまま、同じ姿勢をとった。

最初に身を起こしたのは日高だった。部下にも休めを命じ、各々の目をじっと見つめた。

「わかるだろう」あらたまった話に特有のぎくしゃくした調子であった。「天皇陛下はこれをもって隊員各自にお言葉をたもうたのだ……われわれはまだそれに値していない……身命をもってそれに報いねばならん……この命は陛下に捧げたもの……」

兵たちは恍惚として聞きいっていた。

「さ、荷をこしらえ、おれを待て」日高は現実の義務にもどった。「登っていって明日のため、あたりを偵察する。ノボルが同行せよ！」

ほとんど藪《やぶ》におおわれた溝を二人は足音をしのばせいちばん高い頂《いただき》へと登った。日高にとって急な登りは少しも苦痛ではない。足どりと呼吸とを合わせているからだ。これは長い訓練のたまものだが、ノボルには生まれつき備っていた。彼の種族はスタミナ以上に速くは歩かない。

上で狭い平地を見つけた。そのまんなかに窪地《くぼち》があり、体を横たえられる。周囲はコケモモの茂みで、日高はそこから首を突き出して偵察した。

横たわったまま北斜面をスケッチしていった。ブルックス山脈の急峻な斜面に深く切れ目がはいっているらしい。覚えておかなくてはならない。いつか全部隊ともども高山に姿をくらます必要が出てくるだろう。この山峡は向こうまで通じているかもしれない。日高はスケッチにいくつかしるしをつけた。つけおわったとき、ノボルの手が触れた。

「ヒコーキの音……」

大尉ははっとした。

「藪に隠れるんだ、ノボル！」

二人の体は赤っぽい葉の間にもぐりこんだ。

「聞こえるか？　日高さん」

日高は目をとじ、息をとめた。

「虫の羽音じゃないか、ノボル。発動機にしては高すぎる」

しばらく耳をすまし、日高は耳のせいかもしれん、もう聞こえない、と言った。

「ヒコーキだ」オロチョン族の青年は強情だった。「ずっと遠くで」

日高は全身の緊張をといた。ふたたびかすかな音が耳にはいる。同じ音程。昆虫のように変化がない。

「ヒコーキだね。確かだよ」

オロチョン族の耳の鋭さを知っている日高は、その言葉を信じた。

「どっちだ、方角は？」

ノボルは真南を指した。

「あっち……日高さん」

もしそうなら海岸のほう、アンカレッジから飛んできたことになる。

「そうだな、ノボル、飛行機だ」

二人は頭をもたげ、けんめいに耳をすました。音の調子が変わる。

「近くなるぞ！」

日高にはそれが双発機とわかった。四発かもしれない。速力はあまりない。輸送機だろう。ポイント・バロウから海へ向かう哨戒機とも考えられる。

いきなり爆音は小さくなり、またいったんとどろいたかと思うと、消えた。

「聞こえない。静かになった」

「着陸したんだ……湖にらしいな」

「そこで、ヒコーキ、なにする？」ノボルは主人を全知と思っている。

「ヤンキーを運んできた——われわれを捜しに」

すぐに殺そうとノボルは提案した。

「いや、殺すよりはだますほうがいい、いまのところは」

ノボルにはこれもわからなかった。

16

ウィリアム大尉とチーフスカウトのアランは、クリフトン湖から行動を開始する点で意見が一致した。湖はシュワトカ山脈の尾根の間にあり、大型飛行艇も着水できる。敵に気づかれることを考えて一度に輸送することにした。エンジン音を一回しか聞かれなければ、敵も北極海海岸への定期補給だと思うだろう。

湖をから松が取りまき、風を防いでくれると同時に外から見られないようになっている。双発飛行艇が離水する前に、一同は天幕を張り、荷物をそこへ納めた。そのほとんどはここへ残し、最低限必要なものだけ持っていく。需要に応じてあとから運べばいい。

アランはアラスカ・スカウトのなかから最優秀の十二人を選抜していた。みんな志願者で大冒険に武者ぶるいしていた。はじめて、発見されまいと全力をあげる人間を追うのである。本国の人間が銃をとるのもこれが最初で、スカウトは張りきっていた。こうして祖国の戦争に参加できるのだから。まだ相手が何者だかわからないが、ハミルトン将軍はそれがアメリカ合衆国の安全を脅《おびや》かすものだと断言した。各隊員はこの作戦に選ばれたことを誇りとし、士気は最高だった。

「おい、ハンク、ペンチを忘れんな」ジム・オハラが最後の箱を天幕に運び入れるのっぽにどなった。「やつらの毒牙を抜くのに要るぞ！」

ハンク・フォーティアはオハラの赤毛をからかった。

「お前の毛を見たら、ジミー、連中すぐにひっくり返っちまわ」

「そんなに早くお目にかかれるものか」アランがたしなめる。「何週間もかかるかもしれん」

「ますますけっこう。それまでに、ジムの顔はものすごくなってますわ」

チーフスカウトは箱をかぞえ、リストと照合した。

「病院ひとつ分ぐらいよこしたんだな」とスリム・ウォートレーに言う。「うまく使ってもらいたいものだ」

ウォートレーはフェアバンクスにできたばかりの大学医学部の最上級生で、優等生だった。彼がマッキンレー山の登山者救出に大きな功績があったので、アランは一人前の医師よりも彼を選んだのである。

「アラン、あなたの首がとれちまったら、もう縫《ぬ》いつけられませんよ。ほかのところならつくろってあげますがね」

医薬関係品のほとんどは残しておくほかなかった。ウォートレーは持てるだけ持っていく。

「これですむといいが」

「要は何かあったときみがその場にいることだ。道具ばかりかかえてぐずぐずしている医者は役に立たん」

ハリー・チーフスンが寝袋をひと山ひきずってきた。

「どこにやります、ボス？」

「天幕に十四個。あとはブリキ箱に入れとけ」

みんな忙しかったが、混雑は表面だけだった。キャンプ設営はすでにフォート・リチャードスンで準備ずみ。任務も各自に割り当ててあった。

「ミスタ・マックルイア、機に何か残っていたかな？」大尉が訊きにくる。

「通信機だけです。なるべくは包装のままにしときたいですね」

チーフスカウトみずから機に赴いた。パイロットはさっきから二人だけになる機会を待っていた。

「アラン、ことづかったものがあるんだが……どうやらやさしい手からの……」

そんなはずはない。アランはそんな手など知らない。

「しかし、そうらしい。おれにそっと渡されたんだ。直接おれの手からお渡し願いたいって」

そういってポケットからビロード張りの小箱をとりだした。なかには小さな拳銃があった。武器というより装身具のようだった。金属部はすべてニッケル・メッキされ、銃把は鼈甲《べっこう》張り。GとHの金のイニシャルが彫りつけてある。

こんなものが存在することをアランは知らなかった。

「どうするんだ……おもちゃじゃないか」

パイロットは肩をすくめた。

「でも撃てるそうだ、ちゃんと……薬莢《やっきょう》もついてる」

「しかし……」

「おいおい、とぼけなさんな！　大将軍のうるわしき令嬢だぜ……名前はグウェン・ハミルトン。お貸しするだけと言われてきた。あなたさまの大切な命を守るために。あとで返さなくちゃいかんのだぞ。それも自分で。その点はしっかり念を押されてきたよ」

パイロットはアランの当惑をたのしんだ。

「あんた、ご婦人のことには暗いようだな」

「これまでゆっくり研究するひまがなかったのさ」チーフスカウトは白状した。

「おやおや、女の子も意を伝えるのに苦労するわけだ。あんたの金髪の淑女はだな……あんたができるかぎりすみやかに彼女を訪ねることを望んでおられるのだぞ。ほかの男だったら感激して躍りだすところだぜ……だのにあんたはトーテムポールみたいに突っ立ってる」

アランは小さな拳銃を胸のポケットにしまった。

「そんなこと……すぐにはわからないよ」

「でも、いまはわかったろ？」

「すっかりとじゃない……が、努力してみる」

彼は背を向け、急ぎ足でキャンプへもどった。スカウトたちはすでに通信機を天幕へしまいこんでいた。

「これで全部だな?」大尉がまたたずねる。

チーフスカウトはうなずいたが、ウィリアムは自分で荷物室へはいって確認した。機をなるべく早く帰すのが彼の仕事なのだ。湖ではやはり目につく。

「あの大将、よけいだったな」チャーリー・スチュワートの声が背後でした。「ひとを空気みたいに見やがる」

「だれにだってやり方があるさ、チャーリー、慣れるんだ」

パイロットは離水準備を終えた。

「最後の郵便だぞ」アランがどなる。

何通かの手紙が乗員に手渡された。だが大半のものはとうに遠い外界と縁を切り、来《きた》るべきことに熱中していた。

「空軍の方々はエルメンドルフの暖かいベッドへどうぞ!」ウィル・ブランスンが走り寄った仲間を代表してどなり、パイロットたちの手を握った。

乗員が機内に消えると、四枚のプロペラがまわりはじめる。腰まで冷たい水につかったスカウトたちが手伝って飛行艇の向きを変えてやる。プロペラの後流がその顔に吹きつけ、機は輝く水筋をひいて湖の北めがけて滑水をはじめた。岸の十四人が手を振るうち、灰色の巨鳥は森かげに消えた。

「いつだろうな」テッド・ミラーがひとりごとのように言った。「この格好の悪いアヒルがまたここに降りるのは？」

チーフスカウトは肩をすくめた。

「こいつはもう見られまい……われわれを迎えにくるのは橇《そり》のついたやつだな。湖は凍ってる」

「悲観論だな！」

「楽観論だ。迎えられる人間はいないかもしれないぞ」

四十年の経験を持つ猟師で最年長のバート・ハッチンスンがぶらぶらやってきた。

「大尉が話があるってよ」

一同は急ぐでもなく大尉の天幕前に集まった。ウィリアムはそれを見て姿勢を正した。

「みんなそろったか？」とアランに訊く。

よけいな質問だとアランは考えた。十三までならだれにもかぞえられる。大尉が人員報告を受けるのに慣れていることは知らなかった。

そろったとアランは言った。

「では、じつは興味ある知らせだ」ウィリアムは気さくな調子をとろうと努めた。「将軍の意向でこれまで黙っていた。大げさかもしれんが、機が離水してから話せと指令を受けている。将軍も昨日知られたばかりで……」

ここでひと息入れ、一同を見まわす。

「さ、言っておくんなさいよ」アランと同じく野獣監視員あがりのディック・ハムストンがせかした。「聞いてますぜ」

大尉はこういう態度に慣れていなかったが、すぐに調子を合わせた。

「いいか、相手が日本軍だということだ」

「だと思ってた！」とランダル。「だからいつも言ってたじゃないか」

「日本軍だと？　だれの意見だ？」自分の目で確かめたものしか信用しないマイク・ヘララである。

「だれの意見でもない」ウィリアムが説明をつづける。「事実なのだ。われわれは日本海軍の暗号表を入手し、敵の通信をすべて解読できるようになった。もちろんキャッチできたものだけだが。しかしアッツとシュワトカ山脈間の連絡はキャッチした……」

「いいですな、大尉」

「諸君、それでわかったのだ。当地にいるのは敵の正規兵……日本の陸軍大尉が率いている」

「兵力は？」

「それはわからん。十人から十二人ほどと思う。選りぬきの精兵であることは確かだ。指揮官からしてもわかる。彼の名ははっきりしている。エンゾー・ヒダカという……」

「光栄です」ランダルが茶々を入れた。「はじめまして」

「ランダル、冗談ではない。これは特別な人間なのだ」

ディック・ハムストンが口をはさんだ。

「ヒダカ、といいましたね。この前のオリンピックに出た男では？」

「みたまえ、ランダル、ここにも知ってる者がいる」ウィリアムはよろこんだ。「その名は全世界のスポーツマンに有名なのだ。オリンピックの十種競技で銀メダルをとったのだぞ。ただごとではない。それに伝統的スタミナと鍛えぬいた肉体……射撃の腕は天下一品ときている。この男といっしょにアラスカに来るのはただのぼんくらではない。だからこそ手ごわい相手だと信ずるのだ」

ジム・オハラが進み出、スカウトたちにここで帰りたくなったやつはいないか、とたずねた。もちろん冗談である。一同はげらげら笑った。チーフスカウトは笑わなかった。ハミルトンが約束してくれた危険な獲物のことを考えていた。オリンピックの十種競技選手以上に危険なものはない。

大尉はポケットから紙片をとりだした。

「静かに、諸君！　わが国のオリンピック委員会でこの人物の詳しいことがわかった。エンゾー・ヒダカは三十一歳。身長百七十センチ、当時は独身。北海道のハコダテ出身。英語に巧みで地図をつくる専門家だ。そして現役将校。彼の父も祖父も同じ……軍人の家系だな。この点も注意を要する。その部下についてはわからん。通信にはヒダカの名しか出てこない。ともかくアッツのヤマダ提督は彼に旭日勲章をあたえた。日本人には最高の名誉だ。ここからも彼に大きな期待が寄せられていることがわかる……」

「やつを仕留めたら月勲章をもらいたいもんだ」ジム・オハラが叫んだ。

「で、ネズミども、ここで何をしてるんです？」たずねたのはブランスン。

「そこが肝心なのだ。気象観測隊なのだな。空輸されたものと思う。毎日アッツへ天候を知らせている。そこからどうやら長距離爆撃機を飛ばすらしい。大滑走路ができるのを待っているのだ。昼夜兼行で働いている。通信機を破壊しなくては、じきに爆弾の雨が降る……」

「どこにです？」

「わかるはずがない、将軍さえご存じないのに」

陽気な空気は吹きとび、本心からの心配がひろまった。

「アンカレッジといやアラスカ最大の町だ」ピート・ランダルは家族をそこにおいている。

「そこがまず狙われるんじゃないか？」

「航続距離以内ならどこでも危ない」

ディック・ハミルトンは考えこんでいた。

「アラスカの森林すべてが危険だ。焼夷弾《しょういだん》数発で何千平方マイルを灰にできる。それに対し、打つ手はない。村、猟師、野獣、みんな焼け死ぬぞ」

それが誇張でないことをスカウトたちは知っていた。タバコの吸いがらでも起こりうることだ。爆弾ならひとたまりもない。

「いろいろと考えられる。やつらはどんなことでもするだろう」大尉は強調した。「前々からやつらはアラスカにとって最悪のものを考え出している。そうでなかったらこんなまねはしなかろう。その通信機を破壊せずにおいたら、それこそことだ。なんとしてでもやるのだ。

わかったな！」

まったく新しい感情がスカウトたちをとらえた。任務の重要性の意識である。彼らは重責を負う男となったのだ。

ウィリアムはそれをはっきりつかんだ。

「われわれは槍の穂先だ。敵の最も敏感なところを突く。いまのところ、この不幸を防げる武器はわれわれだけである。ここのブルックス山脈でアラスカ全土にひろがる嵐雲が発生する。天候がわからなくてはジャップといえども高価な爆撃隊を発進はさせない。通信させるな、いいか！」

彼の話は共感と決意に迎えられた。どのスカウトにもこの任務に命をかける用意があった。はじめてこの将校はみんなの気に入った。たいしたやつだ。なにものにも尻ごみしない。顔の長い傷跡とガラスの義眼がその証明だった。

「以上だ。明朝六時に出発」

大尉には質問を受け、意見をきくつもりはなく、すぐ天幕にひっこむと、書類を調べるふりをした。これによって、彼だけしか知らないことがまだあるという印象を植えつけるのである。そうすれば彼の重要性はとみにあがる。

将軍が大尉にさしたる理由もないのに飛行機の離水後この話をしろと指示したのも、そういう意図だったのにちがいないとアランは推測した。アランにもそのことは知らされていなかった。フランク・ウィリアムだけを特別な存在とするためだ。

ハミルトンはくえない。遠く離れていても自分の将校の立場をスカウト仲間で強化するすべを心得ている。

次はチーフスカウトの番だ。捜索の計画は彼に一任されている。ここ数日分の計画をどう立てるか、まずスカウトたちと相談し、しかるのち大尉に結果を伝えるつもりでいた。

「えらく忙しいように見えるが」と彼は戦友たちに言った。「だが血気にかられてとびつけば、ジャップはつかまらない。やつらはこっちがしびれを切らせてしっぽを出すのを待っているのだ。将軍から聞いているが、アッツの大滑走路はまだ完成にほど遠い」

スカウトたちはすでに、小部隊に分かれて作戦することを知っていた。リチャードスンでもう決まっていたことだ。もう一度アランは、彼らが森のへりを移動することを説明した。全員が納得する。山男に長い説明はいらない。

「明日はたいしたこともない」チーフスカウトはつづけた。「こちらは全員まとまったままだ。明後日だな。暗くなるのを待って分散する」

「どうしてそれまで待つ。アラン？　そのころには山にはいっているが」

「進むには暗闇が必要なのだ。このままの天気なら、月が助けになる。とにかく大部分は水中を歩かねばいかん」

反対する者はいなかった。アラスカの山をすみかとする者は、沢を道とすることに慣れている。苦心して藪《やぶ》を漕ぐより楽なのだ。

「水中には足跡が残らないし、暗ければ見られない。もちろんこっちからも見えないわけだが。見るのは昼間だ。夜は見渡せる場所に着くために使う。それがどこか、どうすれば気づかれずに行けるか。各自考えてくれ。岩の突出部かなにかがいいだろうな。要はそこから広く見渡せることだ。明るくなれば各自部署にもどって、暗くなるまでそこにいる。昼間はぜったいに部署を離れてはならん。位置を変えるんじゃない。変えれば獣が動きだす。敵もわれわれと同じ注意を払っていると考えなくてはいけない。煙をかぎ、斧の音に耳をすまし、野獣の行動、カモの飛び方に注意するんだ……あたりを見まわせ。双眼鏡で何ものがすな。日に一度ジャップは送信しに高所へ登り、そのあとで下りなくてはならない。谷間でも動くだろう。沢の岸を双眼鏡でさぐれ。跡というのは近くより遠くからのほうが目につくものだ……ことに丈の高い草や灌木《かんぼく》の場合には」

「小石でもそうだ」ランダルが口をはさんだ。「近くではわからんでも遠くから見えたことがある」

「そう、ピート、そのとおりだ。獣は走るよりじっとしているほうが多いことはわかっている。人間でもそうだ。だが敵はいつまでもすわっているわけにいかない。いずれしっぽを出すぞ！」

二隊をそれぞれの沢に派遣するのがよかろうと、アランは提議した。でなければ広い地区は捜せない。沢を詰めたところで落ちあうのだ。

「何日ぐらいでだ、アラン？」

「そうだな。だが地形を見きわめてから決めようじゃないか。あせることはない。道のりはそれぞれちがう。四つの沢を同時にやれるな」

どうして四つだ、とハムストンがたずねた。

「算術だよ、ディック！　われわれは十四名だ。うち十二人が三つの沢はいる。二人ずつ二班が沢ひとつずつだ。残りは二人。それがいちばん短い沢をやる……！」

「いちばん短い沢とは？」テッド・ミラーである。

「出発してまずさしかかる沢だ。ほかの班は沢にとりつくのに時間がかかる。大尉と私が最短コースをとるのがいいだろう。それだとわれわれがいちばん先に目的地につく。それにウィリアムにもわれわれの歩き方をわかってもらえる。ここはフィリピンのジャングルとはちがうからな」

「そのつもりでいた」大尉が自分から発言してみんなを驚かせた。「熱心な生徒になろう」

彼が近寄ってきたことに気づいたスカウトはいなかった。ウィリアムは話のほとんどを聞いていたのである。アランにはそれでよかった。

「質問は？」

「ある」大尉だった。「なぜ二班にこだわるのか、ミスタ・マックルイア？　一人ずつで行動すれば同じ時間で広く捜せる。単独行をこわがる者はいるまい」

方々《ほうぼう》から賛成の声があがった。

「それはそうだ」アランは認めた。「しかし、その一人が集合点にあらわれなかったら？　何が起こったかわからなくなる」

「二人でもそうだ」

「いや、大尉、二人ともにあらわれなかったら、敵に捕捉されたと想像できる。つまりジャップの隠れ場所がわかるわけだ」

「というと？」

「この土地の経験からすると、ふつうの事故……骨折、落石、また激流にさらわれるというのはたいてい一人だけで、仲間はそれを助けるか、救援を呼べる。一人が致命傷を受けても、もう一人が報告できる。二人とも予定の地点にあらわれなかったら、まず敵の手に落ちたと考えていい」

ウィリアムはちょっと考え、チーフスカウトに同意した。

「わかった。ミスタ・マックルイア。もっともだな」

ウィリアムの態度にスカウトたちはよろこんだ。

「もう一度強調しておきたい。ミスタ・マックルイア、絶対に撃たないこと。もっとも身を防ぐ場合には別だが。これからの行動は偵察だ。敵との接触は避けねばならん。相手の隠れ場所を見いだしたら、全員でかたづける。それまではこちらの姿を見せない。いいな……」

大尉がこんなことを言うのは、アランには苦々しかった。ことさら自分を人目にさらすスカウトなどいはしない。発砲するなどもってのほかだ。むっとした沈黙でウィリアムもしまったと悟り、急いで調子を変えた。

「チーフスカウト、あんたのプランはすばらしい。これ以上は考えられない。ただ心配なのは無線機だ。外界と接触を断ってしまっては……」

これは二人の間の争点だった。リチャードスン時代から激しく争ったことである。アランはスカウトたちを前にして、そのときの理由づけを繰り返した。

「大尉、無線機は重荷になるだけです。交替で担《かつ》がなくてはならない。全体の動きが阻害されます。テンポをいちばんのろい者に合わせなくてはならない」

「技術が多すぎると混乱しましてね」チャーリー・スチュワートが割ってはいった。「遠くから指令されるのに慣れていませんで」

「しかし、遠くから援助を求めることはできる」

「自分でやりますよ」フォーティアである。

「理解してください」アランも強情だった。「こんな見えない針金で外界とつながると、こちらの主導権がそこなわれるだけだ……」

スカウト全員がそれに同意した。「いままで一人でやってきたんだ。グリーンのデスクから教えてもらわんでもけっこうですわ」

これではウィリアムも我を折るほかはなかった。とにかく捜査について将軍はチーフスカウトに全権をゆだねたのだ。

「いいだろう」大尉は引いた。「あとで後悔することにならなければいいが」

17

「大尉殿、鳥です！」

須田曹長が谷の一点を指さした。その上を二羽の白頭ワシが舞っている。

ワシがこんなところにいるのはめずらしい。ふつうは高いところ、レミングや雷鳥のいるあたりが縄張りなのだ。

日高は部下に隠れるよう命じ、自分も伏せて双眼鏡をのぞいた。

「何か見つけたな……だが用心しているらしい」

ワシはゆうゆうと滑空し、翼もほとんど動いていない。旋回の環《わ》は一回ごとに狭くなり、高度も徐々に下がる。

「獣が死んでますな……」須田が言った。

大尉は石をいくつか集めて双眼鏡の支えにした。ワシよりもワシが発見したもののほうが大事なのだ。それが野獣ならまだ生きているにちがいない。死んでいたらワシはもう肉をついばんでいるだろう。ワシの見つけたものを横取りできるかもしれない。

「なぜ下りていかんのでしょうか、大尉殿」稲木である。「何を待っているのか？」

日高は双眼鏡から目を離さなかった。

「まだ獲物が動いているにちがいない。でなければ、ほかにワシの気に入らんものがあるかだ。稲木、走っていって刀自本少尉から望遠鏡をもらってこい」

出ていくとき、稲木は偽装網をもとどおりもどしておいた。

二羽のワシは勇気を得たらしく、翼を扇状にひろげると、いったん問題の場所をかすめ、もどってきて、羽ばたきしながらその上空に静止した。

少尉が自分で望遠鏡を持ってくる。三脚を担《かつ》いで稲木が従っていた。

「義、何かあるらしい。恋仇きに刺されたオオシカかもしれん」

稲木が三脚を地面に固定した。倍率六十の望遠鏡はしっかりした支えが要《い》る。視野が狭く銃の照準のように合わせなくてはいけない。

「中途にかなり高い藪《やぶ》がある」日高が言った。

「見えませんか」

「うん。隠れている。しかしワシが場所は教えてくれよう」

網の下にもどると戦闘帽をひき下げて目を休めた。

「一羽が突っこみます！」

日高が目を上げると、もう一羽もそのあとを追うところだった。

「藪からひきずり出したな！　白いものだ」

「白岩山羊《シロイワヤギ》かただの山羊か」いまごろこの辺に白い動物といえばそれだけだ。

「頭部を見なければわからん、義。死んでいるぞ……動かない」

日高はがばとはね起きた。

「どうしました、何か？」

大尉は答えなかった。その緊張が部下に伝わった。さっとにじり寄る。日高が振りむくまで何分もすぎた。

「だれか銃声を聞いたか？」彼の質問は部下を驚かせた。

だれも聞いていない。

「頭がない。獣ならこんなことはしないぞ」

五人は日高を凝視した。

「人間だ……ここに猟師が？」

日高は身を起こした。

「そうだ、あれは猟の獲物だったのだ」

「しかし銃声は聞こえませんでしたが」

風は西で銃声を運び去るほど強い、と倉上が言った。

「罠かも……」

「丘の上に仕掛けるやつはいないな」刀自本が反論した。

「殺され方はかまわん」日高がつづける。「人間がやったことが問題なのだ」

少尉はそれを信じようとしなかった。

「ヤマネコもよくやります。首を食いちぎって運び去る」

「それは知ってる、義。だがそれならワシがすぐに襲いかかる。ワシは知らないものを見、警戒していたのだ。おれにもわからん、なぜ人間が頭部を切りとってあとはそのままにしておいたのか」

須田と刀自本が同時に、それはトロフィ狩りにちがいないと発言した。とりわけ見事な角《つの》を持っていたのだ……。

「それもわかっている。するとわれわれを追っているヤンキーではない。ここらで銃を撃つなど狂気の沙汰だ。それに肉をむだにはすまい」

結論として、スポーツ狩猟家がこのあたりにいたということになった。食糧は持ってきたので肉は要らなかったのだろう。

「考えられんな」日高は疑いぶかかった。「トロフィ狩り？　そいつがなんでこんなところへ来て、なにをしているのだ？　もっと楽でいい猟場が南にいくらでもある」

「罠猟師かもしれません……」須田が言った。

「そう、罠猟師がたまにトロフィを持ち帰ることもある。だが肉はあきらめんな。少なくとも罠の餌に必要だ」

下りていってよく見てみようと刀自本が提案した。足跡から狩人が一人だったかどうかわかる……。

「だめだ、義、ヤンキーの罠かもしれん。すぐここを離れるんだ」

日暮れを待って荷をかたづけ、星あかりをたよりに音もなく露営地に下りた。日高は火をたくことを禁じた。

「出発は翌朝だ。暗くては相手の足跡にぶつかってもわからん」

その猟師を追って殺そうと少尉は主張した。

「いかん。手を出すな。そいつはわれわれを捜しているのではない。何も知らんのだ。避けるほうが賢明だ。われわれには別の義務がある」

人道的考慮を払っていると思われないため、こうも言いそえた。「相手が数名だったらまずい。一人逃げられてもわかってしまう」

刀自本はうなずいた。彼の部下もそのとおりだと思った。隊長殿はなんといってもかしこい……。

出発前に跡を消す。見落としのないよう日高自身が点検。夜食の残りその他は地下半メートルに埋めた。飢えたキツネが掘り出すとまずい。ノボルが寝たあとに葉をまいた。

先頭を進む大尉はいくども振りかえって部下が足跡を残さぬよう全力をつくしているか確認した。倒木、苔《こけ》のない石、樅《もみ》の落葉の敷物を踏み、涸《か》れた沢床を伝う。水中のほうが跡を残さないのだが、沢が望む方向に通じているとは限らない。

最後尾のノボルは、ひっくり返った落葉を直し長靴から石の上に落ちた土くれを除けるということについては、ずばぬけて慎重である。どのオロチョン族にも足跡を消す技術が生まれつき備わっているのだ。ノボルはなかでもすぐれていたが、ただ時間がかかる。隊は日高の望むほど速く進めなかった。一時間ごとに休んでノボルが追いつくのを待たねばならない。すべて沈黙のうち。ささやき交わす習慣がすでにできていた。

まず森のへりを歩く。右手は高く、左手は低くなって谷に連なっている。風のあいまに沢の水音が聞こえた。進むにつれ、そこまでの距離はだいたい同じなのに水音は弱くなった。水量が少なくなったのだ。

アカハリモミはなくなり、ハンノキもしだいに減った。樺《かば》の疎林《そりん》がそれにかわる。雪どけで毎年運ばれてくる漂石が多い。その先はミネヤナギの密叢《みっそう》、進行速度が鈍る。一歩ごとにしなやかな枝を押し分けなくてはならない。体が通りぬけると枝はもとにかえり、背の荷物がつっかかってしまう。日本兵たちは〝悪魔の棍棒〟と呼ばれる植物とも初対面をした。アラスカの山男たちの恐怖の的と。たいていはミネヤナギのかげに生えて人間の丈ほどの頑丈な茎を持ち、実はとうもろこしに似て、よじ登るさい格好のホールドと見える。が、その外被のなかには無数の刺が隠され、ぐさりと肉にくいこむ。逆鉤《さかかぎ》になっているので抜くのはすごく痛い。

何度かオオシカの通り道に出会った。新しい糞にも出くわした。だが柔軟な藪《やぶ》がおおいかぶさっているので、人間の道には使えない。

正午近く、視界はひらけ草場のへりにとりつく。そこに出ないうち日高は大休止を命じた。空はいつしか曇《くも》っていた。朝以来、気温が下がっているのが感じられた。

日高大尉は最後の枝をかきわけて、今日の行軍の目的地を部下に見せた。岩山のふもとである。彼が数日前、双眼鏡でさぐった地区がここにはじまるのだ。ひらけた土地は峻嶮《しゅんけん》な岩壁に終わりその上の白い峰は湧きあがる雲におおわれている。

日高はそれをながめて満足した。

「上乗だ。雲は低くなるらしい。格好の掩体《えんたい》だな。あそこの犬の首に似た突起まで登る。通信できるだけの高さはあるな。明早朝、岩壁の下を伝わって次の谷へ移行し、また森に隠れるのだ」

バロメーターから綱島は秋の晴天がひとまず終わったことを知っていた。こちらの場所を隠すには低い雲は都合がいいが、来週山田の飛行場ができるとなると、どうしても晴れた日が必要だ。

雲が充分低くなると、ふたたび出発。今度は楽だ。ミネヤナギの密叢はもはやなく、膝までの草がつづくだけ。

「すり足で行けよ」日高が指示した。「茎を踏むな。足でどけていけ」

慣れていない者もあったので、彼は自分でやってみせた。そうすれば茎が折れず、曲がっただけですぐもとにもどる。日本兵は扇状にひろがって前進した。同じ草に二度触れないために。荷を負った十一人が歩いても、すぐその跡はまったく見えなくなった。

しばらくして草はなくなる。霧にまかれてやわらかな苔《こけ》の上を進んだ。踏んでも海綿のようにすぐもとどおりになる。日高は突き出した石を踏むのを禁じた。苔が落ちてしまうためだ。

午後早く〈犬の首〉に到着。方々《ほうぼう》からオオシカの通い道がそこに集まっていた。漂石地帯のかげに湿地があって水を求められるのだ。オーバーハングした岩の下でオオシカは強風を避けるらしく、糞が一フィートも積もっていた。

「おかげで燃料が助かる」と大尉はできるだけ糞を集めるように命じた。ラクダの糞と同じくこれも高熱を出し、ほとんど目に見えない青い小さな焔《ほのお》を出して燃える。つんとくるにおいも問題にならない。気流は岩壁をのぼっている。

日高大尉は山用天幕を張らせ、刀自本に暗くなるまでだれも出すなと指令した。前日ノボルが罠でカモを二羽捕えていた。それとリス数匹で食事には足りる。明日からの食糧はまだ確保していないが、心配はない。コケモモの類いが斜面をおおっている。

南西に向かって高い嶺《みね》はないので、今日の通信はキャンプのそばから送れる。それでなくても霧で動きは見えない。

「気圧が下がりました。湿度もひどく増しています」気象係が報告した。「前線が通過するようです」

大尉はあまり信用していなかった。

「ほかの土地の経験はここでは通用せんのだ、綱島。とにかくここは世界最悪の天候で有名だからな」

倉上はすでに報告を暗号に組み終え、送信にかかっていた。アッツが出るまでいつもより若干長くかかった。アリューシャンで嵐が発生中らしく、感度は良くなかった。

今日もアッツからの連絡にはおまけがつき、倉上は精神を集中し、いくども繰り返しを要求しなくてはならなかった。論知がクランクをまわす間、大尉は紙片を押さえていた。でないと、強風でとばされてしまう。

「解読は露営地でしょう」日高は受信の紙片をとりあげた。

火は妙なにおいを放っていたが、とてもあたたかく、煤《すす》けた鍋は煮えたぎっていた。刀自本が肉スープの味つけに草を何種類か投げこむところだった。

「アッツはなんと言ってきた？」日高は急《せ》かした。

はっきりしない個所があったので、通信手は解読に苦労したが、なんとかやりとげた。

「よい知らせであります。大尉殿」

大尉はまず目を通し、しかるのちに読んで聞かせた。

ツルガ三ヘンタイタイキス　ミョウゴニチイコウ　コウテンヲマッテコウゲキス　ヒニ二ドホウコクセヨ　ヤマダ

十一名の日本兵は万歳を叫んだ。ついに敵本土をたたくのだ。その道案内は彼らなのだ！

18

大尉とアラン・マックルイアが集合地点に着いたとき、ほかのスカウトたちはいなかった。それも予想どおりで、すぐ近くにキャンプの場所を設定しはじめた。

二日かかって詰めた沢は終わりには狭い急流となり、ここがその水源である。雪どけ水が緑の苔《こけ》におおわれた断崖を落ちている。幾百万の滴《しずく》からなる水煙がそこにこもっていた。水煙は遠くからも見えるので、アランはここを集合場所に定めたのである。

「悪くはないな」大尉は水音に負けじと叫んだ。「かなりしめってるが、火はたける。音が吸われてよろしい」

チーフスカウトも諒承《りょうしょう》した。

「岩を集めて苔を間に詰めよう。あかりが洩れないように」

二人とも大声でどならなくてはならなかった。

背負《しょ》い子をおろすと、さっそく仕事にかかった。岩のすわりはゆるいが、ぬるぬるして手でつかんでもすべる。それを冗談にしながら全身の重みをかけて岩を動かした。ほどなく高さ半メートルの半円の防壁が完成。

これまで二人はうまくやってきた。大尉はスタミナに欠けるところはなかったが、ごろごろする沢床はまだ不慣れで、何度か転んでずぶ濡れになったものの、休もうとは言いださなかった。

何も見かけなかった。人の足跡もおびえる野獣も。この沢にはいった人間はないらしい。彼らがおそらくはじめてだろう。

「滝のそばはいいな。覚えておくべきだ」大尉はアランの耳もとでどなった。「煙も消えるし、だれかに音を聞かれることもない」

チーフスカウトはかならずしも同意しなかった。

「敵にとっても同じことだ」とどなり返す。「水煙にまぎれて音もなく忍び寄れる！」

ウィリアムはすなおにそれを受けいれた。

二手に分かれ、森のへりから乾いた薪《たきぎ》を集めた。二人になってからというもの、ウィリアムの態度はスカウトたちの前でとはまったくちがってきた。アランから山男の技術を学ぼうとする熱意を隠しもしない。はじめは熱帯のジャングルではこうすると説明し、ほかの土地では経験があるのだぞと誇示しようとしたが、二日めにはそれも自分からよしてしまった。

薪をかかえた二人は同時にキャンプ地にもどった。

「忘れてたが」大尉は偶然思いついたように言った。「私は友人仲間ではフランクというんだ」

アランは火をおこすのに忙しく、ちょっとウィリアムに目をあげただけだった。

「OK、フランク。こっちの名前はもう知ってるね」

「知ってる、アラン」

それだけだった。二人ともえらく忙しいか、少なくともそのふりをしていた。

「今日のうちにだれかが来るかな？」しばらくしてウィリアムがたずねた。

「どうかな、明日の朝じゃないか」

火はついたが、チーフスカウトは焔《ほのお》が高くあがらないよう気をくばった。

大尉は背負い子から乾燥卵、小麦粉、ラードをとりだし、パンケーキをつくろうとした。

「節約しといたほうがいいんじゃないかな、フランク。魚がとれると思うが」

「こんな上でかね」

「うん、鮭がのぼってくる」

「あした鉤《はり》か網でやってみるか」

「こっちのほうがいいんだ」とアランはポケットからやわらかな木の実をとりだした。「これだと待つ必要がない」

「なんだい、それは？」

「坊主の頭巾《ずきん》といってるがね。ちょっと毒がある。しかし腹のへった山男には重宝なんだ。こいつをつぶして沼に投げこむと、直径十から二十メートルくらいのなかの魚はしびれてね、浮きあがってくる。毒はそれだけ。食べてもなんともない」

大尉は小さな実を見つめた。

「そんなふうに見えないが……」

「猛毒のクラーレだってそうだ。これと似たようなものだが、筋肉をしびれさせる。近代医学はアマゾンのインディアンからそいつを習ったんだが、これには注意していないな」

二人は背負い子を火のそばに移し、紐《ひも》をといた。アランはスカウトたちの荷物をまとめていた。各人の意見と経験に従って。あとからよけいとわかるようなものは入れない。すべて山で自活するためのもの。各員は小さな斧とナイフを持ち、三人に一人がスコップを担《かつ》いでいる。防水の寝袋には綿毛が詰められ、どんな寒気もしのげる。アランは各自が天幕を持てと指示した。そうすれば、いざという場合、単独でキャンプができる。もちろん天幕は狭く人間のほか銃と荷物しかはいれない。極地用にこれを用意したのは山男ではなく、陸軍だった。目方は五ポンドにすぎないが、丈夫でどんな嵐にも耐えられる。

スカウトたちは自分の銃に固執した。照準鏡付きで軍用銃よりずっと長い。アラスカの狩りでは長い射程が必要なのだ。ウィリアムは苦心して彼らに四挺のマシンピストルをおしつけた。全員その技術を習得していたが、慣れないものであまり重きをおかなかった。射程は短く、弾丸が散りすぎる。奇襲には大尉の言うとおりいいかもしれないが、狩りには向かない。各自三発の手榴弾をベルトにはさんだ。クリフトン湖に飛び立つ前に実弾で充分訓練を受けていた。

それにみんな私物の双眼鏡と防水ケースにマッチを入れていた。軍用食品のほか携行したフライパンは山男の必需品である。罠用の糸を持ってきたものが多かった。釣り道具と網。

糸と針も荷にはいっている。靴底を補強するため、太針と糸通しを持っているものもあった。耐水ポンチョはあたりまえだが、そのほか寒くなることを予想して毛皮帽と毛糸のシャツがある。

ひげそりを持参におよんだのはアランとウィリアムだけで、スカウトたちは髭《ひげ》づらで家にもどるのを重視していた。

アルミニウムのケースにはいった食糧は、干しぶどう、溶かした脂《あぶら》、乾燥肉でできていて、目方は十ポンド。非常用である。

「荷物が軽ければ、それだけ有利だ」とアランは火にあたりながら言った。「敵は通信機を担がなくてはならないが、こちらはちがう。われわれには無線機など似合わない。担がされてよろこぶものはいないさ」

ウィリアムは肩をすくめた。

「かもしれん。しかし、こんなに孤立するのは……」

「じき慣れるさ。有利なことがわかる。だれからもとやかく言われることはない」

「アラン、きみにはそれが重大なんだな」

はじめ黙っていたチーフスカウトも、そのとおりだと認めざるをえなかった。

「こっちの勝手にさせてもらったほうがいい。現場にいなくては情況をつかめない」

「しかし……」

アランがとび起きて銃をつかんだ。見も聞きもしなかったが、近くに人間がいることを感じたのだ。

だがあらわれたのはジェフ・ペンブロークとマイク・ヘララだった。

「ちょうど晩飯に間に合った。ごちそうは？」

二人は背の荷物をおろすと火のそばにすわった。疲れきっているらしかった。アランがフライパンを渡した。最初の卵焼きができたばかりである。

「まず食べてから報告をたのむ」

「それがたいしてないんだよ、アラン、ま、全然ね」

ウィリアムはそれも報告のひとつだと言った。そこに日本兵がいなければ、ほかにいるにちがいない。

「えらく広い土地でね、大尉」ペンブロークが言った。「何週もかかるかもしれない」

「はじめからそのつもりだった。きみたちはちがうのか？」

「ちがわないさ。辛抱するよ……」

アランが最初の、ウィリアムが次の見張りをひきうけた。二人のスカウトはより長い道のりを歩いてきたので休ませなくてはならない。火は消した。

翌朝まずスチュワートとフォーティアが、ついでウィル・ブランスンとスリム・ウォートレーが着いた。ハムストンとランダルは正午近くになった。だれも足跡を発見していない。ほかの人間がいる気配はまったくなかった。

「まだ四日にしかならない」アランがいましめた。「そんなに簡単にはいかんよ。まず四週間やってみよう……」

彼はヘララをつれて下へおりた。沼を見つけに。例の毒草で魚をとるつもりだった。沼は見つからず、沢のよどみだけだった。チーフスカウトは実を揉《も》みこすると水に落とした。

「流れ口にいてくれ、マイク、逃がさないように」

ヘララは枝で水面を打った。が、その必要もなかった。魚は円を描いて泳ぎまわり、上流に逃げ道を見つけようと夢中だった。だがそこは石でふさいであった。

数分たつと鮭が二、三匹浮いてきた。ひれの動きが弱まり、やがてそれもやむ。

「いいぞ、マイク」

獲物は手でとれた。死んでいるようだった。十四人の一日分にはある。アランはミネヤナギを切ると鮭のえらに通した。こうして運ぶのがいちばんいい。

キャンプの手前でのんびり歩いてくるミラーとハッチンスンに会った。

「お前たちが最後だぞ」ヘララがどなった。「心配させるぜ」

「心配無用」ハッチンスンはにんまり笑った。「ほら、見ろよ」

背を向けるとくくりつけた白岩山羊《シロイワヤギ》の首が見えた。

「どうだい、アラン、こんなのにお目にかかったことあるか?」

たしかに珍品だった。大きさも角《つの》ぶりも類を見ない。

「すごい、バート、天下一品だな」チーフスカウトも認めた。「どこで見つけた?」

「見つけた?……冗談いうなよ! 見つけた角などいばれるかい。これを博物館に並べたら、バート・ハッチンスンさまの名前をつけといてもらわなくちゃ」

チーフスカウトはぎくりとした。

「撃ったのか?」

「あたりまえさ。忍び寄って肩胛骨《けんこうこつ》をやった」

「バートのやつ、夢中になっちゃったんだ」ミラーが説明した。

「バート、気がちがったのか。理由なくして撃つなと厳重に言っておいたはずだ」

ハッチンスンはひるまなかった。

「びくびくするなよ、アラン、狩人ならこういうのを見のがすもんか。記録だぜ。見のがすくらいなら、死んだほうがましだ。つまり命がけだったんだ。身を守るためなら撃ってもいいって、あの軍人野郎も言ったぜ!」

「アランに彼と話をつけてもらえよ、バート」

「必要ねえな」

アランはすでに歩きだしていた。ウィリアムがこの種の行為を許さないことはわかっていた。射撃禁令は最も大事なのだ。

大尉はスカウトたちの間でブリキの皿を持っていた。

「ミラーとハッチンスンが来た、フランク、その前にちょっと話したいんだが」

ウィリアムはすぐ事情を悟り、腰をあげた。

「フランク、たのむ、警告だけにしといてくれないか。ハッチンスンは狩りの情熱に負けちまったんだ」

アランは説明した。バートは一流の猟師であるのみならず、トロフィ狩りに熱狂している。自己これまでにもいくつかすごい角を集めフェアバンクスにコレクションをつくっている。顕示欲はもちろんある。狩人としての名声がほしいのだ。そういう彼の目にきのう一頭の白《シロ》岩山羊《イワヤギ》がはいった……

残念なことにハッチンスン自身がそこへ来て、すぐスカウトたちに囲まれた。ウィリアムの目にもその獲物がはいった。

首は手から手へ渡り、みんな感嘆した。

「見ろや、こういうのを逃がすやつはいないぜ」ハッチンスンは聞こえよがしに言った。

それでもアランはもう一度調停を試みた。

「バートは興奮してる、フランク、落ち着けば……」

だが大尉はすでにそこへ歩み寄っていた。

「スカウト・ハッチンスン」たたきつけるような声だった。ざわめきはいっぺんにやんだ。

「ふつうなら軍法会議だ。きみの射撃で作戦全体が危険にさらされた……」

「この辺にジャップはいませんがね」ジム・オハラが口を出した。

「黙りたまえ。戦闘のときは私が指揮をとる。ほかのだれでもない」

あっけにとられるスカウトのまんなかにはいっていった。

「諸君は軍法下にある。敵はどこにいるかわからん。これから敵にわれわれの位置を知らせるようなふるまいに出たものは……その場で射殺する！」

彼にその権利があるのかどうか、だれも知らなかったが、その冷静な迫力は抗議を許さなかった。

ウィリアム大尉は声もないハッチンスンの手から白岩山羊《シロイワヤギ》の首をとりあげ、スカウトたちの目の前でそれを滝のところへ運び、大きくモーションをつけて放りこんでしまった。

19

これほど流れのそばに露営して大丈夫かどうか、日高大尉は長いこと考えていた。だが数日分の食糧をかせがなくてはならない。ここはそれに絶好の場所なのだ。

「沢でこんなに魚がいるとは知らなかった」彼は刀自本に言った。

「鮭が水からあふれてとび出すといいますからね。それは眉唾《まゆつば》ですが！」

これからは戦術を変えるつもりだった。バロメーターはふたたびあがり、アッツには日本軍爆撃隊が待機している。このまま天気が好転して出発できるようなら、気象報告は一日に二回どころか数時間おきにしなくてはならない。どんな変化もすぐに知らせる必要がある。爆撃隊が発進してしまったらなおさらのこと。だからこの数日は適当な場所にとどまるのがよいと思えた。だが気づかれぬよう注意にも注意をかさねなくては。

「ここならわけもなく一週間分の食糧を入手できる。しかるのち、もよりの谷へはいって隠れ場所を探すのだ。重大なる瞬間には通信機はいつも高くにあらねばならん。通信関係以外の兵は森に隠れていろ」

少尉もこの戦術以外にないと理解したが、大量の鮭を釣るには時間がかからないかと心配だった。

「網を持ってくるんだった」

「持ってきたぞ……偽装網」

「なるほど……気がつかなかった!」

一同は隊長の頭のよさに驚いた。彼が装備を選定するときから網の二重効用を考え、細かい目のを持ってきたことまでは知らなかったのである。

「網なら夜も使える。二、三時間で充分だろう。獲物は内臓をぬいて燻製《くんせい》にしておけ」

午前中に漁の準備ができた。日高は穴を掘り、若い柳の枝でその上に格子を張らせた。薪《たきぎ》には乾いた倒木を集める。

「ここで火をたくのはかなり危険だが、あとですぐ場所を変えよう。跡は残すなよ」

生来魚食いの日本人はこの点有利である。白人は数週もそれだけではすまされない。稲木と井上は下田近在の漁村出身で、網の扱いはお手のものだった。二人がとったものを信夫とノボルがただちにキャンプへ運び、加工は翌朝までに終わるだろう。上流と下流に一人ずつ歩哨をおいて警戒させる。やがて漁師二人を出発させることができた。

「一人あたり一貫半あたりで足りるな」日高は部下に言った。「一週間はそれだけですごせる。鮭は葉つきの枝の籠に入れて、各自の背嚢《はいのう》に結びつけとけ」

大尉の計画にことさら満足だったのは綱島曹長である。彼が観測し報告すればするほど、アッツは天候の急変に対し安全となるわけだ。爆撃隊が発進してしまっても、いざというとき、アッツ局を経て危険空域を知らせることができる。

暗くなるとすぐ漁師は流れに出かけた。くにではひと網で小柄の魚五、六匹がせいぜいなのに、ここでは最初から魚の数と大きさがちがう。信夫がもどってきたとき、一同はどっと沸いた。

はじめは生《なま》で食べた。日本人の好みだ。それから燻《いぶ》した。芳香がひろまる。

「銀座ではこのくらいの鮭にかなり払わされるな」日高が思いだした。「ここでは無料サービスだ」

「いい土地ですな、大尉殿、ぜひいただかなくては」

20

一夜明けると晩秋であった。風のたたずまいが荒くなっている。晩秋の気は地面から立ちのぼり、落葉の忙しさからも感じられた。雲は集まっては散り、リスやシマリスは食糧庫を満たすのにけんめいだ。白鳥、野ガモ、ツルが隊を組んで南にとび、から松は金色の葉を降らせ、クラウドベリーは黄色に、クランベリーは真紅に変わる。黒クマは斜面いっぱいのイチゴを詰めこみ、灰色グマはもよりの流れに漁に出かける。

海から鮭がのぼってきた。自然の法則にかられて上流に向かう。彼らはそこで生まれ、いま産卵して死ぬため、そこへもどってきたのだ。ここまで来るともう食物はとらない。そこでしかできない繁殖の要請が命の残りを占めてしまう。激流をけんめいに遡《さかのぼ》り、滝をおどり越え、早瀬をのりきる。浅い産卵場に近づくと、その緊張はゆるむ。雌は卵を産み、疲れ果てた雄はその上を泳ぎながら受精させる。残りは自然がひきうけるのだ。大海にもどるものはほとんどなく、大多数が最後の旅のはてで死に、野獣の食糧となるのである。

スカウトたちはハコヤナギとトネリコの藪《やぶ》に隠れていた。島のように小石の流れに取りまかれた場所である。格好のキャンプ地だった。接近する者はすぐわかってしまう。ウィリアムはここで一日休むことを提案しようと決心した。ハムストンは昨日オオシカの子を罠で捕え、みんなたらふく食ってあと数日のたくわえもできた。

これから新しい作戦にはいる。今度は反対方向、ブルックス山脈のふもとからほかの沢系にはいりクリフトン湖まで下る。

スカウトたちは夜と昼とをとりちがえるようになっていた。大半は眠り、装備の手入れに熱中する者もいる。風が谷へ吹きおろしているので火はたかない。煙が南へひろがってしまう。日本人がいるかもしれないあたりだ。

「ハッチンスンはどうした」ウィリアムがアランにたずねた。「落ち着いたか？」

「ほとんどしゃべらない。仲間からもはずれている。よほどこたえたらしいな」

「軍隊ではちがう。雷がすぎたら、関係者全員は常態にもどる。私にはもうすんだことだ。彼にはわからんのかな？」

「と思うね、フランク、はじめてのことだし」

「ばかな、アラン、全員が必要なのだ……みんなにしっかりしてもらわなくては」

アランもそれを知っていたから心配なのだ。

「バートはずっと一匹狼だった。何年も一人で猟をしてきた……孤立してしまうよ」

ハリー・チーフスンが来て、遠慮なく大尉とチーフスカウトの間に腰をおろした。

「ボス、今日少し散歩をしてみたら？」

明朝まで全員休むのだ、とウィリアムが言った。夜間行軍がひかえている……。

インディアンはアランしか問題にしていない。

「鮭がのぼってくる。ボス、みんな漁をする時期ですぜ」

「食物は充分あるよ、ハリー。要るならあとでとれる」

「谷でとるのがいちばん簡単だ」インディアンは強情につづけた。「暗くても網はうてる。すぐいっぱいになる」

「やってみよう、だが今夜はだめだ」

「ボス、おれたちのことじゃない。ジャップのことを言ってるんで……やつら、今夜あたり」

「そこを狙うのか……うん、ハリー、名案かもしれん」

「暗いぞ」ウィリアムは疑った。「……チャンスとは思えない」

「ないことはない、フランク。有望だ！　夜の漁は流れでしかできない。いまなら大漁だとわかっている。日本人は新鮮な魚肉に目がないんだ。連中のキャンプは森の中。そこから流れへ出、たっぷり獲物を持って帰る。うん、見のがすはずがないな」

すでにアランはインディアンの提案に従うことにきめていた。

「しかし、連中のまんなかに出るかもしれんぞ……そうしたらどうする？」

ハリーはにやりとした。

「大丈夫、ミスタ……こっちで先に見つけるね」

ウィリアムはまだ乗り気でなかった。

「アラン、捜索はきみの仕事だ。だが気になる」

「心配しなさんな、とにかくチャンスだ」

「そうかもしれん」大尉も認めた。「危険を冒さずにことは成らんか……よし、好きなようにしたまえ」

暗くなるまで待ってアランはハリーと出発した。石ころの斜面を横切り、藪《やぶ》を漕いで森はずれに出る。そこに小石だらけの狭い雪どけ沢があって、それを伝わって下った。枝を切って長い杖をつくり、前をさぐる。

フクロウが啼《な》き、前方を小さな獣が通りすぎる。どこかで大柄な野獣の逃げる音。オオシカかもしれない。人間のにおいに気がついたのか。

二人は立ちどまった。夜に動物が逃げると敵は警戒する。この辺に敵がいる確率は千にひとつだが、用心に越したことはない。

沢を出ると、ちょうど半月がのぼっていた。それもすぐ流れる雲に隠れる。それでも二人は地形を確かめられた。急流にはいり、杖をたよりに下る。しびれるほど冷たかった。氷河の水だ。動きつづけていないと、かじかんでしまう。それでもここを歩くのは有利なのだ。水音でこちらの音は敵に聞かれないし、岩の間に流木などが溜《た》まって始終激しく動いているので、人間の動きも目につかない。

沢はいくつも支流を集め、幅も広く、深くなってきた。

二人は滑っては足を踏んまえ、垂れ下がった枝をつかみ、杖にしがみつかなくてはならなかった。腰まで濡れ、立ちどまると寒さでふるえる。

こうして二、三時間進むと、沢は狭くなり流れは激しく、さらわれそうになった。アランは遡《さかのぼ》る魚を感じた。なめらかな体が彼の膝をかすめ、水からおどり出してのぼっていく。垣間出た月の光で銀の皿のような鮭がとぶのが見えた。

これ以上水中にいるのは無理だった。押し流されてしまう。

「だめだ、ハリー、あがろう」

二人は草につかまって這《は》いあがり、やわらかな森の地面を足下に感じた。

「これじゃ跡がつくよ、ボス」インディアンが水音に消されまいと、どなる。

「靴を脱ごう！」

低い水温のため、二人とも厚い毛の靴下を二枚重ねてはいていた。アランは落葉をひと握りそこにおしこむ。足の裏がそれで広くなる。

「どうだ、ハリー、クマの足の裏を見たことがないやつなら、子グマの足跡と思うぜ」

ゆっくり進む。地を這う枝をかきわけ、苔《こけ》むした岩を越える。靴は首にかけたままだった。銃の負い紐が枝にからまり、手のひらがいたくなった。

黒松の老木のそばでアランは足をとめ、インディアンを呼んだ。

「そのままで、ハリー！」

森のほうに顔を向けて空気を吸いこむ。インディアンも口をとじて深呼吸していたが、それは暗くて見えない。

二人ともあるにおいを感じたのだが、確信は持てなかった。

「煙だ……思いちがいかな？」

「そうだ、ボス……煙らしい」

「もう少し行ってみよう」

また岸ぞいの藪を進み、数歩ごとに足をとめて空気を吸いこんだ。

「やっぱり……！」

「だから言ったでしょ、ボス。……はっきりにおってやがる」

そこから数メートルで小さな沢に行きあたった。急傾斜で森から主流にそそいでいる。

「とまれ、ハリー、おもしろくなりそうだ」

煙のにおいは強まった。敵は流れに下りた跡を隠すため、この沢を利用したにちがいない。するとキャンプは上の森のなかだ。においが下りてきたのは湿った空気のせいである。

二人は耳をすましたが、水音しか聞こえない。

「遠くはないでしょう」インディアンがアランの耳にささやいた。「魚のにおいもする」

「うん……燻製《くんせい》にしてるな」

ハリーがアランの腕をつかんだ。

「ボス、行かせてください……見てみたい」アランはとめた。

「冗談を言うな。気づかれたら最後だ！」

大丈夫だとインディアンは言ったが、習慣から服従した。

「連中の漁は終わったな」アランがささやく。「いま加工中だ……保存用に」

時がたつにつれ、魚のにおいが強くなる。

「高山にはいるつもりだぞ、魚のいないところに……」

いまのところ、これ以上さぐり出せない。二人は足音を立てずに引き返した。

「ハリー、水にはいることはない。岸を行こう」

「大尉さんは行かせようとしなかったんだからな」しばらくしてインディアンが言った。

「運がよすぎるよ。おれもまさかと思ってた……どうしてお前、急に思いついたんだ？」

ハリーにもよくわからなかった。

「さあ、感じだな、ボス。何かあるって気がした……」

歩きながらアランは、昔のインディアンが持っていたという第六感のことを考えていた。悟性よりもよほど役に立ったという。

糸の端が、干草のなかの針が、見つかったのである。だがそれをたぐって敵をつきとめても、まだ目標達成とはいかない。いまの利点をそのまま成功に持ちこむには、幾多の計略が要る。この計略をどちらが利口《りこう》に使うか、問題はそこだ。

21

スカウトたちは足ばやに移動した。アランの報告から、敵がこのあたりを去ろうとしていると知れた。そのあとにぴったりとつくのだ。奇襲のチャンスがあるかもしれない。

「われわれが絶対に有利だ」チーフスカウトは保証した。「われわれがつかんだ糸の反対側にはジャップがいる。もう前を注意するだけでいい。こっちの足跡は気にするな！」

スカウトは流れを使わず、岸の平地を歩いた。士気は盛んだった。やっと敵を見つけた。あてどもなく捜しまわらずともいいのだ。一夜にして捜索は追跡に変わったのである。

前夜アランたちが発見した敵のキャンプにはすぐ着いた。敵の気配はまったく残っていない。地面は落葉に浅くおおわれ、周囲の藪《やぶ》も自然のままである。

「全部埋めてもとどおりにしていったな」大尉が舌をまいた。「すごい連中だ」

だがインディアンは跡を発見した。湿った側を表に出している落葉がある。裏側はまだ乾いているのだ。火があったはずのところにかぶさっている枝は、熱のため樹皮がかすかにまくれていた。

「それに魚を焼いたにおいも残ってます」

「どっちに行ったかわかるか?」ウィリアムは気が急《せ》いていた。

「それは無理だが、想像はできる」アランがかわって答える。「私がヒダカ大尉なら、この沢をそのままにはしておかない」

その沢をのぼった。何段にもなって倒木の間を流れる沢だった。こちらは水中を行く必要がないので、スピードは速かった。草地がひらけ水量がへったあたりでアランは注意をうながした。

「この辺から敵は、沢を離れる場所を探しはじめたぞ」

スカウトは両側に目をくばった。

「あそこの土が崩れてるが」ランダルが注進する。

春の雪どけで腐植土が広く崩れていた。それに埋もれた漂石が雨に洗われて顔を出している。人知れず歩きたければこれを利用しない手はない。言われなくてもスカウトたちはなすべきことを知っており、散開すると沢ぞいの石をひっくり返しはじめた。人間が乗ったら石は地面に沈むはずだ。

手柄はハリーのものだった。ある石の下につぶれたミミズを発見したのである。

「ボス……今朝《けさ》だ」

その直後ブランスンが石の間に踏みつぶされた木の葉を見つけた。

「オランダガラシだな」アランが確認した。「日のあたらない湿地に生える。こんな上じゃない。人間の靴についてきたものだ」

大尉はあらためて感心した。

「相手が一人ならずっとむずかしい」アランが説明する。「十二ならチャンスも十二倍でね」

岩場がつづく限り敵はそれを利用したようだ。それが終わりそうになると地形に注意をもどしたろう。上からずっとつづいている岩を調べてみる。踏みはずした石、かすかなこすり跡。山男にはそれで充分だった。

尾根にたどりつき、そっと反対側の斜面を見おろす。経験のおかげで草のなかに変わった筋跡が見える。慎重なすり足が残したものだ。日本兵の通ったところは、葉の色が心もち濃くなっていた。

チーフスカウトはそれをまっすぐ追うのを禁じた。敵が下の藪に隠れているなら上を監視しているにちがいない。まずスカウトたちは尾根のかげに隠れ、一マイルほど南進し、それから反対側へ下りはじめた。

「見失わないか？」ウィリアムは心配だった。

「大丈夫さ、フランク、敵の下りたあとはわかっている。下でまた見つけるよ」

シュワトカ山脈では一帯にそうだが、ここでも森林と斜面の間にミネヤナギ、ハンノキ、樺《かば》の叢林《そうりん》がひろがっている。そこにスカウトたちはもぐりこんだ。外からは見られない。さっき南進した分だけ、北へもどる。

進むにつれ慎重になる。枝をあまり動かすな、枯枝を踏んで折らないようにしろ。チーフスカウトが先頭。ハムストンが上方を、ハリーが下方を警戒し、一行はジグザグに移動する。大尉が殿《しんがり》だった。無音の行軍である。

アランはミヤマカケスの声に立ちどまった。一同もそれに倣《なら》う。カケスはもう一度啼《な》き、アランは雌の声をまねて答えた。

ディック・ハムストンがそっと接近して報告した。

「跡が見つかった。涸《か》れ沢を行ったぜ」

跡は目には見えなかった。日本兵は大きな石を選んで踏んでいったのにちがいない。ディックに道を教えたのは一羽のコマドリだった。それが一生けんめい石の間をついばんでいたので、ディックがよく見ると燻製《くんせい》の鮭の一片を発見したのである。角砂糖よりも小さなものだったが、宝石のように貴重だった。

「もう石をひっくり返すこともない！」

傾斜はしだいにゆるくなり、沢床には水が集まり、石のかわりに土が出てきた。そこに日本兵の靴跡がはっきりわかる。

黒松帯に着くと、チーフスカウトは停止を命じた。

「彼らが近くにキャンプしているとも考えられる。ハリーとおれで偵察しよう」

ウィリアムも同行を望んだが、断わられた。

「フランク、これはスカウトの仕事だ。悪しからずな。おそくとも一時間でもどる」

大尉はしかたなく歩哨を立て、残りを休ませた。アランたちは森に消えた。

黒松は密生し日光を通さない。地面はしめり羊歯《しだ》が胸のあたりまで来た。いまのところ平らだが先は急傾斜で谷へ下りているにちがいない。羊歯をかきわけて進むのは楽だったが、原生林の薄明にまず慣れる必要があった。

半マイルも行ったころ、前方がやや明るくなった。林がひらけ、その中央に葦《あし》でかこまれた沼がある。

二人は身を隠したまま、森の窓ともいうべきこの場所をじっと見つめた。が、真昼のしずけさを破るものはない。葦の間を四、五羽のカモが泳ぐだけ。

「つかまえようか」ハリーがささやく。

「ばか、敵は近くだぞ！」

実際、ここはキャンプに絶好だった。下生えが高く、昼なお暗い森にまさる防壁は考えられないし、やわらかい地面は足音を消してくれる。水があるし、カモもわけなくつかまえられる。罠をいくつか仕掛けるだけでいい。

だが人間の手が触れた形跡はない。煙も足跡もない。敵がここを通りすぎただけなら、今日の目的地は谷の向こう側にちがいないのだ。しかし早急な結論は下せない。

時間のないのが残念だ。スカウトたちにとっても、ここは夜営にもってこいなのに。翌朝までにカモは十羽以上とれるだろう。カモが特定の場所に集まることにアランは気づいた。と、突然それ以上のものを見たのだ……。

「ハリー、つかまってるのがいる！」

「え……なんに？」

「罠らしい……羽ばたいてるが、とべないんだ」

「罠？　ボス……見えるのか？」

「見えない。カモも。けど葦が揺れてる。音も聞こえる」

インディアンも耳をすまし、這《は》い出そうとした。

「そのまま！　罠をかけたやつが来るかもしれん！」

日本兵は充分な食糧を準備しているはずだ。しばらくは狩りをしなくていい。それがここに罠をかけたのは、時間も労力もかからないという理由しか考えられない。つまり彼らのキャンプは近くなのだ。少なくとも一夜をここですごすつもりなのだ。

それでもあたりはあまりに静かであった。枝の折れる音もしない。森にものの影も見えない。二人は向こうの藪をひとつずつ点検した。茎の折れたところはないかと双眼鏡で調べた。しかし、すべての努力もむなしかった。

「だがここにいるにちがいないんだ。ハリー。自分でつかまるカモはいない」

昔ながらの山男らしく二人はじっと待ちつづけた。目と耳に神経を集中して。

いきなりハリーの額が前に落ち、全身がぴったりと地面におしつけられた。本能的にアランもそれに倣《なら》う。インディアンはじりじりとチーフスカウトのほうへにじりより、その耳に口をあてた。

「あそこ……人間……」

「どこ……」

「向こう側……葦のかげ」

罠をかけたやつだ。カモのつかまっている場所だ。そろりそろりと頭をあげる。と、向こうに人間の背が見えた。獲物をとりあげるため、葦のなかにかがみこんでいる。日本軍のカーキ色の戦闘帽。幅の広い日よけがついたもの。肩の階級章はなんのことかわからない。軍はスカウトたちにその説明を忘れたのだ。

日本人はカモを殺した。音を立てず巧妙に。立ちあがると日焼けしたその顔が見えた。細い目も。インディアンに似てるな、とアランは考えた。いや、異国の軍服をきたエスキモーといったところか。

男は短い銃を背に負っていた。それにアメリカ降下猟兵と同じ迷彩をほどこしたアノラック。ベルトには手榴弾と幅広のナイフが下がり、頸《くび》には双眼鏡がグリーンのケースにはいっていた。

男が双眼鏡を手にすると、二人はまた草の間にぴたりと伏した。

少ししてそっと顔をあげてみると、日本兵が森に消えるところだった。それだけで敵キャンプの位置を知るに充分だった。沼の狭い入江を日本兵は水面から顔を出した石床まで徒渉《としょう》し、そこで水からあがると羊歯《しだ》のあいだを這って姿を消した。そのすぐ背後に黒松がことさら密に生えている。アランでもやはりそこを選んだであろう。

「しかし」と彼は帰り道にハリーに言った。「ヒダカは思ったほど利口《りこう》じゃない」

インディアンにはなんのことだかわからなかった。

「軽率だ。昼間に外へ出すなんて……それもカモ一羽のために！」

22

この非難は日高に気の毒だった。論知軍曹が罠を仕掛けたとき、大尉はキャンプにいなかったのだ。尾根で送信に適当な場所を探していたのである。気象係の綱島、通信手の倉上それに担《かつ》ぎ手として信夫とノボルがいっしょだった。つまり兵力の半数が刀自本と沼地に残っていたわけである。少尉は、火もおこすな、宿営地周辺に足跡をつけるなと固く命令されていた。論知が葦《あし》の間に罠をおいてよろしいかと言ってきたことは日高の命令にもとらないと思われた。罠なら音もしないし、跡もつかない。それに論知は慎重な男で目につかぬように行動することができる。

日高班と刀自本班がどのくらい別行動をとるか、予定は立っていなかった。最初の爆撃機編隊が南へ飛びすぎるまで、大尉は尾根にいるつもりだった。通信班は寝袋、武器、天幕その他最低の必要品を携行していった。いざとなれば鮭の燻製《くんせい》で一週間はもちこたえられる。その間、両班は互いに連絡をとれない。自分の場所を明らかにすることは厳につつしまなくてはならないのだ。

尾根は歩きにくかった。それまでのように草におおわれた緩傾斜の隆起の連続ではなく、岩のピークとピークの間は深く切れこみ、斜面も鋭くぎざぎざになっている。一歩一歩よじ登るほかはない。やっといい場所を見つけた。長期間ひそむには絶好の条件だった。岩庇《がんぴ》の下に乾いた空間があり、三方を石と藪《やぶ》でふさがれている。裏の谷には雨水がたまっていて水筒だけをたよりにすることもない。班全員がそこに隠れられる。アンテナだけは伸ばさなくてはならないが。

アッツに最新情報を送るため、綱島は観測を六時直前まで待った。

「最高です、大尉殿、西風はおさまり、湿度は真夏なみの低さであります」

日高もうれしかった。苦労はまさに報いられんとしているのだ。

「このままだと明日はいよいよだな、倉上！　アッツの四千人はこのために汗を流したのだ」

「航空兵は犬死にはしません」倉上が言いそえる。

クランクがまわり、ランプがともる。日高はそこに膝をついて気象報告を送る手を見守った。

アッツからの返電が届くと、倉上の顔が緊張した。だが三つの同じ音しかしない。

「T……T……T……大尉殿。なんのことだか……」

「わかる」隊長はほほえんだ。このシグナルを知るのはほかに刀自本だけ。「天候に急変がなければ、二十四時間以内に発進する」

23

スカウトたちはアランの言葉を聞きもらすまいと寄り添った。やっと手をのばせば届くところまできたのだ。日本兵はもはや隠れ場所ともいえない隠れ場所でのんびり構えている。

「ネズミを追いつめたぜ」狩猟熱にうかされてハムストンがどなった。「踏みつぶしてくれる！」

「いいか、あわてるな」アランがいましめる。「どうぶつかるか、慎重に考えるんだ」

ジム・オハラは聞く耳を持たなかった。

「いっぺんにやっつけちまおう。不意打ちをくらわせて……もう待つのはたくさんだ！」

武者ぶるいするジムを大尉は腕ずくですわらせた。

「落ち着くんだ……まずチーフスカウトの意見を聞け！」

ひどく興奮していて、アランにもなかなかしずめられなかった。

「ジャップはまだ罠にはまったわけじゃないんだ。簡単に接近はできないぞ。強襲などもってのほか。歩哨だってもちろんいる」

「ナイフでひと突き、声もなく死ぬ！」

「落ち着け」大尉が命じた。「アランに話させろ」

「できれば敵を分散させて攻撃する……だったな、フランク？」

「そうだ。古典的戦術だ！」

「OK、ではまず通信班をやろう。午後、連中が通報に尾根へ登ったときだ。また沢をつたうにちがいない。まず湿ったところから乾いたところへ。彼らが水中を歩くのが好きなことはわかっている。まちがえることはない……まっすぐわれわれの手中に落ちる。十四人がどっと藪から繰りだせば、ジャップだって手を上げるだけだ」

「ジャップは捕虜にならんぞ」大尉が割ってはいった。「彼らには不名誉なのだ」

「ばかめ！……なら殺されても自業自得だぜ！」

ハンク・フォーティアは逸《はや》り立ったが、アランは聞き流した。通信班をやれば作戦の目的は遂行される。通信機の破壊が最重要なのだ……。

「通信班と撃ちあいになれば、ほかの連中もまちがいなくキャンプから登ってくる。だがもう手おくれ、というわけだ。機械は壊され、要員は捕虜か死人になっている。そうなるとわれわれの兵力は敵の二倍だ。楽なものさ。気づかれずに通信班をかたづけたら、沼地のキャンプを包囲する。おそらく彼らも分別をきかせて降伏するだろう。通信機なしでは手も足も出ないからな」

「いや」大尉が反論した。「それは連中にとって無関係だ。信念として彼らは捕虜にならない。いまにわかる。だが、その他ではきみのいうとおり……われわれの任務は気象報告の妨害だ。そのためにはまず通信班を襲うべきである」

時計を見た。

「三時十五分。諸君、五時までに出発できるな」

大尉とチーフスカウトの意見が一致したので、もう反対は出なかった。それに敵兵そのものより通信機を重視するのはすぐれたプランであった。

奇襲の計画は慎重に進められた。いちばん有利なのは、相手が岩をよじ登るのに両手を使わなくてはならない場所である。スカウトたちはそこから二十歩と離れていない距離に半円を描いて隠れた。藪《やぶ》と岩でその姿は見えない。アランの予測に反して敵が抵抗しても、十四人の集中銃火にさらされることになる。

彼らは三十分待った。そして一時間、さらに一時間半。緊張はゆるみ、だらけてきた。太陽はどんどん低くなるが、なにごとも起こらない。やがて暗くなった。日本兵の通信時刻はとうにすぎている。

ウィリアムが立ってスカウトたちを呼び集めた。

「もう意味がない、計算をあやまった」

いちばん打撃を受けたのはチーフスカウトだった。せっかくの希望をぶちこわした日本兵に腹を立てながら、いったんはミネヤナギの密叢《みっそう》に引き返し、そこで夜を越す準備をした。火はあきらめるほかないが、厚い寝袋なので寒さは少しも感じない。

「連中に送信する気がなきゃ、しかたないな」ジェフ・ペンブロークがつぶやいた。

「いや」大尉が応じる。「毎日送信するというのは自明の理だ。そのために連中はここへ来たのだ。別の道を通ったのだろう。われわれの推理が当たらなかったということなのだ。アラン、きみの責任ではない。だが明日こそは、唯一の現実を頼ろう」

「どんな？」

「彼らが実際どこにいるか、だ！」

暗くて互いの顔も見えなかった。スカウトたちは寄り添って暖をとり、ウィリアムの言葉に注意を集中した。

「明日は彼らのキャンプを襲う……一挙にやるのだ」

「なんで今晩しない？」

「相手が見えなくてはいかん。夜襲はいただけない」

チーフスカウトは別の考えを持っていた。

「どうだろう、フランク、やつらが出発したら、あとを追う。有利な地形で先まわりをし、隠れて待ち伏せるのは？」

ずっと黙っていたバート・ハッチンスンが急にどなりだした。

「もういいよ、アラン、利口《りこう》ぶるのはやめろ……いま、やるんだ！」

それがみんなの気持ちだった。午後に待ちぼうけをくわされたことで忍耐は限界にきていた。

「そうだ、いつまでも這《は》いまわるのにはうんざりした」

「恥ずかしくなったよ」ランダルがこれみよがしにチーフスカウトをにらんだ。「臆病者になったみたいだぜ」

大尉も強行に賛成だった。

「敵に逃げられてはまずい。こっちの跡を見られたら、われわれが追われる立場になる。明日ははっきりさせる！」

アランが反対しても意味はなかった。その計略に応じるものはない。今日、計算ちがいをした報いをいま受けているわけである。山男たちはその本性を忘れてしまった。狩人の忍耐は意義を失い、用心は優柔不断でしかなかった。行動欲にとらえられ、避けられる危険に対して目をくらまされてしまった。

「できるだけ忍び寄る」大尉の説明がはじまった。「そして一挙に攻撃する。手榴弾をたたきこみ、撃ちまくる。どなりながらだ。だれでもうろたえる。確かだ。奇襲に成功すればな。生き残った敵は草に隠れ、這って逃げようとする。動きがあったらマシンピストルで掃射しろ……一人も逃がすな」

スカウトたちは武者ぶるいがとまらなかった。

アランが歩哨のことを言いだした。少なくとも二人はキャンプを巡回しているにちがいない……。

「望むところ。動けばわかりやすい。ナイフで仕留めよう……だれがやる？」

ハリーがいちばん熱心に応じた。

「ナイフ、投げられる、ミスタ、十メートル先の銀貨に当てる！」

「後ろからとびかかれよ、ハリー、左手で頸《くび》をつかんで右手で前からえぐれ……相手が叫ぶ前に仕留められるか？」

「灰色グマでもやる」

大尉はすぐ信用し、ハリーは顔を輝かせた。

「大口をたたくなよ」アランが注意した。「お前、まだ人間を刺したことはない。クマはナイフを持たないぞ……」

「ジャップはやっつけるよ、ボス、見ててくれ……二、三人！」

ハリーに先祖の本能を呼び起こすのにはちょっとしたきっかけで充分だった。せいぜい三世代前に頭皮狩りが人気スポーツだったのだ。

ウィリアムは満足だった。歩哨はこれでよしと。叫びをあげぬうちにやらねばならぬ。

「アラン、もう一人をひきうけてくれるか？　反対側の歩哨を」

「いや……おれ向きじゃない」

それじゃ闇討ちだとつけそえたかったが、それを買って出るものを挑発したくなかった。

ブランスン、スチュワート、ヘララが志願した。ヘララが柔道の名手なので選にはいる。ナイフなしだが格闘の訓練は積んでいる。

「彼らの出発直前に襲う」ウィリアムが指示する。「ほとんどの敵が忙しくて注意を怠《おこた》っているだろう。歩哨もキャンプのほうに気をとられていると考えられる……」

「しかし、出発しなかったら？」

「そうしたら、そうとわかりしだい襲う。はじめは手榴弾だ。まず私が投げる。その後で各自が撃ちまくれ。わかったな……チーフスカウトは？」

「フランク、攻撃指揮はきみだ。私じゃない」

「で、反対なのか？」

「できれば、死体なしですませたかった」

「戦闘に死体はない。戦死者だけだ！」

24

夜明け前から日高は起きあがり外に出た。日の出を拝みに。東にばら色の層が生じ、地平線が金色に染まると、太陽そのものがあらわれた。太陽は日本の国旗、シンボルである。朝日ののぼるさまは、いつ見ても荘厳であった。

「天照大神はわれらとともにある。勝利の日がいまはじまったのだ」

綱島曹長もたっぷり一分間太陽を拝んでいたが、身近な義務を思いだし、計器を読みあげた。大尉がそれを書きつける。

「風向東四五度……風速四ノット……気圧一〇一二・一……気温六度……雲なし……このまつづく見込み」

日高はほっと息をついた。

「よろしい……飛べるな」

綱島はそれを専門記号に変え、倉上が暗号に直した。信夫がすでにクランクをまわしている。

アッツとはすぐ連絡がついた。正八時十五分。これまでになく緊張して山田の返事を待つ。

返事はまた三つの記号だけだった。

「X……X……X……なんでありますか。大尉殿？」

大尉はまず唾《つば》をのみこんだ。

「戦友は飛び立ったのだ、倉上…… いよいよだぞ！」

みんな立ちあがり帽子をふった。

「万歳……万歳！」

それにいつもの宮城遙拝《きゅうじょうようはい》がつづく。

「あと四時間でここの上空を通過するな」日高が確かめた。

「もう少しかかるかもしれません。向かい風であります」

「すべて理想的だと思ったが？」

「それに近いのであります……風のあとに前線が来なければ……」

「来そうなのか？」

「そうは思いません、気圧が高すぎます」

それでも測定をつづけろと日高は命じた。

偽装網を掲げ、下が見えるようにする。五百歩あまりで草原になり、その先は森だ。

「ぼんやりしているのもつらいな。時間がなかなかたたん」

「下の連中は航空部隊が飛び立ったことを知らんわけでありますな」倉上である。

綱島は観測機械をいじりだした。

「気圧十分の一ミリ下がりました」

「風力は？」

「変わりません、大尉殿、異状ありません」

一同は黙りこんで、いまや近づきつつある爆撃隊に思いをこらした。今日という日が終わるまでに偉業は達せられるだろう。爆撃機乗員には死の日だ。いまのんびり構えている多くのアメリカ人にとっても。無数の建物が今夜にはもはや存在しなくなるだろう。明日は全世界に思いあがったヤンキーの本拠が衝《つ》かれたニュースがとぶ。日本の正義の復讐は、敵の町の廃墟から燃えあがるのだ。

そんな考えに熱中しながらも、大尉は周囲の偵察をやめなかった。危険の意識より習慣からだった。通信班は外から見えず、足跡も残していない。

ハンノキとミネヤナギの藪《やぶ》からオオシカの親子連れが顔を出した。立ちどまると振りかえり、風のにおいをかぐ。下からのにおいが気に入らないらしく、そのまま上へのぼっていく。

「大尉殿、また気圧が下がりました。十分の三ミリバールも！」

日高も気圧計を見た。

「心配だな、綱島」

「これだけではたいしたこともありません。しかし、ブルックス山脈上の層雲……あれは天気の変わるしるしです」

だが白い雲はよく晴れた地平線のはるか上で、日高を不安にさせるものではなかった。

「その数値も送ろう。提督が気になさるとは思えんが」

「同感であります、大尉殿。悪化するならもう兆《きざ》しが見えているはずで……」

綱島と通信手が仕事にかかり信夫がクランクをまわすうち、大尉はオオシカに目をもどした。二頭の不安は消えたらしく、草を食《は》んでいる。

主人が双眼鏡をおくのを待ってノボルが話しかけた。

「沼のところが変だ。カモが高くとんでいる」

そちらに目をやった日高は、緊張した。沼のあたりに数十羽のカモが舞っている。キツネやヤマネコは真昼間に猟をしない。鳥を驚かせたのは人間だ。それも日本兵ではない。彼らなら動きを見せるなと命令されている。

「来い！」日高は低く命じた。「戦闘用意！」

三人はとびあがった。自分の仕事に夢中で、はじめは理解できなかったが、隊長の目つきでわれに返った。前線経験が即座にもどって、銃をつかむと装塡《そうてん》した。

「どこでありますか？」

「沼の近くに人間だ……友軍ではない……さぐり出す！」

アンテナをひっこめさせ、入口を偽装網でおおう。

「送信はすんだか？」

「は、たったいま」

岩の間を急ぐ。草つきの斜面に来ると伏せ、下から見えないように下った。いくども滑り、ひっくり返った。

「立て！　姿勢を低くして走れ……急がねば！」

藪《やぶ》の中に突入する。枝が顔を打ち、〝悪魔の棍棒〟が手をかきむしる。根につまずいてははね起きて走った。

ハコヤナギの茂みからハンノキへ、ハンノキから黒松の森へ。やわらかい羊歯《しだ》が胸まで届く。

「用心しろ！　手榴弾のピンをはずしとけ！」

早くも林間の空地が見える。人の動きがあるようだった。友軍かもしれない……まず確認しなくては。

「静かに行け。藪に隠れて……」

だがその必要もなかった。

いきなり爆発音がとどろいた。銃声が枝をふるわせ……悲鳴と短い命令……鉄板が甲高《かんだか》く鳴り、木片が飛び散る……くぐもったうめき声。

四人の兵はそこへ突っこもうとしたが、日高にとめられた。ノボルは腕ずくで押さえなくてはならなかった。

「遅すぎる……大きくまいて……下から接近する！」

即刻戦友の救出に駆けつけたい衝動を抑えて、そっと忍び寄るのは、容易な業《わざ》ではなかった。だがそれ以外に挽回《ばんかい》する可能性はない。

ふたたび部下を把握した大尉は、羊歯の藪を横手に移動した。先頭は日高。枯《か》れ枝が折れ、藪がざわめくのは避けられない。敵がほかのことに気をとられているのを願うばかりだ。

泥沼を渡る。前面は背の高い葦《あし》。とろんとした水。

「左から沼をまわれ」大尉がささやく。「おれのすぐあとにつづけよ。まずおれが突っこむからな」

露営地から人声がする。

日高の兵はカービン銃を背に、手榴弾をベルト、拳銃を上衣のポケットに入れていた。草の間を這《は》い、根や枝をつかんでよじ登る。土くれが斜面をころがり落ち、銃身が石にぶつかるが、敵は気がつかない。ののしり声がする。通信機が見つからないんだな、と日高は想像した。

五人の日本兵はヘビのように藪をぬけ、窪地《くぼち》を横切り、現場に近づいた。

日高は松の幹に体を押しつけた。部下がつづいてくるのがわかる。四人の息が頸筋《けいきん》に感じられた。

ヤンキーはまだ捜しまわっている。数班に分かれ、捜索範囲をひろげようとしている。このままでは見つかる。

日高がとび出した。

「突っこめ！」手榴弾を投げつけた。

同時に部下もおどり出た……手榴弾がうなり、銃弾が空気を引き裂く……。

「伏せろ！」ヤンキーの一人が叫んだ。「投げ返せ！」

土煙があがり、枝が空中を舞った。日高は地面に身を投げ、目が見えなくなった。周囲で鋭い叫び……。

「やっつけろ」同じヤンキーだ。「よく狙って……」

と、声はうめきに変わった。

下生えを走る靴音……拳銃音が三、四度。あとは静かになった。

日高は顔の泥を払い落とした。刀自本が起こしてくれる。

「傷は？」

「ないようだ……うまくいったか？」

「ヤンキーは逃げました、ウサギみたいに」

通信班が基地を奪還したのだ。

「義、損害は？」

「渡辺がやられました。井上は重傷……そのほかはわかりません」

「須田！」日高は命じた。「ノボルを連れて敵を追え！……距離をとって、気づかれるな。撃つんじゃないぞ！」

二人はさっと姿を消した。

「いったいどうしたんだ、義？」

あっという間の出来事だったので、刀自本にも情況はわからなかった。

「歩哨に立っていた渡辺が背後から刺殺されました。われわれはまったく気づかなかったのです。ただ反対側の歩哨、稲木はあやういところを助かって、ヤンキーの頭を銃把で割り、警報を出したのであります……そのときはすでに敵は全員で襲ってきて……そう、われわれはみんな匍匐《ほふく》で逃げました。恐慌状態だったんです、遠三さん、はじめからばらばらになり、たいていは武器も持たなかった。おかげで助かりました……」

日高は倒れて動かないアメリカ人を指さした。

「死んでいます」少尉が説明した。「稲木がやったのです……あと二名、負傷者が残ってます」

大尉は渡辺の死体に近寄ると敬礼し、膝をついた。死体をうつぶせにし、背からナイフを抜いた。

「正確に心臓をやっている。熟練しているな」

赤く染まったナイフを落とすと、顔をおおい、わなわなとふるえている井上を見た。そのそばにしゃがみ、手を顔からはずす。それは顔というよりもひとつの大きな傷口だった。

大尉は井上の手をもとにもどした。

刀自本が拳銃を抜いて負傷したアメリカ人のそばへ歩むのが見えた。一人の腰からは血があふれ出、もう一人は左足を失くしたが、自分で太股《ふともも》に止血処置をしていた。二人は恐怖の目を日本軍少尉に向けた。

「よせ、義！」日高は叫んだ。

刀自本がためらう。

「どうしてです、遠三さん、命令を……」

「おれからのではない……ここではおれが命令する！」

少尉の手から拳銃をとると安全装置をかけ、ベルトにもどしてやった。

「いいか、義。こいつらはもう無害なのだ」

日高はアメリカ人に話しかけようとしたが、綱島が発進した爆撃隊のことを思いださせた。いまは気象のほうが大切だ……。

少尉は何の話だかわからなかった。日高が次に何を考えているか知りたかった。もうここにいるわけにいかない。一人でもヤンキーに逃げられたら、アラスカじゅうに知れてしまう。

「それはわかってる、義、だがまず敵がどこへ逃げたかを見るんだ。そのあとできめる」

信夫は頭にかすり傷を負い、須田に包帯してもらった。

「どうだ、信夫、走れるか？」隊長はたずねた。

きこりは質問の意味を理解し、さっととび起きた。

「イタチなみに走れるであります、大尉殿」

日高はうなずいた。この男を失いたくない。

「損害はもっと大きいかと思った……あの撃ちっぷりからするとな」

「そうなるところでした、遠三さん、歩哨が二人ともやられていたら。しかし稲木が叫んでくれてよかった」

「井上は残念だった」日高の声が低くなった。「失明した」

連れていくわけにいかない。運命は決まったのだ。

日高は彼にそれを話さなくてはならなかった。井上を両腕に抱き、盲目になったむね説明した。

「陛下がお前のために祈ってくださるぞ。お前の魂は永遠の勇士たちの列に加わるのだ」

井上はうなずき家族へ伝言をたのむと、起こしてほしいと言った。

日高の拳銃を借りた井上はぐしゃぐしゃの顔を東に向けた。日本兵たちは言葉をのみ、目を伏せた。長年井上と行動をともにしてきた稲木は声をしのんで泣いた。

戦友たちの重荷となった盲目の兵士は、拳銃をこめかみにあてがい、引き金を引いた。

稲木がその倒れる体を受けとめ、そっと地面に横たえる。日高たちは数分間黙禱《もくとう》をつづけた。

井上の最期を目にして、ジェフ・ペンブロークとテッド・ミラーは、自分たちがなぜ殺されないのかわからなかった。二人をかまうものはいない。

須田曹長とノボルがもどってきた。

「ヤンキーは沢におりて下っていきました」須田が報告する。「一人を担《かつ》ぎ、もう一人は杖をついて。担がれていたのが指揮官らしいです」

すぐに追おうと刀自本が主張した。

「この機会を利用しましょう、遠三さん、暗くなればいっぺんにやっつけられる」

「わからんのか！」日高はどなりつけた。

「われわれは戦闘部隊ではない。別の任務がある」

……友軍爆撃隊は発進したのだぞ！」

「ええっ！　知らなかった！　しかし、敵をみすみすのがすのですか？」

「彼らはこちらを罠にかけようとするだろう、が、こっちのほうが上手《うわて》だ……」

綱島が来るのが見えた。

「あと三時間ある、綱島、携帯用気圧計を持っていたな、どうだ？」

「下がりつづけています、大尉殿」

一瞬、日高はためらった。

「よし、やろう！　天候はそれほど急変もすまい！」

少尉は彼を見つめた。

「何をするんです？」

「ヤンキーの最新露営地を探す！」

すべての武器を持たせ、ポケットに弾薬を詰めさせた。

「そのほかはおいていけ、すぐにもどる」

出発する前、日高はアメリカの負傷者に包帯をひと包み投げてやった。

25

チーフスカウトが殿《しんがり》を守って退却した。百歩ごとにわきに隠れ、後方を監視する。だれも追ってこないようだ。

谷への傾斜は急で、転落しないためには枝につかまらなくてはならなかった。ウィリアム大尉が重傷を負い、運ぶのが大変だった。チャーリー・スチュワートも右股を射ぬかれて足をひきずっている。

谷底に着くと大急ぎで枝を切り、銃の負い革で応急の担架をつくった。ウィリアムを運びやすくなる。

自軍が敗れ黄色のネズミどもから逃げつつあることを、大尉は信じようとしなかった。それをなだめるのに苦労した。彼は反撃を、迂回を命じ、敵を追おうとした。だれも従わない。彼の言葉はうわごとのようになった。指揮権は自然にチーフスカウトに移行した。

勝ったと思った瞬間に敗れたのだ。強襲したとき、敵の一部しかキャンプにいなかったとはだれは知るよしもなかった。目標の通信機が敵指揮官ともども一日じゅう尾根にあったとはだれにも予測できなかったのである。日高の行動は迅速かつ猛烈だった。いつまでもキャンプで通信機を捜したのは大失敗である。

担《かつ》ぎ手はブランスンとフォーティアに交替した。スリム・ウォートレーがかたわらを走り、血染めの包帯を交換する。スチュワートは人手を借りずに歩こうとしたが、一歩ごとに悪態をついていた。

アランは先頭のハムストンに追いついた。

「ディック、水にはいろう、でないと、暗くなるころにつかまるぞ！」

ハムストンの息づかいは荒かった。山刀《マチェーテ》で藪《やぶ》に道をつける仕事をひきうけている。

「アラン、荷物はどうしよう？　必要品はみんな上だぞ！」

奇襲にはそれに要るものしか持ってこなかったのだ。

「しかたがない。あとからとりにいくんだな」

「これからどうするんだ？　どこへ行く？」

「わからん。今夜の安全だけだ！」

沢は広く、浅く、いくつもの支流に分かれ、間に石の洲《す》をはさんでいた。水はたまにふくらはぎに届くだけ。

川床は小石で走りやすかった。

スリムには大尉がいつまでもつかわからなかった。出血が多く、うわごとが激しい。

「いまはどうしようもない」スリムにアランが言った。「向こう側へ渡ろう。撃たれてもすぐ隠れられる」

だが日本兵は絶好の機会なのに撃たなかった。なぜか？　思ったより損害が大きかったのかもしれないし、夜まで待つつもりかもしれない。

川床の中ほどを流れは深くえぐり、水は腰もしくは胸のあたりまで届いた。担架を肩まで担ぎあげ、スチュワートを二人で支えなくてはならなかった。

激流で危険だった。バートは滑って流されかけたが、オハラがすばやくつかみ、ブランソンの手を借りて立たせた。濡れネズミでがたがたふるえながら浅瀬にはいる。そのまま下りつづけた。

チーフスカウトは、日本軍が歩けない負傷者を殺すということを思いだした。デマではない。ウィリアムがフィリピンのジャングルで目撃し、話してくれたのだ。後送が容易な塹壕《ざんごう》戦ではやらないだろうが、いまのような情況ではきっとする。マイク・ヘララは歩哨刺殺に失敗したとき返り討ちにあったはずだ。日本兵がすごい勢いで銃把をその頭部にたたきつけたのを、アランは見ている。だがペンブロークとミラーは、退却のときにまだ生きていた。混乱で助けられたのは大尉だけだった。大尉は藪のなかにもぐりこんで日本兵の目をかすめたのだ。

ウィリアムは勇敢に敵キャンプに突入し、スカウトたちを奮いたたせた。が、アランならもっと冷静に慎重に作戦を立てただろう。たしかに突撃はより大いなる勇気を必要とする。だが人命の損失は避けられない。戦いで人命がどれほど安価なものか、アランはそのときまで知らなかったのだ。

短時間の戦闘で五人が脱落した。残りは二人の負傷者をかかえていた。それがなかったらパニックから回復ししだい反撃もできたろう。日本軍にも損害が出たはずだが、いまは絶対的に有利だ。例の残忍なやり方で負傷者を始末し、装備も完全である。好きなことができるのだ。

暗くなった。冷たい風が谷に吹きこむ。じきにシュワトカ山脈の上に、かなたのツンドラ地帯から送られてきた北風で嵐が発生するだろう。それまでに安全なところへ着かねば。

「火をたかなくちゃ、明日足が使えないぞ」ハムストンが心配した。

アランにもわかっていた。体を動かさなくなったら、すぐ衣類と靴を乾かす必要がある。嵐で霜が降るだろう。雪になるかもしれない。寝袋と天幕はさきのキャンプにおいてきたので、今夜は火をたくよりしかたがない。降りだす前に屋根も要る。

「しかしディック、敵が目で追えるうちはキャンプは無理だ」

だれもが承知していた。キャンプの場所を知られたら、目前に迫った嵐が奇襲の絶好のチャンスとなる。忍び寄る敵の足音も聞こえなければ姿も見えない。

スカウトたちは足跡は残していないが、岸からは丸見えだ。谷と水流は下るにつれてひろまるので、これから先、洲は大きくなり、数を増すものと予測された。そこには増水しても安全な場所がある。崖の間に森が、ぎっしり茂った藪がある。

すべてはそういう洲を早く発見することにかかっていた。だがその際、敵に見られてはならない。暗くなるか霧が降ればいい。

26

敵の捨てたキャンプをつきとめるのは、日本兵にとって易々《やすやす》たるものであった。スカウトたちは勝利を確信して足跡を消そうともしなかったのだ。だが大尉は用心を怠《おこた》らなかった。綱島が通信機を気にかけ、刀自本は沼に哨兵を残そうと提案したが、日高は隊をまとめておくことにこだわった。

「われわれは九名だ。ヤンキーに遭遇すれば全員が必要だぞ」

さしあたり安全と思えば敵も立ち直るだろう。それから逃走をつづけるか戦闘を再開するか決めるだろう。敵は三人を失い、負傷者二名をかかえている。それでも健全な者の数は双方同じなのだ。須田とノボルが逃げる敵をかぞえてきた。彼らは銃、ナイフ、スコップいくつかしか持っていない。弾薬もないだろう。戦いをつづけるには装備をととのえねばならぬはずだ。それでなければ速やかに外界にもどるほかない。日高はそうさせたかった。

いまのところ日本部隊は安全である。彼らに通じる糸は切れてしまったのだ。この部隊か別の敵部隊が捜索を再開する前に、日高たちは遠くに移ることができる。

敵を追い殲滅《せんめつ》するよりこのほうが重要なのだ。爆撃隊がすでに空中にあるいま、危険はなるべく避けるべきである。ここ数日間、このあたりの支配権を得るには、敵の装備を破壊するだけで足りる。

足どりは速く、三十分で樹木臨界に着く。流れのわきに跡があって敵がいくども水を汲みにきたことを示していた。キャンプは近くにちがいない。

日高は八人を散開させ、慎重に捜させた。すぐに見つかった。早朝からだれももどっていないようだ。

日本人はめずらしい品物に驚いた。こんな小型軽量の天幕にははじめてお目にかかる。ほかのものもすごく軽い。日本工業はまだこれに匹敵するものをつくれない。

「感心しているひまはない」日高は命じた。「みんな燃やしてしまえ!」

少尉はせめて一部利用できないかと訊いた。

「遠三さん、実用的なものがあるが……」

「しかし、自分で歩くほど実用的じゃない」

「かわりにわれわれのを放棄したら……」

「慣れたものがいいのだ……換えれば面倒が起こる」

おとなしく部下たちはすべてを集め、惜しげもなく上等の羽毛製の寝袋も火に投げこんだ。天幕は景気いい焔《ほのお》をあげて燃え、靴、衣服、毛のシャツは炭化した。道具類は壊した。薬品と非常食糧の一部だけを日高はとっておいた。

気象係はその時間を利用して計器を調べた。風が強くなり空が急に曇《くも》ったことに、だれも気づいていなかった。

「大尉殿、天候急変であります！　気圧の異常降下です。二時間たらずで三三ミリバールも……」

一瞬、みなは静まりかえった。

「まさか！」大尉も愕然《がくぜん》とした。

「本当であります。携帯気圧計ですが、信頼できます。上へ行って、爆撃隊を引き返させなくては！」

日高は振りかえった。

「義、ここをかたづけろ！　時間はある。缶詰は食うか、われわれの天幕へ持ち帰れ。敵の使えるものは残すな。倉上、綱島、論知はいっしょに来い。ほかのものはあとで沼へ帰って待て」

刀自本は敬礼すると破壊作業にもどった。

「いいか」日高は三人に叫んだ。「肺の耐久力をためすのだ」

背後ではアメリカ兵の弾薬が空中に吹きとんだ。肺は保《も》ったが、血はこめかみを破らんばかりであった。心臓はハンマーのように鳴り、胸郭《きょうかく》に火がついたかと思えた。いくどもころんで痛みを感じなくなった。手足から血が流れたが、それにも気がつかない。これほど殺人的に走れるとはだれも思っていなかった。岩をおどり越え、藪《やぶ》をくぐる。おどろおどろしい嵐が迫る。爆撃機たちは何も知らずに飛びつづけているのだ。

上は冷たい風が吹きすさんでいた。北から漆黒の密雲《みつうん》が峰の上をかすめる。西の空は硫黄《いおう》のように黄色く、南にだけ青空があった。

尾根にまっさきについた日高は、よろめきながら走りつづける。部下があえいでつづく。高い靴音が疲労を語っていた。

ついに通信所へ。腹這いになると偽装網をくぐりぬける。

「アンテナを出せ！」日高の叫びは笛のようだった。「論知、まわせ！」

綱島は携帯気圧計の間違いならいいがと願っていた。ここの本式のは確実である。その目盛りを読んだ。

「大尉殿、さらに変化であります！」

これほどの急変ははじめてだった。世界じゅうでもブルックスという高い分水嶺だけが北からの嵐をここまで支えていられたのだ。それがいますごい力で爆発しようとしている。

無線連絡はつかない。

「集中砲火のような雑音で……」

「やるんだ！」大尉は倉上の耳もとでどなった。「やりぬくんだ！　いいか！」

汗みどろの綱島は電文を書きなぐる。風はここまで吹きこんで紙片をさらおうとした。

「論知、まわしつづけろ、手を抜くな……倉上……聞こえるか？」

ちょうどアッツが出たが、すぐ空電の騒音にのまれてしまった。

日高がその風よけになってやる。アンテナはしなってひょうひょうと鳴った。

「アッツです。出ました」

「平文で送れ！」

綱島の紙片を目の前に突きつけた。

「まだだめです……大尉殿……この雑音、何も聞こえない……だめです！」

「やれ、投げるな。うまくいく！」

通信手の額は機械に触れんばかりだった。休みなくキイをたたく。同じ十五の数字……風力……風向……雲高……気温……湿度……そしてもう一度、さらに……。

「待て、倉上……受信に変える」

だが通信手は打ちつづけた。日高はその手を押さえた。

「やめろ……受信だ……」

やっと倉上はスイッチを切りかえ、ボタンを押した。六つの目が食いいるようだった。

クランクをまわしつづける論知の滝のような汗は、服のほこりとまざりあった。

倉上は両眼をとじ、黄色い歯を見せていた。

「アッツに届いたのか？」

「わかりません……届いたとは思いますが、わからんのであります」

「つづけろ！　指が砕けるまで！」

やがて倉上の体はふるえはじめた。おこりの発作のようだった。警報は繰り返し飛んだ。

この荒天を突きぬけてくれとの願いをこめて。千マイルかなたのアッツでも別の通信手がへッドフォンをあて、緊張して雑音に耳をすましていることがわかっていた。こっちが知らせたがっていることは承知のはず。一部だけでもキャッチして、残りを判断してくれればいいが。

倉上はひっくり返った。その指は宙にモールスを打ちつづけていた。論知もクランクを放した。クランクはしばらくひとりでまわりつづけた。

アッツから〈敦賀〉に連絡するのもこんなに困難だろうか、と軍曹はたずねた。

「いや、無線機の出力が大きいからずっと楽だ」

四人は精魂つきはててすわっていた。偽装網がはためき、風がなぐりこんできた。眠りこまなかったのは興奮のためだった。今日はいろんなことがあった。整理できないくらいだ。井上と渡辺が死に、敵が敗走し、爆撃行が天候の激変でだめになった。

密雲が頭上をすぎる。えらく急いでいて、たまにちょっと青空がのぞくだけ。雲ははち切れそうに水を詰めた袋のようだった。後ろから来る灰色の大集団に駆り立てられる。やがてその中味が滝となって降りそそぐだろう。

「おそろしい力そのものだな」日高が感心した。「荒海がおしよせてくるようだ」

綱島が説明した。

「北極海とツンドラ地帯はもう真冬です。そこからの寒気が南からのあたたかい空気と衝突する……双方がブルックス山脈の岩壁にわだかまる。ぎりぎりの時点まで。冬になると北風が強まって大攻勢に転じます。それが彼岸嵐です。大尉殿、長い秋が終わって……」

論知が激しい手つきでさえぎった。

「〈敦賀〉だ……聞こえる！」

一同は吹きすさぶ風のあいだに発動機音を聞きとった。

「来ました、大尉殿……このまま地獄へ」

四人は走り出て、南の空を仰いだ。大型発動機の爆音がはっきり聞こえるが、姿は見えない。

「むだだったか」日高はうめいた。「警報は届かなかったな！」

もうどうしようもない。彼らの通信機の波長はアッツに合わせてある。編隊長は命じられたコースをとっているのだ。変針命令が届かなければ、突破を試みるだろう。それが不可能なことを知らずに。

死の鳥がいよいよ見えるというとき、灰色の雲が尾根をおおった。

四人はますます大きくなる爆音のほうへ首《こうべ》をめぐらした。さっき南からしていたのが、いまは明らかに西から聞こえる。

「どうしたんだ？」

「変針したようです」綱島が叫ぶ。

爆音は少し遠のき、しばらくそのままだったが、今度はまっすぐ彼らのほうへ向かった。

ほんの一瞬、飛びすぎる雲の切れめに長い翼がちらと見えた。あっという間に上空を飛びすぎる。それでも白地に真紅の標識が認められた。

一同は根が生えたように機影をのんだ雲を見送っていた。自分たちが南を向いていることに気がついたのは、ややしばらくしてからだった。

「おい、もどっていったぞ!」

日高は襟のボタンをはずし、息をついた。

警報が届いたのだ。アッツは理解し、編隊に帰還を命じたのである。

失われたものはなかった。大計画は数日おくれただけなのだ。

27

雲は低くなり、船のように男たちのかたわらをかすめた。まだ隠れ蓑《みの》にはならない。充分濃く集まってこない。だがそうなるのも時間の問題である。

急げ。疲れないように。とまって一息入れたら、氷のような水の中で足が凍えてしまう。動きつづけるほかなし。服は濡れ、風はますます冷えてきた。火をたかずには休めない。

ハリーとウォートレーがアノラックを脱いで大尉にかぶせてやった。大尉はすでに意識を失っている。

流れからもっこり盛りあがるものがある。森におおわれた最初の島である。だがスカウトたちはそこを通過した。追ってくる敵はこういう場所を見のがすまい。

「これからいくらでもある」アランが励ました。「雲の助けを借りてどこかにもぐりこもう」

彼のいったとおりだった。雲はやがて流れをおおい、岸に達した。スカウトたちは互いを見失うまいと間隔をせばめる。これなら見つかる心配はない。影のように島が次々とあらわれた。谷は広くなったにちがいない。水流も幾筋にも分かれはじめる。迷路のようだ。

ハムストンが立ちどまった。

「ここならば大丈夫だ、アラン、ここらで逃げるのはやめにしよう！」

目の前には陸にのりあげた巨船のような島の影があった。茂った藪《やぶ》が水ぎわまで達し、苔《こけ》におおわれた石がそのあたりに並んでいる。

オハラとフォーティアが薪《たきぎ》を見つけに藪にもぐりこむ。残りは水中に立ったままで気の遠くなるような冷たさをこらえていた。永遠と思える時が過ぎて二人がもどった。

「オーケー……」遠くからオハラが叫んだ。「あたたまれるぞ！」

葦《あし》と柳の密叢《みっそう》をかきわけて島中央部へはいる。担架はひきずり、スチュワートは枝にまたがらせて運んだ。はじめはニワトコの茂み、それからから松の老樹木。その背後に五、六メートルの高さでなめらかな岩壁があった。

「ちょうどいい」ランダルが言った。「暖炉ができる」

担架をおいた。スチュワートも横になって傷ついた足をのばす。

まず火をおこして手をあたためる。乾いた薪は山とあり、火は高く燃えあがった。

雲はいよいよ濃く、いまにも降りそうである。スカウトはそれと競走で小屋をつくった。叉《また》になった頑丈な枝をふたつ地面に立て、腕ほどの太さの横木をのせる。棟木《むねき》の補強は、しなやかな柳の枝だ。そこに斜《なな》めに棒を並べていき、その上に枝をかぶせる。それも骨組と組みあわせる。一方では葦を刈り、ハリーとジム・オハラが束にして、風に面した壁をつくる。地面からはじめ、互いに重ねあわせて棟木までもっていく。半かけの小屋ができあがった。厚い葦の屋根は水を通さない。開けた側は、風を防いでくれる岩に面している。その下に大急ぎで深さ一メートルの溝を掘り、たき火の燠《おき》を満たした。そのうえたっぷり倒木を運んで斜め屋根の下に積みあげる。はじめは乾いた薪が必要だが、向かいあう岩壁が充分に熱くなり熱を反射するようになると、湿った枝でも間に合う。むしろゆっくり燃えて有利である。その煙も苦にならない。前方と両側に排気ができる。

三十分もしないうちに十一人の休み場は完成した。大尉を運び入れ、葉の床に寝かせる。手当ての苦痛で気がついたので、ウォートレーが二度モルヒネを打たねばならなかった。チャーリー・スチュワートは冷たい水で痛みが消え、出血もとまっていた。破傷風のワクチンだけ打っておく。骨はなんともなく、筋肉組織だけが貫通されていた。

スカウトたちは一日の疲れを癒《い》やすことができた。濡れた服、靴と靴下を脱ぐ。各自で落葉を運んでベッドとし、のんびり体をのばした。

「ここまではよし」フォーティアが言った。「すぐ嵐だ」

だが雲は裂けそうでまだ裂けなかった。北のブルックス山脈には雷鳴がし、鋭い風が地面すれすれに吹きぬける。

チーフスカウトは立って外をのぞいた。

「まだ三十分はもつな……そのあとは、それだけひどくなる」

大嵐ほどぐずぐずするものなのである。

アランはふたたび靴をはき、アノラックを着た。

「二人いっしょに来てくれ、やつらがテッドとジェフをどうしたか、見てくる」

厳しいが正当な提案であった。二人の仲間の運命をさぐるために手を打つというなら、いまが好機である。襲いかかる嵐の助けを借りなくては、日本兵のキャンプに忍び寄ることは無理だ。稲妻をたよりに二人が生きているかどうかわかる。敵は立ち去ったにしても、二人を連れてはいくまい。

「だがきっと死んでるぞ。ジャップは殺したよ！」

「かもしれん、ディック、しかし確実じゃない……」

「そうだな、アラン、もちろん行く」

「おれもだ」ランダルが叫んだ。

みんな装備に手をのばした。仲間をおき去りにしてきた意識が疲労に勝ったのだ。アランは最初の予定をゆずらなかった。

「二人でいい」

「じゃ、選んでくれ」

「体の調子がいちばんいいやつだ……相当つらいぞ」

「調子、悪いやつ、いるか？」ハムストンがたずねた。

みんな大丈夫だと答えがあった。

「よし、ディック、来てくれ。もちろんハリーも。ほかの諸君には明日やってもらうことがある」

「たとえば？」

「装備をとりにいく……負傷者を基地へ運ぶ……敵を追う……」

ハムストンとハリーは黙って仕度を終えた。

「アラン、みんなで行ったほうがいいんじゃないか」ブランスンが提案した。「やつら、まだいるかもしれない」

「ビル、弾薬をかぞえてみろ。あまりないぞ。手榴弾も使っちまった……大尉とチャーリーをおいておくわけにいかん……火をたいてやらないと」

そのとおりだった。

「明日になれば情況がわかる。それから行動を決めよう」

三人は外へ出た。冷たい強風が吹きつけた。

28

アラスカは荒れくるい、雨まじりの雪が闇を吹きなぐった。通信班の兵たちは寄り添って小さな洞穴にしゃがんでいる。だれにとってもこんな荒れ方ははじめてだった。戦闘のようだった。巨砲が谷を狙い、黄色い稲妻が砲火を思わせた。大粒の雹《ひょう》、冷たい水が流れこんでくる。外の地面はゆるみ、斜面が動きだした。泥と石のなだれ。樹も根こそぎさらわれて落ちていった。

五人がそこを登っていく。刀自本たちが尾根をめざすのだ。這《は》い、とび、根にすがり、かゆのような泥に埋まる。そこを石と土の奔流が流れすぎる。つかんだ草はぽろりと抜け、倒れる幹につぶされそうになった。

信夫だけが通信班の位置を知っていた。稲妻がたよりだ。藪《やぶ》に銃がからまり、靴もはさまる。ずぶ濡れで疲れ果てた五人は隊長のところへたどりつくと、ぶっ倒れた。

「まずいことになりました」刀自本が息もたえだえに報告した。「われわれの露営地はすっかりやられました」

大尉は自分の毛布で友をくるんでやった。

「もどってみると、敵の死体がひとつだけ。ほかの二人をこっちが留守の間に連れていったようです」

くたくたの兵たちは通信班のあいだにもぐりこみ、寝袋でおおってもらった。

「何も残っていない……からっぽです！」

大尉がその結果を理解するまでしばらくかかった。

「ヤンキーめ、よろこぶだろう。義、大サービスをしてやったわけだ！」

部下たちはなんのことかわからず、隊長の説明を待った。

「ヤンキーが何をするか容易に読めたのだが。仲間を捜すにちがいなかったのだ……病気の子供をみる母親のように負傷者を気にする連中だからな。そのためにはどんな危険でも冒す。彼らが退去するように、われわれは彼らの装備を破壊した。名案だったが、あやまりがあった。負傷者のためにわれわれの基地にもどり、だれもいないのを見て、こちらの装備を奪った……」

「ちがうのであります、大尉殿。何も持っていかないのです……いったいどういうわけか。みんな沼にほうり込んでいったのです。途中でいくつか落として……沼辺の葦《あし》が踏みくだかれ、われわれの飯盒《はんごう》がひとつ見つかりました」

「わかったぞ」と刀自本。「われわれに自分の基地を破壊されたことをまだ知らなかったのだ、きっと」

するとと敵も有利にはなっていない。とにかく後退して一時追跡を中止せずばなるまい。

「沼を探してみるか」

「無理です、遠三さん、もうやってみました。一歩はいるとずるずる沈んでしまう。いまでは上から泥と石が猛烈な勢いで流れこんでます。とっくにみんな埋まって……」

大尉はこともなげにうなずくと、新情勢の把握につとめた。

「では残ったものだけでやっていく……」

まだ無線機は健在。兵力は九人。これからは通信班の持ちものでまかなう。天幕一張り、五人の個人装備と寝袋。

「それにみんな武器は持っているな。だが弾薬は敵のために残しておく。もちろん手榴弾もだ」

基地には一人あたり百発あったが、ほとんどの道具とともに失われた。斧二挺、ナイフいくつか、それに幸いにもアメリカ製薬品は助かった。

「遠三さん、命令に反し、ヤンキーの露営地のそばに毛の胴衣をいくつか隠しておいたのです……要ることもあるかと思って」

日高はほほえもうとした。

「とがめるわけにいかんな。感謝しなければならん」

「そんなことはありません。われわれはヤンキーのキャンプで宴《うたげ》を張り、けっこうな缶詰をたいらげてきました。それをしなければ、もっと早く沼にもどれたでしょう」

「急がずともいいと言ったのはおれだ」

彼はさっと立ちあがった。

「第二の打撃をこうむったが、義務は最後まで果たすぞ！」

風向きが変わったらしい。少なくとも前ほど洞穴に吹きつけてこない。九人は体をあたためあうことができた。服がかちかちになるのを恐れ、脱ぐものはいない。重い靴だけはとって、足に布を巻いた。嵐はいつまでもつづくまい。敵については心配ない。むこうさんは忙しいのだ。

大尉は刀自本と相談した。まず次の計画を検討しなくては落ち着けない。

「新情勢にはまったく新しい態度で応じなくてはならん。不利を有利に転ずるのだ……」

「できるのですか？」

「いや、ずっと身軽に移動できる。荷物はとるにたらん。通信機運搬を一時間で交替できるから、これまでより早く進めるぞ」

「どこへです？」

「ブルックスを越えて。山峡を抜けてもいい……最近発見した山峡がある。できるだけここから離れるのだ。悪天候のおかげでわれわれの足跡は消えた。ヤンキー……別のかもしれんが……は、最初からやりなおしさ」

前に綱島は、彼岸嵐のあと二、三日悪天がつづくがその後は、空も晴れ風もやんで寒気が厳しくなると言ったことがある。

「さしあたり気象報告をすることはない。アッツではここしばらくだめだとわかっている。

つまり休まずに行軍できるのだ。別の場所でまた報告を送り、大成功を待とう。当分ヤンキーは手を出すまい」

「で、提督の手に〈敦賀〉がなくなったら？」

「そのときはボリス・ニジンスキーのところをめざすのだ。任務の第二部というわけだな。冬だしこの土地だから長くかかる。一年近くは覚悟しておけ」

「やりぬけると思いますか、本当に？」

「われわれの一部にはな……本国で報告するには一人でも充分なのだ」

29

数時間前から嵐が残されたスカウトたちの葦屋根を揺さぶっていたが、屋根はもちこたえた。柔軟性はたいしたものである。天がくつがえったように雨はたえまなく闇を裂く。雲は雹《ひょう》と雪をはらんだままで、まだ厚い屋根をたたくのは水だけ。一滴も中にははいってこない。周囲に掘った溝のおかげで全部流れていく。雷鳴も稲妻もなくなっていた。前線は南へ去ったのだ。

心地よくあたたかかった。岩壁は熱を反射してくれる。乾いた服をつけた。重傷の大尉は昏々《こんこん》と眠り、スチュワートは目を天井に向けていた。

「大丈夫なようだ」自分でいう。

「うん」スリムが保証した。「二、三週で歩けるようになるぜ。だが大尉は……うまい外科医の手術をすぐ受けなきゃ、将軍になれる見込みはないね」

「どこをやられた？」とブランスン。

「肺を貫通してる。もうひとつの穴がひどい……手榴弾だな。なかに残ってるんだ。どうにもならない……手術するほかないよ」

みんなしゅんとした。大尉の突撃ぶりはまねができなかったのに。

「奥さんと子供二人が待ってるんだ」フォーティアは知っていた。「なんにも知らずに」

「知ってるやつはいないさ。だれだってアラスカは平穏だと思ってる。戦争は別のところだって」

「これからどうなるのかな」

とにかく腹がへった、とオハラが言った。今朝《けさ》から何も食べてない……。

「昨日の朝からだぜ」とハッチンスン、「もう夜中は過ぎた」

明るくなったら鮭をとらなくては。いまごろはいっぱいいる。ランダルがはね起きた。

「足音！」

みんな銃をつかんだ。

だがずぶ濡れの人影があらわれた。ディック・ハムストンである。屋根の葦《あし》を持ちあげ、まぶしそうにのぞきこむ。

「おい、詰めてくれ、ジェフを連れてきた」

十本の手がのびた。ディックが担架をひきこむ。アランが押していた。ジェフは意識もはっきりし、ほほえもうとさえした。

「どうした、ジェフ、どこをやられた？」

「左の膝から下がない」チーフスカウトが変わって答える。「スリム、たのむぞ」

アランほどの男でも力がつき、火のそばにくずおれた。オハラとフォーティアが手伝って服を脱がしてやる。

「ハリーは？」

「すぐに来る。話はハリーにきけ……スリム、ジェフはどうだ？」

負傷者はうめき、支えてやらなくてはならなかった。

「敗血症のワクチンを打ったところだ。命に別条はないと思う。だがすぐにも安静にさせなくちゃ」

「それはそうだ」

アランは両手を火にかざし、ハムストンは苦労して靴を脱いだ。

「で、テッドは？」

「死んだ……ジェフのそばで。われわれの行くちょっと前に。埋葬してきた」

火の燃える音、篠突《しのつ》く雨の音しかしない。

「二人死んだか」やがてランダルがいう。「三人が負傷。弱体になったな」

「それが戦争さ、そうしたものだ」アランはうなずいた。「すぎてしまったことだ」

ハンク・フォーティアが、日本兵を見たかとたずねた。

「いや、キャンプは空《から》だった。幸いにもな。でなけりゃジェフを助けられなかった」

「するとやつら、ジェフを殺さなかったという……？」

ハムストンが真相を話した。日高大尉が殺すのをやめさせ、二人に包帯さえ投げあたえたという。それで手当てしなかったら、ジェフも出血多量で死んでいたろう……。

「ジャップがそんなことをするとはねえ」オハラがいう。「味方の負傷者も射殺するという話だったぜ」

「いや、あっちの負傷者は自決した……あとからジェフが話す」

ハリーがもどってきた。背負い子一個その他を担《かつ》いで。二人のスカウトで荷をおろしてやる。

「やあ、おれの荷物だ」ハッチンスンがよろこんだ。「すまんな」

「早まるなよ」とハムストン、「お前のしか残ってなかった……つまりおれたちみんなのだ」

ハムストンが話しはじめる。三人で豪雨をついて沼に達し、日本軍キャンプに忍び入ってから、そこが無人なのに気がついた。ジェフのほうが稲光で三人を見、呼びかけてきた。それからテッドを埋め、日本兵の装備を沼に投げこむことに思いたった。そうしておけば連中も長くはもちこたえられまい。

「よくやった」ランダルは満足した。「この冬ももつまいよ」

アランは毛のシャツを脱ぎ、火に顔を向けていたが、それを振りむけた。

「しくじった……一代の不覚だった！」みんなあっけにとられた。

「その間にジャップはわれわれのキャンプを襲ったのだ……ここにあるのがわれわれの全財産だよ」

ジェフの担架を完成し帰途につこうとしたとき、ハリーが薬品箱をとってこようと言いだしたのだ。弾薬と手榴弾も。アランとディックは負傷者とオーバーハングした岩かげに待っていた。

昨夜のキャンプが荒廃しているのを発見したのはハリーだった。が、ハッチンスンが離れた柳の茂みに一人でキャンプしたことを知っていた。彼の荷物だけ残っていた。ジャップたちは上等の缶詰をたいらげるほうに忙しかったらしい。アノラック三つも見つかった。ひとまとめにくくり枝で隠してあった。日本兵はあとからとりにくるつもりのようだ。バートの荷に濡れたアノラック三着を担いでくるのは大仕事だった。水位は高まり、上流にはとても進めない。

口を開こうとする者はいなかった。新たな事態について意見を述べるのはチーフスカウトの仕事である。綿のごとく疲れてはいたが、翌朝までのばすわけにもいかない。ひと言しゃべるのもつらかった。眠りこまぬために全力をつくした。

「そういうわけなのだ。お互いに貧乏になったのさ。これからまず何をすべきか、だれにも考えはつく……」

と、三人の負傷者を指さして。

「こういうときに無線機があればいいことはいいが。しかし、持ってきたとしてもキャンプにおきっぱなしで、壊されていたはずだ」

「基地《デポ》にはある」ブランスンが思いついた。「だれか走っていってリチャードスンに連絡すればいい」

乾電池ごと包装してクリフトン湖畔の貯蔵天幕にしまってある。操作は簡単で司令部の波長に合わせてあり、むこうには二十四時間詰めているはずだ。

「名案には聞こえるが」とアランが反対した。「残念ながら、この辺には日本兵がうろついている。真剣に捜されたら、すぐ見つかってしまう。火がなくてはどうにもならん……負傷者がいるからな。煙でわかってしまう。みんなで撤退するほかはない！」

彼らはいかなる決定もおれにまかせる、とアランは考えた。彼らは自分から提案できないのか？　これほど信頼されるのもつらい。

「ここにあと二、三時間いて、夜明け前に出発する。動きどおしでないと寒い」

もちろん大尉とジェフを担ぐのに交替は要る。また一人はスチュワートを助けてやらなくてはならない。急ごしらえの松葉杖でたいていは自分で歩けるのだが。アランは日本兵がこっちを捜しつづけるとは思わなかった。当分スカウトについては心配ないとわかれば、連中は自分のほうの仕事に没頭するだろう。

「今晩また火をたける。充分進んだらだが。大きな火はだめだ。二、三日してから負傷者をゆっくり寝かせる。残りはクリフトン湖に急いで将軍に連絡するのだ。救援の方法はあちらで考えてもらう」

「ヘリコプターを飛ばしてくれるかな……」ブランスンが言った。

あれは行動半径が短いとだれかが応じる。

「その辺はリチャードスンにまかせとこう……」

実際チーフスカウトが頭をひねってもしかたなかった。

「じゃいいな？」命令しているのではないということを強調したくてアランがたずねた。

「もちろんさ……ほかに道はない」

やっとアランは体をのばして眠ろうとしたが、そうはならなかった。オハラが重要な質問を発したのである。

「将軍、われわれを呼びもどしはすまいな。ジャップをほかのやつに譲るわけにゃいかないぜ」

「もちろんさ。敵との経験を積んだのはわれわれだ。捜索をつづけるとがんばる者がいれば、将軍はよろこぶよ」

今度こそ寝ようとすると、またハムストンにじゃまされた。

「アラン、またチーフスカウトになってくれるな？」

「いや、だめだ」

みんな失望した。怒ったのもいた。

「なに、あきらめるのか？」

「とんでもない。敵にくいさがる……」

ピート・ランダルがのりだした。

「なんだと、アラン……本気か？」

「糸が切れないようにする……ジャップがどこで冬を越すか、つきとめる。それでなくては捕えられない……そう将軍に伝えてくれ。落ちあう場所を決めておこう」

ハムストンがアランの膝を揺すった。

「おい、正気かよ、一人で追っかけるなんて！　これから冬になるんだぜ。装備もないのに！」

説明するのも面倒だった。先のことはアランだけの問題なのだ。

「正気じゃなくてもかまわんが、ディック、とにかく寝かせてくれよ！」

「そうじゃない……おれだってあんたと同じ気持ちだ、だいぶ前からな。アラン、いっしょにやろう。二人のほうが楽だぞ……」

「三人だ」ハリーが隅《すみ》からどなった。「ボスとおれとあんた。三人だ」

アランに反対する気はなかった。明日考えればいい。

はじめはあきれて、あとからは賛嘆して、ほかのスカウトたちは聞きいっていた。よく考えるとそれほどの不可能事でもない。年季のはいった山男なら、冬でももちこたえられる。冬のほうが追跡は楽なのだ。

「よし、やってみよう」ランダルが考えたあげくに言った。「連中が気象報告をつづけるなら、アラスカを脅《おびや》かすわけだ。うっかり忘れてたよ。いろんなことがつづきすぎてな。アランの言うとおりだ。だれも追わなければ糸は切れちまう」

フォーティアも原理的には賛成だったが、実際面が気になった。

「だけどこっちの装備はめちゃめちゃなんだぜ……これじゃ無理と思うがな」

アランのひと言が必要だった。

「ヒダカだってそうだ。あいつとその部下にできることならこっちだって……」

「よし、決まった！」それまで黙っていたハッチンスンがどなった。「おれも行くぞ……装備もろともな」

アランは天井につかまって立ちあがった。

「そんな志願者はいらん……負傷者のことを忘れるな。まず三人を安全地帯に移す。最低五人は要るな……おれは一人でいい」

松葉杖があれば助けは不要だ、とスチュワートが言った。それならお守りは四人ですむ。

チーフスカウトはそれ以上話そうとしなかった。

「明日までに考えてくれ……零下四十度かあたたかいベッドか！」

30

日高とその八人の兵は冬に向かって進んだ。地面は固く凍り、ヒカゲノカズラには霜が降りていた。山から冷たい風が吹きおろす。雲は低く垂れこめている。

ノボルがいちばん重い無線機を担《かつ》いだが、それも短時間で次々と交替していった。進行速度はこれまでよりも速い。いまのところ装備を失ったこともこたえなかった。

シマリスとレミングは地下に消え、雲雀《ひばり》はとうに南へ去っていた。渡り鳥の最後はアジサシとチドリである。沼や湖は一夜にして薄氷におおわれ、ワタスゲやコケモモはこわばった。風からさえぎられた窪《くぼ》地にヤナギソウが咲いているだけ。正午ごろにやっと枝の霜がとけ、地面もやわらぐ。

「義、後ろを見てみろ。われわれの足跡がずっとついてるぞ!」

彼らは森を抜け草地を越えてきた。前に日高がチェックしておいた切れ込みを見つけるため、ブルックス山脈の断崖に向かっている。

靴が霜のとけた草に触れ、はっきりした跡を残していた。

「かまわんのですか?」刀自本は心配だった。「追ってきませんか、本当に?」

「確信はないが、そうありたいと思ってる」

「ではわざと跡をつけてるんですね。でもなぜです？……なぜ見つけやすくしているのです？」

「むこうにしっぽを出させるためさ。だれだって、われわれがのんびり歩いていると考える。それで油断をする。だが実際追ってくるとは思えんな。情況を判断するに、ヤンキーは退却したにちがいない。しかし、自分でその確信をつくりだしたいのだ……」

きのうは激流が逆巻いていた石ころだらけの川床を横切った。嵐に倒され水にさらわれた樹木が浮き、その枝と根は助けを求めるように天を指していた。そこをくぐりぬけるのは大変だった。

その後は順調。ヒースの斜面、両側から崩れた細い沢。大尉は休ませなかった。無線機のリュッサックを肩から肩へ移すだけである。しだいに岩山へ近づく。そばから見たブルックス山脈は、遠望したように密集体ではなかった。岩壁はいくつも山峡や谷に区切られている。日高のめざすそのひとつは低い鞍部《あんぶ》にあって、越えられそうだった。

「上は真っ白だな」刀自本が言った。「行けるだろうか」

「たいしたことはありません、少尉殿」須田曹長である。「雪のあるところは歩けます。雪でも岩肌の出ているところが本当に危ないのです」

須田の言は確かである。日本陸軍でも有数の登山家。ヒマラヤも知っているのだ。

岩と藪を越え、人跡未踏の領域へ登っていく。どの岩の割れ目からも滝が落ち、無数の水滴となって散っていった。それが集まった流れは水音高く岩を洗う。

午後早くはじめて山かげにはいると、日高は徒渉《としよう》を命じた。流れは急で石はすべりやすい。一列になって水圧に抵抗しなくてはならなかった。嚙《か》みつかれるように冷たい。とにかく、すぐ近くで大氷河から流れ出しているのだ。

左手に四方を風から守られた谷がひらけた。ヒメカンバの群生があり、ところどころに背の低いハンノキも見える。

谷の底に下りると寒かった。足を踏み、腕をこすり、背をたたきあって暖をとる。速度は落とさない。

やがて日高は停止を命じた。

「雪ウサギの糞が多い。ここで休もう。ノボルと信夫は罠をかけろ」

ふたつの巨岩の間に、やわらかい苔《こけ》におおわれた場所があった。そこにゴム布を敷く。

刀自本もさっき雪ウサギの鳴き声を耳にしていた。慣れた猟師には絶好の罠場だ。

「これからも逃げ隠れはしない」日高が彼にいう。「火もおおっぴらにたく。煙を川のほうへ流すのだ」

「まだヤンキーのことを考えているんですか?」

あと二、三日は。それで何事もなければ安全だ……。

「遠三さん、火は軽率ですよ!」

「おとりだよ。だれか忍び寄ってくれば、おれにわかる」

部下に設営を命じ、自分は流れの岸まで半マイル走りもどった。足は鉛のようで全身凍《こご》えていたが、かまわなかった。走ればまた血のめぐりはよくなる。

岸で岩を探し、そのかげに身をひそめた。柳の枝、苔、草で地面の寒気を防ぐ。石を拾って小さな防壁をつくり、そのまんなかにのぞき窓をあけると横になって待ちはじめた。

追ってくるやつがいたら、日本兵が流れにはいったところまで発見するだろう。山峡にはいると斜面ほど足跡ははっきりしないが、慣れた男なら見誤りはしないだろう。岩地でも踏みつぶされた草の茎があるものだ。

一本の川柳が岸の水たまりにそよぎ、藪では二羽の雪ホオジロがさえずっていた。やがて足の長い白ウサギがあらわれ、ヒカゲノカズラをかじる。その様子は人間に気づかないことを語っていた。だがじっと横たわっているのはつらい。じきに服はばりばりに凍り、動くと音がした。

ホオジロが驚いて飛び立った。下流の茂みをミンクが一匹しなやかに歩いていく。長旅の果てに死にかけた赤っぽい鮭がその食欲を誘ったのだ。鮭は浅瀬にただよい、ひれもほとんど動いていない。二《ふた》とびでミンクは襲いかかり、鋭い歯がばら色の肉にくいこんだ。

雪ウサギはつと足をとめ、長い耳を立てると上流へ逃げだした。日高は双眼鏡をとった。ミンクも何かを認めた。あと足で立ちあがり、獲物を落とすとさっと消えた。

日高は流れを見つめたが、不審なものはない。しかし銃の安全装置をはずし、銃身をのぞき穴に突っこんだ。動物が逃げたからには理由があるはずだ。猛獣か、人間か。もう一度綿密に点検する。

灰色の影がそっと動いている。灌木林《かんぼくりん》を抜け、むだなく掩体《えんたい》を利用して。大尉は双眼鏡の照準を合わせ、影がまたあらわれるのを待った。距離三百メートル。そのうえ、中間に激流がある。

見えた。影はすばやく三歩とび、窪地《くぼち》に消える。人間だ。毛の帽子、迷彩アノラック。スカウトだ。移動ぶりは完璧だ。自分の体を完全に掌握している。跡を追ってきたのにまちがいない。だが日高の予測よりずっと慎重だった。とび出す前に跡をじっと調べている。さっき日高たちは岸へ着くのに大きく迂回した。敵もすぐそれに気づき、まっすぐ流れに接近するだろう。そうしたら距離は五、六十歩。銃口のすぐ前に来るのだ。

だがあたりの影は濃くなった。思ったより夕闇が早い。

二度とんでスカウトは射程内にはいった。はっきり見える。背が高い。前かがみ。手に長銃身の猟銃。背にははち切れそうに詰めた革のザック。ケース入りの双眼鏡を胸に下げている。日高は沼地の反撃のとき、この男の前に手榴弾をたたきつけたことを思いだした。適時に炸裂《さくれつ》しなかったらしい。

敵の全身があらわれるまで撃つのを待つ。射線に枝があるかどうか、うす暗くてわからない。

姿はいったん消えてまたあらわれた。百歩とは離れていない。濃いブロンドの眉の狭い顔。長靴は明るい茶のなめし革。インディアン流に膝の上で革紐《かわひも》で締めてある。

日本将校は双眼鏡をおき、地面に張りつくと右目を照準鏡に寄せた。が、スカウトは藪《やぶ》に消える。草が動く。すぐに日本部隊が直角に流れのほうへ曲がったところへ着くだろう。敵がそれを追って岸に来るまで待つことにした。

ネコのように敵は藪からとび出すと、四、五メートルを走りぬけ、ヒカゲノカズラの株のかげに隠れた。掩体にはならない。

そのまましばらく。日高はその輪郭《りんかく》をはっきり認め、この距離から撃ちこめると思ったが、とにかくうす暗い。また出るまで待つほうがいい。渡河点を見つけたければ、スカウトは立つほかないのだ。

ややあって敵は対岸は安全と確認したらしく、突然全身をあらわした。鋼《はがね》のような目のエネルギッシュな顔が照準鏡に映った。角張ったあごは強い意志のあらわれだ。唇はうすく、ひきしまっている。階級章はなく、寒さにかかわらずシャツの襟をあけ、アノラックのフードはかぶっていない。銃を腕にひっかけ、右手を遊底にあてがって、岸に立って双眼鏡をとると、こちら側を調べはじめた。

照準鏡の十字線をすっと下ろし、敵の左胸ポケットのボタンで一瞬とめたが、もう少し下に移した。ここなら絶対に心臓を射ぬける。

指を引き金にかけ、ぐいと引こうとしたとたん、敵は横を向いた。銃をおき後方に手をふる。

一人ではなかったのだ。あとから来るのだ！

うっかりしていた。気がついてしかるべきだったのに。この男にかまけて忘れていたのだ。仲間たちが藪かげからとび出す。五人。みんな長い銃、狩猟ナイフで武装し、軍服は同じだが靴、帽子、手袋は別々だった。うち二人のリュックサックからは斧の柄がのぞき、背負《しょ》い子はひとつだけ。そのほかに荷物はほとんどない。日本兵よりも乏しい装備で、追跡をつづけているのだ。

こうなっては日高には手は出せなかった。銃身をひっこめると安全装置をかけた。見張るだけで満足しなくてはならない。どんなに速く連射しても、二人以上は倒せない。相手が奇襲に対しどれほど機敏に反応するかはすでに経験でわかっている。残ったヤンキーはすぐに上手か下手で流れを渡り、隠れた日高を包囲しようとするだろう。このほかにも後続があるかもしれない。避けられるなら撃ちあいにはいってはならないのだ。本来の任務がすべてに先行する。

最初の男が指揮官らしい。ほかのスカウトたちはそれを取りまいて指示を待つようであった。五人ともそれぞれの双眼鏡でこちらをながめているのを見、日高はいよいよ姿勢を低めた。彼らは煙をかぎつけたが火は発見できないらしく、あわただしく言葉をかわしている。

指揮官は日本兵の夜営地を確認したことで満足したらしい。暗くなって激流を渡るのは危険と思ったのだろう、その身振りから次の行動は明日にしようとしていることがわかった。どこが渡りやすいか討議中のようで、候補には何ヵ所かがあがっているらしい。

結論が出たとみえ、彼らは引き返した。その頭が藪に消えるまで日高は見送った。

凍《こご》えこわばった四肢のまま、日高は音を立てずに部下のところへ帰った。

信夫は雪ウサギ二羽を捕え、しなびたクラウドベリーも少量集められてあった。

大尉はことのしだいを詳しく話した。

「火は燃しつづけるんだ。一晩じゅう湿った薪《たきぎ》で。だがわれわれはもっと奥へさがる。体を寄せあって、ウサギも生で食わねばなるまい」

「明日ヤンキーを捕捉しますか？」

「いや、しない。明るくなりしだい出発する。しかしな、ちょっとしたみやげを残しておいてやろう」

31

アラン・マックルイアは火をたいていけない理由を持たなかった。さっきの場所から一時間以上後退し、キャンプに絶好な場所を発見したのだ。日本兵の足跡から察するに、一刻も早く山を越えることしか考えていないらしい。後方警戒で時間をとることはしないだろう。「敵の計画はわかる」チーフスカウトは説明した。「雪が降る前にどこかにこもろうというのだ。九人いればブロックの小屋はすぐ建てられる。本式の罠も仕掛けられると思う」

ほかのグループと分かれたときからアランは仲間たちに、任務は敵の冬営地をつきとめることだと話していた。日本人が停止するところまで追わなくてはならない。

アランは奇襲もその他の直接的行動も考えていなかった。総勢五人では弱体にすぎ、装備もだめだ。距離をとって、追跡していることを絶対に日本兵に知らせてはならない。敵の冬営地を発見したら、二人がクリフトン湖に急行し、そこから将軍に連絡をとる。アランは残りの二人と適当な着陸場を探し、標識をつけるつもりだった。大型機でも橇《そり》をつければ冬でも着陸できる。敵のあまりそばではまずい。爆音が聞こえてしまう。

「うまくいくといいがな」ハムストンが言った。「やつらが妙なまねをはじめる前に」

「運不運はあるさ。だが運に手を貸してやらなくちゃ」

さっき鮭をとったが、数日前のように大量にはいなかった。肉もうまくないのが多かった。ランダルは半ダースばかり遅れて上ってきた鮭を見つけた。肉はまだ締まっている。それを新しい柳の枝に刺し、火の上でまわす。岩に熱を吸収させ、背中をあたためるよう器用に火をおこした。日本兵が冬の食糧用にするであろう動物のことが話題にのぼった。

「おかしいやな」とハッチンスン。「オオシカはどんどん北にひろがっていく。以前はブルックスのあたりまでしか来なかったものだ。いまじゃその向こう側まで、夏にはツンドラ帯までいるぜ」

それは北半球が徐々にあたたかくなっていくことと関係あるな、とハムストンが言った。氷河も後退している……。

「あたたかくなったかねえ」バートは反論した。「零下六十八度のおれの小屋の前で、樺《かば》の幹が寒さで裂けたぜ。おれとしてはまんざらでもねえな、寒けりゃ寒いほど毛皮は上等になる……」

獲物はすごいそうじゃないか、とアランがかまをかけた。記録的なミンクを仕留めたというが……。

「この大将、だれにも猟場をしゃべらないんだ」ハムストンがひやかした。「訊かれると図々しくにやりとするだけさ」

猟師はいまもにたりとした。

「それが変なのか？　そういうもんは大事にしまっとくものさ。人に訊くほうが図々しいと思うぜ」

ますます興にのって、彼はテンの黄金色、ミンクの輝き、銀ギツネのしっとりした絹のような毛皮のことを自慢した。

「大金持ちになってたっていいはずだが、この毛皮市場というやつはね！　毎年毎年、頭のおかしい有閑マダムは別の色を持ちたがる。流行はネコの目みたいなものさ。貴婦人がたはこちとらのことなど考えてくれやしないよ……零下四十度、氷と雪の中で七ヵ月だぜ……インディアンにはとっても無理だ。あの辺をたまに歩きまわるのは半エスキモーだけ。だけど連中の姿はぜったいに見えない。他人に見られるのをえらく恐がるんだ」

ヌナミウト族のことだった。内陸部唯一のエスキモーで、野獣より用心ぶかく、詳しいことは何もわからない。石器時代人というべく、いまなお千年前の生活を送っている、とアランは聞いた。

「千年前だな」バートは言った。「家なんかないんだ。いつも旅をしてる。古いたき火跡か壊れた橇《そり》にはたまにぶつかるが、会えっこないよ」

その辺でちゃんとした人間を見たか、とランダルがたずねた。

「ちゃんとしてないやつは見たよ」

「ハンク・ウィンダムのことだろ……」

「そうだ。ユーコン以北最大のならず者さ」

ひとつ話してくれや、とハムストンがたのんだ。昔は人気のある話だった。チーフスカウトとハリーも何度か聞いたことはあるが、真相は知らなかった。そこをバートの口から聞くのは、たき火の雰囲気にふさわしい。

「よしきた、だが細い神経じゃもたないぜ……！」

バートはこの好猟場をフランスとカナダの混血シャルル・ルノンドーから、いわば受け継いだのであった。足を凍傷にやられた彼をバートが助けて近くの村まで届けてやったのである。お礼にこの老猟師は自分では出かけられなくなったので、猟場の秘密を打ち明けたのだ。古き良き時代流の簡素なブロック小屋もつけてくれた。その前には深い川が、背後には無限の森があった。

年が明けるとすぐ、バートは上等の毛皮を橇いっぱい積んでベットルズにもどり、村民全体六十人ばかりが集まってそれを嘆賞《たんしょう》した。その中に評判の悪い罠猟師ハンク・ウィンダムもいた。かせぐ以上に飲む男で、極北の商人はだれも信用貸ししてやらず、男は破滅寸前であった。ふつう来年分の獲物のため毛皮商人は猟師に〝グラブスティク〟なるものを前払いする。食糧、弾薬、石油その他衣服、罠、道具など装備一般のことだ。これはあとで毛皮からさっぴかれるが、それでも短い夏を最寄りの村で快適にすごすのに足る現金が残るものだ。

ウィスキーとジンで暮らし、方々《ほうぼう》で借りて首がまわらないハンク・ウィンダムはそうではなかった。次のシーズン用のグラブスティクがもらえない。ねたみでむかむかして彼はベットルズの店を歩きまわり、卑しげな指で上等の毛皮をつついた。

「どういうことも考えなかったな」バートははっきり言った。「えらく感じの悪いやつで、無視したよ。だけど秋におれが出発したとき、あとをつけてきたんだよ。おれの境界標が盗まれて、そのそばに汚ねえ靴の跡があったんでわかった。正体がな。でもどうしても現場をおさえられない……」

バートの領域は広く、地形も困難だった。ひとまわりするのに一週間以上かかった。毛皮泥棒はそれを知って利用したのである。つかまらないどころか、しっぽも見せなかった。バートもほかのことで忙しい。雪の降るたびに相手の足跡は消えてしまう。

ある日のこと屋根裏をかたづけていたバートは、前住者の古いクマ罠を見つけた。いまはつくられていない。使用も禁じられている。だが緊急の場合だとバートは考え、錆《さ》びた罠を手入れした。

見事なミンクがかかった最後の罠のかたわらにハッチンスンは重いクマ罠をしかけ、その上に葉っぱをのせておいた。翌日の夜、少し雪が降ってあとをすっかり隠してくれた。バートはもちろん例のミンクを罠に残しておいた……。

「お客さんの餌さ」そう彼はつけ加えると、聞き手の緊張を高めるため間をおいた。

「で、どうした？……かかったか……？」

ハッチンスンが柳の枝の鮭が焼けたかどうか調べた。

「どうしたんだよ、つかまえたのか？」

「左の長靴だけだよ、諸君……それしかかかってなかった！」

ハムストンとランダルは失望した。

「靴を捨てて逃げたのか？」

「いや」バートはたのしんでいた。「靴の中にな、足首があった」

聞き手の背筋が冷たくなった。

「つまりな……」猟師は得々とつづける。「こうだったんだな、オオカミがやつを見つけた。身を防げなかったんで、丸ごと食われちまった……」

「生きたまんまか？」ハムストンはぞっとした。

「そう……だろうな」ハッチンスンはわざと落ち着き払い、自分の分の鮭をとった。肉はやわらかくなっている。

「お前さんの心はアオバエみてえだな」とランダル。「おれだったら以後のんびり寝られないぜ、気がとがめて」

人間にもいろいろあらあ、とだけバートは言った。ハンク・ウィンダムみたいなやつには同情など感じないね。自業自得さ。罠泥棒ってのは荒野じゃ最悪の犯罪だ……。

「べつに化けてもこないぜ、ちゃんと寝られるよ、ぐっすりな」

ハリーが最初の見張り。次がディックだ。「明日はゆっくりでいい」チーフスカウトが言った。「ジャップに先に行かせよう。追いつく必要はないんだ」

夜明けは遅かったが、短い夜だった。

出発後はハリーが前方の偵察、チーフスカウトが後衛にあたった。日本兵が流れにはいったところで停止。渡るには水流を利用するのがいいと決まる。斜《なな》めに下流へ、だ。先頭はハリー、あと順々にベルトにつかまって最後尾のアランはハッチンスンの広い革ベルトをにぎった。対岸で敵の足跡を発見するまでしばらくかかった。

「空気にまだ煙のにおいがする」ハリーが確認した。「まだ出発してないよ」

「いや、もういないはずだ」アランには確信があった。「ヒダカたちは今日は忙しい」

前と同じ順序で前進。ハリーは足音も立てずに進み、その合図を待って残りが移動する。

やがてハリーが立ちどまる。敵のキャンプを発見したらしい。

荒らされた樺《かば》の林の前に黒くなった場所があった。その中央に薪の燃えあと。かすかに煙がただよっている。

「反対側から接近したほうがいい」アランが注意した。

敵はくえない。急いで、安心して去ったようだが、油断はできない。

二手に分かれ、それぞれ別の方角からキャンプに近づいた。

「連中、ほんとに急いでたな」ハリーが言った。「弾薬嚢《のう》が落ちてる」

それはコケモモに半ばおおわれ、見のがされたものらしい。

ハリーが手をのばしたとたん、爆発がおこった。その右手首がむしりとられ、顔の半分がぱっくり口をあけ、いくつかの破片が肋骨《ろっこつ》のあいだに突き刺さった。

これは彼の血ぞめの服を脱がせたときはじめてわかったことである。爆発の瞬間、スカウトたちは地面に伏せた。奇襲を受け、ハリーがどこかから投げられた手榴弾にやられたのだと思ったのだ。チーフスカウトが真相を知ったのはしばらくあとのことだった。

敵は地獄の装置を巧妙に偽装して残していったのだ。簡単な装置である。手榴弾が一個苔《こけ》に埋められ、弾薬嚢のそばの木の根に結びつけられていた。ふたつは短い紐《ひも》でつながれ、それをひっぱると爆発するようになっている。ハリーがそれをとりあげようとしたとき、装置は作動したのだ。

「畜生！」ランダルがうなった。「ブタ野郎！」

ハリーの手首は腱《けん》だけでぶらさがり、ハムストンとランダルは思わず目をそむけた。

「注意しろ」アランがどなった。「四方を警戒するんだ……」

ハッチンスンはすばやくハリーの腕を革紐で緊縛《きんばく》した。

「ヨードと包帯が背負い子にある」彼はチーフスカウトに叫んだ。「いちばん下だ！」

アランは赤十字のついた包みをひっぱり出し、ハリーのそばにひざまずいた。

ハリーは大きな目で彼を見つめた。意識ははっきりしている。

「モルヒネがない……ハリー、痛むぞ！」

「やって、ボス……早く！」

アランの顔は蒼白だったが、気をとりなおした。処置のできる人間はほかにいない。

「まず顔だ。アラン……おさえている」

あごから目の下までざっくり割れ、上あごと頬骨が露出していた。

「ハリー……がまんしろ！」

インディアンは空をにらんだ。

つくろい用の針と糸でアランは裂けた皮膚を縫《ぬ》いあわせてやった。

インディアンは苦痛のあまり失神した。

「よし……バート、手を貸せ」

指と針でできるだけ多くの破片をハリーの右腰からほじり出す。

「この治療に耐えられたら、まさに奇蹟だ」

ハッチンスンはそれほど心配してなかった。

「もっとひどい目に遭って生きのびてる人間だっているんだ」

消毒にはヨードのチューブしかない。アランはその中味を全部傷口に塗ってやった。

それから、火をおこし、ナイフを赤熱させる。

「バート、今度は手だ。正気にもどらなければいいが！」

腱を切り、傷口を包帯で包む。ヨードをしぼり出し、チューブを捨てた。

「あと綿モスの包帯ふたつしかない」

ますます敵との間に距離をおかなくては、とバートが言った。

ナイフの血をぬぐうアランの手はふるえていた。やっとのことで鞘《さや》にもどす。

「敗血症にならなきゃいいが……ヨードは内部にまで効かない」

この点バートは気楽だった。

「たいていのインディアンは免疫があるぜ」

チーフスカウトはランダルとハムストンを呼んだ。ハリーの手当て中にも敵が襲ってこないところを見ると、この近所にはいないにちがいない。

二人は動かずに横たわっているハリーを見おろした。

「……死んだか？」

アランは唇をかみしめ、何も言わなかった。ハッチンスンがかわりに答える。

「死んじゃいない。もちこたえるだろう。だがわれわれは、ここを動けなくなった。やつら、笑ってるだろうよ。この計略で目的をとげたんだからな」

「そうはさせない！」アラン・マックルイアはいきなりこみあげてきた怒りに燃えた。「償《つぐな》いはさせる。畜生、ヒダカ、踏みつぶしてくれる！　地の果てまで追って、地獄にたたきこんでやるぞ！」

32

九人の日本兵はブルックス山脈を横切り、西へ向かった。苦しい幾日かで雪の深い峠を越え、危険な氷河を渡って。最後にスカウトたちと出会い罠を仕掛けた山峡ははるか後方だった。

あたりの様子は変わっていた。山は低くなり、森はまばらになった。それより北へ進むのはひかえる。そこではすでに樹のないツンドラがはじまり、冬は酷寒と猛吹雪の世界である。ブリザードから人を守ってくれるものはない。ブリザードはすべてをなぎ倒し、人間の生存を許さないのだ。トナカイの大群は短い夏の間ツンドラを徘徊《はいかい》して苔《こけ》、地衣《ちい》、柳を食べていたが、とうにそこを去り森林地帯に保護を求めていた。冬眠か雪中に隠れる能力を自然からあたえられたものだけが、この氷原にいた。

日高大尉がコースを西に選んだのは、高山を間にはさんでアッツとの連絡に支障を起こさせないためである。それにこの方向を直線コースで三百マイル進めば、イギルチク島のある西海岸に出る。そこでは謎の人物ボリス・ニジンスキーが日本部隊を待っているのだ。日高は夜のたき火の薪《たきぎ》と新鮮な肉を入手するため部下とともに森にとどまった。雪ウサギが罠にかかり、オオシカも一夜のうち数匹も落とし穴に落ちた。刀自本は二発で若いクマを仕留めた。肉は食いつくさず、一部を用心のために持っていった。

貴重な弾薬を節約するため、日高は投げ槍《やり》をつくらせた。穂はポケットナイフ。その使い方を覚えたのはノボルがいちばん早かった。信夫はトウヒの糸のような根から罠を編むことができた。しだいに流れのほとりに集まるようになった雷鳥をとらえられるほど丈夫である。自然死をとげた鮭のかわりに鱒《ます》などで満足しなくてはならない。が、それは群生していないので、漁には時間がかかるようになった。

イチゴ類はしなびて固くなったが、まだ食べられる。ハックルベリーとクロウベリーはどこにでもある。そのほかにも刀自本少尉は食用になる地衣をいくつか発見した。それと樹皮と根で肉を補ったのである。

昼間でも気温が零度を越えないようになった。昨夜は初雪が少し降った。あたりは白く明るくなった。池や沼はすっかり凍り、楽に渡れる。急流だけがまだ凍結に反抗している。耐寒用に日本兵たちはウサギの皮を縫《ぬ》いあわせたものを上衣の下に着た。日高はあらかじめカモの羽毛を集めておき、それを靴下の底に敷かせた。若いクマのをはじめ毛皮はみんな持っていった。毛を下にして地面に敷くと、天幕および寝袋のグランドシートがわりになる。

四日めに日高はアッツとの連絡を再開した。天気は回復し、北には青空がつづいていた。だが報告に反し、返事はがっかりさせるものだった。山田提督に航空用ガソリンがなくなってしまったのだ。この前の輸送船団が大損害をこうむったのである。快足の封鎖突破船が来るはずだが、さしあたり〈敦賀〉の出発は不可能。ここ数日、日高は位置を敵に知らせないため沈黙を守れ、ということだった。

日本軍の計画にとってはありがたくないことだったが、おかげで日高は通信を気にせずに長距離を進むことができた。はるか西で地平線を区切っている山脈に向かい、小休止のみで行軍をつづける。そこに森があり、動物のいる谷を見つけ、冬営地とするつもりだった。だが二日後その無名山脈のふもとについてみると、それは高くそびえる岩肌の連続であった。谷も亀裂もない。裸の岩ばかりでは隠れ家にならない。

もう時期も迫っていた。ツンドラから吹雪《ふぶき》が吹きよせたら、もろにさらされてしまう。十月になったばかりというのに、気温はぐんと下がり、いつメートル余の雪にとじこめられないとも限らなかった。スキーや橇《そり》なしではもう遠出もできないだろう。

この事態に直面した日高は、にそって南進し、彼自身と残りの兵はそのまま北上する。二人ともどこかで山を越えられる谷があるはずと確信していた。自然の法則は水の流出路を要求する。それにアラスカだ。雪どけ水がどこかで谷や峡をうがっているにちがいない。そうした場所が少なければ少ないほど、冬の間そこに動物が集中するものなのだ。

日高は探索期間を三日と決めた。そのあとで両班とも出発点にもどる。

「それでも何も発見できなかったら、急いでブルックス山脈に引き返す。だがどこかに口があるはずだ。谷のない山脈はない！」

無線機と大半の食糧を隠して出発する。大尉と綱島曹長、稲木、ノボル。刀自本少尉には倉上、須田両曹長、論知軍曹、信夫をつけた。少し行くと互いの姿は見えなくなった。

日高は急がせた。できるだけ距離をかせぐつもりだった。山脈を左手に見て、ほとんど平地を進む。森はまばらになり、樹と樹の間はどんどん広くなった。樺《かば》がほとんど、アカミとハコヤナギが少々まじっている。強い北風のおかげで成長できない。流れの切れめでだけ、ふつうの形をしていた。ニワトコ、ヒメカンバはまだましである。弾力があるので雪の重みで地面まで曲がってもかまわない。スゲ、トゲイチゴ、ヒース、ワタスゲなどが貧弱な樹林相を補っている。まもなく森林の限界。ここからツンドラ地帯である。北風が丘のふもとに雪の吹きだまりをつくっていた。

大尉は小高い場所に登り、双眼鏡で山脈の切れめを探した。ない。この山並みの水は全部反対側に流れると解釈するほかない。

「大尉殿……橇の跡が！」

綱島曹長であった。固い凍土に二条の溝がかすかに見える。

「この前の雨のあとだ」日高が言った。「寒気の来る直前だな」

「八日から十日前でしょう」と綱島。「そのすぐあとで土面は凍りましたから」

四人はその跡を追う。窪地《くぼち》には人間と犬の跡もあった。

「白人じゃない」日高は確認《いた》した。「毛皮靴だ……底が固くない。橇に金具もなし。滑り木も粗《あら》いやつだ……かなり傷んでるらしい」

だがおかしいのは、雪が積もらないうちに橇をひいていることだ。稲木はしゃがみ、指で溝をなぜた。

「橇ではありません。大尉殿……棒をひきずっていっただけです。荷物を二本の棒にのせて……」

大尉もしゃがみ、そのことを確認した。

「なるほど、溝の間隔が不定だな」

どういう人間がひいていったのか、想像は困難であった。この方式は自分の肩を利用することについで古い輸送手段なのである。今日こんな方法を用いる人間がいるとは、日高の記憶にもなかった。

謎である。ここから海岸までは何週間もかかり、エスキモーはこんな奥地まで来ない。インディアンにしてもツンドラの端まで狩り場をひろげない。

「昔、アメリカ人の地図を見たことがある」と日高は話した。「先住民保護局の特別地図だ。インディアンやエスキモーの狩猟区が載っているやつだな。だがシュワトカ山脈と北極海の間、ブルックス山脈からベーリング海峡にかけて、人間のいるしるしは何もなかった……」

綱島が足跡を指し示す。

「でも大尉殿、人間であります。犬を連れ荷物を持った……」

大尉は目をとじ手を額にあて、何かを思い出そうと努めた。今度の作戦のため、どこかの書物か報告書で読んだことがある。ふしぎな人間についての先住民のうわさ、伝説だった。

未踏のアラスカ奥地に住む先住民の名残の伝説……。

「わからん」彼は白状した。「著者もはっきりしていないということだけだ。他人の話の受け売りだったな……西海岸のエスキモーからのまた聞きと思うが」

アラスカのこの部分からそこへ大河が流れている。川は荒野の道で、うわさもそれを伝わって海にたどりつく。

少ししてノボルが第二の、日高が第三の跡を発見した。ついには半ダースあまりの二本筋が見つかった。すべて北に向かっている。何家族かが移動したのだ。全財産をかかえた孤独の遊牧民。男だけの狩猟遠征ではない。女子供の小さな足跡も見つかった。

「もうツンドラ地帯を離れただろう」日高が言う。「だが跡は不毛の地につながってるな」

「しかし山ぞいであります、大尉殿。おそらく山の切れ目を知っているのでしょう。その裏の森林も。つけましょう」

「もちろん。だが明日の正午までだ」

翌日の帰還が遅れてはまずいのだ。

暗くなると川床にキャンプしたが、火は隠した。この世界にふたたび人間があらわれたのである。夜、雪が降り、風がなかったので例の跡はすっかりおおわれ、ノボルでさえついていくのに苦労した。

「あそこの丘までだ」日高が前方を指さす。「それでだめだったらあきらめる。山は越えられない」

丘は思ったよりも遠かった。このあたりでは視界の調節に苦労した。ツンドラ地帯では大きさをくらべられるものがない。おぼろの太陽が中天に達したとき、やっとそこについた。

日高が双眼鏡で山脈の岩肌を追う。だめだ。同じ調子で北につづいている。

「あそこ、見える」ノボルが叫んだ。「あそこ、天幕」

大尉は振りむいた。

小さな黒点にしか見えない。雪がなかったらわからなかったろう。天幕ひとつだけだった。その周囲にものの動きもない。だがそれが何か、つきとめなくてはならない。

またもや距離に誤算があり、現場まで一時間あまりもかかった。天幕から出る姿はない。人気《ひとけ》がいっさいないのだ。天幕は古びたトナカイの皮で縫《ぬ》いあわされたものらしく、樺の幹が支柱になっていた。

そのかたわらにたき火の跡があった。焦《こ》げた骨、折れた枝とともに。

「少なくとも二十人はいたな」と綱島、「天幕はもっとあった」

規則的に丸を描いておかれた石を指さす。風で天幕がとばされぬためにおいたものだ。

ノボルはひとつだけ残された天幕をのぞきこもうとしたが、日高が注意した。人間がいるかもしれない。恐怖のあまり武器をとることも考えられる。

彼は英語で、われわれは友だちだ、恐れることはないと呼びかけた。答えはない。近寄り、支柱を揺すってみる。と、すそから一頭の小さな犬が這《は》い出て、あわれっぽく泣いた。綱島が持ちあげてみると、餓死寸前であることがわかった。

「犬のために天幕を残しておいたはずがないな」稲木が言った。「そのうちもどるつもりらしい」

日高は毛皮をあけてのぞきこんだが、すぐにまたとざした。

「だれかいる……死んでるか、眠ってるかだ」

屋根の一部をみんなで引きおろして、よく中が見えるようにした。毛皮のかげから人間の靴が見えた。日高がそれをひっぱったが、毛皮にくるまれた姿は動かない。

「死んでます、大尉殿、凍死……」稲木がいう。

「いや、関節はまだ動くぞ」

日高が這ってはいり、毛皮の山から人間を掘りだしはじめた。体も毛皮でぐるぐる巻きにされ、腕は不細工な大きい手袋にくるまり、顔のごく一部しか見えない。シロオオカミの毛でつくった頭巾《ずきん》にほとんどが隠れている。

「十四か五の少年ですな」綱島が推測した。「大尉殿、生きてますか？」

日高はコンパスのガラスをぬぐい、それを少年の唇のそばへ持っていった。結果が出るまでなんどか繰り返さなくてはならなかった。

「曇った……呼吸してる」

日高は毛皮をもとへもどし、若者はまたその底にうずまった。

「伝染病かもしれません」綱島が警告した。「放っておきましょう」

オロチョン族の青年はあたりをさぐり、外の骨の残りを調べた。

「病気、ない、日高さん……腹へったんだ！」

見つかった骨はすべて割られ、煮られていた。人間の噛《か》んだ柳の枝もあった。彼らはここ数日、獣跡に会わなかったことを思い出した。ここの人びとは手持ちのものだけで暮らしていたのだ。

「そうだな」日高はそれを信じた。「野獣はすべてツンドラを去った。この連中は機会を失したのだ……」

それでもすべての説明にはならない。まず日高がふしぎに思ったのは、なぜ飢えた人たちが森にもどらず北に向かったかだ。森にはいくらでも野獣がいるのに。それでも彼らが北をめざしたのは、そこで獣の多い谷へ通じる道を知っていたからにちがいない。

幾多の報告から彼は、飢えが迫ると老人や体力のないものを捨てていく先住民の習性のことを知っていた。進むグループの重荷になるものがあってはいけないのだ。この天幕は、死にゆく若者が生きているうちにオオカミの餌食《えじき》にならない配慮であろう。

「死なせておきましょう、大尉殿」曹長が進言した。「そうすればわれわれのことをしゃべるはずもない」

彼らはできるだけすみやかにもどらなくてはならない。広漠たるツンドラはさらに荒涼の相を帯びた。ここを家とする人間でさえ餓死をまぬがれないのだ。

「稲木、火をおこせ」大尉が命じた。「魚のスープをつくろう」

次の食事を夕方まで待たなくてはならなくなったが、あえて反対する者はいなかった。

鍋はなかったので、食器に水を満たし、火にかける。ちゃんとした薪《たきぎ》がなく煮えるのに時間がかかった。

綱島はまだ犬を抱いていた。その泣き声にがまんできず、魚肉のかけらをいくつか口におしこんでやった。犬はそれをのみくだすのにも苦労していた。

「もっとやると、犬を食わなくちゃならなくなりますよ」稲木が注意した。

日高には気にくわない冗談だった。

「充分ある。森にもどるまで間に合う」

ゆっくりと彼は自分の分の魚肉を噛んだが、スープはそのままにしておいた。部下の話をよそに、それを持って天幕の中へはいこむ。飢えた少年の頭をもたげ、一滴一滴と唇の間にたらしこんでやる。やがて体の動きが感じられた。飲みこみはじめたのだ。

「稲木、天幕の支柱をはずせ」日高は外に命じた。「ひきずる運搬員がいる。つくり方はノボルが知っているぞ」

その必要はないでしょう、と綱島が言った。見つけた毛皮はたたんで担《かつ》いでいけばいい……。

「この人間も運ぶのだ……急げよ!」

33

日高は知らなかったが、アメリカ部隊の重傷者は殺した以上に有利な結果を招いた。スカウトたちはそのため追跡を当分あきらめなくてはならなくなったのである。

ハリーは運べなかった。動かすとひどく痛がり、腰の傷口がひらいてしまう。ハリーのそばにいてやるほかはない。アランは、自分がハムストンとランダルといっしょに敵を追う間、ハッチンスンだけが付き添っていてはどうかと提案したが、簡単に断わられた。怪我人《けがにん》の様子がよくなりしだい、後送しなくてはならない。雪と寒気を計算に入れるとみんなでやるほかにないのだ。二人が担架をにない、二人が先行して食糧を集め小屋を建て火をたく。怪我人のことがすべてに先行するのである。

日本兵を野放しにしたらアラスカにどんな害がおよぶか、そのようなことはアランの仲間たちの関心の外にあったのだ。

ハリーとはいちばん親しかったにもかかわらず、そのことを考えつづけていたのはアラン一人だった。だがこれは彼一人で耐えなくてはならない。スカウトの世界は身近のことに限られている。それで非難するわけにはいかない。この友情こそがアラスカ・スカウトを団結させ、あらゆる辛苦に耐えさせるものだからだ。

ハリーの顔の傷は縫《ぬ》い方がまずくて、糸を抜いてからも化膿《かのう》した。腰の傷はいいようだが、動かせば悪化する。手首を切断したところは心配なく、新しい皮膚ができはじめ、炎症もない。

事故のあった日のうちにしっかりした小屋を建て、石で壁を築いた。火をたやさず、包帯を洗う湯がいつもたぎっている。食糧は心配ない。ウサギと雷鳥はいくらでもいたし、イチゴや地衣《ちい》もあった。それにランダルが山羊《やぎ》を一頭仕留め、そのやわらかい肉はインディアンのためになった。

三日めに峠は越えた。ハリーの顔の腫《は》れは急にひき、化膿もとまった。

「見ろ」ハッチンスンが自慢した。「インディアンは猛獣みたいなもんだ。おれたちより十倍は早くなおる」

ハリーを無理におとなしくさせておかなくてはならなかった。痛みをこらえて起きあがり、ふつうの生活にもどろうとするのである。彼としては赤ん坊みたいに世話をされるのはいやだった。猟師にとっては恥である。そのうちやっと火の番をしていいと許された。残った手で彼は薪《まき》を割り、柳の枝をくべる。食物は小さく切って自分で口におしこんだ。

次の朝は雪になった。動物の足跡ははっきり見え、むだなく罠をかけることができた。食べきれないほどのウサギがとれる。その毛皮が必要なのだ。時間はたっぷりある。丹念に肉をはいで、ぴんと張ってから乾かし、截断《さいだん》し、わずかの糸で縫いあわせる。それをシャツの下に着こめば、どんな寒さもこわくない。

長年ハリーとつきあってきたアランでさえ、その傷のなおる速さに驚いた。生まれながらの強靭《きょうじん》さに加えて、仲間に迷惑をかけまいという鉄の意志があった。あるとき川の漁からもどってきたスカウトたちは、ハリーを見てびっくりした。背をかがめ、自分で薪を集めようとよたよた歩いているではないか。

「ばかめ！」アランがどなった。「腰の傷がひらいたら、みんなあと何週も、ここに釘づけになるんだぞ！」

力ずくでハリーを寝かせた。

「三……四……五日で……おれ……歩けるよ」ハリーはまわらぬ舌で言った。

「尻をけとばすぞ！」ハッチンスンが決めつけた。「おれたちの許しなしにまた起きあがったら、四人で一発ずつくらわすからな」

ハリーは笑おうとしたが、口をゆがめることができただけだった。

「しゃべるのはやめとけ」チーフスカウトが警告する。「一生口が曲がっちまう」

インディアンはおとなしくうなずいた。

「よし」とランダル。「もうハリーの後送を考えられるな」

大丈夫だろうとハッチンスンも同意した。

四人は担架をつくりにかかった。棒を革紐《かわひも》で結びあわせ、しなやかな小枝と乾いた苔《こけ》を敷く。ハリーを毛皮にしっかりくるんでしばりつけておけば、凍《こご》えることも落ちることもない。

小天幕とひとつだけ残った寝袋はその他の日用品といっしょにハッチンスンの背負い子に固定した。天気が変わらなければ翌朝出発するという予定を立てた。

「一週間でいいな」ランダルが言った。「雪がこの程度なら」

「ジャップの野郎、チャンスをのがしたぜ」これはハムストン、「ここでおれたちをかたづけられたのに」

彼らには気象報告の義務がある、というのがアランの意見だった。日高にとって、ほかで害をなすことのほうがずっと大事なのだ……

「おれたちにはどうしようもないな、アラン、これからは将軍にやってもらおうや」

「そう簡単にはいかん、一日ごとに毒針の隠れた干草の山は大きくなるぞ」

仲間たちは答えを知らなかった。

「放棄を強いられたということだけで大失敗なのだ。やつらの冬営地まで追えたのに」

「しかたないさ」バートがなぐさめた。「天命だ」

アランはしばらく火をつついていた。

「このままにはさせておかん。おれはヒダカを追いつめる……」

頭をあげ、いぶかる顔を見つめた。

「湖まではいっしょに行くが、そのあとでまたはじめるぞ」

「本気か？」

「あたりまえさ、ディック、ほかに道はない……死ぬまで、やつらを追う」

「よし、アラン」ランダルが言った。「それなら、おれもいく」

「ありがたいがね、ピート。だがクリフトン湖までとっとけよ、その言葉は。あそこからアンカレッジまではほんのひとっとびだ……」

「アンカレッジなど糞くらえ！」

「おれもだぜ」ハムストンがハリーごしにのりだした。

「おれもお供するよ」

バート・ハッチンスンの番だった。

「よしきた。しからば変人の仲間入りをしてやろう。おれを待ってるやつはいないしな」

アランは慎重だった。

「いや、感情的になって結論を急ぐなよ。クリフトンの基地でまた話そう」

インディアンは半身起きあがって聴いていた。

「アラン、おれのためなら一人でいいよ……二、三日で歩けるようになる」

「黙れ、ハリー……どうすればいいか、われわれがわかってる！」

だがハリーはひかなかった。

「もうおれのために、二週間むだにした……ジャップがその間になにをしてるか……」

それはしようがない、とディックが言った。まず病院へ行くことが最重要だ……。

翌朝、空は曇り、小屋の周囲を雪が舞っていた。出発は無理だ。視界がきかなくては山脈を越す道を見つけられない。

「しかし、今日を利用して食糧を集めとこう」アランが提案した。ウサギと雷鳥はもういい。新鮮なステーキがほしい。一人はハリーに付き添っていなくてはならない。それはハッチンスン。残り三人が狩りの用意をととのえて出発した。

谷にはいり次の丘を越え、まだ完全に凍っていない小川にそって下った。やがて黒松の密林。雪はほとんど積もってなく、歩きやすかった。

昼近くオオシカの通り道にぶつかる。新しい糞があった。すぐに先頭のランダルが大きな獣の走り去る音を聞いた。風上に迂回して藪《やぶ》をくぐり、散開して窪地《くぼち》に迫る。そこの藪にオオシカが隠れているにちがいない。

ディックが枝の間に角《つの》を見つけ、口笛を吹く。オオシカは頭をあげたところを撃たれた。

「これほどの肉なら弾丸も惜しくないね」近寄るアランに言う。「基地には弾丸もたっぷりある」

オオシカの肉をとるのは大変な仕事だった。腿《もも》肉と背肉だけしか持っていけず、残りはおいていくほかなかった。重い荷を負ってキャンプにもどったときは、うす暗くなっていた。

「おい……バート！」ディックが遠くからどなる。「手を貸せ！」

答えはない。

「眠ってやがるな、こっちが働いてるのに」ランダルが文句をつけた。

アランが歩度をはやめる。

「何かあったぞ……火が燃えてない！」

だれも迎えにこない。ハリーとバートの姿が見えないのだ。

彼らはしばらく空《から》っぽのキャンプをながめていた。

「日本兵か……？」しばらくしてハムストンがたずねた。

だがチーフスカウトは裏の壁に白い紙片がとめてあるのを見つけた。マッチをすらなくては読めなかった。ハッチンスンの書きおきだった。なんのことかわからない。

〝ハリーがどうしても行きたがり……とめられない……幸運を祈る！〟

それだけである。

「気がふれたかな……？」ランダルがあきれる。

バートの行動はそうみなすより考えようがない。怪我人をとめておくのは造作もないはずだった。いまのハリーなら振りきって逃げることなどできない。

「バートのやつ、説き伏せられたな」ハムストンが推測する。「われわれがジャップを追えるように」

アランはかぶりを振った。

「ハリーがそうするならわかる。だがバートは……いつも協同行動に賛成してたのに」

ピートが火をおこし、あたりを調べた。

「おい、アラン、背負い子がない！」

これもわからない。一同にとってその荷物がどれほど大事か、バートは知ってたはずだ。

こうなると装備といえば今朝《けさ》持って出たものしかない。それに斧一挺と食器、縫《ぬ》い道具。

「いや、まだある」アランだ。「完全な健康、意志、この恵まれた土地で生きる能力が。インディアンが一万年前からやっていたことだ、おれたちにもできる！」

ハムストンが無理に微笑した。

「それだけだな」

ハリーとバートに追いつけないか、とランダルが気にした。

「だめだな」アランはすぐ答えた。「ずっと雪だ。足跡はとっくに消えてる。いったいどの方角へ行ったのか」

ほかの二人も同じことを考えていた。ついにディックがそれを口に出す。いったい重傷のハリーはクリフトン湖までたどりつけるのだろうか。ハッチンスンが背負っていけるはずがない。

「長い道のりだ。危ないな」とピート。

チーフスカウトはすでに決意を固めていた。

「そのためにもハリーの犠牲をむだにできない……おれは予定どおりやる！」

「こりゃ前代未聞の大暴挙だ」ハムストンはののしった。

「よし、明朝出発！」

「だがおれは西へ行くんだぞ」

「知れたことよ、アラン。おれたちもさ」

翌朝三人のスカウトはキャンプを去った。日は照っていたが、ぐんと寒くなり、足の下で雪がきゅっと鳴った。どの枝も茎も水晶のように輝き、石という石は光る帽子をかぶっていた。完全な静寂が垂れこめ、足音も雪の中に消えた。

毛糸の手袋にウサギ皮のミトンをかさね、毛皮帽をすっぽりかぶり目と鼻しか見えない。わずかの荷物のほか、きのうの肉の残りを持っていった。氷の塊になっていて重かった。はじめ雪は靴の少し上までだったが、やがて一メートルを超すと、輪かんじき、さらには短くて幅の広いスキーをこしらえなくてはならなかった。これを使うと足をひろげて進まなくてはいけないので、楽になったとはいえない。好天をできるだけ利用するほかないので、三人はほとんど休まなかった。

あまりしゃべらない。しゃべるべき理由もない。三人はすべてを同じ目で見、同じ決意をいだいていた。目的なら昨夜のうちに話してある。

日本兵が西に行ったことは確かだ。あまり北に行くはずがない。そうするとアッツとの無線連絡ができぬままツンドラにはいってしまう。彼らには南側に電波をさえぎるもののない高地が必要なのだ。狩りをするため森を離れるわけにもいかない。ヒダカは安全を確認したら、きっと冬営の適地を探すだろう。運がよければまた足跡を発見するか、彼らのたき火の煙を見つけられるかもしれない。

先頭のアランは最も楽な道を選んだ。ヒダカもそうしたにちがいない。険阻《けんそ》な岩壁は背後になり、土地はまた低くなっていく。ブルックスの氷河の輝きを右手に、軽い起伏を越えて、長い谷にひろがった森をめざした。

最後の丘でチーフスカウトは立ちどまり、荷をおろした。

「まだ早すぎるが、ちょっと偵察だ」

双眼鏡のレンズから雪を払い、目にあてた。

「昼間は火をたくまいな」とランダル。

「歩いている限りはな。だが、腰を据えたら、たかないわけにいかない」

寒気に締まっている土地を三人はながめた。

「こういう日なら数日行程先の煙も見える。空気が動かず寒いから煙は凝集し、白い糸となってまっすぐに立ちのぼる……」

ランダルとハムストンもそれは知っていたが、知識を新たにするのはいいことだった。

「だめだ、アラン……またにしよう」

三人は手伝いあうとオオシカの冷凍肉を負い、ふたたび出発した。

34

生気のない人間をのせた原始的な橇《そり》を交替でひいた四人の日本兵は、そう速く進めない。約束より七時間おくれて集合地点に着いたときは、もう暗くなっていた。火がたいてあって方角を教えてくれた。

そこには倉上曹長と信夫しかいなかったが、吉報が待っていた。南へまわった刀自本班は最初の日に岩壁に山峡を発見したのである。そこから急流が流れ出していた。そのへりはもう凍っていたので奥へはいることができた。少し行けば山峡はひろがるものと少尉は確信した。

「劇場の幕があがるみたいでした」倉上は興奮していた。「急に岩壁がひらけ、広い谷が見えたのです。大尉殿、町ひとつあそこにつくれますよ……」

「薪《たきぎ》はあるか？ 獣は？」

曹長はいっぺんに報告したかったのだが、発見したものが多すぎた。

「トナカイがいくらでもいます。いたるところ雪に足跡がついておりました……餌はたっぷりであります。中央部の平地には膝ほどまで草が生え、その周辺から斜面の半ばにかけてすばらしい森になっております。樅《もみ》とアメリカツガだけで、最高の薪になります。オオシカ、オオカミ、クマもいます。少尉殿は食用植物を大量に発見なさいました……」

そこから尾根へ登るのはむずかしいか、と大尉はたずねた。

「それが楽なのであります。一時間もかからんでしょう。大尉殿、幸運でありました！」

日高班の面々も顔を輝かせた。

「あたたかくすごせる……ブロック小屋を建てられるな！」

倉上が反論した。

「それどころじゃない。もっと立派なやつです。大きな洞穴がある……あの岩壁にはそんなのが多くて。チーズみたいに穴だらけです……海綿のようでした」

刀自本はそのなかのいちばんいいのを宿に選んでおいたのだ。

「洞穴というとたいてい湿ってるぞ」日高が注意する。

「それに煙がこもる……」

「大丈夫であります。大尉殿」

そこは完全に乾燥しているそうだ。少尉はその点、慎重に調査した。また裏に切れ目があって理想的な煙突になっている……。

「天井が高く、両側に控えの間がついております。数十世帯も楽に暮らせます」

「なるほど理想的のようだ。倉上、ご苦労だった」

少尉は須田、論知とそこに残り、薪を集め洞穴を整備しているという。

「寝台用の樅の小枝を集めております。大尉殿、信夫はトナカイの罠を製作中です」

だがその谷までは遠い。意識のない人間をひきずっていくのは大変だ。部下たちがそれに不満なのに大尉は気づいていた。隊長がどうするつもりなのかわからないのだ。日高が説明しなかったのは、反対だと感じていたからである。説明はわざとらしく響くだろうし、日高の規律精神にももとる。刀自本と会うまではこのままでいい。

「燃えるものをすべて集めろ」と彼は命じた。「あすまでここにいる」

風がまったくなかったので、天幕を張らずにすんだ。張っても狭すぎただろう。大尉は毛皮と寝袋をひろげさせ、火を中心に扇形に寝た。枕もとに枝を編んで立てかけて。

日高は少年を火のそばに運んでやる。毛皮の山の中にすっぽりと埋もり、かろうじて口と鼻が出ているだけ。

「もったいないことをするものですな」しばらくながめていた倉上が言った。「じき死ぬだろうに」

「もどってくるかもしれん。毛皮をとりに。失くなっていたら驚くだろう」

「でもわれわれの足跡を見つけて、ここに来るでしょう」

日高は笑いとばした。

「ばかをいうな。それまでには雪が何メートルにもなっている……」

彼は少年に肉汁をスプーンで飲ませようとしたが、大半がこぼれてしまった。また口をおさえ一滴ずつたらしてやる。そのかわり嚥下《えんげ》運動はすぐ起こった。しかし目はとじたまま、まぶたが少し動くだけ。

「犬ころは遠慮しませんな、大尉殿」

稲木は犬に自分の食器から食べさせ、食器はみるみる空《から》になっていった。

「実に早いな、動物の回復は」日高も驚いた。「少年もなおる。洞穴なら大丈夫だ」

四人の部下はうなずいたが、黙っていた。火のそばに寄る。これまでいちばん寒い夜だった。ツンドラの灌木《かんぼく》はすぐ燃えきって、あたたかくならない。

「気温は？」

綱島が温度計を調べた。

「零下二十一度であります」

「四十度になれば外に寝るのは無理だな」

一人が常に火の番をし、もう一人が薪を集める。眠ることは考えられなかった。

「信夫、ノボルといっしょに小川までもどれ。曲がった樅が何本かあったな。大枝を落として持ってこい」

二人はすぐに出かけた。星が明るく、月ものぼってきた。残った兵は灌木を火にくべる。寒気は時とともに厳しく、遠くではオオカミが月に向かって遠吠えをしていた。

うとうとしていた日高は、あわただしい足音ではっととびおきた。

「なんだ！」

一同も銃をつかみ、火影の外へころがる。

あえぎながら走ってきたのは信夫であった。

「オオカミ……大尉殿、腹をすかして吠えて……」

大尉は信夫の腕をつかんだ。

「ノボルは？」

「樅の……ところであります」

信夫はへなへなと火のそばに腰をおろし、全身でふるえていた。日高はその肩を揺さぶった。

「なんだ……戦友を見捨てたのか？」

返事はなかった。

「銃はどこだ……言え！」

信夫の顔は恐怖にひきつっていた。

「知りません……おいて、きました……」

大尉は手をゆるめなかった。

「どうしたのか、信夫……気がふれたのか、おじけづいたのか？」

揺さぶられた信夫の頭部から毛皮の頭巾《ずきん》が落ちた。

「すみません、大尉殿……オオカミの声がすごく……あんなにすごいのは……」

日高は信夫を地面にたたきつけた。

「ふるえる日本軍人など、見たことはないぞ……お前は動物がこわくてふるえている。山男ではないか……密猟者、クマ猟師のお前ともあろうものが！」

信夫は両手で顔をおおい、すすり泣きをはじめた。兵たちはあっけにとられてながめている。

日高は驚き以上のものを感じとった。はじめて部下の神経がやられたのだ。これが前例となり由々《ゆゆ》しき事態が生ずるかもしれない。オオカミの声なら何度も聞いている。足跡にも遭っている。飢えたオオシカやトナカイがその餌食《えじき》になった跡も見ている。だが気にするものはいなかった。オオカミが人間を襲うのは稀《まれ》だからだ。日高もよくそのことを話したし、信夫だって知っていたにちがいない。それでも彼は逃げだした。銃とノボルをおきざりにして。臆病は別としても、これほどのおろかな行動は考えられない。ふつうなら軍法会議もので、最低の刑は軍籍剝奪である。

だがここはふつうではなく、大尉には何もできない。いちばんいいのは無視することだ。明日はだれもこのことを口にするな。忘れろ。何もなかったようにふるまえ。

日高は話題を変え、冬の猟の計画を話しだした。じきにノボルがもどってきた。木を一本ひきずり、信夫の銃を負って。

「とても重い」と木を指して、「一人だと速く歩けない」

ちらと信夫に視線を向けたが、だれも知らん顔をしていた。

総がかりで幹を割り、火のそばに積む。オオカミの声は近くなった。信夫のあとを追って人間のにおいをかぎつけたにちがいない。だが煙は山火事のことを思いださせ、そのそばには来なかった。信夫の肩だけが遠吠えの起こるたびにぴくりと動き、彼は腕に顔を埋めた。

吠え声はしだいにおさまったが、あまり眠れず、日の出を待たずに出発した。信夫が橇《そり》をひく役を買って出、短い昼飯のあとになってやっと倉上と交替した。大尉はそういうことで差のつかないよう気をくばった。大休止なしに進んだので、夕方前には山峡につく。

「ここからが大変です」倉上が注意する。「橇は無理でしょう。背負っていかなくては」

大尉は棒と毛皮で担架をつくらせ、信夫がすぐ前を受けもった。後ろをひきうけるものが名乗り出るのに数瞬あった。稲木だった。

水面はほんの数ヵ所で顔を出しているだけだが、氷の下の水音は聞こえた。六人はできるだけ岩壁よりを選び、一歩一歩雪のついた石の上を行く。氷を踏み割って落ちたら、とたんに流されてしまう。

流れについて登ると、思わず足がとまった。倉上の言ったとおり、いきなり山がひらき、広い平地が目の前にあらわれる。落日の光でその果てはほとんどわからなかった。

「洞穴は……？」

倉上が示す左手には、灰色の岩壁が樅の梢《こずえ》の上にそびえていた。

「あと三十分であります」

信夫と稲木が担架をふたたび持ちあげ、急いで前進。

刀自本が洞穴の口に立っていた。

「ご主人さまのおいでを待っておりました……びっくりしますよ、遠三さん」

そのとおりだった。雪と氷の半年をすごすのに、これにまさる場所があるはずがない。砂の地面は砂漠のように乾き、奥にはあたたかく火が燃え、その煙はまっすぐ切れ目から逃げていく。奥の壁は暗くてわからなかった。

「石を持ちよりましてね、入口の前に防壁をつくっておきました。クマのお気に入りの場所らしくて。不法侵入といわれたら厄介ですから」

信夫と稲木が担架を運び入れた。

「どこにおきますか？」

日高が隅《すみ》を指さした。

「なんです、遠三さん、この毛皮の山は？」

「中に人間がはいっている」

火のそばに腰をおろす。少尉もそれに倣《なら》い、ブリキ鍋に箸をそえてさしだした。

「どうしたのです？……なぜ？」

日高はことのしだいを話した。

「するとエスキモーですか？」

「似たようなもの、と思うね……よくわからない。だがモンゴル系の極地民族であることは確かだ。目のまわりのしわと鼻の形でわかる」

日高は天幕と運搬用橇の原始的なつくりを説明し、前に読んだうわさのことを話した。

刀自本は担架のほうを見た。動きはない。

「で、気がついたら、どうするおつもりです？」

日高は箸《はし》をおくと、食器を口に運んだ。

「あとになって少年は役に立つと思う。この土地とその可能性を知っている……自分がその一部なのだ。西への案内人となるだろう。狩り、漁、炊事《すいじ》にも使える。みんな彼なりのやり方でな。われわれに毛皮靴を縫《ぬ》い、スキーをつくり、獣道を教えてくれるだろう。春になったらトナカイの渡る道をのがしてはならないのだ。われわれは先住民のように生きるほかない。そのときの助けになる。いまにわかる」

刀自本はたちどころに理解した。ただ意志の疎通に困るだろう。

「そりゃはじめはな。だがじきになんとかなるさ……小さな子供だってそうだよ。時間はたっぷりあるのだから」

少尉にはまだ心配があった。

「遠三さん、しかし危険ではないでしょうか。元気になれば、逃げだして家族を捜しますよ……仲間を。連中にわかれば、うわさはそのうちヤンキーの耳にも届く。むしろ、あそこにおいて、オオカミの餌食《えじき》にしたほうが……」

日高はかぶりを振った。

「いや、義、そんなことはないだろう。家族は彼を捨てたのだ。われわれは……正確に言うとおれだが……彼を確実な死から救ってやったのだ……」

少年がそこまで考え、感謝できるものかどうか、刀自本は怪しんだ。

「われわれはなんといっても異人ですよ……つまり先住民の考え方からすると、敵ということです。ご存じでしょう。彼はわれわれを、見たことのないわれわれの顔をこわがる……」

「いや、義、そんなことはない」

「でもこの土地でわれわれは……」

大尉はからの食器を地面に投げた。

「義、見ろ、おれの顔を。目、口、鼻を。頬骨はどうだ？……髪は？　われわれはモンゴル系だ。インディアンと出は同じなのだ……エスキモーやアリューシャンの先住民とも。顔つきも皮膚も骨格も同じだ。外見はどこも変わらない。この子にだってわかる……一族のものだと感じる！」

「そうですね、遠三さん……そこまでは考えなかった」

「考えなくてはいかんのだ、先住民に出会ったら……本当のアラスカ人に。われわれのほうがヤンキーよりずっと彼らに近い……顔を見ただけでわかる！　少年もわれわれを先住民とみなすほかない。ただ別の言語を持つ別の種族なのだ。ずっと進歩して別の谷に住んでいるのだ。われわれは友として、兄弟として来た……もちろん、彼らを恐怖と貧困から救うために。ヤンキーは外国の征服者だ、もともとのアラスカ住民を搾《しぼ》りあげている……そう話すべきなのだ。われわれはヤンキーの敵で先住民の味方。この国と野獣たちを本来の所有者にもどすために白人と戦っている。だからわれわれは彼らの援助をあてにできる。もっともこちらが正しくふるまう場合だけだが。われわれは恐怖ではなく信頼と友情をひろめなくてはならない。だからこの少年を餓死《がし》させたくないのだ。彼がすべてを知ったら、仲間にわれわれのことを話させるだろう。われわれに救われたこと、親切な世話を受けたことを。義、効果はかならずやあらわれる。彼らはわれわれを案内し、かくまい、ほかの遊牧民のところへ連れていってくれるだろう。先住民とのつきあいには慣れている。ノボルの例でもわかるだろう」

刀自本に反対はできなかった。日高の考えに驚きはしたものの、もっともと思った。

「なるほど。そういう見方をしなければいけないのですな。ここはヤンキーの土地ではない。これはモンゴル系住民のものなのだ」

日高は相手の肩をぽんとたたいた。

「われわれもモンゴル系だ」

彼はアノラックと毛のチョッキを脱いだ。洞穴は暖房付きの家のようにあたたかく、靴もいらなかった。昔、川が運んできた細かい砂はやわらかく、上等のじゅうたんのようだった。兵たちは二人の話を妨げぬよう別に火をたき、最近仕留めたトナカイの腿《もも》肉をあぶっていた。いいにおいがする。そばの鍋では地衣《ちい》、野イチゴ、根のかゆが煮えたぎっている。少尉が発見したものである。

一尺ほどの木棚の奥に樅の小枝を敷きつめたのが寝床だった。巧みに反りを上へ向けてあるので、スプリング入りのマットレスの効果がある。それに毛皮か毛布をのせれば満点だ。

それだけではない。いずれ木片を岩の隙間《すきま》に打ちこんで衣服掛けとし、道具をおく台もつくるつもりだった。これまでなかったものを自製し、失くしたものも新調する。入口を石でふさげば、本物の家のようだ。

倉上が大尉の碗《わん》に野草スープをついだ。

「義、ここなら少年も飢えることはない。世話はおれがひきうける。そうすれば主人がはっきりするというものだ」

刀自本はもっともだと思った。

「目がさめたら、まずおれの顔を見せる。それが大事なのだよ」

日高は意識のない少年のかたわらにすわり、毛皮をはねのけた。ここはあたたかいので、もう要らない。少年の顔に動きがあらわれた。唇がかすかに動き、呼吸のたびに小鼻がふくれる。

その小さな肩をつかんで起こす。オオカミの皮の頭巾《ずきん》が前にずれて口をふさいだ。日高は結び目を探してほどいてやった。

そのとき、輝くばかりの黒髪が彼の手にふりかかった。

日高はいっぱいはいった碗をひっくり返したが、気にもとめなかった。ただ、床にまで届く美しい髪を見つめていた。

彼が抱いていたのは少女なのである。彼の意識は事態の変化をまだとらえていなかった。

少女のまぶたがふるえ、目がひらかれた。

華奢《きやしや》な体にショックが走り、少女は身をふりはなそうとしたが、力がない。

日高はじっと自分を見あげているふたつの黒い目をのぞきこんだ。無限の驚きをこめて瞳孔が大きくひらかれている。

「どうかね……？」言葉がわかるはずもないが、小声でたずねる。

女の唇がひらいたが、何も言えない。

「食べ物はある……」

声は聞こえているようだが、もちろん理解するよしもない。

顔に血の気がもどり、刻々と女性の魅力がもどってきた。日本の美少女も、朝早く起こされれば、こんな顔をするだろう。

「フー・アー・ユー……テル・ミー！」

だが女の視線はそれもわからないことを示している。

日高は自分を指さし、自分の名を言った。ゆっくり「ヒーダーカ」と、三度繰り返す。相手がわかったと確かめ、今度は彼女の顔を指さした。

「お前の名は……フー・アー・ユー？」

彼女の手をとり、胸にのせてやる。彼女はゆっくりとそのやせた指を自分のあごにもっていった。

発音の努力がどれほど大変か日高にはわかった。辛抱づよく待った。

やがて、小さいけれどもはっきりと声が出てきた。

「アラトナ……」

35

日本兵が洞穴に住みついて二週間になる。岩の割れめにさしこまれた松明《たいまつ》がちらちらと空間を照らし、樅《もみ》の薪《たきぎ》のかおりが満ちていた。床からベンチからすべてをオオシカとトナカイの毛深い皮がおおっていた。中央に背の低いテーブルがひとつ。枝をたばねウサギの皮をかぶせたものが椅子だ。いつのまにか木と骨でつくられたいろいろな道具が目についた。すべてきちんとあるべきところに収まっている。入口は大半が壁でふさがれ、ドアの幅だけ残しておいたが、それも岩で風をさえぎってある。

のんびりしている者はいない。仕事がなければ大尉が見つけ出す。罠をつくって仕掛け、毛皮をのばして乾かす。それで服、袋、エスキモー流のオーバーシューズをこしらえる。須田曹長は輪かんじきを、信夫はスプーンをつくり、倉上は通信機をいじりまわしている。この前のときは発電量が少なすぎた。

アラトナはキツネ皮のへりを噛《か》んでいた。やわらかくしておかなくては、骨の針がとおらない。もう彼女はムクルクを二足こしらえた。女性にしかつくれない上等の毛皮靴である。日高がその前にすわり、言葉を教えていた。

「いち……に……さん……」彼は指を一本、二本、三本と増やす。アラトナは口と歯を皮に使っているのでまねするのは楽でないが、日高の望むことならなんでもやった。それもほほえんで。

数と手で示せる品物の名はすぐ覚えた。ものの性質を説明するのはむずかしい。

日高は手のひらを火にかざし、にこりとした。

「あつい……」

もっと手を近づけ、顔をしかめる。

「たいへん、あつい……」

彼女がそれを本当に理解したかどうかはわからなかったが、しだいに日本語に慣れてきたことは確かだった。抽象的なことまでいくにはまだまだ時間がかかるだろうが。

だが日高はこの出だしに満足だった。アラトナは学ぶのに疲れない。彼女の頭によけいな知識はないのだ。この荒野の娘が、これほど早くこの奇妙な集団にとけこもうとは思わなかった。アラトナはいろいろな衣服をつくりつけていたらしい。自分でトナカイの足を切り、皮をはぎ特定の形に截断《さいだん》する。彼女は手まねで、彼らの靴はだめだ、自分がもっといいのを知っていると知らせた。靴がぼろぼろになった綱島が最初にムクルクをもらい、大満足だった。アラトナの毛皮靴だとあまり雪に沈まないし、鋲靴《びょうぐつ》よりずっとよくかんじきに合う。

雷鳥をとらえるのはすっかり彼女にまかせた。雷鳥は雪をかぶった藪《やぶ》かげにしか住まず、めったに地表にあらわれない。アラトナはそれを探し出すのに特別な感覚を持っていた。糸をそこにたらし、枝で雪をたたきながらはいっていく。獲物なしでもどったことは一度もなかった。この種の狩りは彼女の種族では女の仕事らしい。アラトナはすすんでそれをひきうけたから。入口をしめて穴の中が暗くなると、アラトナは森から松明になる木をとってきた。ちょっとまねのできない芸当である。一時間も燃えるほど樹脂にひたせる枝はごく特殊のものであった。

少女は完全に回復し、動きはしなやかになった。九人の男の中の生活も気にならないらしい。日高の読んだところでは、エスキモーは長途の狩りにいつも女を一人連れていき、毛皮、衣服、食事の世話をさせるそうだ。それに男たちは共通の妻を持つ。だがアラトナはそんなことは期待しないらしく、だれにもにこにこしていたが、できるだけ日高のそばにいようと努めた。彼こそは主人であり教師であり、そしてなにより命の恩人なのであった。彼女が彼のものということはあたりまえだったのである。

最初の晩から日高はアラトナのために個室を用意した。壁のくぼみに毛皮のカーテンをし、ほかの部分とは区別してやった。彼女はそこに毛皮を持ちこみベッドをこしらえた。子犬は彼女のそばを離れず彼女の手で眠った。

彼女は犬を〝キンメク〟と呼び、日高はその名前かと思っていたが、やがてそれが〝犬〟の意味だとわかった。日高が犬を抱いてなでてやると彼女はうれしそうだった。

彼がいちばん美しいと思ったのは彼女のほほえむときの目だった。まつげは長く眉はきれいな弧を描いている。銅色の皮膚にばら色の輝きがまじっていた。真っ白な歯並びが強いコントラストをなす。油を塗ったように輝く漆黒の髪は、編まれて背にたれていた。骨太かどうかはわからない。ゆったりした毛皮ズボンと上衣で体の線は見えない。そのほうがいいと日高は心ひそかに思っていた。

「大尉殿、やれそうです」通信手がどなった。

日高は立ちあがった。

「よし、やってみよう……準備しろ！」

信夫がクランクを、綱島が箱を持ち、交替要員は倉上だった。刀自本と日高は銃だけ。アラトナはキツネ皮をおくと、ついてこようとした。

それより雷鳥をとっていてくれと日高はいい、彼女のつくった罠の束を指さした。少女はすぐいうことをきいたが、出ていく男たちのため出口のカーテンをあげた。雪は膝まで積もり、もうそろそろかんじきなしでは歩けない。

森までに一時間近くかかった。と、クマの足跡にぶつかる。

「おや……」最初に発見した綱島が驚いた。「冬眠してると思ったが！」

足跡は新しい。今朝《けさ》のものだ。

「北海道でもたまにありましたぜ」信夫が説明をひきうけた。「十一月までうろうろしてることが。食べ物が多いときは……ここなら肥えたトナカイだが……やつら冬眠をのばすんです」

「もしかするとわれわれがねぐらを取っちまったかな」と倉上、「来たときは糞がいっぱいあった。夏にもあそこに集まるらしい」

日高は自分の足をクマの足跡に入れてみた。

「すごいやつだ。樺太やシベリアのよりでかい！」

クマの生態は信夫が詳しい。なにしろ密猟のヴェテランだったのだ。

「いちばんでかいのが最後に冬眠にはいります、大尉殿。こいつは谷の主《ぬし》ですな。さかりがつくと縄張りにほかのクマは入れない……もちろん雌は歓迎。子供もまあまあ。こいつは三メートルたっぷりありますな」

倉上は驚いた。

「するとすごい敷物になるぞ。肉もたっぷりだ」

「肉は問題だな」刀自本が注意した。「こんな老グマにはよく旋毛虫《せんもうちゆう》がいる。そいつにとりつかれたらひどい死に方をする。ここじゃ薬がまるでないし」

旋毛虫など信夫は聞いたことがない。

「少尉殿、それなら自分はとうに死んでおるはずでありますが……何カ月もクマの肉だけで暮らしました」

「北海道のヒグマにはいないのだろう」

「ああ、よかった」と信夫はクランクをとりあげる。日高は巨大な足跡から目をはなせなかった。

「残念だな、弾薬が少なくて……」

びりびりと裂けた。

「遠三さん、行きましょうよ」

雪深いハンノキの茂みには苦労した。腰まで埋まってしまい、目は雪でふさがり、軍服は

「アラトナに直してもらおう」日高が言う。「われわれより器用だ」

尾根まで一時間以上かかった。日高は平たい岩の雪を払い、通信機をおく。綱島が測定、

倉上が装置を調整した。寒気が激しくこれまでのようにはかどらない。ネジをまわすのにミ

トンを脱がなくてはならないのだ。

「いいか……？」

「はあ、大尉殿……しかしクランクに注意しなくては。ぴっちりはまりません」

ゆっくりまわしたので赤ランプがともるのに十分以上かかった。日高は膝をついて倉上の

ヘッドフォンに片耳をあてる。

「アッツはまだ出ないか？」

「出ました、が、音が低すぎます」

倉上は綱島のノートを見ながらキイをたたきはじめる。確認がもどるのにしばらく手間ど

った。

〈敦賀〉が嵐めがけて飛来したときのようにその顔は緊張した。

「アッツに聞こえてはいるのですが、わからないもようです。こちらの電力が弱すぎて」

もっと早くまわせと大尉は命じたが、やがて回転輪はまたきしみはじめた。

きこりはどうしていいかわからず、通信手は唇を噛《か》んだ。

「アッツ、出ました。静かに」

綱島が紙片を支えてやったが、倉上は手がかじかんでうまく書けない。

信夫がいきなりクランクを持ちあげた。

「だめだ、大尉殿……心棒が折れました！」

「この野郎……アッツはすんだのか？」

「まだ、と思います」

刀自本が解説を手伝う。アッツからの指令はよくわからなかったが、まだ航空用ガソリンが届かないらしい。はたして届くものかどうかこの乱れた文章からは判読できない。日高の現在位置と気象報告もアッツにはわからなかった。だがアッツは、日高隊のその無線機にはもはやたいした期待を寄せていないらしく、返信の終わりに、無線機使用不能のさいはニジンスキーの島へ向かえ、と伝えてきた。

「すると、すべてむだというわけでしたか、遠三さん……」

日高はこぶしで自分の額をなぐった。

「いや、そうじゃない。まだやめんぞ！　修繕する……またやるのだ……皇軍の爆弾が米本土に炸裂《さくれつ》するまで！」

部下がすべてをかたづけるうち、彼はそこに立ちつくしていた。

「倉上、お前、修繕できるな？」

通信手は両手をだらりと下げて隊長の前に立った。

「だれかにできるとすれば、それは自分であります。目では測れない何分の一ミリ……指先で感じるだけですが」

「最善をつくすんだ」大尉は執拗《しつよう》だった。「倉上、たのんだぞ」

最後尾で下りていった日高は斜面の中途でふいに足をとめ、刀自本を呼んだ。

「義……おい、何日もこの神助《しんじょ》を目にしながら、気づかなかったとはな！」

彼はあたりを包みこむかのように両手をひろげた。

「なんのことです？」

刀自本は真剣に心配していた。作戦当初の神経の強さを持ちつづけているものは一人もない。いま体験した幻滅が大尉の脳を乱してしまったのか……。

「見えないのか、義？」

だが少尉にはここ二週間見なれた〝トナカイの谷〟しか目にはいらない。

日高は両手をひろげ、山にかこまれた平地に笑いかけていた。

「ここはな、理想的な飛行場だぞ！」

なるほど、そのとおりだった。どんな大型機でもここなら離着陸できる……多数が同時に！

四方を風と人の目から奇跡的にさえぎられ、夏なら車輪、冬なら橇《そり》を使って大型機が自由に使える。「自然の傑作だ。見ろ、義、滑走路はテーブルクロスのようだ。〈敦賀〉にぴったりだぞ……わが軍の輸送機が燃料を運び、洞穴に隠しておく。それから爆撃機が飛来して給油、南に飛び立つのだ。もはや目標で自爆する必要はない。ここにもどるまで燃料はつづく。神風はもう死ななくてもいいのだ。何度も帰還し、また出撃する。同じ機体と同じ人間が敵の都市をたたきつづけるのだ。どこから飛んでくるのか、敵にはわからない。秘密飛行場は謎のままだ……！」

彼は雪上にすわって腕を組んだ。

「地上で機は迷彩天幕と森かげに隠しておく。偵察機などにわかるものか。風が吹けば車輪の跡も消える。人員、工場などは山にもぐりこめばいい。わが軍の長距離爆撃機にとって理想的な給油所だ。本国からでさえアッツを中継基地にすればここまで飛べる。山田閣下や、東京の首脳部がこれを知ったら、万難を排して燃料をアッツへ送るだろう……必要とあらばドラム缶で投下してもいい。潜水艦でも運べる。すべてはわれわれの無線機にかかっているのだ……倉上の指先に……機械部品の機能に！」

彼は立ちあがり雪をけたてて駆け下りた。二人が部下に追いついたのは森にはいってからである。彼らはクマの足跡のところで待っていた。

「クマがもどってきました、大尉殿、われわれの足跡をかぎまわったようです」

大きな鼻面の跡が雪についていた。

「弾丸をひとつ使わねばならんようだな……これから銃なしで外へ出てはいかん！」

彼はたいてい一人で罠を見まわりにいくアラトナのことを考えた。

「あそこにしるしをつけやがった」信夫が近くの松の幹を指さした。「手前の縄張りだというわけだ」

かきむしられた樹皮がぶらさがった場所までだれの手も届かない。灰色グマは昔からのやり方で、自分の強さを誇示したのである。それは同時にひとつの〝クレーム〟だった。この地域の支配宣言である。鋭い爪で刻印された権利を尊重しないものは覚悟しておけよ……。小柄なクマはこういうものを見せられては、退散するほかない。

「信夫、どうだ？」

「大尉殿、クマは平気であります。仕留めてみせましょう。ただオオカミが吠えやがると……どうも勝手がちがって」

「よし、明日出かけて発見につとめろ。おれも同行するかもしれん」

信夫はありがとうございますと言い、四人が通りすぎるのを待った。後衛のつもりだった。クマが追ってくるかもしれない。

洞穴へ百歩というあたりに来ると、犬が吠えた。いい番犬になっている。

アラトナが走ってきた。目を輝かせ髪をなびかせて。日高しか見ていない。そこに駆け寄ると小さな肉片を彼の手に押しつけた。若いオオシカの舌をゆでたもの。特別のごちそうとされているのだろう。

このようにはっきり特別扱いされることは日高にとって心苦しかった。ことに刀自本に対して。苦笑いするほかない。

するとアラトナは爪先で立ちあがり、自分の鼻を日高の鼻に押しつけた。

日本兵たちは笑った。エスキモー流の接吻なのだ。だが日本流では不謹慎である。自分の感情を第三者の前で外に出すものではない。部下の前で将校にこんなふるまいをするとはもってのほか。

大尉はアラトナを荒々しく突き放し、洞穴へ追いこんだ。アラトナは驚いたが、すぐに従った。犬を連れ、肩を落とし、入口の毛皮の間に消える。

「子供なんだ」日高は弁解した。「まだ子供だ」

「そうじゃないことを証明しましたよ、いま。遠三さん」

日高はアラトナの贈りものをポケットにしまい、何も言わなかった。

洞穴には活気がみなぎっていた。ノボルは倒したばかりのオオシカの仔を持ちこんでいた。アッツとのことについての報告を日高は刀自本にまかせ、自分は壊れた無線機に向かった。倉上が分解して点検することになっている。

「故障はひとつではないかもしれんな。もうひとつ接触のおかしなところがあるようだぞ」

倉上は反対だった。

「いや、蓄電部がおかしいのです」

「論知に手伝わせよう。訓練は受けてるな、論知だが」

「受けております。しかし、指先の感覚はもっておりません。自分一人しかできないのであります」

よろしい、日高はそれ以上言うつもりはなかった。倉上には充分時間をあたえる。ほかの仕事はしなくてかまわない。

日高はアラトナを捜したが、見あたらない。自分の寝室へ駆けこみカーテンをしめてしまった、と須田曹長が言った。

大尉は全員の視線が自分に向けられるのを感じ、何がひそひそと話されているかわかっていた。刀自本が食器と箸《はし》を持ってきた。青っぽい汁に肉片が浮いている。

「アラトナが遠三さん専用につくったものです」

日高は食器をおき箸を突っこむと、腕を組んだ。

「お話ししたいことがあるんですが……」

刀自本が先に口を切った。

「話せ！」

「部下たちは目をみはってます。ここ数日になってアラトナが……つまり……女だと気がついたみたいに」

返事を待つ。それもしばらく。

「……アラトナ自身もそうなのだろう」

「彼女の種族のことは何もわからないのですよ。たとえば……男女関係のことも」

そうだな、と日高は応じた。

「彼女はあなたしか見ていない。それはだれにでもわかります」

「なぜそうなったかも、だれにだってわかる、義！　おれが彼女を救い、教育した……はじめは全員の反対に遭いながらな。彼女、それを知らんとしても、感じとっている。私は彼女の保護者なのだ。彼女は感謝の意をあらわそうとしている。彼女の種族のやり方で」

刀自本の話は具体的になった。

「いや、保護者以上です。彼女の所有者ですよ、遠三さんは」

「おれはだれをも所有したりはせん……」

「いや、実際そうなのです。いつまでも一人の女をこれだけの男から守りきれるものではない。そのためにあなたが彼女を所有しなくてはならない」

日高は床を見つめていた。

「あなたには第一の権利がある。はっきりしてます。だれもそれに手は出せない。遠三さん、それを貫徹しなくてはならない。われわれはみんな女がほしい。こうのんびり暮らしていたのではあたりまえのことです。時がたつにつれ、ますますはっきりしてくるでしょう。現実に女がここにいる。若い、魅力的な女が。みんなが朝から晩まで見ている。あなたが当然の権利として彼女を所有しなければ、ほかのものにまかせるほかないでしょう」

日高はすっと顔をあげた。

「何ということだ。殺しあいがはじまるぞ！」

「そうです。だからこそ、あなたにはそれを防ぐ義務がある。アラトナを自分のものにしなさい！」

大尉は相手をにらみすえた。

「義、そんなことができるか！　部下たちがどう思う？　なんと言う？　敵地で隊長が異人の女に手をつける……何ヵ月も愛人と同棲する……部下の目の前で……爆撃部隊が報告を待っているというのに。え、お前はどう考えるのだ？」

「解決策はそれしかないと考えます。あなたは隊長だ。絶対の命令権がある。それを行使してのみ、いつまでも命令権を維持できる。この場合でも。いや、この場合だからこそ！　全員があなたの決定に従いますよ。もともと女はあなたのもの。だから、あなたがアラトナをめとるか……でなかったら、ほかのものにおやりなさい」

しばらく大尉はじっとしていたが、やがてとび起きると、少女の部屋へつかつかと歩んだ。アラトナを毛皮から抱きあげると、洞穴の中央へ連れだし、たき火の光の中に立った。何か自分の身に重大なことが起こったのを感じたアラトナは、保護者にしがみついた。

「みんな、聞け」日高の声は必要以上に高かった。「この女は、おれだけのものである！　おれはおれのためにこの女をツンドラ地帯から連れてきた。だれも女に触れるな、近寄りすぎるな！　わかったな！」

八人は大きく見ひらいた目を大尉に向けていた。

「承知しました……」いっせいに声があがった。

これでいいのだ。これではっきりしたのだ。大尉殿は自分のものを持ちつづけ、使用する。洞穴で一人だけの女は隊長のもの。その場所は最強者の臥所《ふしど》。昔から自然の法則でそう決まっている。

日高は彼女を部屋にもどした。アラトナはすでに事態を察し、おとなしく彼の前に立った。その視線を見ると日高の緊張はゆるんだ。その幸福にあふれた姿に打たれ、身をかがめると鼻を相手の鼻につけた。かすかな触感が心を異様にくすぐった。

だがいまはすることがある。日高は女を放し、その髪をなでると外へ出た。部下たちはそれぞれの仕事を再開している。

「あれでいいか、義？」

「完全です」

「ここを改装せねばな。奥をカーテンで区切る。そのうちみんな慣れるだろう」

「そのとおり。はっきりしましたからね」

倉上は毛布をひろげ、分解した通信機の部品を並べていた。頭上の岩壁の割れめに松明《たいまつ》がさしこまれ、仕事を照らしている。

「どうだ、倉上？」

「思ったとおりであります。しかし、なんとか……」

犬が吠えようとした。まだ子犬なのでうまくいかない。

「どうしたんだ、急に……」

犬はきゃんきゃんとアラトナの部屋に隠れた。

その瞬間、外からカーテンを分けてはいってきたものがある。巨大なクマだった。

最初にことを把握したノボルが燃える薪《まき》をつかんで投げつけた。人と獣は床にころがった。クマはそれで特定の敵を見きわめ、ノボルに突進する。倉上が手近の斧でクマの横腹に二、三名が銃をとったが、まず装塡《そうてん》しなくてはならない。倉上が手近の斧でクマの横腹に切りつけた。

須田が頭部を狙って発砲する。銃声は戸外の百倍も大きくひびいた。が、効果はない。クマの前足に押さえつけられているノボルに当たるところだった。

「撃つな……」日高が叫んだ。「ナイフだ!」

そのときすでに日高のナイフはクマの背に突き立っていた。それを引きぬいてまたひと突き。

巨獣は振りむきざま、後足で立ちあがると、前足をふりまわした。

ノボルがうめき、犬がかすれ声を立てる。アラトナがカーテンのかげから走り出た。手負いのクマはぐるりとまわった。四方にナイフと斧が光っていた。

「退け……つかまるな!」

だがクマは倉上をとらえ、壁に押しつけた。

松明が落ち、クマの毛をこがす。クマはますます狂暴になった。信夫がクランクで股間をなぐり、日高の銃床で腰をなぐられたが、クマは倉上をはなさない。稲木の棍棒はクマの頭蓋《ずがい》にあたって砕けた。だめだ。倉上はのがれられず、その悲鳴が岩壁にこだました。

アラトナがすっと前に出ると、骨製の小さなナイフを脊髄《せきずい》に突き刺した。

クマは犠牲を放し、振りむくとうなった。

そこを信夫手製の槍が心臓をつらぬく。

一同は二、三歩さがった。

クマはふらふらと倒れ、そのままのびた。

倉上はその夜のうちに死んだ。ノボルの右腕と両肩が複雑骨折。須田と論知は引っかき傷だけ。綱島の膝が脱臼《だっきゅう》したが、これはすぐなおった。

クマは十七の傷を負っていた。手ごわいやつだった。

「倉上が死んで飛行場の報告はできなくなった。ヤンキーがこれを知ったら」ぐしゃぐしゃになった通信士の死体を運び出すとき、日高が言った。「クマの銅像を建てるだろう……ペンタゴンの中庭に！」

36

三人のスカウトは雪洞で暮らしていた。内側から枝で支え、床には小枝を敷きつめてある。火はおこせない。おこせば家がとけてしまう。男たちは手持ちの衣類をすべて着こみ、最近倒したオオシカと黒クマの毛皮にくるまっていた。場所が狭くて立つこともできないが、体温はそのまま蓄積された。指も使える。かんじきをつくれる。それなしでは前進は無理だ。

その本体は柳の枝。テニス・ラケットの形に結び、オオシカの腱《けん》を縦横に張る。やさしい仕事ではない。時間と経験が要る。まず腱を自分の体であたため、柔軟性をとりもどさなくてはならない。緑の柳に獣脂を塗り、先を削って慎重につなぎあわせる。人体を支えるだけではなく、抵抗に耐え数週もたなくてはならない。バックルがないので、使うときははじめから靴に結びつけるので、はずすのは容易ではない。

雪洞にこもって二日になる。外は吹雪《ふぶき》があれくるっていた。極北にしか見られないものだ。白い波は森を抜け、大枝を折り、樅《もみ》の大木も倒す。雪煙は梢《こずえ》まで立ちのぼり、雪の結晶はどんな狭い隙間《すきま》にも吹きつける。怒れる氷が全世界をのみこもうとするかのようであった。樹の幹は嵐にあえぎ、酷寒にたえられず大砲のような音をたてて折れるものも多かった。

野獣はすべて穴にこもってしまった。外界で生きのびられる恒温動物はいない。地中か雪の底に逃げこんでいる。雪はアランたちにとっても救いだった。頭上の風音は聞こえるが、そのすごい寒さは感じない。トーチカのように白い壁が守ってくれる。天井がどれほどの厚さになったかわからない。地上への穴がないのだ。だが空気は通るので呼吸にさしつかえはない。

出発して数週をかぞえるが、日本兵発見の見込みはまずなくなった。嵐がやんでも、まず生きるので精いっぱい。この寒気と深い新雪ではこれまでのように進めない。かんじきをつけては一日に数マイルがいいところだが、かんじきなしでは一マイルでも無理だ。

ブリザードにとじこめられる前、森から森へと蛇行する川を発見していた。その氷上は歩きやすいだろうし、獣の足跡の多い岸にブロック小屋をつくって春までこもるつもりだった。近くに村があれば、スキーをこしらえ晴天を選んで捜索にも出られよう。だが数日行程以上はだめだ。それ以上はとてももたない。

スカウトたちの目は、雪の天井を抜けてくる弱い光に慣れ、それでも見えないところは指先の感覚で補った。とにかく仕事のあるのはいいことだった。もうお互いの身の上話は知りつくしている。友人の話、知らぬ連中の冒険、世界の諸問題で話を埋める。そのうち輪かんじきはしだいに完成し、穴を出たいという欲求も強まったが、もう少しがまんしなければ。あとひと晩と翌一日でブリザードの勢いは徐々におとろえてきた。

「峠は越えたな」ランダルが言った。

「そうらしい。ずいぶん静かになった」

アランは外に出る決心をし、両手で雪をかきはじめた。ディックは顔に雪がかかると言って文句をつけた。

「洗うかわりだ！」

中からはアランのすりへった靴底しか見えない。頭は外に出ている。

表は雪が斜《なな》めに降ってひどく寒かったが、嵐はすでに弱まっていた。

「たいしたことはない」アランが下にどなる。「だが出発には遅いな。じきに暗くなるぞ」

ディックとピートが出てきて、こわばった足を踏みならした。

「火をたこうや、アラン、熱い肉が食いてえ」

いたるところに枝が折れていて薪《たきぎ》に不自由はしない。雪が深すぎてどけられないので、生木で高さ半メートルの台をつくり、その上に乾いた小枝、樹皮をのせる。アランが貴重なマッチをすり、かがみこんで風をさえぎった。

火はしだいに大きくなり、大枝が燃えはじめる。ハムストンが穴から肉の包みをとりだし、ランダルが串を削った。やがて三日ぶりのあたたかい食事にありつけた。

翌朝出発。森を抜けて川には正午ごろ着いた。

「どっちへ行く、右か左か？」ランダルが訊いた。

「どっちでもいい。これほど蛇行してたら流れの方角もわからん」

ハムストンがここで魚をとっていこうと言いだした。

「時間はある」アランが応じた。「気ばらしも悪くないな」

方々《ほうぼう》で嵐のため氷がむきだしになっている。そういう場所に穴をあけるのだ。アランは腕ほどの太さの枝を五、六本とり、斧で刻み目をつけ、刻み目を合わせて小さな筏《いかだ》をつくった。長持《ながもち》の蓋《ふた》ぐらいしかない。その上で火をたくと、下の氷面がゆっくり確実にとけていく。水たまりがどんどん深くなる。筏はやがてその上に浮いた。下側は湿っていて上の火の影響を受けない。水たまりは横にもひろがった。浮かぶ火はどんどん氷の中に沈みこみ、三人がかりで水をかい出した。水が多くては下の氷がとけにくくなる。水はかすかにあたたかく、素手でくみだせた。

火が一メートルほどくいこんだころ、暗い流れの水が見えてきた。アランは筏をとりあげて岸に運ぶ。マッチ節約のため、それで魚を焼くつもりだった。

釣糸二本と鉤《はり》をいくつか持っていた。それを穴におろし、ひょいひょいと動かして待つ。いきなり穴があいて明るい光がさしこむと、流れの魚たちは魔法にかかったように寄ってくる。二、三分でディックはヒメマスを釣りあげ、獲物はどんどんつづいた。

こうした漁法はほとんど失敗がない。だが動かすのは右手だけで足踏みは禁物だからえらく寒い仕事だ。魚というものは氷面の振動に非常に敏感である。スカウトたちはじっと寒さをこらえ、その代償に一時間もしないうちヒメマスなどの大漁で報いられた。二匹のエクソス（鋭い歯の肉食魚）もあった。

「いい川だ」ランダルはご機嫌だった。「これに沿っていこうや」

鱒《ます》を細い柳の串に刺して食べようとしたとき、三人は同時に顔をあげた。

「銃声か……?」

何か聞こえたことは確かである。

「どこかで氷が割れたのとちがうか」とピート。「それとも樹が折れたか」

静かにとアランは命じた。日本兵の銃声だったら、とどめの射撃の音もするかもしれない。

静かだった。大嵐のあとはよくこうなる。冬の静けさ。小川のせせらぎも昆虫の羽音もない。

男たちは息をのみ、耳をすました。

もう一度、そしてもう一度。

「銃声だ……まちがいない!」

「あんなに弾薬を持っていたかな」アランがいぶかる。

「しかたなくなれば、だれだって撃つ……飢えればな」

「しかしこの深雪では必要ないはずだ。大型野獣は通い道を離れないから罠にかかる」

距離については意見がまちまちだった。あたりが静まりかえっているので音はずっと遠くまでひびく。だが南西の方角であることは一同が一致した。

この謎をとかねばならないのは自明のこと。この川に沿っていけば早晩、銃の主にぶつかることに疑いなかった。だれにしろ固く凍った水路を利用するに決まっている。だがこちらの足跡を見られないため、岸の藪《やぶ》を苦労して進んだ。アランが長い杖二本を持って先頭。左肩に銃を負い、すぐ撃てるようにしている。リュックサックは肉と魚で重い。ハムストンとランダルはそれに加えて毛皮の寝袋を背負っていた。ぶつかる枝々から雪が落ちてくる。輪かんじきは藪にひっかかり、股をひろげて歩くので、スピードを上げると疲れる。流れの曲がるところでアランは立ちどまり、双眼鏡をとりあげた。

「あった!……」

一本の線が森から出て流れをのぼっている。

三人は藪を抜け、斜面の吹きだまりをもがいて、やがてスキーの跡に出会った。かきまわされている部分もある。動物の死体をひきずっていったのだ。雪中に点々と血痕と黒い毛がついている。三人はその跡に顔を寄せた。

「オオカミをやったな」ディックが毛を確認する。

「ちゃんとしたスキーだ。自家製じゃない。エッジもついてる……切れ込みでわかる」

アランが体を起こした。

「日本兵だとしたら、あとから空中補給を受けたな……」

「罠猟師の小屋を見つけて頂戴したのかもしれん」これはピートだ。

「こんなとこに小屋がか?」

ピートもはっきりは知らないが、ないとはいえない。

「ジャップがまっ昼間うろつきまわって堂々と発砲する……ちょっと考えられんね」

「なんでオオカミなんか撃ったんだ?」ディックがいぶかった。「いくら連中だってオオカミは食わんだろう」

「やつらの嗜好《しこう》を知ってんのかね？」

アランはそれを気にとめようとしなかった。

「だが毛皮は要るな……暖をとるにはもってこいだぞ」

これが日本兵だということをランダルはまだ疑っていた。

「連中、これまでずっと慎重だった。アラン……だけどこいつは、世の中おれ一人といったみたいだぜ」

「敵がそのうち安心してくれるだろうとは、いつも望んでいた。しょっちゅう話してたじゃないか。いつまでも相手を見なけりゃ自然とそうなる」

こちらの足跡を隠してももう無意味だ。それを見落とすやつはいない。

「このまままつけよう。行きついてみればわかるさ」

「……それともやられるか」ハムストンがひとり言のように言った。

アランは先頭を譲らなかった。各人の間隔は視界ぎりぎりまでとる。スキーの跡は流れの曲折にそっていた。突っ切れば何マイルも節約できるのだが、正体不明の猟師はオオカミをひきずって藪の中を行くのをいやがったのだ。こっちのほうがずっと楽だ。

二、三時間進んで暗くなりかけるころ、スキーの跡はまた森に向かい、別のスキー跡と出会っている。同じ日、同じようなスキーのものだった。アランは仲間が追いつくまで待った。

「同じ人間のだ。だがこの果てに蜂の巣があるかもしれない。日本兵全員のな」

たとえ奇襲に成功しても、こっちが三人では敵の全員をやっつけられる見込みはない。このまま追いつづけるのは危険だ。

「しかし、せっかくここまで来たんだ。アラン、確かめたいね」ディックが主張する。

ピートも同じ意見だった。

「それに暗くなるまで三十分はある。急いでもどらなくちゃならなくなったら、夜を利用すればいい」

これが敵なら、スキーを持っている。輪かんじきの男たちにすぐ追いついてしまう。追跡を振りきるには、新雪に足跡を消してもらうほかないのだ。

「やつらの一部かもしれんな」とディック。

「それもある」ランダルが受け継いだ。「それに日本兵とは限らない。インディアンかもしれないぞ。インディアン一人だけ……」

アランは肩をすくめた。

「なんとでも考えられるさ。とにかく見てくるよ。ここで待っていてくれ」

仲間は反対だった。まとまっていたかった。チーフスカウトも従うほかなかった。

やがてスキーが罠を点検して歩いていると知れた。鉄の罠を掘り出して樹にひっかけてある。嵐のためだろう。大物用の罠ではない。ヤマネコからオコジョ程度の毛皮獣用のものだ。

「ジャップがオコジョをどうするんだ？」ディックはいぶかった。

「天皇のマントにでもするんだろ」

暗くなったので進度が鈍る。アランはスキーの跡にさわるため、いくどもかがまなくてはならなかった。

やがて空気に煙のにおいがまじる。

「犬がいたらもう吠えてるはずだ」ハムストンがささやいた。「ジャップは飼ってないな」

先住民ならかならず飼っている。どんなに寒くても犬は戸外で暮らすのだ。

「荷をおろして銃に装塡《そうてん》しよう」アランは命じた。「このままではいかん」

リュックサックと毛皮を雪の中に隠し、忍び足で近寄った。ひさしぶりに緊張する。いずれにせよ無人の地で人間と出会うのだ。ここに人がいるはずもないので、きっと日本兵だろう。

灯りが樹の幹を洩れてくる。

「不注意なやつらだ」アランはささやいた。「ゆっくり行くぞ!」

犬は本当にいないらしい。つまりインディアンではない。チーフスカウトはスキー跡をはずれ、灯りのほうへ進んだ。狭い窓からの灯り。ブロック小屋の輪郭《りんかく》が浮きあがる。あと三十歩ほどのところまで接近した。

「日本兵全員ははいりきれないな」ランダルがささやいた。

「アランよ、古い小屋だぜ」ハムストンの声も低かった。「窓枠に苔《こけ》が生えてる」

明るかったら一度周囲をまわり、足跡を確かめれば小屋の人数はわかるのだが、いまでは無理だ。双眼鏡で中をのぞこうとしたが、窓にはカーテンがおりていた。

「じゃドアからだ」アランは決断した。「ピートが蹴とばせ。ディックとおれが銃で援護する」

灯りに照らされた小屋の中の人間は、ドアがひらけば標的も同然だ。

「ジャップだったらすぐに撃つ」ディック・ハムストンはのみこみが早い。

「オーケー」ハリーがやられてからアランも遠慮していなかった。

輪かんじきを慎重に踏みしめ、一歩一歩入口に近寄る。中から薪《たきぎ》のはぜる音、ブリキの食器の音がした。話し声はない。

ピートはドアがどっちに開くか確かめ、ノブを探る。手まねでアランは各人の位置を定めた。

アランとディックは手袋をとり、銃をかまえ、ランダルがノブをつかんだ。

「気をつけてな、ピート……スリーであけろ……大きくだぞ」

ピート・ランダルはうなずいた。

中で水音。また食器の鳴る音。洗っているらしい。

「よし、ピート、ワン……ツー……スリー！」

重い扉がさっとひらき、まぶしい光がさした。

洗い桶のそばにいた男は皿を落とし、口を大きくあけ、濡れた両手を頭上にあげた。

白人だ。ほかにはいない。

「バート……」ハムストンが叫んだ。「ハッチンスンじゃないか！」

アランは銃をおろしナイフをとると、輪かんじきの革紐《かわひも》を切った。脱ぐのももどかしげにバートに突進する。

「どこだ、ハリーは？」

ハッチンスンは驚きすぎて声が出なかった。

「言え。でないと頭をたたき割るぞ！」

バートの肩をつかみ、不細工なベッドにたたきつけた。つづいてはいってきたディックとピートは、どうしてバートがこんなところにいるのか見当もつかなかった。バートは顔をひきつらせ、ベッドの足にしがみついている。

「なんのつもりだ……おれが何をした……なんでこんなに……」

「ハリーはどこだ！」アランがどなるのは三度めだった。

「知らないんだ……罠を見にいって……帰ったら、いなかった」

ディックとピートがバートを壁に寄りかからせた。

「すると、ハリーといっしょじゃなかったのか？」

「そう……そうだ」

「しかし、あんなこと紙に書いといたじゃないか！」

「そりゃ、書いたよ……でもいっしょにゃ行けなかった。やつは一人で行っちまった……雪になってやつの足跡、全然見えなかった」

「なぜお前、いなかったんだ……おれたちがもどるはずだったぞ！」

ハッチンスンの怒りが爆発した。

「もううんざりしたからさ、アラン、お前さんの人間狩りにな。もうとやかく言われたくなくなった……おれは自由な人間だ、お前さんと凍え死にするつもりがなくなったんだ！」

ややあって三人のスカウトはことの次第を理解した。ハリーは本当にバートの留守を利用して姿をくらましたらしい。自分のリュックサック、ウサギ皮二枚、オオシカの肉ひと包み、ナイフ、手斧、マッチひと箱を持って。さすがタフなスカウトたちも、こんな無茶なまねは聞いたことがない。その数時間後にもどったというハッチンスンは、ハリーを運命にゆだねたのである。風と新雪で足跡が消えてしまったので手がつけられなかったということだ。

バートはこれぞ好機とわが道を行くことにした。古い猟場の古い小屋へ。その位置はだれにも明かしたことはなく、バートの小屋がこんなに近くにあるとはスカウトたちも夢にも思わなかった。敵前逃亡の猟師はそこまで四日しか必要としなかった。好きなだけけいるためにちゃんと用意はしてある。十二頭の犬のひく橇《そり》も持ってきてあった。バートは何年も隠れていられる。自分のいないことが忘れ去られるまで。そのうち上等な毛皮を携えて姿をあらわしても、それまでに考えておいた話を信用してもらえるだろう……。

「畜生め！」アランはまたも叫んだ。「おれは忘れんぞ。おれたちは！　お前がおれたちを見殺しにした。ブタめ、ハリーの銃まで持ってきたな。将軍につかまったら、脱走罪で軍法会議だ。銃殺か懲役十年だぞ……おれはこれだけでがまんしてやる！」

こらえきれぬ怒りにかられアランはなぐりかかり、ディックとピートがやっとのことでなかにはいった。

「やめろ……それでハリーがもどるわけじゃない！」

あいつのことだ、生きぬいたかもしれない、とピートは願った。

「ハリーなら大丈夫さ」ディックも言った。

心をしずめるのにアランは外に出なくてはならなかった。

二人もついてくる。

「すまなかった。なぐらずにはいられなかったんだ」

「わかる、アラン……もっとなぐられていいやつだ。だが先のことを考えなくては……」

「そう、もちろんだ。バートが小屋にいなかったら、望外の幸せだったのに……」

「望外の幸せだよ、あれでな。アラン！」

「そうだな……やつは必要なものいっさいを持っている……本人そのものが不必要なだけだ」

「やつのことはがまんしなくちゃ、アラン」

チーフスカウトは中へもどり、ふるえる男に日本兵のことをたずねた。

「なんにも。足跡も煙もない――銃声も聞かなかった」

アランは、安心しろといってやった。おとなしくしてれば何もしない……。

ハッチンスンは下手《したて》に出て感謝した。

「春までお前の客になってやるからな。二、三度外出するが」

37

ある朝のこと、日本兵の地区でトナカイが消えていた。一夜にして谷を捨て山を越え、南へ行ってしまったのだ。双眼鏡でその足跡が見えた。一頭も残っていないことを確かめるのにわざわざ探す必要もない。彼らは遠方へ移動するときはかならず集団行動をとる。自然の法則がそう要求するのだ。

だが冬のさなかに住みなれたこの谷間を急にあとにするよう要求したのがいかなる法則なのか、だれにもわからなかった。

「われわれが狩ったせいではないな。ごくわずかを倒しただけだ」刀自本が首をひねった。

「オオカミ、クズリ、ヤマネコだって狙っている。眠っていないクマもそうだ」

「義、そいつらは人間じゃない。鼻がちがうぞ」

須田は煙のせいではないかと想像した。よく風におしつけられて地面を這《は》うことがある。

綱島は斧の音が原因ではないかと言った。

「トナカイがいなくてはそうのんびりできない」日高が心配した。

アラトナもその席にあらわれた。

「なぜ行ってしまったのか？」刀自本がたずねる。「トナカイのことよく知っているだろう？」

少女は目を丸くした。

「アルシャクプルクが呼んだ……トナカイ行った」

日高が説明を加える。アルシャクプルクとはいちばん偉い地霊で、アラトナの種族はそれが万物を統《す》べると信じ、わからない事件があるとその特別処置にしてしまうのだ……。

「頭を悩まさずともいいわけだ」

アラトナは投石器を持ちだし、狩りじたくをしていた。カラス、ホシガラスしかとれないが、時間をかけ、ある種の草をそえて、うまいスープをつくってくれる。

「遠くへ行くなよ」日高が注意した。「信夫がまたオオカミの声を聞いた」

アラトナは気をつかってもらってうれしかった。

「オオカミ、わたしこわくない……信夫にだけたいへんこわい」

十週間で互いの話はわかるようになっていた。一日一日とアラトナの物覚えは速くなる。日本人の言うことなすことすぐにのみこむのだ。彼女のヌナミウト族は厳しい淘汰で生き残り、あらゆる情況に適応する能力を育てたため、この土地でも生きられるのだ。手製の道具でどんな難関をも乗りこえるには、現代人がとうに失ってしまった観察能力が前提となる。文明人は必要とするものをすべて買える。だがアラトナは原料からはじめていっさいの必需品を自分で作らなければならない生活を送っていた。それには種族の仲間を始終みならうほかない。それと同じように彼女は日本人たちの動作をじっと観察し、一言一言に耳をすましてきたのである。日高の指導もさることながら模倣《もほう》によって学習したのだ。彼女はすでに新しい共同体の一員と、なによりも日高の一部と感じていた。彼こそは夫にして主人。生涯彼に結びつけられていると信じて疑わなかった。

これほど妻にやさしい夫がいるものか！　妻の肩から荷物をとって自分で負ったり、こんなに親切な言葉をかけてくれるヌナミウトの男はいなかった。これまでアラトナは打たれたり蹴られたりしたことはない。ふつうならあたりまえのことなのに。夫は食事を運んでいくと礼をいい、ほめてさえくれる。前代未聞のことだ。

一度だけ夫が怒ったことがあったが、彼女にはその理由がわからなかった。悪いのは稲木だったらしいが、これは男なので、日高は女のアラトナを怒ったのだろう。

その日、アラトナは髄《ずい》をとろうとオオシカの骨をあぶっていたので、洞穴のなかはひどく暑く、彼女は毛皮の上衣をとり上半身裸になっていた。ヌナミウト族ではいつもそうである。夏の夜、中で石ランプが燃えているときにも衣服をすっかり脱いでしまう。だが稲木は彼女の胸を見るとお化けに会ったようにぎょっとし、重い荷を負ったときそっくりの激しい息づかいになった。その瞬間に日高がはいってきてアラトナを追いはらい、カーテンのかげで怒りだしたのである。彼女にはよくわからなかったが、顔と手以外を露出させてはいけないと言いきかされた。われわれの種族では厳しくそう決まっている、と日高は言った。衣服をつけない女を見ると、ほかの男たちは危険になるのだ……その日いっぱい彼女は部屋を出ることを禁じられ、日高もやさしくはなかった。稲木が見たときはほかにだれもいなかった。だが彼はそのことを仲間に話し、仲間たちはアラトナを別の目でながめはじめた。不格好な毛皮の下になんとすばらしい胸が隠れているか、稲木の熱心な報告でみんなも想像することができた。知らぬが仏は日高と刀自本だけであった。

アラトナは雪のなかを走っていった。輪かんじきもさして邪魔にならない。山峡のそばに黒松の疎林《そりん》があり、ミネヤナギの藪《やぶ》も見られる。そこに信夫が数日前倒した二頭のトナカイの骨と内臓がおきっ放しになっていた。付近にはキツネのほかカラスの足跡もあった。アラトナはカラスを二、三羽仕留めるつもりだった。二十歩なら投石器で命中させられる。手で石を投げてもはずれはしないが、殺すまでにはいかない。

だいぶ手前から輪かんじきをとり、四つん這いで藪を抜けた。上衣《パルカ》と頭巾《ずきん》に雪がつき、彼女の姿は半分周囲にとけこんだ。イタチのように忍び寄り、松の大木の背後で立った。

血のこびりついた骨はもとのままだが、まきちらされた内臓はとうに食いつくされていた。足跡からアラトナは経過がわかった。かわいらしいオコジョからミンク、クサネコ、ヤマネコ、フクロウ、カラス、みんなそろっている。骨はきれいになめられ、大半は噛《か》み割られていた。鳥のスープはちょっと望めなくなったが、アラトナはそれでも待った。

獲物を追うかわりに待つのが本物の猟師である。数時間すると、やっと藪からあらわれるものがあった。見事な北極ギツネ。尖《とが》った鼻づらを突き出し、ふさふさの尾を水平にのばして雪をかぎまわってくる。

アラトナはそれまでキツネを投石器で倒したことがなかった。しかしその毛皮は、二、三週間前から縫《ぬ》っている上衣《パルカ》の襟にもってこいだ。もちろん夫の上衣である。だけど頭部にうまく命中させなくてはならない。

北極ギツネは目的地に着き、骨をかじりはじめた。肉はもうついてないので噛み割るほかない。その仕事に夢中でキツネはいつもの用心を忘れ、音もなく松の幹を離れる影に気がつかなかった。

石はその狭い額にあたり、キツネはその場にのびた。走り寄ったアラトナがナイフで喉《のど》を切る。

興奮よりも成功の誇りのほうが大きく、獲物を藪の上にのせ一歩退いて嘆賞《たんしょう》した。

そのとき、藪かげから人の手があらわれ、死んだキツネをつかむと引きこんだではないか。

アラトナは恐怖で身がすくんだ。森は静かで、ものの動きなどに気づかなかった。だが藪をかきわけてふたつの影が出てきた。全身毛皮におおわれ、目だけが狭い隙間《すきま》からのぞき出している。大きなほうが槍を、小さなほうが弓矢を持っていた。

「捜したぞ、アラトナ」槍の男が進み出た。

服が新しいので声を聞くまでアラトナにはこれが父だとわからなかったのだ。もう一人は長兄のシスクである。

「来い、アラトナ、急ぐんだ……」

だが彼女は父と兄がおそろしく、たじたじと後退した。

「わしらは、毛皮と娘を盗んだ異人を見た」ヌナミウトの族長ツナクは苦々しく言った。

「わしらは異人を殺し、持ち物を奪う」

この言葉がアラトナに抵抗する勇気をあたえた。

「いい人たちだよ！　この人たちがいなかったら私は死んでいた。毛皮を持ってったのはオオカミだろ……」

ツナクとシスクは顔を見合わせた。これまで女が口ごたえをしたことはない。こんな小娘が族長である父に……。

アラトナはほかの理由ももちだした。

「この人たち、魔法の弓を持ってる……遠くから殺すんだよ。するとアルシャクプルクが稲妻と雷鳴で笑う」

二人はしばらく前から他の者たちと山峡に隠れており、二度短い雷鳴を聞いた。地霊の声としか解釈のしようがなかったので、二人とも用心深くなった。

「異人はどこから来たのか……何をするつもりか？」

アラトナは夫の説明を思いだした。

「あの人たち、白人《カブルナ》と戦っている。白人をここから追い出そうとしている」

白人については、若いころ広い広い池まで行ったことのある呪術師《シャーマン》が話していた。太陽のもと白人より悪い者はない、許しも求めずにひとの猟場へ侵入し、ひとの毛皮を持っていく、自分の女は連れてこないで、広い池のほとりの女たちを奪う……。

「ここにいるのは白人でないよ」アラトナは声を強めた。「わたしたちと同じ顔だ。言葉と暮らし方がちがうだけ。ツナク、みんなとっても強い」

白人と戦おうというなら確かにそうだろう。

「私はその族長の妻」アラトナは誇らしげだった。「夫はたいへん強い……だけどやさしい」

本来ならこれはおかしい。強い者がやさしいとは！

「この人たちは空を飛んできた。アルシャクプルクからもらった大きな鳥にまたがって」

こわがるのはツナクとその息子の番だった。

「お前、ほんとに族長の嫁か？」

アラトナはにっこりほほえんだ。

「そう。私を妻にしてくれた。もう子供がおなかにいる」

ヌナミウト族にとってこれは決定的だった。女が男の胤《たね》を宿せば、父の命令権はなくなり、女はほかの家族の成員となる。ツナクはアラトナにキツネを返した。

「夫のところへ持っていけ」

アラトナはうなずいてキツネを担《かつ》いだ。父と兄を洞穴へ連れていって日高に会わせようなどとは、まるで考えなかった。二人は夫の気に入らないだろう。この出会いのことも黙っているほうがいい。

「わしらは異人の足跡を見つけた。灰色の山にそっていた。それで、洞穴の谷へ行くと思った。ここで何をするつもりなのか知りたかった……シスクが異人の穴の上に隠れて見張っていた。お前が出てきたので、あとをつけたのだ」

アラトナは二人と別れることとしか考えなかった。

「もういいだろ……異人たちは春に洞穴を出て、白人と戦いつづける。もういうことはないから」

二人の男はそわそわと雪を踏んでいたが、とにかくアラトナはよその族長の妻、本当に何も言うことはないのだった。

アラトナはオコジョの皮でつくった小さな袋をとりだした。日高のためにこしらえたものだった。「ババクに持っていって」と父にいう。「私が楽にやってるというしるし」

ババクはアラトナの母で、種族の中で彼女の愛している唯一の人間である。夫に訊かずに母に贈り物ができるからには、本当に楽なのにちがいない……。

ツナクはそれを上衣《パルカ》にしまい、二人は黙って姿を消した。その背後で何事もなかったかのように白い藪がとじた。

これでもう会えないだろうとアラトナは信じ、また輪かんじきをつけると家にもどった。

洞穴はごった返していた。日高は刀自本および三人の兵とトナカイを追い、その行く先をつきとめるつもりであった。近くの尾根の向こうにもうひとつ谷があって、トナカイはそこへ移ったのかもしれない。そうすればこれからも食糧には困らない。そうでなければ、別の群れを見つけるほかなかろう。

山のふもと、谷の終わるところまで残りの兵たちが日高班を送っていくことになった。そこに魚のいそうな池がある。須田曹長が氷に穴をあける方法を知っていた。ノボルだけが洞穴に残る。薪《たきぎ》を集めたり軽い仕事ならできるのだ。アラトナはムクルク造りで忙しい。これほどの人数に毛皮靴を供給するのは大変だ。冬の間に各人が三足ははきつぶす。

大尉は部下を分けた。刀自本、稲木、信夫は日高とトナカイを捜し、漁は須田、論知、綱島だ。

一同が出発準備をととのえノボルも見送りに出ると、日高は洞穴にもどった。いるのはアラトナだけ。彼女の種族では挨拶《あいさつ》なしに別れるので、夫がもどるとは予期していなかった。

なのに彼はアラトナを抱き、顔と顔を寄せてやさしく言った。

「アラトナ……働きすぎるな。たっぷり眠れよ。じきにもどる」

開闢《かいびゃく》以来、女にこれほどやさしくした男はいない。彼女は物心ついてはじめて泣いた。日高はその濡れた頰に自分の鼻をおしあてた。

「じきにもどるぞ。あすかあさって」

身をひきはなすと外へ出た。彼にとってもこういう感情ははじめてだった。自分の命がもはや軍人としての義務だけのものでなくなっていることに、罪の意識を覚えた。

外では部下がかんじきをつけ終え、彼も急いだ。出発。七人が一列に進む。そのほうが楽である。

近くの丘の藪かげで族長の子シスクがそれを見送っていた。日高たちが遠くへ去ると立ちあがり、人数を山峡の入口で待っている仲間に手信号で知らせた。

しばらくしてノボルが出かける。洞穴にいるのがくさくさして、右腕と肩をやられる前に仕掛けた罠を見まわってこようと思いついたのだ。トナカイ、オオシカ用のもので、腱《けん》でつくった細い紐《ひも》を獣道の上に張り、それに触れると上方に吊るした木の幹が落ちるようになっている。いつもとは限らないが、これがうまくいけば、獣の背骨が折れる。あれからずっと信夫が罠の世話をしていたが、この三日間は見ていない。獲物がかかっていたら少なくとも樅《もみ》の枝で隠しておかなくては。ほかの肉食獣に持っていかれてしまう。

アラトナがかんじきをつけるのを手伝ってくれ、燻製《くんせい》の肉をひと切れ持たせせた。

はじめて彼女は一人になった。他人の世話をすることもない。風呂にはいっても見られる心配はない。皮膚の生気を保ち四肢をしなやかにするためヌナミウト族がときどき用意する蒸し風呂だ。

アラトナはひとかかえの柳の枝を集め、その下端を尖《とが》らせた。洞穴の口のところにいつも湯を捨てるので雪のないところがある。そこに柳の枝をうち、径二歩ほどの円形を区切った。その中央に深さ一フィートの穴を掘る。そうして柳の枝の上端を一ヵ所に結びあわせトナカイの皮でおおった。毛皮のすそに石の重しをおき、もぐりこめるだけの穴をあけておく。こうしてできあがった半球体は、中で立てるが寝そべるほどの広さはなかった。洞穴から熾《おき》を運び、風呂天幕の前に火をおこす。燃えあがると五、六個の石を投げこみ、たっぷり薪《たきぎ》でおおった。

日本人は最近倒したオオシカの皮袋に水をたくわえておいた。洞穴のいちばんあたたかいところにおいてある。アラトナはそれをひき出し、天幕の内壁にもたせかける。先端を叉《また》にした大枝とひしゃくで準備完了。

やがてアラトナは毛皮をするりと脱ぎ雪上に投げると、球形天幕にもぐりこんだ。中からさっきの枝で赤熱した石をたぐり寄せ、穴に落とす。ひしゃくの水をそれにかけると、狭い空間は熱い蒸気で満ちた。エスキモー流蒸気風呂である。

温度があがり、汗が滝のように流れた。長い髪からも水蒸気がしたたる。全身を苔《こけ》の束でこする。皮膚は赤くなり痛みはじめたが、次の石を引きこんで水をかける以外には手を休めなかった。

そのころノボルの輪かんじきが片方折れ、片手が効かず直せないので、もどらなくてはならなくなった。もう一方のかんじきもはずし、深い雪の中を苦労して歩いてきた。

その途中、稲木が追いついた。犬を連れてくるよう大尉に命じられたのである。上の斜面でトナカイの足跡は雪に消され、キンメクの鋭い鼻の助けを借りることになったのだ。

いつのまにか洞穴の入口にあらわれ、さかんに蒸気をあげる半球体を見て、二人は立ちすくんだ。雪上にとぐろを巻き鼻嵐を吹く怪獣のようだ。稲木にもノボルにも見当がつかない。

稲木は何か炭焼き窯《がま》ではないかと思い、ノボルは悪霊の仕業《しわざ》と想像した。稲木は銃の安全装置をはずし、オロチョン族の青年はその背後に隠れた。

一歩一歩怪物に近づき、その外被が毛皮であることを確かめた。が、中で石に水がかかる音がすると、ぎょっとする。

「人は見えんな……」

「仲間、呼んでこよう」ノボルが言った。

だが稲木は臆病と見られたくなく、もう少し接近した。入口とたき火は反対側にあるので目につかない。

あと十歩。

「ノボル。毛皮をとっぱらえ……」

オロチョン族の青年はしりごみした。

「大丈夫だ。おれが銃をかまえてる」

ノボルは大尉に悪いうわさを届けられたくなかった。

「やるよ……お前、ちゃんと見てろよ！」

おそるおそる近寄る。稲木が言ったとおり援護していることを見きわめてから、思いきって毛皮をつかみ、ぐいとひいた。

たちまち天幕は倒れ、すごい蒸気が吹きだした。

それがさっとはれると、一糸をもまとわぬアラトナが二人の視線にさらされていた。

彼女ははじめ稲木しか目にはいらず、夫の禁令のことを思ってはっとした。あわてて裸身を毛皮の端で隠す。が、そのときノボルの胸に衝突した。ノボルの丈夫なほうの手が彼女を抱きすくめた。ノボルは完全に逆上し、長いあいだ焦《こ》がれていた裸女を固く引き寄せた。

アラトナは彼の膝を蹴り、手を自由にするとこぶしを固めて相手の顔を打った。

駆け寄った稲木もアラトナに手を貸すべきか暴行に加わるべきか、わからない。

片手が不自由なのでノボルはいつまでもつかまえていられない。アラトナは男を振りきると天幕の残骸《ざんがい》を踏みこえ、雪にとびこんだ。大きくはねようとしたとき稲木にむんずとつかまれた。

そのひきつった顔を見て、彼女は男が凶暴な獣になったことを知った。男はあえぎながら彼女にのしかかり、自分の衣服をむしりとる。

その瞬間、彼はのけぞった。断末魔の悲鳴をあげ、うつぶせに倒れた。

男の体の下から這いだしたアラトナは、死体の背中で揺れている槍を見た。

仲間を連れたシスクが近寄ってきた。

「この人間たち、悪い……ネズミよりもオオカミよりも……」

アラトナは手早く上衣を頭からかぶった。同じ種族の男たちのためではなく、日高の命にそむくまいとして。ムクルクをはいたとき、目が雪中にうずくまるノボルに落ちた。死んでいた。長い矢が首に刺さって。

「みんな見たぞ」シスクが言った。「はじめからすっかり。それで、来て、殺した……」

彼は肩をいからせるとヌナミウト族の勝利の雄たけびを精霊たちに捧げた。仲間もそれに倣《なら》い、叫びは谷のかなたにまで届いた。氷上で魚をとっていた須田、論知、綱島はそれを聞きつけ、すぐ釣道具を捨てると急いで帰途についた。
だが洞穴の近くでヌナミウト族の待ち伏せに遭い、三人とも殺された。

38

大尉とその部下は稲木を待ちつづけ、なぜ犬だけが来たのか理解に苦しんだ。キンメクは舌をだらりと出し、ぶるぶるふるえていた。日高にとびかかり、くんくんと上衣をひっぱる。そうしておいて洞穴のほうへ引き返し、だれもついてこないので立ちどまった。

「もどれといっているな」刀自本が推理した。「遠出はやめろって」

「犬はそうしたものだ」日高は軽くいなした。「主人たちがまとまっているのが好きなのだ。群居本能だよ」

「しかし遠三さん、これまでになかったことです……」

「これまでは子犬だった。やっと本能がめざめたのだ」

大尉よりも犬には詳しい信夫は、キンメクが何か告げたがっていると言った。

「ウサギでも見たのだろう。キンメクにとっては一大事だ」

犬がすぐもどりたがるので厳しく叱る。やっとのことで日高のそばにもどった。

「行こう。稲木はあとから来るだろう」

三人は尾根を越え、犬はただちに命じられたことを理解した。雪が足跡を消してはいたが、キンメクはにおいをかぎあてた。トナカイたちが移動してから一昼夜しかたってない。反対側の雪は固く凍ってずっと歩きやすくなった。しかし谷はない。南にわずか傾斜した高原がつづくばかり。正午ごろ遠くにトウヒが数本見え、そこから森林地帯がはじまるのにちがいないと日高は考えた。アラトナもそんなことを言っていた。

「獲物がいるぞ」と刀自本を振りむく。「同じトナカイでないにしてもな」

稲木はどうしたと後ろをながめたが、影も形もない。

「命令を誤解したのでしょう」少尉は推測した。「犬を送るだけでいいとでも」

このごろこの種の誤解が増えていた。部下の体力より注意力がおとろえていることは大尉も気づいていた。孤立した生活の影響が徐々にあらわれているのだ。

「ま、いい。ぜったい必要なこともない……」

雪の深い窪地《くぼち》でキンメクはにおいを失い、あたりをかぎまわったが、だめだった。日高は犬を呼んで頭をなでてやる。森にはいったらまた働いてもらうことになろう。トウヒの背後は樅《もみ》の林になる。三人はそこにはいると安心した。吹きだまりはなく、獣の足跡ははっきりしている。だがたいていは数日前のもので、つけてもむだだ。犬さえもそれを知っていた。樹の影が長くなるころ、犬は鼻を風上に向け、立ちどまった。獣がすぐ近くにいるしるしである。

「撃ってもいいですか?」刀自本がたずねた。日高は最近弾薬を極度に惜しむようになっていた。

「大きなやつだけだ。子供はいかん……一発で仕留めろよ」

銃を構える。キンメクは百メートルほど進んで耳を立てた。前方の樅の森になにかいるにちがいない。大尉は刀自本を右に、信夫を左にやる。彼が犬を連れて正面から進むうち、二人に藪《やぶ》を挟撃させるのだ。

キンメクの追い方はオオカミ式だった。オオカミの血がまじっているらしい。背中しか見えないほど雪にもぐって進む。日高はその二十歩あとにつき、雪をかぶった枝に注意した。枝の揺れ具合で獲物がわかるはずだ。

だが予想ははずれた。オオシカは刀自本か信夫に気がつき、藪からおどり出たのである。見事な角の雄が大尉の正面に迫ってきた。日高はさっと額を狙い引き金を引いた。オオシカはもんどり打って倒れ、そのまま動かなくなった。ほとんど同時に右からも銃声がして、重いものの倒れるひびき。少尉も仕留めたらしい。残った群れは森の中に逃げこみ反対側に出た。そこにいた信夫は二度立てつづけに撃った。

はじめに刀自本が来て、若い雄を倒したと報告。だが信夫の狙った雌は二発受けながら逃げ去った。赤褐色の血痕が点々とつづいている。

「肝臓をやったな」日高が確認する。「すぐには死なないぞ」

倒れたオオシカに追いつくまで一時間かかった。まだこと切れてなかったので、信夫がナイフで首を刺した。「まずいことをしてくれたな」日高は怒った。「二発も使って！」

あわててしくじりました、と信夫は認めた。

獲物をひきずっていき、すぐばらばらにする。こうした仕事には慣れているので手間はからない。肉を他の二頭のところへ運ぶほうがずっと大変だった。いっぺんには運びきれないため、大きな毛皮に包んで深い雪をひきずっていった。犬の首と胸にも革紐《かわひも》をつけて手伝わせる。オオシカの皮に二ヵ所穴をあけて革紐とつないだ。

二頭のところへ着いたときには夜になっていたが、それで仕事がすんだわけではない。まず二頭を火であたためてからばらばらにしなくてはならない。それでないと一夜のうちに大小の野獣に食いつくされてしまうかもしれない。

それがすむと信夫は太い枝をしたトウヒに登り、下の二人から渡された肉塊をその皮でもって枝に結びつける。こうしておけば安心。あとからゆっくりとりに来れる。

日高はこの樹の下をキャンプ地にした。信夫が集めた枝を日高と刀自本が斜《なな》めに屋根を張る。かんじきでその下の雪をどかし、はいだばかりの皮を敷くと火をおこした。

「じきにマッチというぜいたく品は使えなくなる」日高が注意した。「春に西へ進むころは木をこすって火をおこすんだな」

彼と信夫はそれが得意だったが、ほかの連中はこれから習わなくてはならない。洞穴には火が燃えつづけていたので、最後の防水マッチには手をつけなかったのだ。それは強風でも消えない特殊製品だった。

「二十本しかない、とても足りない……」

キンメクが起きあがり森の奥に吠えた。背の毛が逆立っている。

大尉と刀自本ははっと信夫を見た。

そろそろとキンメクは後退し、日高のそばに来るとおそろしげにくんくんないた。人間たちにもオオカミの声が聞こえた。風のない寒夜を抜けて遠くからひびき、甲高《かんだか》い遠吠えに終わる。群れを集める首領の無気味な声。

「大尉殿、自分の責任であります」きこりの声はおろおろしていた。「自分の獲物の残りが発見されました」

「行け、薪《たきぎ》がもっと要る。早く！　じきここに来るぞ！」

ひきずってきたときの血痕は、飢えたオオカミにとって最高の道しるべだ。肋骨《ろっこつ》をしゃぶり臓物を食いつくしてしまうと、それ以上のものを求めてあとを追ってくるだろう。そうなったら火が唯一の砦である。絶やすわけにいかない。いまから信夫はそのそばを去りたがらなかった。大尉が重ねて命じても沈黙にぶつかるだけ。日高と刀自本も遠くへは行けない。暗闇でオオカミの群れに襲われたら最後なのだ。倒木は深く雪に埋もれ、三本の木を掘り出すことしかできなかった。もう一度出かけようとしたとき、刀自本は吠え声がずっと近くなったような気がした。

「危険です。もうかぎつけてる」

そうだ。たき火のそばをもはや離れられない。

「数は多いな。あんなに早く臓物をたいらげるとは」

きこりはがたがたふるえていた。だがどなりつけても効き目はない。信夫は完全に自制を失っていた。キンメクも体をすり寄せてくる。その心臓が早鐘のように打つのを日高は感じた。

「今夜は寝られないぞ」大尉は刀自本に言った。

返事はオオカミたちがした。群れは血のあとをつけてきたのだ。

早くも暗い影があらわれた。たき火の火がその目にちらついている。その数は続々と増え、火の前で立ちすくみ、その火影《ほかげ》をおそれた。だがそれもわずかの時間で、彼らは吠え声をあげ、獲物を求めた。内臓を少しばかりのみこんで飢えが刺激されただけである。樹上の肉のにおいをかぎ、人間のあたたかい血に鼻をくすぐられた。

信夫は目を皿のようにひらき激しく祈りだしたので、大尉は思わずもどなりつけた。だがそれに答えるのはオオカミばかり。彼らはまだ人間の声を聞いたことがないのである。日高は銃を膝においた。刀自本もそれに倣《なら》う。

「まだ撃つことはない……」日高は弾薬をむだにしたくなかった。

久しく飢えにさいなまれていたらしいオオカミたちは火のそばまで跳躍し、オオシカの残《ざん》骸《がい》に殺到した。火から十歩ほどの場所である。オオカミはうなりながらかぶりつき、お互いの横腹にも牙を立てた。三人は呆然とそれをながめ、せわしない息を聞いた。人間と飢えた猛獣の間には火があるだけ。

「あれを食っちまったら……」

刀自本が最後まで言う必要はなかった。オオカミたちは、火が燃えつきるか太陽が昇るまでキャンプのまわりを離れないだろう。

やがて骨についた肉はなくなった。が、まだオオカミたちは夢中である。強い仲間に押しのけられた何匹かは、ほかの餌を求めて火のまわりをうろつきはじめた。日高にはその息吹きが感じられ、そのくさい息がにおった。近くに来たやつに刀自本が燃える薪を投げつける。頭にあたって火花が散り、オオカミは悲鳴とともに消えた。二度、三度それを繰り返す。

「やめろ、義……薪が少ない！」

あらためて少尉は事態の重大さを意識した。薪の残りは夜明けまでもつかどうかだ。

「弾薬は？」

刀自本は十一発持っていた。信夫は返事のできない状態だったので、日高がそのポケットをさぐった。

「七発か……いざというとき足りればいいが」

いざというときはすぐに来た。薪節約のため前のように火をたけず、オオカミたちが近づいてきたのである。乏しい火を中心に六、七歩の距離に半円を描き、狂ったように吠えつく。大きくあけた口に鋭い牙がはっきり見えた。

がまんできなくなった刀自本は一頭の口に一発撃ちこんだ。すぐ群れ全体が倒れた仲間に襲いかかり、ずたずたにする。

信夫もオオカミじみた怒号を発した。首をすくめ口を大きくひらいて、すでに発狂した男はオオカミに負けじとわめきだしたのである。

日高はその横面を張り、それでも黙らないので二発めをくらわそうとした。が、信夫はさっと横に避けると火の中を抜けてオオカミにおどりかかった。

刀自本が連射した。弾倉を撃ちつくす。日高のほうが落ち着いて狙ったが、それでも信夫は救えなかった。すでに地面に組み伏せられ、群れ全体が先を争って食いついている。一瞬信夫は立ちあがったものの、背中に二頭、喉《のど》に一頭がぶらさがっていた。

そのとき日高は信夫の頭部を撃ちぬいてやった。

二人はこれまでいろいろのことを体験してきたが、今度は目の前で部下が引き裂かれ食われるのを見なくてはならなかった。二人は撃ちまくった。日高が気をとりなおして貴重な弾薬の浪費をとめるまでにしばらくかかった。

生き残ったオオカミたちは、瀕死の仲間を食い殺し、その肉で満足して、夜明けが迫ると姿を消した。

日高と刀自本は声もなく荷をととのえ、帰途につく。あいかわらず毛を逆立てたキンメクはその間を歩いた。

刀自本が先になって森を抜ける。犬はしだいに落ち着いてきて、また獣の足跡をさぐりにかかった。

前日と同じ道は選ばず、日高の意見でずっと南を迂回した。まだトナカイの群れを見つけたかったのである。正午ごろやっと最初の高地に達し、あたりをながめた。双眼鏡をあてぬ前から、大尉は梢《こずえ》から立ちのぼる白い煙を認めた。

「義、見ろ！」

「インディアンか、ヤンキーか……」

「それともヌナミウト族か……」

「どうしてですか？」

「このあたりにはほかにいないからな。それにいまは森に住まっているはずだ。ツンドラ地帯では生きられない」

接触してみるべきか、と刀自本はたずねた。

「いいだろう。連中が春に移動するなら助けを得られる。アラトナがとりなしてくれるだろう。われわれの洞穴を訪れるように言えばいい。おれの片言《かたこと》でも通じるだろうよ」

日高が小型コンパスを煙の方角にセットし、二人は丘を下りてまた森にはいった。遠い煙は木にさえぎられて見えなくなり、コンパスだけが頼りだ。半時間も進むとキンメクがとび出し、足跡を見つけた。雪をかぶっていて人間にはわからないものだ。それはコンパスと同じ方角につづいていた。

「ヌナミウト族のだ」日高が推理した。「キンメクが思いだすかもしれんぞ」

跡はどこまでもつづいた。静かな森を抜け、平原を通って大河のへりまで。そこで手製のスキーをはいた人間の跡に会った。

「三人だな。きのうの午前ごろだ」

長さ一メートル半ほどのスキーの跡は下流へ向かっている。

「荷は軽いですな」刀自本が言った。「猟に出るところかもしれない」

「宿営地は目をつぶっていてもわかるな」

少し川上で三人の足跡は森の中につづいている。刀自本が先頭、日高がすぐあと。すでに煙もにおってきた。いきなりあらわれたら先住民はどんなに驚くだろうかと二人は想像した。だがアラトナの話ではヌナミウト族はおとなしく、彼らの言葉で話しかければすぐ安心するはずだった。日高がその言葉をまとめていると、少尉がはっと足をとめた。

「小屋です……ちゃんとしたブロックの！」

二人は伏せ、キンメクをも押さえつけた。

「ヌナミウトじゃない……ヤンキーだ！」

引き返すにはもう遅い。輪かんじきの跡をはっきりつけてしまった。発見したものがすぐ警報を出すだろう。退路は前方にしかない。巧みな奇襲あるのみ。

「義、弾丸は？」

「四発です」

「おれは三発だ。足りるだろう！」

背をかがめ、垂れ下がった枝をくぐって、小さな空地のへりに出る。小屋はその中央にあった。

「罠猟師じゃないかな、義」

古いががっしりした小屋だった。建てましの部分だけ新しいようだ。そこの窓は獣皮張りだが、古いほうはガラス窓。ごつい煙突から昇る煙は人の住んでいる証拠だ。双眼鏡でまず住人の数をさぐる。戸口のかたわらにスキー一足。工場製品。少なくとも四人はいる。昨日の三人とこのスキーの持ち主。

「例のヤンキーだ……」

「確かですか？」

「あそこに上衣がかかっているな、義、スカウトの袖章がついてるぞ！」

小声で作戦を練った。なかにいるのは一人だけとは限らない。この前の遭遇では五人を確認したが、ほかにいたかもしれないのだ。刀自本がとび出そうとするのを日高がおさえた。なかのうすくらがりに目が慣れる前に、ヤンキーがナイフをとる可能性もある。

「出てくるやつを撃とう……残りもすぐとび出してくる」

こちらは隠れており、射界は広いのだから失敗するはずがない。二人はものすごい寒さに耐えて待った。樹の影が長くなる。

小屋の中で音がした。薪を床に投げたようだ。そしてストーブの戸をあける音。煙突から煙が勢いよく吹きだした。窓の奥にランプがともる。

「眠っていたな。いま起きたらしい」刀自本がささやく。「すぐ出てくるぞ」

その瞬間ドアが大きくあき、ひげの男が目をこすりながらあらわれた。それが胸か背を狙える姿勢をとるまで二人は待った。

そのときキンメクがとび出し、けたたましく吠えながら走っていった。二発の弾丸はすばやく閉まったドアをえぐっただけだった。

「この野郎……窓ごしに撃て！　ランプを狙え！」

ヤンキーがあわてていなかったら、すぐランプを消し自分の影が外に見えないようにしただろう。

ランプが持ちあげられ……日高の銃弾が窓ガラスとランプを砕いた。

その直後窓に銃身があらわれ火を吐く。

「場所を変えろ！」

二人はそばの藪にもぐりこんだ。

「一人だけらしい……」

「わからん……油断するな！」

敵の銃身は今度は左の隅《すみ》にあらわれたが、さっきと同じ場所を撃っている。敵の肩を認めた刀自本がすかさず引き金を引く。うなり声。命中したのだ。

「これでしまいです、遠三さん」

「計略かもしれん……ここを出るな！」

キンメクはきゃんきゃん啼《な》きながら小屋のまわりを走り、中の様子は聞こえない。そのかわり赤い焔《ほのお》が見える。

「ランプだ……石油が燃えてる！」

二人はとびおき、空地のくさむらに伏せた。敵はこれを待っていた。さっと銃身をのぞかせるとつづけさまに二発撃ってきた。

アメリカ人は背後に気がつかなかった。全神経を外に集中していたのだ。焔が高くなってからやっと消しにかかる。その影がとびまわるのが見えた。だがすでに手遅れであった。

「いま出てくる……しめた！」

銃を構えておどり出したヤンキーは、掩体《えんたい》にとびこもうとしたところを、日高の最後の弾丸がその胸を貫いた。

ヤンキーは戸に瞬時寄りかかるかに見えたが、燃える小屋の中にひっくり返った。

「義、来い！　何かいただこう……」

ヤンキーの持ち物を利用しなくては……。

だがすでに焔はバート・ハッチンスンの火薬箱をとらえ、轟音とともにブロック小屋は空中に吹きとんだ。

火花に包まれた梁《はり》が落ち、燃えあがる。薬莢《やっきょう》が花火のように四方にはぜた。

「南無阿弥陀仏……なんともにぎやかな地獄行きだ！」

どうやら金鉱探し用のダイナマイトもしまってあったらしい。

刀自本の返事がないので、日高は振りむいた。

さっきの場所に横たわったままの少尉は、苦痛に身をよじっていた。

「どうした……おい、義！」

少尉は仰向《あおむ》けになり、両手で右膝をつかむ。

日高は手早く毛布ズボンとその下のウサギ皮を切り裂き、刀自本の膝頭がめちゃめちゃに砕けているのを発見した。

「本当のことを……」彼はあえいだ。「言ってください……」

日高の息は重かった。言うわけにいかない。

「大丈夫だ……二、三日で歩けるようになる」

「手遅れだ、遠三さん……逃げてくれ！」

一分もここにいられないことは日高自身が知っていた。狩りに出たヤンキーたちは爆発音を聞き、すでに全速力で帰途についているにちがいない。追いつかれればそれっきりだ。弾薬はない。二人の銃は銃でなくなったのだ。

「おれの首に腕をまわせ……そうすれば歩けるぞ」

刀自本はかぶりを振った。それでは日高が逃げられない。

「ほっておいてください。さ、走って！」

刀自本はナイフを抜いた。切腹する気でいるのだ。名誉に生きる武士の作法で。日高はそのナイフをたたき落とした。

「遠三さん……たのむ、服を切りひらいてくれ……ナイフを返して……」

友人にそうたのむ権利はある。武士道の規則にかなっているのだ。切腹する男は刃物を自力でわれとわが身に突き立てればいい。

「たのむ。東を向かせてください」

だが日高はナイフを自分のポケットにしまうと、友を助け起こし肩に担《にな》った。刀自本は怒りと痛みで失神した。

大尉は自分の足跡を逆にたどっていった。犬を先立てて藪を抜け、深雪を踏み、川辺に出る。そこに少尉をおろすと樅《もみ》の太い枝を二本切り、刀自本をしばりつける。それをひきずると少し速度が増した。

暗くても氷上の道はよくわかる。切りぬけられるかもしれない。

日高大尉は身の安全を考えていたのではない。武士道で育てられた彼である。いま彼に残された義務は、死ぬ前にできるだけの多くの損害を敵にあたえることであろう。少なくともスカウトを一人道づれにする。うまく待ち伏せればナイフだけでも可能だろう。だが残るスカウトは彼を倒すはずだ。そうすればトナカイ谷の大飛行場のことを統帥部に報告できる人間がいなくなる。洞穴の部下はニジンスキーのこともイギルチク島のことも知らない。提督の命令どおり、それは彼と刀自本義の間だけの秘密だったのだ。敵地の秘密飛行場というのはほかの考えをすべて翳《かげ》らせてしまうほどに重要であった。

それでも日高は友を見捨てることなど想像もできなかった。刀自本は彼の一部になっていたのである。

汗にまみれ、息を切らし、日高は闇を進んだ。洞穴に着いてから友をどうするか、彼にもわからなかった。

真夜中ごろ、東に寄りすぎたと気づく。犬も左側にもどり、森へはいろうとしていた。川を離れ、刀自本を枝から放たなくては。起こされた刀自本は息を吹きかえし、自分で歩くと言い張った。だが右足を踏もうとしたとたんにくずおれた。

「義、おれの肩につかまれ、いいか」

はじめはうまくいかなかったが、やがて二人三脚のリズムも定まり、ゆっくりながら前進できた。夜明けに森を出、登りにかかる。ふつうならなんでもないのだが、日高は友を引きあげるのに全力をかたむけた。上で雪だまりに横になり、力の回復を待たなくてはならなかった。

「遠三さん、無理だ……一人で行ってくれ」

刀自本は寒気で苦痛が麻痺《まひ》していた。

「今夜は火をたいて部下を呼んでくる。明日の夕方は洞穴に着くぞ。アラトナに手当てしてもらおう。あいつは詳しい」

「遠三さん、ヤンキーのことを忘れている……すぐに来ますよ」

本当に日高は忘れていた。事実はここ何時間か何も考えていなかったのだ。よろめきながら犬のあとを追っただけだった。

刀自本は右腰を下にして振りかえった。

「遠三さん……あと三十分ぐらいしかない。早く行ってください！」

争うには日高は疲れすぎていた。

「ナイフが要る……やつらだ！」

「なんだと？」

「いま森を出た。登ってくる。ナイフを……早く！」

日高はとび起きると双眼鏡をつかんだ。三人のスカウトがはっきり見える。アリよりも大きく。全員が長い銃をもち手製スキーでスピードは速い。

「義、おれにもうチャンスはない……輪かんじきでは喧嘩《けんか》にならん……それにやつらは撃てる……射界は広い！」

ヤンキーを刺殺するまで隠れていられそうな場所を必死に探した。だが半マイル先の窪地のへりに藪と岩があるだけ。

「……けりをつけましょう」

日高は答えない。

「生きて捕虜となるつもりですか？」

日高は動かなかった。

「……将校が……」刀自本の声は怒りにふるえていた。「虜囚のはずかしめを！」

日高は友の肩をつかんだ。

「ちがう、義、お前が捕虜になるのだ！　生きたまま！」

刀自本はのけぞって大尉の手をはずした。

「いやだ……いやだ！」

日高にとめる隙をあたえずナイフをひったくる。

「切腹には遅すぎる……しかし……」

上衣《パルカ》をむしりとり、喉を出した。だが日高がとびかかって両腕を雪に押さえつける。

「いかん、命令だ！」どなりつけた。「命令だ、生きろ！」

負傷者はあえいだ。

「放して……気がふれたんですか……命令なんてできないぞ！」

「おれを救え！」日高は真剣だった。「お前にしか救えないんだ。義……このままではつかまる。ほかに道はない！」

息がつまり、目が燃えていた。

「もう道はない、遠三さん、けりをつけてください。やつらに凱歌をあげさせないで！」

「わかった！」大尉は急に活気を帯びた。「だが、義、生きてくれ。そうすればおれは血路をひらく。東京に飛行場のことを報告する！」

刀自本に傷の痛みがもどった。興奮のためだ。

「それは無理だ……やつらはすぐに来る。撃たれちまう……」

「いや、義、お前がくいとめるのだ！　ここから引き返させるようにするのだ。そうすればおれはなんとしてでも切りぬける……義、重大な報告を持ってな！」

刀自本は敵のほうを振りかえった。

「あと二十分もない！」日高はいらだった。なぜ理解してくれないのか！「義、聞こえなかったのか！」

「でもわからない……もう……」

日高は少尉の肩を揺さぶった。

「お前が死んでもなんにもならん。次にはおれたちみんなが死ぬだけだ。だがおれは血路をひらかねばならん！　だからお前は生きぬくのだ。やつらはお前を殺せない。それは禁じられている。お前の世話をして後送せねばならん。それがやつらの命令なのだ。わからんのか、お前という重荷をヤンキーに負わせるのだ。これで形勢が一変する。おれはお前と行動をともにできんが、やつらはお前を連れて引き返すほかない……おれは自由に行動でき、ヤンキーはそうではなくなる。わかったか。約束する。かならず報告は達成するぞ！　どうだ、わかってくれたか？」

義は理解した。天照大神が日高の心を照らしたもうたのだ。ここまで追いつめられてもなお道を示したもうたのだ。

「遠三さん、私の名前はけがされる。ヤンキーの捕虜になっては……」

「おれの命令だ！　日本のために生きろ！」

「遠三さんが生きのびなければ、だれにもわからない……」

「そうなれば日本にお前の名誉を捧げよ、義！　神は知っておられる！」

二人は下を見おろした。敵からは見えない。三人のヤンキーはけんめいに登りつつあった。体力は充分なようだ。日本兵が武器を持たぬこと、一人は負傷し一人は疲れきっていることを彼らは知っていた。不意に撃たれる心配はない。とどめをさすだけ。

「逃げてください……言われたとおりにする！」

日高は友の頭を両手で支えた。

「ありがとう……義、達者でな！」

立ちあがると刀自本に敬礼し、窪地《くぼち》に走った。その背後を刀自本の万歳三唱が追った。

雪の表面が凍っていたので日高は思ったよりも早く次の斜面を登り、石のかげに伏せて双眼鏡を目にあてた。犬を呼んでつなぐ。でないと、キンメクは敵を見て吠えるかもしれない。

その瞬間、向こうにヤンキーの頭が三つ出た。銃を向けられた刀自本はしぶしぶ両手をあげた。

唇をかみしめて日高はその光景を見つめた。証人がいなくても敵が負傷者をすぐ射殺するはずはない。この捕虜が足手まといになって全作戦を一時あきらめるほかなくなることはじきにわかるだろう。だが日本隊の指揮官がすぐそばに隠れていようとはわかるはずもない。

三人は興奮してしゃべっていたが、長身で顔の狭いスカウトが仲間を捕虜のそばから押しもどした。これまで二度日高はこの男に会っている。沼辺の奇襲とブルックス山中の川辺で。あのときはもう少しで射殺できるところだった。

スカウトの指揮官は部下を納得させたらしい。三人は刀自本のほうにかがんで傷を調べている。やがて刀自本は二本の銃にのせられて運び去られた。

39

その夜のうちに日高が洞穴にたどりついてアラトナから生き残ったのは自分一人であると聞いたころ、三人のアメリカ人は刀自本少尉を南へ運びつつあった。

彼の砕かれた膝を雪で洗い、やわらかな毛皮でくるんでやった。ののしりながらも敵が寒くないように配慮し、担架をこしらえた。刀自本はそこに横たわり、敵の運ぶにまかせた。そこから基地までどのくらいあるのかはわからない。訊くつもりもなかった。遠ければ遠いほど日高遠三のチャンスは大きくなるのだ。捕われた彼は友の例を見ないスタミナと能力を信じていたので、早くも遠いイギルチク島に着くところを想像していた。

片足で立て、ひとの助けを借りれば歩けることを悟られてはならなかった。ヤンキーの前進を楽にすることはすべて避けなくてはならない。彼らの武装が貧弱で食糧も自給していることに彼は気がついていた。

それやこれやで彼らのスピードは鈍った。ヤンキーたちが難関を克服していくやり方を少尉は注意深く観察した。日本人とはちがうやり方が多かった。戦争がすんだら、しかるべき筋に知らせてやろう。

刀自本はことの成り行きにすこぶる満足だった。日高が切りぬけることにまちがいない。なぜ自分に虜囚のはずかしめを受けるよう命じたか本国で説明してくれるだろう。日本の勝利のためなのだ。そのために日高の重大任務からヤンキーに手を引かせたのだ。敵がこれまで耐えた苦労はすべてむなしかったのだ。最後の瞬間に日高の天才的な思いつきが形勢を逆転させたのである。

もちろんスカウトたちは、刀自本の考えたほど簡単に引き返すことを決めたわけではなかった。次のキャンプの刀自本に聞こえないところで、またその話になった。ディック・ハムストンはいった。空襲で日本の非戦闘員を大量に殺しているのに、ここで悪質の敵を生かしておくのはナンセンスだ……。

「おれだってそう思う」アランもそれは認めた。「しかし幸いにしておれたちが決定する必要はない。おれたちはこの男だけ問題にすればいい。ことははっきりしている。負傷した捕虜を殺してはならんのだ」

「立場がちがったら、やつは殺したさ」ピートがいきりたつ。「ジャップはいつもそうだ」

「例外はある……沼のところではそうしなかった。ヒダカがおれたちの仲間に包帯を投げてやった」

ハムストンは笑った。

「すると、額に汗してこの野郎を暖房付き病院にひきずってくわけだよな！」

「ほかに方法があるか？」

ピート・ランダルはなすべきことを知っていた。つまり何もしないのである。ここにほったらかして残りの敵を追うのだ。

「そりゃ負傷者をかたづけるわけにはいかん。こういうやつだってな。しかし、ほかのネズミを逃がすというのは……畜生、こたえるぞ」

そいつはヒダカ大尉にちがいないとアランは断言した。

「どうしてわかる？」

「こういう計略を思いつくのはやつだけだ。われわれに少尉を投げつける以外に自分が助かる道はない」

「卑怯者……！」

「利口者《りこう》さ」アランが訂正した。「やつはこれで自由に任務を遂行でき、われわれは手をしばられたも同然だ」

「こいつにかまわなきゃよかったんだ。ほっぽらかして進めばよかったのさ！」

「ちがう、ピート。そうしたら暗くなるまでに寒さかオオカミにやられちまったよ。雪に血痕があったろう」

「それでもな、良心が痛むことはなかったろうぜ」

「やっぱりよく考えてみるとな」ハムストンも認めた。「ほっておくのも殺すのと同じだったろうよ。アラン、あんたの言うとおりかもしれんな……」

チーフスカウトはうなずいた。

「その点、確信している。怒りで引き裂かれそうだが、そのほかに道はなかった。おれたちはヒダカの思うつぼにはいっちまったが、それこそおれたちが正しいというしるしなんだ！……この戦争はいったいどうなるか？　おれたちはジャップの残忍さのために戦っているということなんだ。そのおれたちがジャップのまねをしたら、意味なしじゃないか。そんなことをするより黄ネズミ百匹にがしたほうがましだ……それだけとりあげれば、このジャップを山を越えて安全なところに連れていくというのはばかげているかもしれない。しかしな、距離をおいて見れば、ある意味が生まれるのだ。いま全世界で問題になっている意義が」

「急にまじめになったんだな」とピート。

「よくわからんがね。しかし、自分の良心を裏切ったらいい気分じゃなかろうよ。お前にだってそうさ、あとになって考えりゃ」

「いまのところ、おれはミスタ・ヒダカのことを考えるね。くすくす笑ってやがるだろ」

「おれだって同じだ。それにあの手榴弾のこと……！」

これで打ち切った。ほかの話題に移る。刀自本にはだれも声をかけない。アランだけがはじめ二言三言かわし、相手がほぼ完璧な英語をしゃべることを知った。だが捕虜は氏名と階級しかいわなかった。

帰りには行きよりずっと時間がかかった。雪も大変だが、刀自本の輸送がもっと大変だった。毛皮を裂いて幅の広い紐《ひも》を二本つくり、それを肩から胸に張って担架の重量の均等化につとめる。一人がつねに先行して歩きやすい道を探す。同じキャンプで何日もすごして狩りをすることもあった。捕虜には自分で火の番をする力もなさそうなので、スカウトの一人が残らなくてはならない。いやな仕事だが順番だった。

十一日めにハリーが手を失った谷に着いた。このあたりはよく知っているし、さしかけ屋根もそのままだったので、数日とどまって食糧を調達することにした。まずアランが火の番に残ることになる。ディックとピートは夜明けに出発し、向かいの斜面にはっきり跡を残した白岩山羊《シロイワヤギ》の群れを追った。刀自本はとうひ枝の床に横たわり、半眼で天をにらんでいた。前に小さなたき火が燃え、チーフスカウトが新しい輪かんじきをつくっている。

アランには一日じゅう黙っているつもりはなかった。

「少尉、膝はどうです?」

刀自本はていねいな言葉にびっくりした。

「ありがとう……硬くなったようですが」

それだけだった。

「奥さんや子供は?」

「いや、ミスタ・アラン。両親と兄弟四人だけ……みんな軍人……」

「生まれはどちらです?」

「日本……」

そこでまたとぎれた。

そこでアランは、日本人なら詳しく答えざるをえない質問を発した。

「なぜ日本はこんな戦争をはじめたんです?」

すぐに捕虜はすわり直し、話にのってきた。

「われわれは国民の未来と、われわれおよびそれにつづく世代の必要とする生活圏のために戦っている」

「他民族の犠牲において?」アランがさえぎった。

「彼らは日本の秩序を必要とする……日出ずるところの大帝国は臣従《しんじゅう》するすべてに保護をあたえる」

「しかしね、他民族がいやだと言ったら……つまり日本の保護下で生きることを……?」

「ミスタ・アラン、それは心ならずもそうしているのです。日本国民は発展せざるをえない。それは神の摂理でだれにも妨げられない!」

「われわれアメリカ人はそれを妨げようとしている。それに英国その他自由諸国が」

「どんな権利で? あんた方はわれわれの地域で何をするのです? だれが介入していいと言ったのですかな?」

「義務が、でしょうね。自由な人間を非自由から守ってやる義務ですよ」

「それで女、子供を爆撃する? ミスタ・アラン?」

「宣戦布告なくしてはじめたのはだれです? 真珠湾を奇襲したのは? 中国、満州などはどうなのです?」

刀自本の目に火花が走った。

「日本は正当防衛をしただけだ。あんた方が脅迫したのではないか！」

過去の外交戦についてアランは漠としか知らなかった。

「少尉、われわれは自由の民だ。ほかの国も自由に暮らすことを願っている。知ってのとおり、われわれは植民地を持たない。持つつもりもない。いまかりに所有しているものも持ちつづけはしない」

「そんなことは、こっちのほうが、全世界が、知ってる」刀自本は興奮した。「アメリカは土地を掠奪してきたではないか。計略とペテン、不意打ちで！」

これにはアランも頭に来た。黙っているわけにはいかない。

「そんなことはしなかった！　われわれの歴史はきれいだ。少なくとも外に対しては！　そんな宣伝じゃ、やくざ犬一匹誘い出せない。どうやらあなたとは話しあえないようだな！」

だが刀自本は話しつづけた。教えられた合衆国の汚辱の歴史については何ひとつ忘れていなかった。

「ハワイ諸島は昔からアメリカのものだったか？　なぜアメリカはプエルトリコを、グアムを、ウポルを治めているのか？　有色人種の希望でか？　テキサスとカリフォルニアにはどうしてやってきたのか？　弱体のメキシコを掠奪するためではなかったか！　ちがいますかな？　ネヴァダ、アリゾナ、ニューメキシコ……みんな、先住民から強奪したものでしょう。スペイン人を弁護するわけではない。彼らとて抑圧者だった。しかし、いかなる権利でアメリカはフィリピンとキューバをスペインから奪ったのか。ミスタ・アラン、あれは卑怯な戦争でしたな。強大国アメリカ対弱小スペインでは」

早口の大声だったので口をはさむ余地がなかった。アランも負けずに声を高めた。

「奴隷化と搾取に対して介入したのだ。明快きわまる人権のために。その土地のなかで以前より楽になっていないところがあったら言ってもらおう。みんな今はアメリカ人だ。自由人のすべての権利を持っている。いやだというやつはいない。われわれはアメリカ人なのだ……」

「へえ、あなたがアメリカ人？」刀自本は嘲笑した。

「あたりまえじゃないか。正真正銘のアメリカ人を両親とするアメリカ人だ！」

「どうぞ、その先を！　両親の両親のそのまた両親はどこから？」

「もちろんスコットランドからだ。私の名前からわかる。あんたには関係ない！」

「そらみろ！」刀自本は勝ち誇った。「あんたはスコットランド人、ヨーロッパ人だ。いわゆる白人種。地球の反対側の人間だ」

アランには相手の意向がわからなかった。

「アメリカではそうなのだ。われわれは全員移民の子孫で、それを誇りとしている！」

「誇りか！」日本将校は叫んだ。「この広大な国の正当な主人を追い払い、わずかを残すだけで殲滅《せんめつ》したことをね！　火薬と鉛弾、ウィスキーとペテンで本当のアメリカ人の故郷を奪ったのだ。合衆国は白人の強奪植民地にほかならない。掠奪の美酒をひとりじめしようとして君主に叛旗をひるがえした白人が住んでいるだけだ！　で、被害者を嘲《あざけ》るため、いまでもアメリカ人と自称していなさる！　ヨーロッパの流れ者ではないか！　インディアン、エスキモー、アリューシャン人だけが本当のアメリカ人なのだ！　ミスタ、彼らはみんなモンゴル系。日本人、中国人とおなじだ。アメリカは当然モンゴル系民族のもの。エスキモー、インディアン、日本人は同種だ。もともと白人にはこの大陸で失うべきものなどない！」

この暴論に口をはさむことをアランはあきらめた。狂信的情熱で発射される言葉には、理性をもってしては対抗できない。

「あんたのような人間には会ったことがない」やっと刀自本が黙るのを待って、アランが言った。

刀自本は満足のほほえみを浮かべた。

「でしょうな、ミスタ・アラン。真実を耳にできて感謝すべきですよ。ふつうならチャンスはないのだから」

国家への義務を果たしたと安心して、刀自本は横たわり、目をとざした。

重い獲物を担《かつ》いでもどった二人の仲間にアランはこのことを話した。

「そんな毒針を出しつづけてると」とハムストンが言った。「最初の医者に粉々《こなごな》にされちまうぜ」

「ヒダカもそうだろうか？」

「決まってるさ、アラン、やつらはみんな同じだ！」

「ヒダカはくえないやつさ。こんな考えに巻きこまれるには利口《りこう》すぎる」

「ますます悪いぜ、アラン。このおかしな少尉殿ができないことでもできるだろう」

「おれもずっとそのことを考えていた。ヒダカがこの辺をうろつきまわる限り、こっちは落ち着けない。あいつはなにをやるかわからん。先住民をけしかけるかもしれない。連中もモンゴル系の顔だ。話にのってくるやつもあるぞ」

「だとしても、たいしたことできるもんか。ま、マトンのステーキでも焼こう」

彼らの意見からすると捕虜に食わせる義理はなかったが、さりとて飢えさせるわけにもいかなかった。

「ほれ……食え」ディックが刀自本に脂《あぶら》のしたたる腰肉を渡した。「そして重くなるんだな。おれたちがますます苦労するように」

アランはナイフを貸してやった。刀自本はそれで肉を細かく切り、編針のような箸《はし》で器用に口に運ぶ。

「なんであんな面倒なまねをする？」

「ほかにやりようがないんだ。子供のときからそう仕込まれてるんでな」

やがてアランは、二人でも捕虜をクリフトン湖まで護送できないかとたずねた。

「アラン、おいでなすったね！」

「やれるか？」

「やれる。もう山はない。ゆっくり行ける。だけど、あんた……まだ気がすまんのか？」

「すまない。ヒダカを倒すまでは」

ディックとピートは相手の顔を見つめた。

「反対してもむだだろうな?」

「むだだよ、ディック」

「しかし、もう基地はすぐそこだぜ。いっしょに来たらどうだ?」

だがチーフスカウトにはそれなりの理由があった。

「湖についたら無線で将軍に報告しなくちゃならない。そうしたら大変だ。軍隊の網にからまっちまう」

ハムストンとランダルにはよくわかった。

「なぜはじめからそう言わなかった?」

アランは笑った。

「あんたたちも同じことを考えるだろうと思ってな!」

40

日高大尉は大きな墓穴を掘ることができなかった。地面は固く凍っていた。死者たちは日高とアラトナが苦心して集めた石塚でがまんするほかなかった。日本軍の決まりとしては戦死者を火葬にしてその灰を故国へ持ち帰り、そこで正式の葬式をするのだが、そんなことは望めない。だが名前をしるした小さな札だけで東京の靖国神社に彼らの勲功と悲劇の死を伝えるのに充分なのだ。天皇は太陽の女神に彼らを迎え入れたまえと祈るであろう。

最後の石をおくと大尉は数歩さがり、三度深々と頭を下げるや敬礼をした。手袋をはめた右手を毛皮帽のへりにあて、十五分間も同じ姿勢でいた。アラトナはそれが夫の種族のしきたりだろうと思い、そっくりまねをした。

部下を殺した連中がアラトナをそのままにしておいたということを、日高は理解できなかった。だが彼女には自明のことだった。彼女はもはやもとの種族の成員ではないし、彼らにも日高に手を出すべき理由はない。日高は彼女の夫で、あきれるほど親切に扱っていたのだ。アラトナが日高個人の所有物だと言ったものにヌナミウト族は一指《いっし》も触れず、殺した人間のものだけを正当な戦利品として持っていった。またこの奇襲は族長の関知したことでもなかった。ツナクは年配の男たちとすでに引き返しており、若い連中だけが好奇心とおそらく掠奪欲にかられ、異人たちを近くから見物しようと思ったのである。そのついでにアラトナを暴行者から守り、また明らかに同じ意図をもって谷の出口から急行したほかの三人を殺すのも、彼らの義務だったというわけである。

日高としては洞穴を捨て、このあたりから去るほかなかった。スカウトから連絡を受けたアメリカ軍が新手を空輸してくるかもしれないし、ヌナミウト族は彼自身に含むところはないとアラトナが言っても信用できなかった。彼は洞穴の砂上にアラスカ北部の略図を描いた。山脈、大河等、抜けているものはない。ここから海岸までの状態をアラトナに教わるつもりだったが、彼女には砂上の点や線が何を意味するかわからなかった。ヌナミウト族はこんな絵をかかない。おのずと縄張りの様子はわかっているのだ。

そう、大きな川がある、と彼女はいった。日の沈むほうに流れ、湖よりも幅が広い。でもそこに行き着くには手と足の指の数よりも日にちがかかる。彼女は行ったことがなく、話に聞いただけだ。まだ白人が無限の水のところまで来ないころ、ヌナミウト族はこの流れを利用して河口まで下り、エスキモー相手に毛皮、道具の交換をした。でもいまはだめ。呪術師《シャーマン》が一度行って語るには、三人の白人がエスキモーのところに住みつき、ピカピカの星を胸につけて命令しているという。いやでもみんなそれに従わなくてはならない。

彼女はその大河の名をアンガリクと言ったが、日高には初耳だった。彼がたどりつくべき川、それに沿って西岸へ、さらにイギルチク島へたどりつかねばならぬ川はノアタクという。

しかし、川や山をヌナミウト族が地図にあるのと同じ名で呼んでいるとは限らない。彼としてはアンガリクがノアタクのことだとわかるのを望めるだけだ。

日高はふたつの毛布に包め、背負っていけるものだけ持っていこうとした。が、アラトナは男六人でも担《かつ》げないような荷物をこしらえた。冷凍肉と、自製の道具全部、いちばんあたたかな毛皮、それにクマの毛皮も。二人でもとても運べないと日高は説明した。

「私、曳くもの、つくる……」

「雪が深いぞ。例の橇《そり》みたいなのじゃだめだ」

「私、つくる……あなた、見る」

彼女は倒したばかりのオオシカの皮に両面からたっぷり水を注ぎ、しっとりと濡らした。外に出ると小さな足で雪中に溝を掘り固める。長さ二メートル、幅半メートル。底はたいらだ。そこに毛の側を外にして濡れた毛皮を敷き、内から柳の枝で支えをした。一時間もするとそれは橇の形に凍った。それを鋳型からとりだした日高は動きの円滑なのに舌をまいた。工場製の橇より曳きにくいかもしれないが、背に担ぐのにくらべれば天国のようなものである。毎日出発する前に橇をひっくり返し、毛の側に水をかければいい。みるみるうちに氷になり、橇はまたすいすいと滑りだせる。アラトナはキンメクの分の曳き紐もつくり、荷物いっさいをのせた。出発は翌朝であった。

住みよい洞穴は背後に消えた。須田、綱島、論知、稲木、オロチョン族のノボルの凍った死体をおさめた石塚も消えた。二人の旅人はトナカイの谷を縦断し、広い尾根までゆるやかにのぼった。この前日高がトナカイを捜したのは南東の方向だったが、今度はほぼ真西に向から。橇の動きは軽く、キンメクだけで曳けるほどだった。夕方になると西への傾斜がはじまり、橇を後ろからひいてブレーキをかけなければならなかった。眼前にひろがる光景は波うつまま凍った大海原を思わせた。波頭のところでは雪は固くてオオシカの皮は摩擦もなく滑ったが、波と波の間では雪が深くてやわらかく、曳くのに苦労させられた。アラトナと日高は体をほとんど水平に曲げ、かんじきを踏んばり、犬も息が苦しげであった。

夕方は早かった。薪《たきぎ》はないが、少時休んで燻製品《くんせいひん》をとる。かちかちに凍っているのでまず斧で賽《さい》の目に割り、体に押しつけて溶かさなくてはならない。ふたたび闇の中に出発。空は黒に近いすみれ色。雪には月光があわく反射し、星がきれいだった。橇とかんじきの音のほかには何も聞こえない。生命のない荒野は無限につづくがごとくで、月面でさえもこれほど荒涼とはしていないだろう。

だが小休止のとき、二人はすばらしい見物に接した。ただ極北の地でたまに見られるだけで、おのれの目でながめたものは少ない。

氷原のかなたに銀の帳《とばり》がかかった。空の高みから降りてきて、すみれ色の地平線いっぱいをおおう、透明なヴェール。見事なひだであった。風が手を貸しているようであった。この現象は極光《オーロラ》と呼ばれ、ふしぎな大気のいたずらで闇に織りなされる光と空気の芸術である。繊細な線から成るこの織物は一様に垂れるのではなく、ひだをたたえ、城の窓にかかるカーテンのように左右が外に反りをうっている。そよとの風もなく、万物は静まりかえっていた。

「アルシャクプルクが空を行く」アラトナは畏敬の念にうたれ、日高もおごそかな気分になった。この奇蹟をなすのがいかなる神であれ、彼の心に迫るものがあった。

三十分ほどで極光は細い糸に分かれ、それもしだいに色あせてついには消え去った。

人間二人と犬と橇はふたたび移動を開始した。翌朝おそく凍った川に着く。その岸には嵐に荒らされた林があり、そこに毛皮で天幕を張ると、ささやかな火をたいて翌日までいた。

そしてまた出発。同じ毎日だった。あせる日高はほとんど前進していないように感じた。白い景色は変わらない。どこまで行っても一様な起伏。行手を横切る獣の跡もなく、鳥もとばず、風もそよがぬ。この静けさは真冬のものだった。自然が荒れくるうのは冬のはじめと終わりの数週だけ。その間はたいてい静まりかえっているのだ。気温は氷点下四十ないし五十度まで下がり、息は微結晶の雲に変わる。弱々しい日光は数時間さすだけだが、雪に反射して目に痛い。そのため二人はアラトナが手軽につくったエスキモー式雪眼鏡《ゆきめがね》をつけた。指三本幅の板に狭い切れ目があってのぞけるようになっている。それを革紐で顔に固定するのだ。

肉のたくわえは尽き、凍った魚がひと包みだけ。二人と犬に毎日の重労働のエネルギーを補給するには足りない。疲れ方が早くなり、少しでも長く休みたくなった。

深く地面をえぐる川についたとき、日高は数日の休息を決心した。岸には藪とヒメカンバがある。罠もかけられるだろう。アラトナが器用に切った雪ブロックの壁の後ろに日高が枠を組み立てて毛皮を張った。アラトナは雪の下に雷鳥の道を見つけ、罠を仕掛けた。

日高は川床に大型獣の通い道を発見できると思っていた。トナカイの群れがこのあたりで冬をすごすものなら、それはここ以外にはない。岸には必要な餌がある。武器としては手製の槍、それに斧とナイフ。これで獲物を倒すには数歩のところまで接近しなくてはならない。それがだめなら罠を仕掛け、トナカイが同じ道を通ることに賭けるだけだ。だが凍った川をいくら行っても足跡はなかった。

帰ってアラトナの罠の手伝いでもしようかと思ったとき、白い煙が見えた。岸の吹きだまりから立ちのぼっている。信じられない現象であった。火がもとのはずはない。細い煙が直接雪からのぼっている。地下深くに火山活動があるのだろうか？

近寄って手をかざしてみるが、熱は感じない。蒸気が半メートルほどあがり、そこで凍って沈むだけ。目ほどの穴の周囲は氷になっている。これは冬眠にあるクマにちがいない。煙と思ったのはその息と体温なのだ。

大尉はそこを掘りはじめた。掘るにつれ慎重になる。早く目をさまさせれば、物騒千万だ。斧とナイフでは無理だろう。

一メートル半ほど掘り下げたところ、動きがあらわれた。亀裂が生じ、白い丘が揺れる。日高はわきにのいて斧をつかんだが、クマはまた落ち着いたようだ。

ややしばらく狩人はじっとしていた。またそっと仕事にかかる。足を大きくひらいて上体をかがめ両手で作業を進めるうち、いきなり巨大なクマの頭部が出てきた。

すぐとびのきはしたが、槍が足にからみ丘をころげ落ちた。起きあがるとすでに灰色グマはぬっくと立ちあがっていた。幸い光がまぶしく、あたりがよく見えない。日高は上衣《パルカ》を脱ぎすて身軽になった。槍を拾おうとかがんだとき、灰色グマはそれに気がついて攻撃してきた。クマの、左胸に投槍を突き出す。だがクマが横を向いたので前足に当たっただけだった。その痛みでクマはすっかりねむけがさめ、突進する。日高はさっとかわすと斧をつかんだ。

目がまだ曇っているクマは落ちた上衣を敵と思い、そこへダッシュした。嚙《か》み裂き、前足でぼろぼろにしてしまった。

日高はそれを利用して背後から忍び寄り、頭部に力まかせの一撃をくわえた。

巨獣は前へ泳ぐと横だおしになり、けいれんして死んだ。

すぐもどってアラトナに吉報を知らせるわけにもいかない。まず毛皮をはぎ、体をいくつかに切って固く凍るのを待つのだ。肝臓と足の裏だけを持って日高は帰途についた。

これで当分食糧の心配はないし、毛皮も一枚増えたのだ。道はまだ遠くとも見通しは明るくなった。暗くなると天幕の前に景気よく火をたき、肝臓とうまい足の裏を串に刺してあぶった。

翌日に残りの肉を運び、毛皮を洗う。アラトナはクマの腱《けん》で日高の破れた上衣を縫《ぬ》いあわせ、肉をまとめて包むと橇《そり》に積んだ。日高はどれほど重くても食えるものは全部持っていこうと主張した。一日の行程が短くなっても、これだけたくわえがあればいつか大河に着けよう……。

だが旅がつづくにつれ、日高は体力の衰えを感じた。正午ごろ雪眼鏡をしているにもかかわらず目が痛みだす。一時的な疲れと思ってよけいがんばった。アラトナに知らせてはならない。だが次の日、苦しみはつのり、後頭部から背へ下りてきた。心臓がわれそうに鳴り、ほとんど立っていられない。橇をひけず、押していった。支点を求めるため、橇に寄りかかる。

アラトナは荷が重くなったのに気づき、振りかえって夫が倒れる寸前なのに気がついた。自分が疲れたと口実をもうけて早く休止し、その夜は最上等の食事をつくった。だが日高はなおらない。翌日、意識を失って倒れた。

アラトナはあわてず、夫を橇に積むと毛布でくるみ、全力をこめてひいた。キンメクもわかったらしく、努力を倍にした。できるだけ早く長期滞在できる場所につきたかった。樹もないこの高みでは死んでしまう。

血管と肺は破裂しそうになった。これほどの荷をひくのははじめてで、もうだめかと思ったのも二度や三度ではなかった。だがアルシャクプルクの神助があり、土地は西へ下りはじめた。橇はずんずん滑り、やっと谷に出た。中央部に丸い池がある。その向こう岸に岩にかこまれた樺《かば》の森。薪《たきぎ》も多ければ食べられる植物もある。荷ごと氷を渡り、一歩一歩対岸へのぼると樹の間に適当な場所を探した。病人には天幕では足りない。材料が雪であってもちゃんとした家がいる。

こうしたイグルー造りを手伝ったことはあるが、一人でははじめてだ。幅の広い木のナイフで固い雪を四角く切り、エスキモー古来のやり方で土台を積みはじめる。家の直径は五歩。完全な円型だ。その上のは心もち内側へ傾き、その度合いはしだいに増す。ついに四面から壁が会い、円天井を形成した。その中央に円い雪ブロックをはめ、空気抜けをつける。隙間《すきま》にやわらかい雪を詰め、外壁をならした。這《は》って出入りする入口の前にトンネルを築く。曲がっているので風を通さない。イグルー内部に寝床、テーブルを雪を固めてつくり、壁にくぼみをつけて家事道具をしまった。ベッドにはまず柳の枝を、その上に毛布を敷いた。テーブルには河原の石を埋めてランプの台にする。

トナカイ谷の時代からアラトナは熱と光を供給するこのランプをつくっておいた。蠟石《ろうせき》を削った皿にクマの脂《あぶら》を満たし、ハナゴケを束ねたのが芯《しん》だ。熱が氷の壁を溶かさないよう焰《ほのお》を小さく保つのがコツである。だが焰にブリキ皿をかざせば、スープを煮られる。ベッド上では氷点ほどまであたたまり、これは極地人にとって快適な温度なのだ。日高にも天幕の寒さよりずっとよかった。

アラトナは夫を橇からおろし、トンネルをくぐって病室に運び入れた。到着から三時間とはたっていない。

意識のない日高は呼吸が乱れていた。何の病気かわからないが、彼女はいくどか同じ場面を経験したことがあった。いつもクマ狩りのあとで病気が出たので、ヌナミウト族は死んだクマの霊が復讐するのだと信じていた。女子供はめったにかからない。またクマを殺した男が全部かかるわけでもない。死んでから仇を討てるクマはごくわずか、ということなのだ。

肌身離さないトナカイ皮の袋にアラトナはヌナミウト族で珍重される薬草をしまっておいた。族長の娘の義務である。部族の病人、けが人の世話をするのは族長一家の女の仕事なのだ。赤い地衣《ちい》、柳の根、いろいろな苔その他、極地性オランダガラシなどがその内容である。彼女は注意深く選び、長時間かけて粉にした。それを盃に入れて雪を加え、ランプにかけて何度か煮たてた。

唇に盃を感じた日高は目をあけた。上に雪の円天井、横に同じ材料の壁が見える。日光が淡く青色に透きとおっていた。

「あなた病気……飲む……よくなる……」

飲むとそのすごい苦さで体がふるえた。

「イグルーか……だれのだ？」

「あなたの……私がつくった」

彼はアラトナの手をとって自分の額においた。

「熱いだろう？」

「火が燃えている……たくさん眠る……よくなる」

だが病人はよくわかっていた。けっしてクマの肉を食うなという刀自本の警告を思いだしたのだ。

「アラトナ、お前はなんともないか？」

なんともなかった。今日一日あれほど無理をしたにもかかわらず気分は爽快だった。

「クマの肝臓を食べなかったのか？」

アラトナはかぶりを振った。

「肝臓は狩人のもの……女は食べていけない」

日高の知るところでは旋毛虫はたいてい肝臓にいる。専門医の治療を受けなければ旋毛虫病は四週ないし八週の苦しみの後、死にいたる。すぐ適切な処置をすればほとんどが助かるのだが。

そうなればすべては水の泡だったのだ。部下の死も、アッツの苦労も。刀自本はいつか捕虜収容所からもどるだろうが、ちゃんとした評価を受けることはない。提督は第二、第三の気象観測隊をアラスカに送りこめるかもしれない。だがトナカイ谷の大飛行場の情報は日本の役に立たないのだ。夏には出産するアラトナがどうなるか、だれにもわからない。もとの仲間のところにもどれればいいが。

病人は昼夜をうつらうつらとすごした。幾週も意識はもうろうとし、アラトナは彼に食べさせ、薬を歯の間から落としてやらなくてはならなかった。そうでないときの彼女は犬と外に出て石罠をかけ、雷鳥の道にも罠をおいた。円い池の氷に穴をあけ、魚をとることにも成功した。岩から食べられる苔《こけ》をむしり、根を掘り、柳の樹皮をはいだ。一日一日がすぎたが、日高の容態は変わらない。また嵐が発生し、荒れくるったが、イグルーはその暴力をかわした。丸くて風のつかみどころがなく、雪にどんどん埋まるばかりである。

ある日のことアラトナが白ギツネ一頭、ウサギ二羽を持ってもどると、日高はベッドの上に起きあがり、にっこりと迎えた。

「奇蹟だ。よくなったよ」

だが両足はまだ麻痺《まひ》し、感覚がない。

「どのくらい経った？」

アラトナは日をかぞえていなかった。

「とっても長く……あなた、何も言わなかった」

太古から受け継がれたヌナミウト族の医療術が旋毛虫病にも勝ったのである。族長の家の女しか知らない薬草の力が病人に生命をもどしたのだ。だがイグルーの中で歩けるようになるまでさらに数週かかった。頭はふたたび冴《さ》え、待つ間を利用してアラトナの日本語に磨きをかける。やがて彼女は抽象的なこともわかるようになり、彼は広い世界のことを、ことに日本のありさまを教えはじめた。日高のほうもヌナミウト語の知識を深め、伝説を知り、狩りなどの話をさせた。

旅の続行が問題になったのはよほどたってからだった。大河かそれに注ぐ川に雪どけ前にたどりつかなくてはならない。それでないとツンドラは底なし沼に変わり、夏を待たなければ渡れなくなる。

日は長くなった。出発せねば。アラトナの産み月も迫っている。彼女は全然平気で、世のほかの女たちがこのころ体をいたわることなど知らなかったが、それでも急がなくてはならない。

何カ月かして日高ははじめて外に出、足ならしをした。アラトナの肩につかまり、池まで歩く。帰りは意地を張って一人で来た。その一週間後、彼は橇に自分で荷を積み、二人で出発した。

風が雪煙をあげた。が、雪がとけるまでに川に出なくては。

彼はアラトナに、ヤンキーに対する日本の大戦争を、白人の世界支配に対するモンゴル系民族の立ちあがりを話してきかせた。森の樹よりも多くの戦士をかかえる故国の大首長が彼の帰還を待ち望んでいる、彼はヌナミウトの国に鉄の鳥を送り、彼らを守ってやりたいのだ、しかしこの鳥はトナカイ谷のような特別の休み場を必要とする。このことを大首長に報告しなくては……一日もぐずぐずできないのだ……。

アラトナは信じていた。彼女の援助がなくては海岸に着けない。彼女はそのことを知っていた。だから彼女の肩にはヌナミウト族の将来ばかりでなく、夫の種族の運命もかかっていた。このほうが大事であった。そのため彼女にはすべてをなげうつ用意があった。

胎児は重くなっていたが、妊娠に気をつかうのはヌナミウト族の習慣ではない。なにしろたえず漂泊の旅にあり、妊婦もほかの成員と同じく荷物をひきつづけなくてはならないのだ。出産時に二、三日の休みをもらうだけで、あとは同じである。

日高がキンメクと橇をひき、彼女には後ろから少ししか押させないのを、アラトナは理解できなかった。はじめ数日は強風を受けてのろのろとしか進めなかったが、やがて風向きが逆になり、失った時間をとりもどした。一週間後にはこれまでのどれよりも大きな川に出た。

これはキリオクでアンガリクに注いでいるとアラトナはいった。父と呪術師がよくうわさしていたそうである。昔、それはヌナミウトの通商路であった。これがフローラ・リヴァーであり、五十ないし百マイル西で大河ノアタクと合流しているはずだと日高は見当をつけ、氷がとけるまでここに待つことにした。魚もウサギもキツネもいっぱいいる。

だが、いざ火をおこすとなると、こすりあわせるのに適当な木片が見つからない。ここ数日の風で川の両岸に高い吹きだまりができてしまったのだ。白い地面から樺の梢《こずえ》がのぞいているだけ。火をおこすには下を半ばまるく削った硬質の棒のほか、腐りかけたやわらかい木が必要だ。

「ここで天幕の仕度をたのむ。おれは少しくだって木を探してくるから」

「行くことない……私、氷で、火つくる」

先住民の技術についてはいろいろと読み、聞いてもいた。だが氷で火をつくるとは初耳だ。このふたつほど相性の悪いものはない。それでもアラトナは強情だった。時間がかかってヌナミウト族のだれにもできるというわけのものではないが、呪術師のアナクトトが天と地の精霊の力を借りて彼女にその秘密を教えてくれたのだ……。

日高はアラトナと氷が表面に出ている川の中流へ行った。彼女はそこで亀裂も泡もない澄んだ場所を選び、斧でその一片をとると、ナイフでこぶしほどの大きさに削った。その両側を手でけんめいにこする。

「乾いた葉、集めて、ください」

日高は理解し、柳の枝先から枯れた葉をもぎり集めた。樺の樹皮も岩の間の苔《こけ》もそれにそえた。小枝の上にそれをのせ、周囲に大ぶりの枝を並べて風よけとした。

「とても待つ……」アラトナはそのそばにすわるや、せっせと氷塊をこすりつづける。

太陽は明るく照っていたが、まだ真冬なみに冷たい。日本ではとうに桜も散り、女たちは軽い着物に変えたろう。

アラトナの仕事は終わった。両側が盛りあがった氷の円盤。立ちあがって太陽の位置を確かめ、枯れ葉の山の上にそれをかざす。日高は息をのんで見守った。まさかと思うことが生じた。氷に太陽光線が集まり、火口《ほくち》の一点に集中したのである。やがてその一点から細い煙が立ちのぼり、焰《ほのお》が生まれた。磨いた氷がレンズとなったのである。

日高は舌をまいた。「アラトナ、お前は世界一かしこい女だ。すごいことをやったな」

「いつもすぐに火をつくること、ない。アルシャクプルクの助け、あった」

日高は毛皮と太い枝で頑丈な天幕をつくった。流れの氷がとけるまで数週待たなければならないかもしれない。翌朝、寒さと飢えでふらふらしているオオシカを槍で仕留めた。肉は固かったが、アラトナの罠にかかる単調な食事にありがたい色をそえた。

やがて一夜明けてみると、あたたかい風が南から吹きだした。荒野では恐れていたのだが、河岸に着いて以来は心から待ち望んだ風であった。春のにおいがした。雪もとけた。野は急速に活気づき、芽をふいた。空には雁《がん》と鶴の群れが北に急ぎ、次々とあらわれる藪は若い芽を見せてきた。いたるところで自然は短い夏を急いで利用しようと躍起《やっき》になっていた。

雪が完全にとけ、枝の葉が濃くなると、やっと大河もめざめ、轟音を発してくびきを脱した。まず大砲に似た轟音が一発ひびき、亀裂がひろがるにつれ砲声は激しくなった。割れ目から水があふれだし、岸にひろがると同時に浮氷面を細々に砕いた。氷塊は屹立《きつりつ》し、岸に押しつけられるや輝く小山になった。この騒ぎは二昼夜つづき、やがて戦いは終わり、解放は成った。まばゆい氷塊を浮かべたまま、大河は流れはじめた。だがその自由も三、四ヵ月、六月半ばから九月末まで。その後はまた氷のかせにはめられるのだ。

橇は氷解し、荷はすべてととのえられた。日高は岸に打ちよせられた厚さ一メートルの大氷塊を舟に選んだ。長い竿二本を削る。二人は荷物と犬とともにそこに乗りこみ、岸を離れると流れにみずからをゆだねた。

安楽きわまりない移動方法だった。船がわりの氷塊が岸や他の氷塊にぶつからないよう注意するだけでいい。竿のひと突きで充分である。岸は後方へ滑り、空は夏っぽくなり、葦《あし》の中ではカモが卵を抱いていた。暗くなると岸に着き、火のそばで寝たが、朝には旅をつづけた。氷塊は日に日に小さくなり、大きいのにとりかえねばならなくなった。移動中に魚をとり、夜にあぶった。

遠くに山が浮かび出、両側に森が多くなった。カモや白鳥は群れをなして飛びあがり、キツネは岸辺をかぎまわり、黒クマ、ヒグマの姿も見られた。だがトナカイはいなかった。ツンドラへの大移動の時期はとうに来ている。おそくとも五月末に群れは合流して数マイルの縦隊になる。それが密集して谷と森を抜け、バレン・グラウンドの草地まで来て、また解散するのだ。これに遭えば日高の原始的な武器でもイギルチクまでの食糧を入手できる。

「エンゾー……いっぱい水あるよ！」

日高は双眼鏡をとり、この川がもうひとつの大河に注ぐのを確認した。これが予想どおりノアタクならば、西岸とボリス・ニジンスキーのところにせいぜい二週間で着くはずだ。もちろん筏《いかだ》を急造しなくてはならない。氷塊はそこまでに溶けてしまう。

左手に丘陵地帯が迫ってきた。その前方に樅《もみ》の森と砂浜。そこで荷物をおろした。アラトナが火をおこす間、日高は高所に登ってみたが、視界は南にしかひらけていない。その向こうは間に深い谷を配した山並みである。

ここから先の大河の模様を知るためには、もっと高いところに登る必要がある。藪をかきわけていったが、失望した。この大河はまっすぐ北に進んでいたのである。土地がたいらでツンドラにはいっていたので、双眼鏡で水流は地平線まで追えた。

これはコルヴィル川にちがいない。北極海に出ることは出るのだが、イギルチクの近くではない。日高は目をとじて昔の地図を思いうかべようとした。そこにはコルヴィルとノアタクの名もない支流が尾根ごとに刻みこまれていた。両河の上流は地図では手のひらひとつほどしか離れていない。実際には百ないし百二十キロメートル。地形が悪くても十日で越えられる。それに筏を浮かべられるほどの支流にぶつかる希望もあるのだ。それには荷を減らさなくてはならない。アラトナに負わせてはいけないのだ。

彼は妻に幻滅の報告をした。彼女は平然と受けいれた。ここが求めていた川でなければほかで捜せばいい。子供のことは心配しなかった。時が来れば産まれるだろう。そうしたら腹の中ではなく背に担《かつ》ぐだけ。女はみんなそうだった。

毛皮は残していった。夏のうちは必要ない。武器、手製の食器、石ランプ、罠、縫《ぬ》い道具、アラトナの薬だけを持っていく。毛皮の袋に入れ、日高一人で負えた。尾根をひとつまたひとつと越すと、やがて土地は低くなり疎林《そりん》にはいった。花ざかりである。南風が自由に出入りし、北風が山にさえぎられるここでは季節が進んでいた。短い春に夏がつづく。二、三週雨がなく、小川の水量は少なかった。地形から日高は背後にした高地が重要な分水嶺《ぶんすいれい》でここから先にノアタクがあるにちがいないと考えた。ほかにすべての水を集める川はアラスカのこのあたりにはない。

岩壁のかげで足をとめる。から松の林が両側につづき、その前の葦《あし》にかこまれた池には無数のカモが泳いでいた。

アラトナはここで二、三日すごそうといいだした。彼女が魚を釣り、カモの罠をかけ、日高は大型の獲物を狙う。彼は妻に平和な数日を贈るつもりだったが、長い病気のあいだ日をかぞえられず、いつ自分の子が産まれてくるのかもわからなかった。でも、そのときまではノアタク川に出ているだろうし、彼が筏をつくっているとき、アラトナは自分の世話ができるだろう。

「トナカイが見つかるよ。そうしたら若いのを仕留めてやろう」

それなら南北に走っている湿気の多い谷を探しなさいと彼女は忠告した。獣の通い道がその方向だし、トナカイの餌がある。

「あたたかいとき、ヌナミウトはいつもそうする……いつも、トナカイ、見つける」

彼は斧、骨のナイフ、犬を彼女に残しておいた。日本製ナイフと槍で武装して狩りに出かけた。

だがアラトナは出産の用意をはじめたのである。

41

いまや周囲百マイル以上の地区でひとりぼっちとなったアラン・マックルイアは、ツンドラ帯へ引き返す途中、幸運にも日高たちが捜してむなしかったトナカイの群れに遭った。トナカイたちは例の谷を去ってからブルックス山脈の北前山へはいり、そこにとどまったのである。チーフスカウトはその好運をとらえ、冬の残りをそこにすごした。日本兵が新しい足跡にひかれて姿をあらわさないだろうかと願っていた。異常な低温のためオオシカが南へ移ってしまったので、大型獣としてはトナカイだけだった。群れは一日行程ぐらいの範囲にひろがっており、自活する人間には天の助けなのだ。

アランは弾薬の残りをいざという場合のためにとっておいた。罠で食糧を調達するのは容易である。ふたつの大きな岩の間に住まいをしつらえた。斧一挺で完成。まず幹の枝を落とし、刻み目をつける。その刻み目に梁《はり》をあわせ、屋根は二層の樹皮の間に小枝と苔《こけ》を詰める。最良の断熱材である雪はおのずと積もる。中では火をたき、照明と暖房と炊事に使った。トナカイ皮の窓から淡い日光がさしこむ。小枝を編み皮を張ったドアは、ふたつの革製の蝶番《ちょうつがい》で固定され、閂《かんぬき》を持っていた。ベッドは樅《もみ》の小枝。テーブルと椅子は太い枝。二方の壁は岩肌で、火の影響でタイルの暖炉のようになっていた。一晩じゅう冷えない。だがアランは火を絶やさなかった。ナイフと石であらたにおこすのは大変なのだ。

一人でいるのは苦にならない。それどころかすこぶる快適で、いつも熱中できる仕事があった。好天なら森を歩き、丘に登ってあたりをながめる。火は昼はごく小さくし、所在を知られないように気をくばった。だが日本兵たちは安心しきっているかもしれない。このあたりには自分のほかだれもいないと思っているだろう。アランは敵の煙か狩りの跡を発見する望みを捨てていなかった。その冬営地を見つけたら、急いでクリフトン湖に引き返し、そこからハミルトン将軍に連絡する手だてはある。冬が終わるまで敵は動くまい。

だが一週また一週とすぎたが、敵の影は杳《よう》としてつかめない。春を告げる嵐が来て、トナカイははじめは小さな、ついで大きなグループにまとまった。移動本能がめざめ、無限のツンドラの緑したたる餌がほしくなったのだ。アランは群れをずっと追っていくことに決めた。これほどトナカイと冬をともにした野獣監視員はいない。銃声がせず、罠で少数がやられてもそれを人間とは結びつけなかったので、トナカイたちは近くにいる二本足の生物に慣れてしまったのだ。それまで知られていなかったトナカイの習性をアランは詳しく観察した。その大移動についていけば、もっとよくわかるだろう。これもそれまで試みた人間はいない。

彼らの旅の道は大昔から決まっている。いちばん楽な道なのだ。大群は来る年も来る年も雪のないときは見はらしのきく荒野を抜けていく。土地の狩人たちはそれを利用し、狭い山峡などでトナカイを待ちうけ、原始的な武器で必要なだけ殺すのだ。大群はこの程度の損失には驚きも示さない。

日本兵もそれを知っているにちがいない。だからアランがここで彼らに会う可能性もあるのだ。この地方の群れはすべて雪どけの始まるころに全長数マイルの大縦隊をつくる。ほかにトナカイの道はないのだ。

前々からアランは敵がベーリング海をめざしているのではないかと考えていた。シェワトカ山脈を出て以来、彼らが終始西へ進んでいることからも類推できる。もはや通信ができなくなったためなのか、それとも別の理由で命令を受けたのか、そのあたりはわからなかったが、敵の目標がノアタクであることは疑わなかった。それが西岸へ出る唯一の大河だからだ。海岸で日本の軍艦か飛行艇と合流するつもりなら、日高はその川を下るほかない。トナカイの道で会えなかったら、川の上かその岸で見つかるだろう。そこまで行ってしまえば、彼にとってもノアタク以上に適当なもどり道はない。野獣監視員の彼はノアタク河口近くのアザラシ島のことは知っている。そこには同僚のニジンスキーと先住民の助手数名がいて、密猟者を警戒しているのだ。この白系ロシア人と会ったことはないが、いろいろうわさは耳にしている。ニジンスキーは無線局を持ち、いつでも巡視艇や飛行艇を呼べる。アランだって日本兵を発見したら将軍に連絡できるはずだ。

アランはこの計画に満足した。トナカイの移動路を究めるという長年の希望が、日本兵捜索のチャンスと一致したからだ。

南風が吹きこみ樹が冬化粧を落とすと、トナカイは出発し、アランはあとを追った。前進がこれほど楽とは思わなかった。トナカイたちはやわらかくなった雪をきれいに踏み固めてくれるのである。無数の蹄《ひづめ》が地面をならしてくれた。それに本能から山や湿地を避けてやさしいコースを選ぶので、ついていく人間にもむずかしいことはない。食糧は前とおなじ。たえず弱って落伍するトナカイがあり、ナイフのひと突きで仕留めることができた。

チーフスカウトはずいぶん前から長靴のかわりに、やわらかいトナカイの皮から自製したモカシンをはいていた。衣服も皮でつくろう。長身銃に弾薬十八発。ハミルトン令嬢の小型拳銃、スカウト通常装備の斧、大きな狩猟ナイフ、双眼鏡、これがすべてだった。マッチはとうにないので、火打ち石をナイフの背でたたいて火をつける。食器は吹雪《ふぶき》のときになくなってしまった。それ以後、肉や草を煮るには新しい獣皮を使わなくてはならない。毛の側を外にして穴に敷き、中に煮るものを入れる。そこへそばのたき火で熱した石を投げこむというやり方である。

トナカイの群れは日に日に大きくなった。支流が本流にそそぐように、道の両側の谷や森から続々とあらわれては合流していった。縦隊は見渡す限りの長さになり、その数は見当もつかない。角《つの》の森がアランの前方を動き、山峡では体と体がふれあった。角がぶつかって鳴る。関節が一歩ごとにポキンと音を立てるのはトナカイの奇習である。あたりには彼らの息吹きがもやとなっていた。道の両側には死にかけたもの、死んだものが連なり、オオカミはそれで腹がふくれて、アランには見向きもしない。

トナカイたちは急がなかった。雪が消えたところでは何日も停止してのんびり餌を食い、食いつくしてから進む。夜は長く、日中はあたたかくなった。短い春からいきなり夏が来る。これ以上群れを追う意味はなくなった。テンポがのろすぎる。数日後トナカイたちはゆっくりと西へ流れる川を渡った。これがノアタクにそそぐらしいと見当をつけたアランは、獣皮の舟をつくることにした。

それに必要なトナカイはじきに仕留めたが、方々《ほうぼう》に倒れているので皮をはぐのは翌朝にした。少量の肉だけを流れ近くのキャンプに持ちかえる。乾期がつづいて草や藪が燃えやすくなっているので、アランは一ダースほど大石を集めたき火のまわりにぐるりと並べた。

翌朝になるとトナカイの大群は影も形もない。あたりはもとのしずけさにもどった。彼らとのつきあいに慣れていたアランは、はじめさびしかった。そこですぐ仕事にとりかかる。獲物のところをまわって皮をはぎ、それを縫《ぬ》いあわせるのに要る腱《けん》もとった。毛皮のひとつには脂《あぶら》を、もうひとつには肉の良いところを詰め、正午ごろキャンプに帰った。残っていた熾《おき》をおこし、携行する燻《いぶ》し肉をつくりにかかる。

串に適当な枝を探しに立ちあがったとき、轟音とともに火のまわりの石が破裂した。破片が四方にとんだ。すわっていたら、死なないまでも重傷を負っただろう。

ヒダカの仕業《しわざ》だ、アランはすぐに悟った。彼以外にこんなことを思いつく男はいない。濡れた石の性質をこんなふうに利用できるやつはいない。

夜のうちに敵はたき火を見つけ、朝から見張っていて、アランが仕事中に川の別の石に変えておいたのだ。表面だけは日光で乾いているが、数日前までは水中にあったので中は湿った石だ。急に熱せられれば千々《ちぢ》に砕け散るほかないのだ。山男ならだれでも知っていることだが、これが殺人に使えるとは思わなかった。

敵の足跡はすぐに見つかった。日高はそれを隠す努力もしていない。だがアランはまず敵が一人かどうかを確かめた。まもなくトナカイの死体をふたつ発見。その傷から槍で殺されたものとわかる。投げた力はすごく、槍はトナカイの体を貫通していた。

人間の足跡はひとつだけ。日本軍大尉に部下はいない。日高は部下としばらく別れているのか、全員を失ってしまったのだ。もしいるのなら全員でトナカイ狩りの好機を利用したはずである。

石爆弾は失敗したばかりでなく、日高の存在を明らかにしてしまった。ふたたびチーフスカウトは糸の端をつかんだのである。もちろん同じことは日高にもいえる。アランはいつ次の攻撃を受けるかわからない。

こうして二人の男の決闘がはじまった。人間狩りが。精妙な計略と果敢な行動で、生と死を賭けて戦うのだ。大尉とチーフスカウトは追い、追われるものであった。

日高の足跡は非常にはっきりしていたので、そのままつけていってもさしあたりアランに危険なことはなかった。敵がその足跡を追って罠に落ちるほどのばかでないことを、日高はちゃんと知っていたはずだ。だから罠など仕掛けてはおかなかったのだ。アランは藪《やぶ》に近づきすぎないよう用心するだけでよかった。槍がそこから繰り出されるかもしれない。日高は飛び道具を持っていない。彼の銃はバート・ハッチンスンの焼けた小屋のそばにあった。

予測どおり日高の足跡は小川の岸で消えていた。流れは下流へ歩くほうが容易だから、アランは上流へ向かった。手ごわい敵も同じことを考えたはずである。敵が陸にあがったあとを捜してもむだなこと。そんなものを残す日高ではない。そのかわりアランは垂れ下がった枝に注意を向けた。人間の目方を支えるにたる枝を見つけると、アランはそれにつかまって伝い、幹の近くを調べた。足跡を消したければ、この方法がいちばんだ。

四本めの枝で、足跡はなかったが、こそげたばかりの小さな樹皮片が見つかった。乾いた枯れ葉の間にいくつか濡れた部分も。日高の靴からしたたった水滴だ。人間のほうは枝づたいにかなりの距離を行ったらしい。だがアランはついに敵がとびおりた足跡を苔に発見した。日高はこれで追手をまいたと安心したようで、そこからは跡を隠そうとしていない。

だがチーフスカウトは慎重だった。膝までの草地にはいると、近くの木から長い枝を折り、それで前方をさぐりながら歩いた。百歩と行かぬうちに、何か抵抗を感じ、さっと身をひいた。その瞬間、五、六本の丸太が頭上から降ってきたのである。

巧妙きわまる罠だった。葉のあいだに隠された丸太は下から見えない。しかし、敵はこれを仕掛けるので時間をくったはずだ。たいして遠くに行っていないだろう。

早晩、日高がもどってくるものと、アランは考えた。敵がどうなったかを確かめに。それを利用して今度はこっちから罠をかけてやろう。

チーフスカウトは、人間が通りぬけられるほどの岩の裂けめを選んだ。そこに荷を運び、上衣とズボンを脱ぐと苔や草を詰めて人間の形につくり、岩にもたせかけた。毛皮帽もその上にのせておく。夜どおし見張ったあげく眠りこんだ姿勢の前かがみにした。両腕に抱かせた棒は銃のつもりである。このキャンプにいたる狭い道を守りながら、疲れのためにうたたねしたという格好だ。

本物の銃は岩の間に隠し、その割れめからごく自然に生えた灌木《かんぼく》の小枝と引き金を、細い革紐《かわひも》で結んでおいた。日本人が忍び寄ってきたら、その枝に触れ、引き金が引かれる。命中は必然だ。銃口は小枝をまっすぐ狙い、身をかわす余地はない。

はだしのアランは森に隠れ、夜を待った。

42

日高は相手を甘く見ていた。ヤンキーはものの見事にふたつの計略をはずした。だがいつかは夜になる。夜になれば四方に目を光らすわけにいくまい。音もなく忍び寄る名手である日高は、闇を待って決行しようと決意した。

月がのぼると敵キャンプを捜しに出発した。半月だがそこここに敵の足跡は認められる。目で見えないところは指先で補う。鼻も使えた。アランの毛皮靴はトナカイの糞のため腐りかけ、すっぱいにおいを残している。

真夜中ごろ日高は岩の狭間につき、においがそこにはいって出てこないことを確認した。まっすぐにはいらず、横手の岩に登り、上から敵のキャンプをさぐる。目をこらすと下でうずくまったまま眠っているらしい姿が浮かびあがった。尖《とが》った重い石をつかみ、慎重に狙い、投げつけた。

やわらかな音がしただけ。そいつはふたつになった。思ったとおりである。この場所は銃を使った罠におあつらえ向きすぎる。岩を下りると割れめにもぐりこみ、指先であたりをさぐった。小枝と革紐はすぐ見つかった。

片手で枝をその位置に支え、もう一方の手で顔の前に石を並べると、それを楯《たて》に固い地面に腹這《はらば》いになり、力まかせに紐をひいた。

銃声のおさまらないうちにはね起き、走り寄る。残念！　弾倉には一発もない。銃は彼には役に立たないのだ。急いで指の太さの小枝を銃身に外から見えないところまで押し込んで、そこを去った。森にはいったあたりで葉の茂った樹に登り、自分の体をしばりつけて眠る。

がっかりしたヤンキーが捜索を再開すると、日高は樹をとびおり、下生えに駆けこんだ。ヤンキーはその音を聞きつけて、追いかける。日高はわざと一瞬、自分を敵の目にさらした。ヤンキーはさっと銃を構え、引き金を引く。

銃身は破裂し、銃口はささらとなった。日高の望みどおり遊底も炸裂《さくれつ》していたら、ヤンキーは失明しただろう。

すぐチーフスカウトは銃を投げ捨て、敵のあとを追った。敵は距離をあけ、水の涸《か》れた川床を走っていった。

アランとちがって日高には決着をつけるつもりはなかった。相手をまきアラトナを発見させないようにするのが肝心だった。

そのために秘術をつくした。足の裏に草を巻きつけ、樹にのぼり、岩地を選び、夜は岩かげに寝、翌朝は風で多数の樹が倒された地区へ出た。枝をかきわけて進む。足跡が残る心配はまずない。やっと枯草の野原へ抜ける。

遠くに樅《もみ》の林がある。日高はそこの高い梢《こずえ》から後方を偵察するつもりであった。夕方までにアメリカ人の姿が見えなければ、そいつはあきらめたと考えていい。そうすればアラトナのところへもどれる。もちろんうんとまわり道をして。敵もノアタクをめざしていることはありえない。それに飛び道具を持たない敵は前ほどこわくない。それだけは大成功だった。乾いたスゲは胸まで届き、歩くたびにかさかさと鳴った。リスの穴を探していた黒クマの雌が、子ども二頭を連れあわてて逃げだし、付近の動物たちに警報を発した。

日高はそれにかまわず、森めざして歩度を速めた。

だが森につくのは大変だった。足もとにいきなり深い谷がひらけたのである。森はその対岸。下りられる道はない。迂回しなくてはならないが、双眼鏡でも谷の走りぐあいはわからない。ずっと底で急流が岩を嚙《か》んでいる。谷はこの草原を半円形に取りまいているらしかった。

ダイシャクサギの群れがばたばたと飛び立ち、ウサギが走りすぎ、ほかの動物たちも動きを見せる。

煙のにおいがした。

振りかえると、後方に灰色の雲があった。

ちくしょう……ヤンキーのやつ、火をつけたな！

風はなかった。だが火に風はいらない。おのずと草をなめていく。前方には逃げられない。火を避けつつ横に移動するほかない。

しかし谷のへりはしだいに火のほうへ曲がり、すでに焰《ほのお》がとりついている地点もあった。

日高は草をかきわけて反対の方向へ急いだが、そこも火のローラーにふさがれている。彼がとじこめられた小島は三方が絶壁、残る一方は火で阻まれている。絶体絶命であった。してやられたか！　生きながら焼かれるか墜死するかに追いつめられたのだ。

日高は別の死に方を知っていた。双眼鏡を地面に投げ、毛皮の上衣とぼろぼろのシャツをかなぐり捨てた。西に傾く太陽に向かい、ナイフを草におくとあぐらをかいた。

「……覚悟のうえだ」

日高のような日本人は死をおそれはしない。

「天照大神……」彼は太陽を仰いで叫んだ。「今日までおそれ多くもこの身を守っていただきました。この最期をご照覧あれ。この魂を武人の宮にお迎えあれ……」

彼は三度地面に額をつけ、はるかなる天皇とその祖先を拝した。

その瞬間、太陽は彼の双眼鏡に光線を送り、ぴかりと輝かせた。

顔をあげたとき、その光が日高の目を射た。

死を決意した者はそのまま動きをとめ、至福感にひたった。天照大神がしるしをたまわったのである。

もう一度最敬礼を繰り返す。今度はふたつのレンズから女神のしるしが顔にさした。彼岸への移行もこれならつらくはあるまい。

次の瞬間、日本の大母神は彼の脳に光を投げかけたのだ。

日高大尉ははね起きると双眼鏡をひっつかみ、岩角にたたきつけた。

鏡胴がゆるみレンズがころげ出す。

すでに空気は熱い。火はじりじりと迫ってくる。

日高はあたりの草を根こそぎ抜き、土をおもてに出した。それが二メートル四方ほどになると、干草を積みあげレンズのひとつをそこにかざす。

まだ太陽は見える。が、すぐにも近寄る煙に隠されるだろう。

日高は落ち着け、落ち着けと自分に言いきかせた。いま手がふるえてはおしまいだ！

焦点が細い乾いた草の茎に結ばれた。そのまわりがまず褐色に……そして黒くなり、煙を出しはじめた。ついに焔《ほのお》が……。

焔はひろがり、隣りの茎をとらえた。草の山は燃えはじめた。

日高は燃える草を四角い地面の周囲に並べ、あとは焔にまかせた。

逆火はぐんぐん外にひろがる。

崖のほうにだけはひろがらない。日高のまわりにも火の餌はない。

火は半円を描き、ヤンキーの火に向かって進んだ。燃えるものすべてを呑みこんで。刻々と日高の火はひろまり、ついにふたつの火の壁は合体して、真紅の雲が天に沖した。降りかかる火の粉は日高の髪と皮膚を焦《こ》がし、上衣はぶすぶすと燃えはじめた。彼は地面に伏せ土塊を体にかけていたので、そのことにも気がつかない。

一晩じゅう日高はぐっすり眠った。

日の出とともに起き、まだあたたかい灰を払い落としたとき、かつての草原にはまだ刺すようなにおいがこめていた。ヤンキーが近くにいてもこの煙では何も見えなかろう。倒木地帯も燃えつき、根がまだくすぶっている。その背後の昨日は緑だった森も黒い骸骨《がいこつ》と化していた。だがそこに湿地があって、山火事をくいとめたのだった。

その夜おそく、煤《すす》で真っ黒、火ぶくれだらけの日高遠三がアラトナのそばへもどったとき、すでに息子は生まれていた。

彼はそこへひざまずき、小さな手に唇をあてた。

「かたじけなし……おお、なんという日か！」

アラトナは夫の顔を洗ってやった。

「子ども出て、空に煙あって……とても心配だった……でも、よかった」

彼女の目に光るものが宿った。

「アラトナ……妻よ……」

彼は息子を抱き、たき火のあかりでその顔を見つめた。黒い目。モンゴル系特有のしわ。小さな頭をやわらかな黒い毛がおおっている。ふつうの日本人の子供と変わらない。もちろんもっとかわいいだけ。

「じきに日本の桜を見せてやるぞ。日光も富士の雪も！」

43

アラン・マックルイアはこの勝利に喜びはおろか満足さえ覚えなかった。仇敵を倒しアラスカはじまって以来の脅威をとりのぞいたのだ。たしかに日高大尉は手段を選ばなかった。ハリーの片腕をもいだあの手榴弾はその最たるものだ。

だが彼は狂信的民族の産で、自分のためには何もしていない。戦争がなければ、日本の好戦的独裁制がなければ、彼ほどの知力と精力をそなえた人間はもっと良い生活ができただろう。アメリカ人なら大成功を収めたはずだ。それが焼死か墜死の運命にあったのだ。断崖にいち早く気づかなかったのは彼の不運で、丘からあたりをよく見渡せたのはアランの好運であった。

彼は日高の遺体を求めて崖のへりを歩いた。一歩ごとに地面から灰かぐらが立ちのぼり、あたりには生命のかげもない。ときどき足をとめて谷底をのぞく。日高が墜死したならその場所に猛禽《もうきん》が集まっているはず。チーフスカウトは敵の骨を拾ってやろうと決心していた。日高大尉は墓標に値する。

と、アランはある岩角の横手に茶色の地面を認めた。焼けあとでは目につく。足を早めた。

そこには焼け焦《こ》げた日高の上衣と壊れた双眼鏡があった。大型対物レンズのひとつがなくなっている。探すまでもない。見つからないだろう。事情は明らかだった。そのレンズで日高は逆火をおこし、その後でレンズを持ち去ったのだ。

アラン・マックルイアは、敵が火を生きのびた場所に呆然と立っていた。すごいやつ。またしても絶体絶命の窮地を脱した。

チーフスカウトは感嘆せざるをえなかった。おかしなことだが、ほっとさえした。まだ大いなる狩りは終わらず、敵は海岸をめざしている。

アランはもとのキャンプにもどり、ボートの建造をはじめた。いまとなってはノアタクで敵をとらえる希望が残るだけ。

ボートの骨組は柳の枝。天幕でもつくるかのようにそれを地面に突き立てる。だが天幕のときよりも丈夫な枝で、間隔も密である。そこにトナカイの皮をぴんと張り、腱《けん》で固く縫《ぬ》いつける。継ぎ目、縫い目にはたっぷり獣脂を塗りこんだ。次に小さなたき火をたき、半球形のボートをその上にかざす。熱で獣皮と腱はしっかりかみあい、全体に弾力が生じたばかりでなく、裂け目も穴も埋まった。子供でも担《かつ》げるほど軽いボートだった。

アランはテストした。舟が勝手にまわらないよう葉の茂った枝を結びつけ、同じような枝をふたつで応急の舵とした。

満足できる出来ばえだった。水洩れはないし、操作は実に簡単だ。岸にもどり、トナカイ肉の燻製《くんせい》をつくりはじめた。翌朝に出発。

まったく未知の土地である。緑の丘と黒い森が過ぎ、広漠たる草原があらわれ、遠くに青い山々がけぶる。何日も葦《あし》のかたわらを下り、カモの群れのまんなかを通りぬけた。白鳥も悠々と泳いでいた。鵜《う》の類いがすばしっこい魚を追ってもぐり、岸には千鳥やセキレイが走り、雁が葦の間で卵をあたため、鶴は乾いた場所を選んで瞑想《めいそう》にふけっている。

　川の流れはしだいにゆるやかになり、幾筋にも分かれ、ついには無数の小脈となって広い湿地にはいった。アランはボートを担ぎ、ぬかるみを歩かなくてはならなかった。数日歩くと丘のつらなりに出、ボートを捨てる。その高地はずっと南までつづいていた。湿地を徒歩で迂回してきたほうが早く着いたかもしれない。

　丘の向こうでひさしぶりに人間の跡にあった。天幕のすそを支えるために円くおいた石である。ずいぶん前のものらしく、石は草におおわれ、ヒースがたき火の跡を隠していた。白人毛皮商のおかげで生活が楽になる前には、海岸に住むエスキモーたちは夏に大河を遡《さかのぼ》って奥地でトナカイを狩ったのである。樹を筏《いかだ》に組んで海岸へ運びもした。彼らの街道はずっと水路だったので、アランはじきそのひとつにぶつかるはずだと思った。ノアタクそのものでないにしても、その支流に。

　翌日またエスキモーの古い天幕おさえの石と崩れた泥小屋を見つけた。木の柵も少し残っていた。勢子《せこ》がトナカイをここに追いつめ、待ちかまえた仲間が槍で殺すのである。やがてほんの数日前と思われるたき火跡に出会った。意外であった。男一人、女一人それに犬の足跡もあった。赤ん坊連れらしい。四本脚の台の跡もそばに残っている。休むときに赤ん坊を入れた皮袋をかけておくのだ。

　するとエスキモーは奥地での狩りを再開したのか。アランには意外だった。先住民保護局の役人も驚くだろう。エスキモーを奥地開発に使いたいと前々から望んでいたのである。

丘に登ると遠くに灰色の大河が見えた。曲がりくねって西進し、地平線に消えている。両岸は密林。その南に山脈。北ではまたツンドラがはじまっている。これが待望のノアタクにちがいない。

日も沈みかけていたので、丘の中腹で夜を明かすことにした。枯れ葉を集め、石とナイフで火をつける。火勢が強くなると新しい小枝と湿った苔《こけ》をかけ、煙を出した。夕暮れに湿地から立ちのぼる蚊柱《かばしら》を防ぐためだ。

暗くなるともうひとつの火が見えた。方角から察するにノアタクの岸らしい。

アランは朝を待ちきれなかった。エスキモーは世界一人なつっこい。会うのがたのしみであった。外国人がこの付近にあらわれたら彼らが知っているはずで、捜索にも協力してくれるだろう。

今日見たキャンプ跡の小家族だろうとアランは想像した。ほかの狩人たちと合流して帰り仕度中かもしれない。彼らに手を貸してもらえれば、ヒダカは袋のネズミも同然だ。水を行っても岸をのがれても、土地に詳しいエスキモーにはかなわない。

アランはまだ暗いうちにノアタクへ急いだ。森のはずれから煙が昇っている。お昼ごろ双眼鏡で泥小屋が望まれた。まもなくその前で動く人影も。

半マイルあたりまで近づくと、犬がにおいをかぎつけて吠えだした。アランが手を振って呼びかけるのだが、ふたつの人影は小屋へ隠れてしまった。このあたりでほかの人間に会ったことがないのだろう。いきなりあらわれたのでは、相手がおびえるのも無理はない。

ほかに小屋も煙もない。捜索に多人数を動員できる望みはなくなった。森のへりの小屋はずいぶん古いらしく、屋根や壁は草ぼうぼう。窓だけが新しく獣皮を張り、ドアの木も新鮮だった。住人に話が通じる自信はあった。昔ジャコウウシの保護と研究のため一年間極北のヌニヴァク島ですごしたとき、なんどもエスキモーと会って重要な単語はマスターしている。各部族に特有の表現法はあるが、どの方言も共通の根から出ている。

適当な間隔を保って立ちどまった。

「友だちだ」これがふつうの挨拶《あいさつ》である。「友だちが来た」

手のひらを外へ向けて平和の意図を示す。だが答えるのは犬の吠え声だけ。赤ん坊が泣きだした。アランはさらに近寄って挨拶を繰り返したが、だれも出てこない。

そこで背をかがめると、ほほえみながら中へはいった。

思ったとおり三十歳ほどの男と若く非常に美しい女。女は生まれたばかりの赤ん坊を抱きしめている。とびかかろうとする毛むくじゃらの犬を、男は力いっぱい押さえていた。

女は恐怖のどんぞこにあり、全身でおののき子供をかばっていた。その夫はそれほど怖がっていないようだ。細い黒い目をじっと客の顔に向ける。かさねて白人が友好の意を表明すると、男はきれいな歯を見せて挨拶を返した。

背の低いエスキモーを威圧しないようチーフスカウトはそこにしゃがんだ。「ヌタラク・ホキ・クトニト」彼は精いっぱいの微笑をうかべて若い母親に話しかけた。「この子はよく太っている」ということで、エスキモーのエチケットでは最高のお世辞とされている。

効果は覿面《てきめん》だった。アラトナの顔から緊張が消えた。だが返事したのは夫のほうだった。

「カヴニク・カイエ・ガルルアヴナ……」

息子は多くの肉を入手するだろう、という意味だ。つまりすぐれた猟師になろう、というわけである。それに父親はこの子が男の子だと自慢もしたことになる。男の発音はごつごつして、ヌニヴァクのエスキモーとはだいぶ違っていた。

「どの種族か？」

「ヌナミウト」と日高大尉は答えた。「白人《カブルナ》を見たことがない」

チーフスカウトはこの伝説的種族にはじめて出会ったのであった。ヌナミウト族とエスキモーは遠く離れて暮らしているにもかかわらず親近関係にあったのだ。だれもそのことは知らなかったが、いまこの男の言葉でわかった。極北大民族の一部だったのである。

「ここに妻子とだけか？」

「そうだ、白人よ」

二人とも言葉を本当にマスターしていないので、このヌナミウト男の話しぶりがおかしいことにアランも気がつかなかった。長年海岸種族と別れて暮らしていれば方言も変わるだろう、と考えていた。

「お前の名は？」

「シスク」と日高遠三は教えた。「妻はアラトナ、息子はトクラト」

トクラトはクマのことで、父の期待をあらわしていた。

小屋の内部はきちんと整頓され清潔だった。ベッドは新しい皮でおおわれ、かまどの周囲には新しい石が並べてある。夫婦の印象はよかった。海岸部のエスキモーよりずっとさっぱりしていた。

「泊めてくれるか？　疲れた」アランは儀礼上たずねた。

「白人、これはお前の家だ……歓迎する」

ためらいながらアラトナは客に魚スープの木皿を渡し、主人は火の上のトナカイ肉を指さした。

「たっぷり食え、白人。お前の足は疲れ、腹は空《から》だ」

女は立ちあがると乳のみ子を天井から下がった皮の揺りかごに入れた。煙出しから肉をとりだし、炉ばたの串に刺す。

アランはしだいにくつろぎ、男の荒っぽい発音にも慣れた。二人はトナカイの移動のこと、特別長かった今度の冬のことを話しあった。いくどか推測をまじえなくてはならなかったが、誤解はなかったようだ。たっぷり食事をとってからアランは用件を切りだした。

「ノアタクに向かう異人を捜してる。シスク、姿を見たか？　火をかいだか？」

日高はかぶりを振った。

「きのうお前の煙を見、夜お前の火を見ただけ」「おれの捜す人間は若い太陽から来て老いた太陽へ行く……大河ノアタクに向かっている、着いたかもしれない」

日高はじっと聞いていた。

「白人よ、どんな異人か？」

女は運びこんでいた薪《たきぎ》を落とした。アランが拾ってやった。

「とても悪いのだ。大勢の悪い人間が住む暖かい海の大きな島から来た。悪魔だ……多くの人間を殺している。おれはお前たちを守る……」

男の目が細くなった。

「ありがとう、白人。でもこわくない」

あっぱれな言葉である。だが女はひどくこわがっているようだった。唇は色を失い、また顔を隠してしまう。

アランはリュックサックをとりに外へ出た。主婦へのサービスに薪を運び入れてやるつもりだった。かさねた薪の間から使い古した長いナイフが出てきた。ヌナミウト族でも外界と接触があったのか。石と骨の生活でもなかったのだ。アランは製造元を見ようとナイフを日にかざした。

柄のすぐ下に小さな円の刻印があった。周囲に放射線状の模様……日本陸軍のマーク！

ピート・ランダルが刀自本少尉から没収したのがこれと同じものだった。

シスクが出てきてアランを見つめていた。

「アルシャクプルクが天から投げてくれた」固い声だった。「たいへん、たいへん、よく切れる……」

「どこで見つけた、シスク？……どこにあった？……アルシャクプルクはどこに投げたんだ？　教えてくれ……」

シスクはすぐには理解できず、アランはもう一度繰り返した。

「ずっと、ずっと、遠くだ、白人……」

「どのくらいか、シスク、何日ぐらいか？」

先住民は答えにつまっていたようだが、やがてその顔に活気がもどり、いきなり知性を宿した。

「太陽がもどったら、お前を川に連れていく。ナイフ、そこで見つけた……太陽が高くなるころ、着く」

すると、さして遠くないのだ。この男は場所まではっきり知っているらしい。

「アルシャクプルクが投げたのでない」アランは説明した。「悪い人間が落としたのだ。二人で足跡を見つけ……それから人間を見つける……シスク、手伝ってくれ。殺すか捕えるかする」

彼は皮ケースから斧をとりだした。

「シスク、うまくいったらおれの斧をやる……石の斧よりずっと切れる」

シスクはうなずいた。

「わかる、白人よ、悪人は殺さねばだめ」

それが自分のこととはアランにわかるはずもなかった。

44

はじめ日高はなぜこのアメリカ人をのんびり眠らせておくのか、自分でも説明できなかった。アランは壁のほうを向き、安心しきっている。毛布が肩からずれ落ち、火影で左肩胛骨《けんこうこつ》がはっきりと見えた。その下、手のひらひとつのところにナイフを突き立てれば心臓をつらぬくはず。

簡単しごくである。だが武人たる日高は古い伝統にしばられていた。どれほど悪虐な敵にもだまし討ちはいけない。今日の軍隊ではそんなことを気にしない若い将校は多い。日本の誉《ほま》れを守るためならいかなる手段も正当というのだ。だが日高大尉は武士だった。日本の戦士貴族が支配権を失ってから久しいが、そこのところに変わりはなかった。古い家柄には武士道精神が生きつづけていたのである。そのシンボルとして日高はふつう祖先の刀を帯びていた。士族にあたえられる特権である。眠るヤンキーは無防備で、それに客人だ。

アラトナはまだ眠っていなかった。横向きのまま、目を半ばとじて夫を見ている。いつまで待っても何事もないので、そっと毛布をずらし、両手を出した。かたわらのテーブルにナイフが光っている。ゆっくり身を起こした彼女はナイフをつかみ、彼に渡そうとした。

夫がかぶりを振って受けとらないので、くやしそうにもとにもどす。と、日高は音もなく起きあがり、外へ出ようと合図した。月光をあびた二人はささやきかわした。

「眠っているうちには殺せない」

「どうして？　あなたの大変な敵」

「それは殺す、アラトナ、だが眠っている時はだめだ……ここの客であるうちは……」

「あの男、あなたを焼き殺そうとした！」

「だがおれは生きのびた。決闘だったのだ」

アラトナには理解できなかった。この白人は危険である。できるだけ早く除かねばならない。

「あす、やる、アラトナ。川への途中で」

「いまのほうがやさしい……白人、気がつかない」

「あすも同じだ。不意を打つ」

どこが違うのか、彼女にはわからなかった。夫の種族には妙な風習がある。

「斧とコップはどこにある？」ヤンキーにこれ以上日本製品を見せてはならない。東方に火を認めた昨夜のうち、日高は問題になるものをすべて隠した。が、アラトナはうっかりしてナイフを薪の間にさしたままにしておいたのだ。「地面に埋めました」今度は大丈夫だ。

男二人が翌朝早く出かけるとき、アラトナも同行しようと申し出た。子供を揺りかごと背に負い、火口《ほくち》の束を手にして。

「火をおこして、食べものをつくる」

日高はそれを突きもどした。

「だめだ……残れ。新しい靴が要る。それをつくれ！」

アランはエスキモーの女扱いに慣れていたので、口をはさまなかった。

「犬は要らない。つないでおけ」

日高はそのまま女に背を向け、白人《カブルナ》の前に立った。アラトナは二人が丘のかげに隠れるまで見送ってからキンメクを小屋に追いこみ、赤ん坊の揺りかごを梁《はり》に吊るし、戸の前に石をおいてとざした。見られない程度に間をあけ、夫とアメリカ人のあとを追いはじめる。

雲は低く垂れこめ、空気は湿っていた。日高の足は速い。アランはそのことにも、彼が押し黙っていることにも意外な感を覚えた。鉄の斧をもらえるというのに、シスクはえらく機嫌が悪いようだ。ふつうエスキモーは陽気でおしゃべりなものなのに。ヌナミウトは例外なのかもしれない。

日高大尉を捜すのに日高大尉を案内人としていると、どうして想像できたろう！

いくつも丘を越え、湿地を渡った。日高はナイフを皮のシャツの前にさし、機会を見てすぐ抜けるようにしておいた。その機会は来たのだ。ヤンキーが湿地の足場から足場へ跳んでいるとき、さっと振りむいて胸にナイフを突き立てればいい。

日高はいくども決心し、突き立てるべき場所を目でとらえたが、そのたびに延期した。もっといいチャンスが来るだろうと思って。とうとう小川についてしまった。三日前日高はここで鱒《ます》を釣り、日本式に生《なま》で食べたのである。

「ここでナイフ、見つけたのか？」

「ちがう、白人。もっと先だ」

今度はアランが先頭だった。ここからシスクの足跡が敵の足跡につづくにちがいない。日高はアメリカ人の背を凝視し、ナイフの柄をつかむと歩度を速めた。けりをつけなくては！

その肩胛骨《けんこうこつ》は手をのばせば届くところにある。敵は刺されたことも気づかずに死ぬだろう。

だが藪《やぶ》になり、両手で分けて行かねばならず、好機は去った。

そこを通りぬける。日高の呼吸は速くなり、汗が頬をつたわった。これ以上待てない。急所を目でとらえたまま、ナイフを握りしめる。

と、ヤンキーは足をとめ、振りかえった。

「どうした、シスク？　もう疲れたか？」

日高は顔の汗をぬぐった。

「病気だったのだ、白人……」

見ればわかった。アランは休もうと言った。

「魚、いっぱいいる。とってきてやろう」

アランは腹這《はらば》いになると、川にのりだした。たいていの鱒は岸近くでひれを動かし水流に逆らって停止している。

「シスク、火をおこせ。すぐ魚、とる」

腹這いになった男を刺すほど楽なことはない。だが日高が火をおこさなければ、ヤンキーは疑いをいだく。そこで日本人は枯れ木を集め、せっせとこすりはじめた。一秒といえども休めない。すぐ気づかれてしまう。

そのうちアランの手は鱒に近づいた。指をひらき、そっと魚の下にすべらせる。そして一閃、すでに魚は岸ではねていた。

「ほら一匹、シスク、火はどうだ?」

「もう少しかかる」

焔《ほのお》が出はじめたとき、魚は、六匹になっていた。アランは柳の小枝を鱒に通した。

「足りなければ、もっととる」

ヌナミウトはまだ回復していないらしく、手はぎごちなくて槍を火中に落とした。きのうとはがらりと感じが違う。

「休め、シスク!」

「じきよくなる、白人」

鱒は茶色に変色し、皮がはぜ、うまそうな肉が見えてきた。

「よし、食おう」アランは自分のナイフを出すと鱒の皮をむきにかかった。

「うまい」一匹をたいらげると連れに言う。

ヌナミウトもうまそうに食べていた。アランはそれを見て……息をとめた。

この男、食べるのに二本の棒を使っている!

それで器用に身をつまみ、口に持っていく。ひとつとしてこぼさない。

アランは男の正体を知った。

血がふたたび血管をめぐり、行動に駆り立てた。そっと手がポケットにはいり、グウェン・ハミルトンの拳銃を引きだすと、それを手のひらに隠す。向きあった男は何も気がつかない。

「キャプテン・ヒダカ……」

そのとたん、日本人は凍りついた。箸《はし》を持った手が中途で静止する。

「キャプテン・ヒダカ」チーフスカウトは英語でつづけた。「逮捕する」

動かない日本人の上衣から、アランはさっとナイフを抜きとった。

相手はそのまま。アランは拳銃でその箸を示した。

「これでわかった」

相手の指がひらき、箸が落ちた。

「キャプテン、後ろを向いて、手を背にまわしていただこう」

日高は自分の大失敗に恥じいって虚脱状態にあり、機械的に従った。アランはモカシンの革紐《かわひも》を切り、敵の手首をしばる。

「よし……行こう」

日本人は背を向け、アランは手を出してこっちを向かせた。

「長い狩りも終わった、キャプテン・ヒダカ。敵ながらあっぱれでしたな」

日本人は目をあげない。

「こういう結末にすこぶる満足です、キャプテン、二人とも生きているのだから」

相手は顔をあげた。低い声だった。

「私の責任だ。射殺していただきたい」

「いや、トジモト少尉も射殺されなかった」日高の顔は無表情だった。

「それなら自決を許していただけないか」

アランはかぶりを振った。

「だめです。無意味だ!」

「私は失敗したのだ。すべて無意味だ」

「時がたてば、考えは変わってくる。あの女性は貴官の妻か? 小屋のベビーは息子さんか?」

「アラトナが妻、トクラトが息子」

「すると貴官はまだこの世で義務がある。奥さんと息子さんも海岸に連れていこう。二人はそこの伝道所にあずける。戦争がすんでから引きとりなさい、本当に望むなら」

日高の気持ちは読みとれない。

「キャプテン・ヒダカ、貴官のしばられた姿を見たくはない。ふさわしくないのだ。逃走しない、自決しないと約束したまえ、そうすれば二人とも助かる。ご存じのとおり道は遠い」

日本人はふたたび静かにかぶりを振った。

「それは……できない」

アランの立場はつらくなった。これから何週間もしばった敵を連れていかねばならない。女と子供もいてはならない。女はすきを見て夫を自由にするだろう。

そのことをはっきり伝えた。

「それではアラトナは連れていけない。貴官は別れを告げることもできない。アラトナは貴官の運命を知ることもなかろう。別の道からわれわれは川に出、筏《いかだ》を組み立てて河口まで下る。貴官のいましめをとれば、すべて簡単になるのだ。ずっと人間的に……妻子もいっしょに行ける。キャプテン、分別を持ちなさい。拒絶するとは、理解できない」

日本人は相手を見すえた。

「できるものか。われわれを理解した米人《べいじん》はいないのだ！」

アランはあきらめた。

「お互いに不幸なことだ。奥さんにとってはもっと悪い。貴官を頼りにしきっているようだが」

日本人は深くうなだれた。ヤンキーに涙を見られまいとして。

「行こう、キャプテン、この小川ぞいに出られる」

捕虜を助け起こそうとしたが、日高はその前に自分で立っていた。

「先に歩きたまえ、障害に注意して。転ぶと、けがをする」

リュックサックをとろうとヤンキーが背をかがめたとき、日高の目に近くの藪の動きがうった。はっと視線をそらす。

小川の岸を一マイルほど行くと藪は密になり、アランたちは対岸に移った。そこも楽ではない。最近嵐に荒らされた松林にはいる。手をしばられた捕虜は倒木をまたげず、迂回するのに手間どった。アランが枝をかきわけている隙に、日高は後ろを振りかえった。

チーフスカウトは日高に、藪を抜けるオオシカの通い道を示した。日高はわざと木の根につまずいて転んだ。

すぐヤンキーがとんできて、起こそうとする。

「だめだ」捕虜はあえいだ。「腰の関節が」

横を向こうとしてうめく。アランはリュックサックを投げると、かがみこんだ。

「だから言っただろう。手が使えなくちゃ無理だ!」

日高の向きをかえてやろうとした。

だが、とびかかったアラトナの骨製ナイフが、その瞬間アランの背に深々と突きささっていた。

アランはがっくりと膝をつき、そのまま藪にころがりこんだ。

紐《ひも》をとかれた日高は、立ちあがると妻を抱きしめた。

敵がまだ生きていることがわかったのは、数分たってからだった。両手をついて身を起こしかけている。ナイフを突き立てたままで、一呼吸ごとに口から血の泡を吹く。

アラトナはためらわず白人のベルトから日高のナイフを取ると、夫にさしだした。

「いま殺す！」

日高はナイフをしまい、アラトナの刺したところを調べた。心臓の右上方。肺が破れただけ。致命傷とはいえない。

黄色い柄をにぎると、さっと背から抜きとった。

アランはうめきとともに倒れた。日高はその皮シャツをはぐ。出血は少ない。乾いた苔《こけ》をのせ樹皮をしっかりあてると、アランのバンドで固定した。

「なぜ？」アラトナがたずねた。

「橇《そり》つくって、連れていく」

「なぜ連れていく？」

敵の斧で日高は松の枝を二、三本落とし、ひとつにまとめた。

「これ、あなたの敵……すぐ殺さなくては」

「いや、この男は身を守れない」

またもや夫の種族の理解できないしきたりだ。だが彼女はそれに拘束されていない。

「私……殺す……私、ヌナミウト」

夫のナイフを要求した。もぎとろうとさえした。

「アラトナ、言うことをきけ……白人に手を出すな」

彼女は一歩退いた。

「運ぶ。手を貸せ」

「運ばない」アラトナは強情だった。「わたしたち、行く。男ひとりで死ぬ。それでかたづく」

日高は彼女を押しのけると橇をつないだ。アラトナもいやいや手伝う。日本人も白人もわからない。はじめ秘術をつくして殺しあおうとしながら、その好機が来ると殺さない。白人も夫の手をしばったとき、刺さなかった。どうやら捕虜には非常な値打ちがあるらしいのだ。死体よりずっと大事らしい。

「売るの……イギルチク島の仲間に？」と彼女は、白人の値段を知りたがった。

日高はそれがいちばん簡単な説明だと思った。

「そう、アラトナ。売るのだ。銀ギツネの皮十枚の十倍で。だから、死なせないようたのむ」

これで合点がいった。なにしろ銀ギツネはヌナミウト族にとって最高の毛皮とされている。

アラトナはいそいそと大男の白人を橇にのせるのを手伝いだした。

アランの意識ははっきりしていて、ひどく痛がった。

「手当てをしよう」日高が言った。「アラトナはすぐれた看護婦だ」

アランは首をもたげようとしたが、できなかった。

「むだだ、ほっといてくれ！」

日高は敵の体をしっかりと固定し、枝の前部を握った。障害があるとアラトナが後押しする。ヤンキーも枝をつかみ、消えかかる力をこめて落ちまいとした。

夜おそくなって泥小屋に着く、キンメクははしゃぎまわり、赤ん坊は腹をすかして泣いていた。母親がすぐ乳房をふくませてやる。白人のためにトクラトをこんなに待たせたなんて！

日高でもこの大男を背負えず、ベッドにひっぱりあげなくてはならなかった。その際に五発弾のはいった小型拳銃を発見し、没収した。

アラトナのほうも赤ん坊をおとなしくさせ、揺りかごにもどす。日高の不器用な傷の手当てぶりが気にくわない。毛皮を傷につけてはいけないのだ。湿った石苔と新しい樹皮のほうがずっといい。日高はよろこんで彼女にまかせた。そもそもアメリカ人が歩けるようになるものなら、彼女がそうしてやれるだろう。だが薬もないのにどうやって敗血症を防ぐのか、彼にはわからなかった。骨のナイフには動物の血がこびりついていて危険なのに。

本当に白人と交換に銀ギツネの皮十枚の十倍もらえるのかと、アラトナは確かめた。

「本当だとも。キンメクにきれいなお嫁さんもな」

45

筏《いかだ》は完成した。予想される早瀬をのりきれる筏づくりにはたっぷり一週間かかった。艫《とも》には舵。中央部は少し高くなって人間と荷をのせるようになっている。枝で編み砂を詰めた箱で航行中火をたく。あとは食糧を積むだけ。中途で狩りをするつもりはなかった。銃なしではひどく時間がかかる。ここなら獣道がわかっているのでずっと簡単だ。樹に仕掛けた罠でオオシカ二頭を倒し、アラトナに肉を燻《いぶ》させた。

だがヤンキーの容態が悪く、出発は延期された。恐れていた敗血症だった。病人はうわごとをいい、たえず起きあがろうとした。走り出て川にとびこもうとする。アラトナ一人ではおさえきれず、しばりつけねばならなかった。傷はふさがり周囲が赤く腫《は》れているだけだが、高熱で航行に耐えられるはずがない。ノアタクの流れの具合もわからないのだ。

だがゆっくりはできない。早くも夜には霜が降り、葉は赤らみはじめた。ムナグロはいつも最初に移動を開始するのだが、すでに南へ飛び去っていた。日ましに日高大尉はいらいらしてきた。秋の嵐が吹きはじめれば川旅は無理だ。ここで越冬することになる。だが軍事的に重大なトナカイ谷の報告を遅らせてはならない！　川を行けるうちに日本統帥部に知らせなくては！　病人のヤンキーのために遅らせるとは無責任な話なのだ。しだいに日高は一人でイギルチクへ行くというつらい決心を固めはじめた。アラトナにはここに残って病人をみてもらおう。

これ以外に解決法はなかった。それでなくても、アラトナをアッツまたは日本に連れかえることを厳しい軍規に対してどう申し開きしようかと考えていたのだ。問題はまずイギルチクで起こるだろう。アッツへ飛び立つときに。機長は女と子供を乗せるのを拒むにちがいない。その反対を押しきれるものかどうか。山田が私情に理解を持ってくれるとも考えられない。提督にとってアラトナとは一エスキモー女にすぎず、一将校が任務遂行中に同棲し子供をもうけたのだ。彼女が大尉の命を助け帰還を可能にした事情は、直接山田に話さなくてはわかってもらえまい。

そのために、戦争がすむまで彼女を島においておこうと考えたこともあった。そこには白人の助手としてエスキモーも数家族住んでいる。アラトナとトクラトは親切に受けいれてもらえるだろう。だがどうせ別れが避けられないものなら、ここのあたたかい泥小屋でヤンキーの看病をしていても同じはずだ。ヤンキーはあとから彼女を海岸の伝道所に連れていってくれるだろう。ヤンキーが病気で死んでも、アラトナ一人で海岸までたどりつける。もちろん小型の頑丈な筏《いかだ》は残しておく。燻製《くんせい》の肉もたっぷりある。

こう考えるのはつらいことだった。アラトナに話しだせないまま何日かが過ぎた。

だがアラン・マックルイアはいくらか熱が下がり、起きあがった。

「キャプテン」アランの声ははっきりしていた。「あなたは本物の日本人だと思っていたが、どうやら間違いだったらしい」

日高は相手がまだうわごとを言っているのだと考えた。

「では何者だと思ったのかね？」

「本当の人間……」

「日本人は本当の人間じゃないのかね？」

アランは聞き流した。

「キャプテン・ヒダカ。私は貴官にとって重荷だ。私がいなかったら、とうに出発していただろう。敗れた敵へのこの配慮は日本将校らしくないというのだ」

日高はむっとした。

「ミスタ・マックルイア、貴国の新聞宣伝を鵜《う》のみにしてはいけない。ジュネーヴ条約はわれわれにも適用される。負傷者を見捨てていくことは禁止されているのだ」

「紙の上ではね、ヒダカ。目撃者は逆の証言をしている。たとえばウィリアム大尉はフィリピンで日本兵が……」

「しかたのないこともある」日高は相手をさえぎった。「激戦で神経がおかしくなる者も出る。だが戦線の背後では、残虐行為は許されんのだ」

日高が固く信じているという印象をアランは受けた。

「それはそれでいい、キャプテン、しかしいまの場合は貴官の利害に反している。出発準備はすべてととのっているではないか。なぜ私をおいて出発しないのだ？　だれにもわかりはしない」

日高は立ちあがった。

「いや、私にはわかっている」

彼は外に出てアラトナを捜した。妻は魚のやなのところにいた。トクラトの揺りかごは枝にぶらさがり、キンメクがその下で番をしていた。

日高はしばらく前から考えていたことを話して聞かせた。彼一人でイギルチクに行くのが、彼にも彼女にも子供にもいちばんいいのだと。戦争が終わるまではいっしょに暮らすことは無理だ、彼はまたどこかの戦線に出ねばならず、どうせ別れは避けられぬ、慣れないほかの国でよりもアラスカのほうがアラトナには暮らしやすい、日本の生活にとけこむには夫が必要である。戦争は長つづきすまい、いたるところで日本軍は勝利を収めているから、来年には彼女を迎えに来れるだろう。今朝《けさ》から白人はもちなおした、病気が峠を越したことは確かで、よく手当てしてやれば元気になろう、このヤンキーによい人間のいるところまで連れていってもらえばいい。彼が迎えにくるまで、そこでトクラトと安心して暮らしていてくれ……。

若妻はじっと聴いていて何も口答えしなかった。日高はほっとし、ふたつめの筏《いかだ》をつくりにかかった。

仕事に疲れて夕方小屋にもどった彼は、アラトナの承認した決定をアメリカ人にも話した。

「キャプテン、それがいちばんだ。ことにアラトナには」

「それはきみしだいだよ、マックルイア」

アランはためらわなかった。

「彼女と子供をタリコートに連れていこう。そこでカソリックの尼僧が二人、小さな施療院をひらいている。アラトナは大歓迎されるね。優秀な看護婦だからな。戦争がすんだら、きみが二人を迎えにいくのもむずかしくはない」

日高大尉は荷を筏に積むと、アラトナに別れを告げるべく一度もどった。彼女は覚悟を決め、うらみがましいことは言わなかった。ろくに口もきかなかった。トクラトは無心に眠っている。キンメクだけがなにごとかを察し、悲しげに吠えた。

送りに来るなと日高はたのんだ。岸で別れて二人の間がしだいにひろがり、遂には彼女の姿が視界から消えてしまうというのは、とても耐えきれない。長い間アラトナをしっかりと抱いていたが、やがて日高は身をはなすとアランのところへ行った。

アランは起きあがっていた。

「キャプテン、貴官の目的は知っている。だが私は……国民としての義務にもとるが、成功を祈る」

日本人はさしだされた手をしっかり握った。

「アラトナのことは引きうけた。妹のつもりでいる」

日高はうなずいただけだった。小屋を出るとき、妻と子の姿は見えなかった。悲しみをかかえて森に隠れたのだろう。彼は大股で川岸に下りた。

筏《いかだ》にはアラトナが子供を抱いてすわっていた、キンメクもいる。

「いっしょに行く……」

日高の両腕はだらりと下がった。

「だがアラトナ……無理だ！」

「いっしょに行く……」

「残っているんだ、アラトナ……話しあったじゃないか！」

彼女は澄んだ黒目で夫を見つめるだけ。

「お前が来れば白人は死ぬだろう……アラトナ。たのむ、面倒をみてやってくれ……来年きっと迎えにくる」

彼女の沈黙は執拗《しつよう》だった。

「アラトナ、いい子だ、小屋へもどるんだ！」

声を荒らげてにらんだが、効き目はない。

「一人で行くなら、白人、殺す」

二度その言葉を繰り返させて、日高はやっと意味を悟った。彼女がそれを実行することは明白だった。

日高は岸にとぶと小屋へ走り、ヤンキーをベッドからひきずりだした。息を切らして大男を筏にひきあげ、岸を離れる。

数日後に病人はやっとショックから回復し、いっしょに旅することになったと知った。日高は何も説明しなかった。

筏は中流を進んでいた。木材の間から水があふれてくる。風が冷たかった。両岸は密林。砂洲《さす》があらわれては消える。見事な角《つの》のオオシカが水を飲みにくる。頭が茶色で背が黒いカモがしばらく筏についてきた。白鳥がまた南へ飛ぶ。大きな灰色のカモメが食べ物のあまりを狙って上空を旋回していた。アラトナは艫《とも》で釣糸を垂れている。すでに大きなエクソスを一匹つかまえた。それにもう川をのぼりだした鮭も数匹。日高が出発前に立てた三本の柱にトクラトの揺りかごが下がっている。チーフスカウトは古いリュックサックを枕に、あたたかな毛布にくるまっていた。キンメクが相手。かたわらの砂箱には煙をたなびかせて火が燃えていた。

日高大尉はアラトナと並んで舵をとっていた。これまでは楽だった。岩にも早瀬にも遭ってない。ノアタクはゆったりした川であった。支流が分かれるときだけ、早く気をつければいい。

それにしても夜間航行は危険だった。空は曇《くも》り、月も星もなく、砂洲がわからない。彼は樹の茂った島に舳先《へさき》を向け、二本の棒で筏を固定した。アラトナはすぐ薪《たきぎ》をとりに上陸。日高は息子を火のそばにおいた。

「キャプテン、私をどうするつもりかね？」病人が寝たままでたずねた。

日高はそこに腰をおろし、容態を訊いた。

「悪くはない。しかし目的地はどこか？　最後まで私を連れていくわけにいくまい。行けば貴官の秘密を知ることになる」

「どんな秘密？」

「貴官は海岸より先へ進むあてを持っている。迎えはいつ、どこに待っているのか？」

なんと答えるべきか日高には準備ができていた。

「いや、マックルイア、迎えなど来ない。日本どころかアッツへたどりつくあてもないのだ。海は広すぎる」

「それで？」

日本人は肩をすくめた。

「はっきり言って、わからない」

「いや、わかっているよ、ヒダカ！　戦争がすむまでエスキモーのなかにもぐりこもうというのだ。アラトナとトクラトと、ヌナミウトの家族を装って。だがヒダカ、それは無理だ。保証する。私はだませたが、どんなエスキモーでもすぐ見ぬいてしまうぞ。エスキモーのようだがそうではなく、インディアンでもない変な男がいるとなれば、うわさは風にのって海岸づたいに伝わり、やがて最寄りの警察に届く。本当はこんなことを教えてはいけないのだが、キャプテン、奥地に留まっていたほうがよかったのに！」

「それで戦争終了を知らずにいるわけか、そうはいかない」

日高ならそう考えるのももっともである。

「マックルイア、まずきみをどこかで釈放する。安全なところで」

「なぜノアタクに沈めない？　石を結びつけて……」

日高にはなんのことかわからなかった。

「言ったではないか、そういう解決は好かんのだ。岸のどこかに警察の分署がないか。その近くできみを降ろすが」

「言えないね、知っていても」

「そうだろうな」日本人はにやりとした。そんなものがないことをちゃんと知っているのだ。アランも知っているにきまってる。

「キャプテン、ひとつ提案する。とにかく貴官には恩になっているし。ノアタク河口近くにアザラシの棲む島がある。イギルチクというのだ。川の水流はそこまで届く。聞いたことがあるかね？」

「なんという名だって？」日高はすこぶる満足だった。

「イギルチク」

「思い出せん。小さな島だろう。でなかったら、わかるはずだ。地図は暗記してるから」

「大きくはない。が、われわれには大事な島だ。アザラシが大量に棲《す》んでるんでね。だから白人の監視員がいる。ニジンスキーといって、もと白系ロシア人。会ったことはないが、いい男らしい。彼が目を光らせてないと密猟者が荒らしにくる。このニジンスキーがエスキモーの数家族とうまくやっているそうだ」

そこの無線局のことは黙っていた。それで巡視艇を呼べば今度は日高が捕虜になる番だ。有刺鉄線の奥で刀自本と再会することだろう。アラン自身はそれで義務を果たし、敵を引きわたしたことになる。アラトナと子供の世話は引きうけてやろう……。

「わかった、マックルイア、その島はきみにうってつけだ」と日高はずるく話をもっていった。

「しかし、私のためにはならない」

「いや！」アランは勢いこんだ。「それならこんな提案はしない。ニジンスキーのところへは年一度しか補給船がこない。次は八月だ。もちろん来年の。それまで……」

日高は考えこむふりをした。ことヤンキーに関してこれはたしかに理想的な解決である。イギルチクからすぐアッツへ、ことによると本国へ連行できる。アラスカ奥地からこういう捕虜をつれて帰れば大さわぎになろう。日本の威信を世界にひろめる絶好の材料である。

「なるほど、来年まではことがはっきりするだろう。よし、その島へ行こう」

「最良の策だ」

それは確かだと日高はウィンクした。

やがて川幅は広くなり、湖に似てきた。両岸の森はなくなり、原野に変わる。またツンドラだ。短い夏はすでに過ぎ、あと数週で動物も姿を消して、湿地は氷にもどるのだ。

アラトナは洞穴中でも筏の上でも変わらずにいそいそと働き、病人をも自分の子供と同様に世話をした。漂泊の民に生まれた彼女には旅が生活ということは理の当然なのである。火を絶やさず、陸につくごとに薪を調達するのも当然彼女の仕事であった。だが、森がなくなってこの仕事はむずかしくなった。日高は筏に小屋を建て、中央に火をおき三つのベッドをしつらえた。青天井で寝るには寒くなりすぎ、雨も多くなっていた。風も強まり、筏の低い部分は水にひたされている。

「ヒダカ、海のにおいがするか？」

「する。はっきりと。島はどのくらい離れている？」

アランは知らなかった。

「遠くはあるまい。いつかニジンスキーはトナカイが泳ぎついたといってきた」

アラトナはまだ海を見たことがなく、川の岸が視界から消えるとこわがった。そのかわり黒い線が前方にあらわれてきた。

「イギルチクだ、アラトナ、じき着くぞ」

けなげな筏《いかだ》は、ノアタク川の水流に乗りながら海の波に揺られた。だいぶ沖になって灰緑色の真水がダークブルーの海水とまざる。長い島影が水平線にあらわれた。低い黄色の丘がその中央にあり、岸は黒っぽい岩だらけであった。

「キャプテン、着く前に言いたいことがある。私の傷はもちろん貴官のためだ。われわれ二人は戦い、残念ながら貴官のナイフが私の背を刺した。つまりわれわれの間には正規の戦闘があったということなのだ」

日高は相手の意図をくみかねた。

「キャプテン、あそこは民間の世界。そこには別の法律がある。それに従えば、アラトナはアメリカ市民。つまり彼女はこの大戦で日本軍人の味方をすることを許されていない。それに対してはふつう絞首刑か電気椅子というところだ」

日本人はぎくりとした。

「だが、アラトナはそんなこと、知りはせん！」

「もちろんだよ、ヒダカ、情状酌量の余地は充分にある。おそらく無罪となるだろう。だが、まず法の機構が回転をはじめる。神経をぐしゃぐしゃにするようなやつが。だから私は……」

「わかった、わかった、マックルイア、ありがたく感謝する！」

岸で何十万もの喉《のど》が怒号を発した。イギルチクのアザラシたちが、波を渡ってくる怪物を認めたのである。見渡すかぎりのアザラシであった。岩の上にびっしりとつめかけ、波間もその頭で埋《うず》まっている。浜に一メートルの隙間《すきま》もなく、岩という岩には見張りアザラシが陣取っていた。

「食べられてしまう」アラトナがおびえた。

「いや、おとなしい動物だ。トクラトにも悪いことはしない」

監視員のブリキ小屋が見えてきた。平屋建てが四、五軒。強風にとばされないようワイヤで固定してある。その中央部に細い送信マストがそびえていた。先端に赤ランプを光らせて。

「見たか、マックルイア？　御同僚は無線をお持ちのようだな？」

「さよう」

「マックルイア、前から知っていたな？」

アランは正直に肯定した。

「しかし、キャプテン・ヒダカ、貴官は戦時捕虜として悪い待遇は受けない。私からよく報告しておく。アラトナはここでエスキモーと暮らせばいい、貴官が迎えにくるまで」

「うまくだましたものだ」日高はにっこりとした。

「貴官だったらどうする？」

「同じだよ、マックルイア、まったくね！」

事実そのとおりだったのだ。まもなくこのヤンキーはあっと言うだろう。

「キャプテン、あの拳銃を返していただきたいが。私のものではない。借りたのだ」

日高はほかのことに気をとられていた。

「あのおもちゃは特別でね」ヤンキーは強情に要求した。「ある女性に返さねばならんのだから」

大尉はポケットから拳銃を出し、放り投げた。

「マックルイア、これをおもちゃと軽んじてはいけない。あの箸《はし》の一件のとき、きみの役に立ったではないか！」

アランは弾倉をひらくと、弾丸を海中に捨てた。

「もう要らない」

日高は笑いをひびかせ、舵にとりついた。

無線局では筏を認め、三人がブリキ小屋から走りだして手を振る。筏をつけられる場所を教えているのだとわかった。

「つかまってろ……接岸するぞ！」

アラトナは子供をおぶって筏材にしがみつき、チーフスカウトは小屋の柱を握った。犬もそこに逃げこんだ。

磯波が高い。アランは全力を舵にこめた。筏は波に乗って高く持ちあげられ、谷間に急降下し、白い波頭を突きぬけたかと思うと、無数のアザラシの頭の間をすりぬけて岸に衝突した。次の大波で岸の奥のほうへ移動する。

日高は岸にとび移って肩で息をした。

命令は遂行された。イギルチクに着いたのである。

アザラシたちは待避した。見知らぬ人間が来たので、その咆哮《ほうこう》はすさまじい。

斜面を駆け下りてくる三人の前に、アザラシはさっと道をあけた。イギルチクの王が本当の王者のようにエスキモー二人を連れてやってくる。

がっしりした体格で、ひげを伸ばし放題の男だった。油引き布のオーバーと腰まで届く長靴。遠くから手をふっている。

「どうしておいでなすった？　嵐にとっつかまったのか？」

かなり正確な英語だった。ごついバスで声量は相当なものだ。日高はその手をとった。

「病気のアメリカ人を連れている。手当てをたのむ」

「わかった」

エスキモーに合図して白人を岸に運ばせる。

「どこから来なすった？　どうしたのだ？」

日高はわきにどき、二人のエスキモーに運ばれるアラン・マックルイアを通した。

「どこから来たか、そいつは長い話になる」日高は即答を避けた。

「まあいい、ゆっくり聞こう。妻子がいるようだな」

アラトナは上陸をためらっていた。

「妻はアザラシがこわいのだ」

「大丈夫だ。何もしない」

日高はもどって彼女を岸にあげてやった。

「ほかの連中と先へ行きなさい。すぐに追いつく」

日高はふたたびイギルチクの守護者と向かいあった。

「ミスタ、ここのアザラシは何頭いる？」

「わしはニジンスキーだ。ボリス・ニジンスキー」と男はまず答えた。「このおとなしい連中を守っている」

「数は？」日高は質問を繰り返した。

「なるほど、それが聞きたいのだな。ちがうかね？」

「だから訊いている！」

「そうだな、しめて……三十一万九千百五十六頭」

日高はほほえんだ。

「よく知っていますな、ミスタ・ニジンスキー」

「さよう、その数ははっきり覚えてる」

日高は一歩さがると、手を毛皮帽のへりにあてた。

「日本帝国陸軍大尉日高です」

ニジンスキーは彼を抱擁《ほうよう》した。

「やっと来なすったな。一年以上待ったぞ！」

日高には抱擁の趣味はなかった。

「勇敢な部下はすべて倒れた」と、秘密諜報員に説明する。「刀自本少尉だけは私の命令で捕虜になった……いやいやながら」

ニジンスキーは遺憾《いかん》の意を表した。こうした戦争にはつきものの損害だ……。

「一般戦況は？」日高はまずそれを気にしたが、ニジンスキーは答えを避けた。

「急ぐことはない、ヒダカさん、しかし満足できる情況と思う。まず部屋で休もう」

家にはいった日高は、イギルチクの野獣監視員の生活も悪くはないと知った。大型ストーブが景気よく燃え、体が埋まるような椅子、ゆったりしたソファー、壁の絵、書棚、やわらかな敷物、窓のカーテン……。いたるところに剝製《はくせい》の鳥がおいてある。隅《すみ》にはロシア風のサモワールがあった。

アラトナは目を丸くしてこうした品物をながめた。ニジンスキーにうながされて、おそるおそるソファーに腰をかける。トクラトを背中からおろし、しっかりと抱いた。犬も引き寄せた。怪我人《けがにん》のためには手ぎわよく野戦ベッドがストーブのそばに運ばれた。アランはその上で上体を起こし、アラトナよりも呆然としていた。なにしろここではキャプテン・ヒダカが主人面をし、自分はかまってもらえないのである。イギルチクの監視員と日高はごく親そうであった。

エスキモーの女が湯気の立つコーヒーを持ってくる。ニジンスキーが皿をくばり、日高にまずさしだした。アランはすでに自己紹介をしたというのに。

「もとはロシア人なのに紅茶を飲まんのですか？」と日高はサモワールを指さした。

「あ、それ。くせがぬけちまってね。さ、みなさん、どうぞ。クッキーもありますぞ。ごちそうは後から出る」

「どうです、キャプテン」チーフスカウトが隅から声をかけた。「わが国では捕虜はすこぶる甘やかされている。同僚は私に目もくれない」

日高大尉はアランの前に立った。

「マックルイア、それなりの理由があるのでね。このお仲間は日本の味方なのだ」

しばらく前からアランは、ニジンスキーがどこかおかしいと感づいていた。

「さよう、ミスタ・マックルイア、ここのご主人は日本軍に勤務しておるのでね。この島とボリス・ニジンスキーは、ことに無線局は、私の目標だったのだ。やがてわれわれの飛行艇が迎えにくる。天候次第では数日中に。いっしょに来てくださらんか。わが国の収容所でも戦時はすごせる。軽井沢にでも世話をしてさしあげよう」

アランが完全に理解するのにしばらくかかった。

「おめでとう、ヒダカ、おみごとだった!」

アランはベッドの柱につかまって立ち、デスクの中に書類を探しているニジンスキーをながめた。どなりつける。

「ブタめ! 裏切者! やくざ! スカンク!」

ニジンスキーは動じなかった。

「いいよ、いいよ、それで落ち着くだろう。じきによくなる」

「どうだろう」と日高は気にした。「アラトナ……妻と息子が飛行機に同乗するのは?」

「大丈夫だ。ヒダカさん。私には全権がある。ずっと上層部からしかとやかく言われない。犬ころも連れてってかまいませんわ、私としてはね」

日高はそれをアラトナに通訳してやったが、彼女はもともと夫と離されるなどとは考えてもいなかった。

「見つかった、ヒダカさん!」ニジンスキーがデスクから叫んだ。「あなた宛てのヤマダ提督の電文だ。いい知らせですぞ。何カ月も前に届いたもので……」

「不用心じゃありませんかな、ニジンスキーさん」

「心配ご無用。ここをいじりまわす者などいない。うちのエスキモーは読めないし」

日高はランプの灯影でいくどか電文を読みかえした。

「少佐……近衛の……」

感動のあまり息がつまった。これ以上の栄誉はありえない。宮城の方角に三度最敬礼。その方向にストーブがあったので、それに感謝しているような具合だった。アラトナはこれもエチケットだと思い、ソファーをおりると夫の例に倣《なら》った。

「私もやろうかね？」アランが皮肉った。「捕虜もすることになっているのか？」

「外国人の場合」と日高は大まじめだった。「天皇陛下の前だけでよろしい」

「安心した。そこまでは行きつくまい！」

すぐ提督に知らせようとニジンスキーが言いだした。暗号に組んでアッツに発信し、ついでに飛行艇の手配をたのむという。

「燃料はここで補給できる」と彼はつけ加えた。「用意してある」

日高はできるだけ簡潔に原稿をつくったが、それでも一ページたっぷりになった。トナカイ谷の飛行場のことがただちに統帥部に届くことを望んだからである。アッツへ飛ぶ途中で事故があるかもしれないとも計算して。それで谷の正確な位置、自然の滑走路の幅と長さおよび大洞穴の情況などもそえた。ちゃんと測ってあったのだ。

「ちょっとした小説ですな」ニジンスキーが言った。「暗号に組むのにしばらくかかりますよ」

「手を貸しましょう」

「いや、少佐殿、けっこうです。暗号表がちがうから、わかりませんよ。専門家はアッツにしかいない。急ぎますから」

だが三十分もかかった。アランは壁のほうを向き、話を拒んだ。日高にはその気持ちがわかった。アラトナはいろいろたずねるが、彼にはうまく説明できない。部屋にあるものすべてが彼女にはめずらしかった。絵も、ガラス窓も、鉄製のたき火も。エスキモー女が液体をストーブに流しこみ、しかも火が消えないとなると、まったくもってアラトナにはわからなくなった。

やっとニジンスキーが満足顔でもどってきた。

「発信しましたよ、ヒダカ少佐！——もちろん、アッツへではなく、ワシントンへ！」

彼はデスクに両手をつき、日高の驚きをたのしんだ。

「さよう、ワシントンへね！　もっと正確に言えば直接ペンタゴンへ。アラスカ奥地の理想的飛行場についての報告に、将軍たちは大よろこびでしょう。民間航空にもトナカイ谷は重要と思えますな」

日高はゆっくりとそっちへ歩み寄った。

「およしなさい、少佐。武器がありますぞ」

ニジンスキーは軍用拳銃をひきだしから出し、デスクの上においた。

「そうだったのか、二重スパイか！　ヤンキーのほうが給料が多かったわけだ！」

デスクの大男はかぶりを振った。

「少佐、それではニジンスキー氏もかわいそうだ。彼の役を演じるのもたのしくはなかったがね。一年前からひげのボリスはアルカトラズ監獄でのんびりしている。いや、秘密任務遂行にミスがあったわけじゃない。われわれが日本海軍暗号表を入手したおかげでね。ヤマダ提督と貴官との交信も拝聴しましたよ。そこにニジンスキーの名が浮かびあがってきた。アメリカではめずらしい名だ。割りだすのに苦労はなかった。もちろんすぐには泥を吐かなかったが、電気椅子を見せると……処刑に立ち会わせましてね……さすがにまいって何から何まで自白した。貴官との確認数字も忘れなかった。その任務は私にあたえられた。ずいぶん待たされましたよ。ま、というわけで、いまご挨拶《あいさつ》申しあげる光栄を……」

彼はこの大演説に満足し、愉快そうに笑った。

「ただし、サモワールの紅茶のかわりにコーヒーを出したのはまずかったな」とつけ加える。

日高は眼前の世界が崩れ落ちたのにもかかわらず、姿勢を乱さなかった。ヤンキーどもにだまされ、罠にかかったのか？　近衛の少佐がやすやすと捕えられたのだ。帝国陸軍はじまって以来の恥辱である。

チーフスカウトは苦労して立った。

「大尉、しっかりしたまえ、貴官ほど善戦した軍人はない」

この家の主人が訂正した。

「すべて正確を期さなくてはね。このジェントルマンは少佐ですぞ」

戸棚から罎をとると、いくつかのグラスを満たした。

「ヒダカ少佐、景気をつけましょう。上等のウオトカですわ。ボリス氏の持ち物でね」

日高もグラスを夢遊病者のように受けとった。アラトナは断わった。こんな香りはたまらない。

「では、ヒダカ少佐」マックルイアは笑ってグラスをあげた。「健康的にして長すぎない捕虜生活を祈って！」

また主人が口をはさんだ。

「それも違いますな。このジェントルマンは捕虜ではない。帰国してかまわんのです」

「それはけっこうだが」とアランは認めた。「なんでそんなに寛大なのです？」

一瞬、あたりは静まりかえった。

「六週前、戦争が終わったのでね」

46

二十年後、日高のヴィジョンはトナカイ谷に実現した。彼の当時の想像どおりではなかったが。広大な飛行場は民間専用で、北アメリカと東アジアを結ぶ航空路に就航する大型輸送機がここで給油する。給油にはせいぜい一時間しかかからず、客の乗降はない。カリブー・ヴァレー(トナカイ谷)は整備ステーションで、荒天の場合の待避空港として使われた。いま嵐の発生が早期にわかるようになったのは、気象測候所が大量に設けられたおかげである。滑走路の両側には格納庫などが建ちならび、数マイルにわたる有刺鉄線が部外者の立ち入りを拒んでいる。部外者とは本来の縄張りを自分からあきらめようとはしないトナカイたちのことだ。彼らは自然保護局に守られており、局長はそれを狩ることを禁じていた。

輸送機の客は洞穴に立ち寄るのをたのしみにしている。もちろんすっかり改造され、温度調節装置もついていた。二重ドアは人が近づくと光電管で自動的にひらく。その奥は深々と絨毯を敷きつめ、ソファーを配した広いホールである。右手は飛行管制部のビューロー。その後ろが品のいいレストランで突きあたりが暗い照明のバーになっている。玄関の左壁にはガラスの陳列窓がはめこまれ、穴居人の武器や道具が並べられている。石器時代のもので、洞穴改造のとき発見されたのだ。石の斧、小槌、骨製のナイフ、釣り針がある。木彫りの皿にはきれいな模様をつけたものもあった。巨大なクマの頭骨がことに人目をひき、どうして原始人にやっつけられたのだろうと当然の疑問がわく。

滑走路には一機の四座セスナが離陸を待っていた。その色から政府の機とわかる。パイロット兼ただ一人の客は、ホールに荷物をおいて、バーにすわりこんでいた。アラスカの有名人で自然保護局長。狩りの名手だ。彼のトロフィは合衆国の各博物館を飾っている。銃身の長い銃、重い背負い子、幅広のスキーを見れば、音に聞こえた一人歩きをやるつもりと想像された。男は五十をすぎ、戦争では辛酸をなめた。日本軍人と格闘してナイフを背に刺されたが、危いところで心臓をはずれたという話だ。

いまのアラン・マックルイアにはそんな面影はない。日焼けした顔は若々しく、体つきはすらりとスポーティだが、前かがみ気味。豊かな白髪は心もちカールしていた。百歳までも元気に生きられそうに見えた。

ちょうど東京からの輸送機がついた。エンジンを絞り、二重ドアの百歩先あたりに停止する。タラップがつけられ、長い機体に長円形のドアがあくと、乗客の姿が見えた。洞穴でとる食事は、長い空の旅の格好な息ぬきである。

退役大佐でいまカリブー・ヴァレー空港長ヘンドリック・ヘンリーは、指示されたとおり日本人乗客の一人をとりわけ丁重に迎えた。比較的小柄でひどく目立たない様子である。黒のブリーフケース、黒の外套、黒の帽子。顔に表情はなく、アジア人特有の微笑をうかべるだけ。白いものをまじえた髪としなやかな体つきからするに、四十から六十歳までのどのあたりともとれた。

ヘンドリック・ヘンリーはアラスカ州知事の名代として歓迎の辞を述べ、この大事な客人を特別室の特別料理に招待した。だが意外なことに日本人はそれを断わった。もちろんていねいに、健康上の理由から。

重ねてすすめたが効果はない。双方から微笑をかわし空港長は引きさがると、ホールでアラン・マックルイアと会った。

「妙な先生だ」ヘンリーはぶつくさ言った。「何も召しあがろうとせん。機上で食べすぎたとおっしゃるんだな。肥るのを警戒してるらしい」

「賢明だね。あんたも見ならったら」

ヘンリーはガラス扉のところへ行き、あの客がまだ外で何をしているのかながめた。

「おい、アラン、見ろよ。石塚の前で最敬礼してるぞ。日本式体操かな」

返事がないので振りかえると、マックルイアの姿はなかった。

数分後、日本人はホールにはいってきて陳列棚の前に足をとめ、石器時代のコレクションを見つめた。空港長は説明に駆け寄った。

「すべてこの場所で発見されたものでして、サー……昔の穴居人はなんと不便をしのんでいたものでありましょう……それ以来、人類がどれほど進歩したかがわかります」

東京からの客はうなずいた。

「たしかに、文明はたいしたものです。この照明だけでも……松明《たいまつ》や石ランプよりずっと明るい」

退役大佐も同感だった。

「お許しいただければ」日本人は丁重に話をつづけた。「そうしてここに不似合いというのでなければ、このコレクションに石ランプをそえたいのですが」

ヘンリーはびっくりした。

「いや、もちろん、大歓迎であります。石器時代の品はごく少ないということでして」

日本人はうなずいた。

「私のささやかな贈り物も所を得たというものです」と微笑し、「本物であることには責任を持ちます。私の妻がつくったものですからね。まさにこの場所で」

ヘンドリック・ヘンリーはあっけにとられて声も出せず、どう答えるべきか知らなかった。

その瞬間アラン・マックルイアがあらわれ、ヘンリーのわき腹を親しげに突っつくと、贈り物を受納するようすすめた。

「ヘンドリック、この方の話は事実だよ」

日本人は振りかえった。

「アラン・マックルイア……！」

二人の男は言葉もなく手を握りかわした。はじめは少々恥ずかしげに。

「さ、ヒダカ、こっちへ。サケをたのんで静かなテーブルをとっておいた」

日本人のあの微笑は消え、本当の喜びが顔に輝いた。

「なんという幸運か。かねがね望んでいたのだ、ミスタ・マックルイア」

周囲に好奇心にかられた人垣ができはじめたので、アランは日高をひっぱっていった。

日高の案内されたテーブルはバーのいちばん奥で、ここまで来る客はほとんどない。深々としたチェアがそれをかこみ、後ろの壁にはアラスカの大きな色地図がかかっている。幅の広い額には土地の動物の皮が張ってあった。

すぐ給仕が日本酒のとっくりを運んでくる。定石どおり湯のはいったボールにつけて。小さな盃もそえてあった。

二十年間を埋めるにはあまりに時間が少なかった。アランはまずアラトナのことをたずね、日高はすぐ家族の写真をとりだした。旅に出る日本人がかならず携えるものを。

極北の乙女は東京社交界の優雅な貴婦人になっていた。昔の美しさと愛嬌《あいきょう》を残したまま、完全に近代日本の生活にとけこんでいた。多面的な義務をさばくその能力は日高の誇りであった。

トクラトは医学生。名前のとおりクマのようにたくましく、最優秀野球選手の一人だそうである。美しい妹が二人いて、まだ大学にはいっていない。二人ともアラトナ似で、写真からにっこりほほえみかけている。十歳の男の子がこの幸福な家族のしんがりで、日高遠三の満足ぶりももっともであった。

その点はアラン・マックルイアもおなじである。大方の予想どおりグウェン・ハミルトンと結婚し、十八歳の娘がいる。将軍は終戦直前、沖縄で戦死した。

アランの才能は彼をおのずとアラスカ自然保護局の長にしていた。そこの動物界のため広範な特権を確立したのも彼の功績である。

しばらくたって日高はハリー・チーフスンのことをたずねた。タフなインディアンは、クリフトン湖の基地までたどりついたのだ。その後高額の恩給を受け、英雄として尊敬を集めるだけでなく、いまではアラスカ州議会の議員で、巧みな弁舌によりインディアンの利害を代表している。ウィリアム大尉はフォート・リチャードスンの軍医たちの努力で命はとりとめたが、残念ながら車椅子を使わなくては歩けない。

だが元少尉刀自本は短期間で重傷から回復し、終戦後は学問の道を志して、いまは京都の大学で近世史担当の講師である。日高の話だとこの転身も楽ではなかったようだ。いま日本で通用している史観は、昔の刀自本の見解とは合わなかったのである。

アラン・マックルイアもそのことは知っていて話題を変え、狩りに行く余裕はあるかと日高に訊いた。

「狭いわが国では狩りの対象が少なくてね」と日高は残念がった。「アラン、きみはいいよ。ずっとつづけているとはねえ。ニューヨークの動物博物館できみのすばらしいトロフィをうらやんだものだ。その服装から察するに、いまもまた……」

アランは上体をのりだすと声を低めた。「純白のオオシカが出たのだ。ヒダカ……本物の白子らしい。世界じゅうの博物館にもないやつだ！」

頭上のスピーカーが飛行管制部の連絡を伝えた。「ニューヨークへのお客さま……お乗りください……」

だが日高は聴いていなかった。「まさか、アラン、きみは信じてるのか？　自分で見たのかね？」

「空中からだが……完全に白い。角《つの》も見事だ。このあたりだったな」

立ちあがり、急いで日本人を地図の前に連れていくと、ブルックス山脈西斜面の一点を指した。

スピーカーがさっきの案内を繰り返す。

日高は黒いブリーフケースをとった。

「アラン、きみの遠征を想像してたのしませてもらうよ」

「いや、いっしょに来ないか、ヒダカ。なんとか都合をつけてみたら！」

日本人は肩をすくめ、ブリーフケースを示した。

「ワシントンで新通商条約の交渉にはいる……遺憾《いかん》ながら私にはこのほうが重要なテーマなのだ、白オオシカ狩りより……」

スピーカーの声がそれを裏書きした。

「ヒダカ様……お乗りください……ヒダカ様……お乗りください……」

アラン・マックルイアは客を滑走路まで送っていった。

「いつ会談は終わるのかね、エンゾー？……そうすればひまができるのか？」

日本人はタラップの下で足をとめた。「二週間すれば休暇がとれるだろう。だが、それまできみを待たしてはおけないよ……それも私のために！」

しかしアラン・マックルイアは、相手の細い目が輝くのを見た。「よし、決まった。ヒダカ、二週間後の今日、ここでニューヨークからもどるきみを待つ。とにかく白オオシカは、われわれだけで追おう」

日本人は約束した。うれしげであった。

「いつか博物館のプレートに、珍獣を仕留めた二人の名が載ることになる」アランは握手をかわしながら言った。「それを読んだ人間は、二十年前二人が力をつくして殺しあおうとしていたとは知るまいな」

日高は見かけよりもずっと感動していた。

「さいわい、殺すのに成功はしなかった」

「そして」昔のチーフスカウトは答えた。「敵と敵との間に考えられる最も美しい成果を得た」

機内にはいってからも日高は、ドアがしまるまで頭を下げていた。アラン・マックルイアは、いつのまにか自分も友に倣《なら》っていることに気がついた。

雪煙を巻きたて、速度を増しながら、長い機体はトナカイ谷を縦断し、地面を離れると爆音高く白い山並みの上空に消えた。

解説

文芸評論家
関口苑生

いきなりこういう言い方も何なのだが、本書『アラスカ戦線』（邦訳の初刊は一九七〇年、ハヤカワ・ノヴェルズ）は、数ある戦争冒険小説の中でも極めつきの異色作と言っていいだろう。まず物語の設定がユニークなことこの上ない。舞台は第二次大戦下のアラスカ。その原野で、日本軍とアメリカ軍の精鋭が死闘を繰り広げるのである。しかも、これを書いたのがドイツ人作家だというから、ますます珍しさに拍車がかかろうというものだ。

とはいえ、これが抜群に面白い。日本人の扱いも、妙な偏見がない公平な描き方で好感が持てる小説となっているのだ。

発端は一九四二年六月十八日早朝、アリューシャン列島のアッツ島に日本軍が上陸するところから物語は始まる。それから二年後の一九四四年、アッツ島を占領した日本軍は、三千メートル級の滑走路を擁《よう》する飛行場を、昼夜分かたずの突貫工事で建設する。ここから大型長距離爆撃機を飛ばして、米本土を直接攻撃しようというのだ。そのためにはアラスカの恒常的な悪天候が問題で、出撃には多大な危険が伴っていた。そこで現地の正確な気象情報を入手しようと、総勢十一名の潜入部隊が編成される。

その指揮官は若すぎても、年をとりすぎていてもいけない。二十六歳から三十三歳ぐらいまでで、ゲリラ戦を経験し、慎重な行動と決断ができて、大胆でなければならないが蛮勇はいけない。要求される将校はその人柄で将来責任ある地位につくことが定められ、彼のためなら部下が水火をも辞さぬような、純粋な愛国者。任務に生命を捧げる用意のある現代のサムライ。さらには完璧に英語をマスターし、パラシュート降下の訓練を受け、数カ月にわたって敵の背後で補給なしに作戦する能力を持ち……とほとんど不可能と思えるような条件が必要とされたのだった。

そして選ばれたのが、満州の関東軍で特別任務に就いていた日高遠三大尉だ。オリンピック十種競技の銀メダリストで、豊富な野外生活体験を有する人物であった。彼らの任務はアラスカの詳細な気象情報をアッツ島へと打電することである。その密命を受け、やがて日高をはじめとする十一名の精鋭部隊は、敵地の懐《ふところ》深くに降下し、送信を開始する。

一方アメリカ側は、人跡未踏のシュワトカ山脈近くからの怪電波を傍受。米アラスカ方面軍は即座に偵察隊を招集した。チーフは自然保護局の役人で、野獣監視員のアラン・マックルイア。ほかに狩人でもあるアラスカ・スカウト、隻眼《せきがん》の兵士ウィリアム大尉ら総勢十四名の猛者《もさ》たちだ。

音もなく歩き、かすかな匂いさえも嗅《か》ぎ、獣のような眼をそなえた、言わば過酷な自然の中で生き抜く力を持ったサバイバルのプロ同士である。かくして酷寒のアラスカで、生死を賭けた必死の追跡と逃走劇が始まり、壮絶な闘いが展開されていく。ともに後方支援を望めない極北の原野で、互いに罠をかけ合い、相手の出方を読み、裏をかき、死力をつくして闘う。

それらの戦闘の状況は、ディテール描写の見事さもあって圧倒的な迫力がある。さらには、彼らが闘うのは人間の敵ばかりではなかった。獰猛《どうもう》な獣、すべてを凍りつかせる寒さと強烈なブリザードといった大自然、飢餓《きが》感、自身の内部に生ずる焦《あせ》りと絶望感……それらすべてが脅威となって襲ってくるのだ。次々と生じる危機、二転三転する状況の変化の描写だけでも、わくわくどきどきしてページを繰る手が止まらない。

だが、本書の真骨頂は実はそこにはない。むしろ、こうした闘いの背景にある国家、民族、思想の違いを超えた、個人対個人、男同士の熱い思いにこそあるような気がする。自分は絶対に死ぬわけにはいかない。自分が死なないためには、相手を斃《たお》さなければならない。相手を斃すためには、どんな手を使ってでも、出来得る限りの最大限の努力を傾けなければならないのだ。旧版の「訳者あとがき」で松谷健二氏は、本書の副題が「荒野の決闘」であることから、「作者の描きたかったのは、すべての文明をはなれた広大なリングでの男対男の決闘という永遠のテーマで、その点、西部劇とおなじジャンルにも入れられよう」と書いている。

とまれ国を離れ、戦争を離れ、男同士の闘いとなることで、物語は一気にヒートアップする。これが冒険小説の魅力、醍醐味《だいごみ》と言っていいだろう。

また途中から登場して日高らと行動を共にする、アラトナというアラスカ少数民族の娘が、物語にさわやかなロマンス的色彩を与えている。本来なら自由の立場である彼女たちの身にも、否応なく戦争の渦が襲いかかってくる現実もここに描かれる。しかも「アラトナ（Alatna）」は本書の原題でもあり、もしかすると作者は、彼女の存在に何かしら水面下の寓意《ぐうい》を託したのかもしれない。

蛇足ながら、本書はもとよりフィクションである。アッツ島から出撃する四発の大型長距離爆撃機は、試作機は別にしても当時の日本軍には存在しなかったし、一九四三年にはアメリカ軍が侵攻を開始、アッツ島を制圧している。飛行場もついに完成はしていない。かように事実を超えた架空の設定はあれこれとあるのだが、そんなことをいちいち気にするのは野暮というものだろう。

作者のハンス＝オットー・マイスナー（一九〇九～一九九二）は、ワイマール共和国時代からヒトラー政権の第三帝国終焉《しゅうえん》時まで官僚を勤めた著名な政治家だった父を持ち、自身も外交官として活躍した人物である。一九三六年から一九三九年までは、ドイツ大使館書記官として東京で勤務し、日本の瑞宝章を受けた親日家でもあった。その後はロンドン、モスクワ大使館を経て、ミラノのドイツ領事を経験し、機甲部隊の中尉として東部戦線で戦った。戦後は公務をしりぞいて著作に専念。探検記作家として世界中を歩きまわり、本国では十数冊に及ぶ探検記が有名だという。本書にしても六カ月間アラスカに滞在し、先住民と狩猟を続けた経験の産物で、なるほどここに描かれる克明な自然描写は、実際に見聞した人間でなければ書けない臨場感がある。凛《りん》とした大自然の苛酷さ、非情さ、峻烈《しゅんれつ》さがこれほど行間から伝わってくる小説も珍しい。

日本での邦訳はほかに、一九五八年に『スパイ・ゾルゲ』という小説が実業之日本社から大木坦訳で刊行されている。マイスナーとリヒャルト・ゾルゲは、東京在住時代に親交を深め、マイスナーが東京で挙げた結婚式にも客のひとりとして招いたほどの仲だった。だが、この小説での最大の驚きは、戦争が終わった後、ある人物が語る言葉だ。

「われわれは中国から逐《お》われた。しかし、蔣介石もそこに留まることができなかった。共産主義者が、この巨大な国を支配するばかりではない、やがては、ここの五億の民は組織され武装されて、中国は急速に、かつての日本がそうであった以上に西方の脅威となるでしょう。それればかりではない。われわれが脅かしたのは、武力をもってだけであったが、赤色中国は、危険なる思想をもって世界を脅かし、ソ連からの支持を受け、掩護されている。それとも、このほかの経過をとるとお思いですか?」

作者がこの小説を発表したのは一九五五年である。その時点で、これほど適確な中国の命運を予想した人物はちょっとない。それは本書にも言えることで、アラスカ・スカウトのひとりが、オオシカの居住地がどんどん北に広がっていることを指摘すると、それは北半球が徐々にあたたかくなっていくことと関係あるな。氷河も後退している……とさりげなく作者の思いを文中にはさみ込むのだった。こちらが書かれたのは一九六四年。今ほど地球温暖化が騒がれていない時代である。

こうした作者の識見にはただただ脱帽するよりない。つまりは、この作品には知と体と情のすべてが詰まっている、最上級の逸品であるということだ。

二〇一五年十二月

本書には一部、差別的ともとれる表現や史実に沿わない記述がありますが、これは本書の文学的価値に鑑み原文に忠実な翻訳を心がけた結果であることをご了承下さい。

早川書房編集部

本書は、一九七二年八月にハヤカワ文庫NVより刊行された作品に、新たに解説を付した新版です。

レッド・スパロー（上・下）

Red Sparrow

ジェイソン・マシューズ
山中朝晶訳

ＳＶＲ（ロシア対外情報庁）に入り、標的を誘惑するハニートラップ要員となった美女ドミニカ。彼女はロシア国内に潜むアメリカのスパイを暴くため、ＣＩＡ局員ネイトに接近する。だが運命的な出会いをした二人をめぐり、ロシアとアメリカの予測不能の頭脳戦が展開する！　元ＣＩＡ局員が描き出す大型スパイ小説

ハヤカワ文庫

訳者略歴　1928年生，東北大学文学部卒，1998年没，ドイツ文学研究家　訳書『Uボート』ブーフハイム，『ちがった空』ライアル，『大宇宙を継ぐ者』シェール＆ダールトン（以上早川書房刊）他多数

HM=Hayakawa Mystery
SF=Science Fiction
JA=Japanese Author
NV=Novel
NF=Nonfiction
FT=Fantasy

アラスカ戦線《せんせん》
〔新版〕

〈NV1374〉

二〇一六年一月十日　印刷
二〇一六年一月十五日　発行

（定価はカバーに表示してあります）

著者　ハンス＝オットー・マイスナー
訳者　松《まつ》谷《たに》健《けん》二《じ》
発行者　早川　浩
発行所　株式会社　早川書房
郵便番号　一〇一‐〇〇四六
東京都千代田区神田多町二ノ二
電話　〇三‐三二五二‐三一一一（大代表）
振替　〇〇一六〇‐三‐四七七九九
http://www.hayakawa-online.co.jp

乱丁・落丁本は小社制作部宛お送り下さい。
送料小社負担にてお取りかえいたします。

印刷・星野精版印刷株式会社　製本・株式会社明光社
Printed and bound in Japan
ISBN978-4-15-041374-3 C0197

本書は活字が大きく読みやすい〈トールサイズ〉です。